32.97

Besos pintados de carmín

Alfaguara es un sello editorial del Grupo Santillana

www.alfaguara.com

Argentina
Av. Leandro N. Alem, 720
C 1001 AAP Buenos Aires
Tel. (54 114) 119 50 00
Fax (54 114) 912 74 40

Bolivia
Avda. Arce, 2333
La Paz
Tel. (591 2) 44 11 22
Fax (591 2) 44 22 08

Chile
Dr. Aníbal Ariztía, 1444
Providencia
Santiago de Chile
Tel. (56 2) 384 30 00
Fax (56 2) 384 30 60

Colombia
Calle 80, 10-23
Bogotá
Tel. (57 1) 635 12 00
Fax (57 1) 236 93 82

Costa Rica
La Uruca
Del Edificio de Aviación Civil 200 m al Oeste
San José de Costa Rica
Tel. (506) 220 42 42 y 220 47 70
Fax (506) 220 13 20

Ecuador
Avda. Eloy Alfaro, 33-3470 y Avda. 6 de
Diciembre
Quito
Tel. (593 2) 244 66 56 y 244 21 54
Fax (593 2) 244 87 91

El Salvador
Siemens, 51
Zona Industrial Santa Elena
Antiguo Cuscatlan - La Libertad
Tel. (503) 2 505 89 y 2 289 89 20
Fax (503) 2 278 60 66

España
Torrelaguna, 60
28043 Madrid
Tel. (34 91) 744 90 60
Fax (34 91) 744 92 24

Estados Unidos
2105 N.W. 86th Avenue
Doral, F.L. 33122
Tel. (1 305) 591 95 22 y 591 22 32
Fax (1 305) 591 91 45

Guatemala
7ª Avda. 11-11
Zona 9
Guatemala C.A.
Tel. (502) 24 29 43 00
Fax (502) 24 29 43 43

Honduras
Colonia Tepeyac Contigua a Banco Cuscatlan
Boulevard Juan Pablo, frente al Templo
Adventista 7º Día, Casa 1626
Tegucigalpa
Tel. (504) 239 98 84

México
Avda. Universidad, 767
Colonia del Valle
03100 México D.F.
Tel. (52 5) 554 20 75 30
Fax (52 5) 556 01 10 67

Panamá
Avda. Juan Pablo II, nº15. Apartado Postal
863199, zona 7. Urbanización Industrial
La Locería - Ciudad de Panamá
Tel. (507) 260 09 45

Paraguay
Avda. Venezuela, 276,
entre Mariscal López y España
Asunción
Tel./fax (595 21) 213 294 y 214 983

Perú
Avda. Primavera 2160
Surco
Lima 33
Tel. (51 1) 313 4000
Fax. (51 1) 313 4001

Puerto Rico
Avda. Roosevelt, 1506
Guaynabo 00968
Puerto Rico
Tel. (1 787) 781 98 00
Fax (1 787) 782 61 49

República Dominicana
Juan Sánchez Ramírez, 9
Gazcue
Santo Domingo R.D.
Tel. (1809) 682 13 82 y 221 08 70
Fax (1809) 689 10 22

Uruguay
Constitución, 1889
11800 Montevideo
Tel. (598 2) 402 73 42 y 402 72 71
Fax (598 2) 401 51 86

Venezuela
Avda. Rómulo Gallegos
Edificio Zulia, 1º - Sector Monte Cristo
Boleita Norte
Caracas
Tel. (58 212) 235 30 33
Fax (58 212) 239 10 51

Besos pintados de carmín

Sealtiel Alatriste

ALFAGUARA

D. R. © Sealtiel Alatriste, 2008
D. R. © De esta edición:
Santillana Ediciones Generales, S. A. de C. V., 2008
Av. Universidad 767, Col. del Valle
México, 03100, D.F. Teléfono 5420 7530
www.alfaguara.com.mx

Primera edición: febrero de 2008

D. R. © Cubierta: Everardo Monteagudo

ISBN: 978-970-58-0268-3

Impreso en México

Esta novela aborda, entre otros, el tema de la amistad
(o el amor) y la muerte.
Mientras la escribía fallecieron Isaac Seligson y Rafael
Ramírez Heredia.
Nada me hubiera gustado más que supieran
que parte de lo aquí escrito
estuvo inspirado en la amistad que nos unió.

El regreso

Nuestra limitación es que
estamos metidos en un laberinto,
un laberinto mágico.

MAX AUB, Campo de almendros

Uno

Un placer que nos atemoriza esconde un deseo abominable, anotó, casi sin darse cuenta, tan pronto terminó el ensayo, crónica, o artículo (no sabría cómo llamarlo) que se le había venido a la cabeza con un torrente de imágenes desquiciadas. Aún tenía el computador encendido, había escrito la frase con la que cerraba el texto, y de repente tomó una de las tarjetas donde hacía sus fichas y escribió la enigmática sentencia. Serían las dos, dos y media o tres de la madrugada: era noche cerrada. Pensó que acababa de apuntar uno de los tantos pensamientos que le asaltaban sin razón, y que con el tiempo descubriría que se habían originado en algún hecho intrascendente del día. ¿Qué tenía que ver él con deseos abominables o placeres que, por inconfesables, podían atemorizarlo? Felipe Salcedo se rió, era la forma que tenía de defenderse: reírse de sí mismo. Apretó la tecla de guardar para conservar su escrito, y releyó la ficha tratando de entender su razón. Le pareció inasible. Era el calificativo exacto: inasible quiere decir que no se puede asir, pero tuvo la impresión de que su significado implicaba, de manera sutil, que su misterioso sentido tampoco podría perderse. No le extrañó, para eso la había escrito después de todo —ésa y todas las fichas que guardaba en sus respectivos cajones— para que no se perdiera su significado. "Es posible que cuando la descifre me pueda deshacer del incómodo lastre que, ahora me doy cuenta, llevo cargando como un fardo", dijo mientras las imágenes de la pantalla se esfumaban con un sonido que consentía un eco melancólico. Debería haberse ido a la cama pero, tampoco supo por qué, se quedó dormido sobre el escritorio hasta que lo despertaron tres timbrazos premonitorios.

—¡Se acuesta con Gregorio! —dijo Cástulo Batalla en la puerta de su departamento. Estaba demacrado, con el iris enrojecido y la pupila dilatada. Su cara era un muestrario de los síntomas inocultables del insomne. Vestía a la buena de dios, con su acostumbrado abrigo de pelo de camello echado de cualquier manera sobre un chándal azul marino.

—¿Quién se acuesta con quién? —dijo Felipe frotándose los ojos para ver su reloj de pulsera. Eran las nueve en punto de una mañana nublada y triste.

—Conoces al chino, ¿verdad? —preguntó o afirmó Cástulo, era imposible saberlo, pues su voz sólo transmitía el desequilibrio de quien ha bebido más de la cuenta. Felipe no supo qué quería decirle, pero pensó que era imposible que Gregorio, fuera quien fuera, se acostara con el chino.

—Lo conozco —respondió con sequedad—. Tú mismo me lo presentaste.

—Necesito que me acompañes a verlo. Me ha sucedido algo que no admite demora... Tienes que ayudarme... Edelmira... Edelmirita está...

Trataba de hablar pero su voz quedaba colgada de su boca y el infeliz abría los ojos como si quisiera que se adivinara dentro de su mirada los problemas que lo abatían. Cástulo Batalla (o B., sin más, como era conocido pues le molestaba la supuesta contradicción de su nombre y apellido, y nadie encontró otra forma de referirse a él más que con su inicial: B., como le llamaremos alternativamente en este relato de su vida sentimental) enviudó después de que una insuficiencia renal condujera a la tumba a su querida esposa, Edelmira Pajares de Batalla. Para Felipe Salcedo era como un padre, con quien salía de vez en cuando a tomar una copa o iba al fútbol algunos domingos, al único que se atrevía a revelar los secretos de su timidez, con quien, para decirlo en breve, se encontraba cuando alguno de los dos necesitaba el soporte, filial o paterno, del otro. Esa madrugada debería ser una de esas ocasiones porque se trataba de su esposa —la muerte de Edelmira había acentuado su afecto— y algo en la mirada de Cástulo recordaba los días aciagos de la agonía. Había transcurrido año y medio desde el deceso pero era un hecho que flotaba inevitablemente sobre ellos.

—¿Qué pasó? —preguntó Felipe.

—Soñé con Gregorio Flores Esponda —respondió B.

Felipe seguía sin tener idea de quién le estaba hablando, quizá debería recordar algo, pero en ese momento no tenía ganas de hacer el mínimo esfuerzo.

—¿Y eso qué tiene que ver con el chino? —preguntó irritado.

—Gregorio está muerto... Creo que le quiere caer a mi mujer en el más allá... En vida le traía ganas a Edelmirita, inclusive me retó...

—¿Qué dices, Cástulo? ¿Te has vuelto loco?

—O me acompañas —agregó B. con energía—, o me invitas a entrar. No voy a contarte mis cuitas en el pasillo para que se entere todo mundo.

Vivían en un sitio particular —el Edificio Condesa le llaman, situado en el barrio oriente de la ciudad de Santomás, en la contraesquina del famoso cine Bella Época— que ocupa una manzana entera y agrupa medio centenar de departamentos en torno a un hermoso patio central, al que dan las escaleras que cada cincuenta metros conducen a las nueve secciones de tres pisos con los que cuenta el edificio. Es un sitio que por muchas razones es especial, pero han sido sus habitantes quienes a través de los años lo dotaron del calificativo de *singular*: En el Condesa viven varias familias del exilio español que insisten en mantener costumbres anarco-republicanas, una maestra de literatura que se ha especializado en estudiar el estilo de famosos diseñadores de calzado como si los zapatos que llevan sus marcas fueran textos cabalísticos, unos cuantos actores de teatro callejero, un cirquero (trapecista del Ringlin Bros, para más datos), un millonario que financia películas de cine *underground*, un banquero medio loco que se disfraza de Humphrey Bogart, una vedette decrépita que en su tiempo fue una luminaria, tres pintores que pueden convertirse en escultores sin previo aviso, y varios expolíticos dispuestos a apoyar cualquier manifestación de protesta. Cástulo Batalla (que es publicista) y Felipe Salcedo (que escribe para *El Periódico de la Ciudad*) son los representantes de lo que se conoce como el *news stablishment*. El chino, está de más decirlo, es la cereza del pastel: se le cree curandero, quiromántico, acupunturista, y según asegura más de uno, también es médium. Si alguno de estos especímenes hubiera escuchado lo que B. decía en el pasillo era capaz de hacer que se publicara en la primera plana de los diarios de circulación nacional.

—Déjame que me cambie y voy contigo —dijo Felipe en voz baja.

—¿Pero puedo pasar o no?

—Será mejor que me esperes aquí.

—¿Se quedó?

—Sí, se quedó.

Había vuelto a mentir. El día anterior le hizo creer a Cástulo que pasaría la noche con una modelo de piernas espectaculares, y prefirió seguir con el engaño.

—No te demores o ya será muy tarde —dijo B. con una sonrisa congelada. Parecía tener medio rostro paralizado y no podía reírse del lado izquierdo.

—No te preocupes —contestó Felipe—, en la eternidad el tiempo no corre tan aprisa y todavía podremos evitar el desaguisado al que supuestamente está expuesta nuestra querida Edelmira.

Media hora después estaban en el recibidor de Lee, y mientras esperaban, Cástulo contó cómo se había desencadenado su dilema.

—Seguramente recuerdas que Gregorio y yo conocimos a mi mujer al mismo tiempo y, como nos gustó a los dos, apostamos para ver quién la conquistaba primero. Gregorio parecía luchador pero yo no le tenía miedo.

Era una historia de tiempos de María Castaña que B. insistía en contar a la menor provocación. Felipe se acordó de que a Edelmira le molestaba que su marido hiciera pasar al tal Gregorio por lo que no era, pues a pesar de su porte de atleta era un tipo bonachón. Ella le suplicaba que no volviera con la misma cantaleta y dejara el pasado en paz, pero referir aquella historia era una obsesión que Cástulo no podía controlar.

—Si no me equivoco —comentó Felipe—, tú fuiste más abusado, lograste los favores de Edelmira, y dejaste a Gregorio con un palmo de narices.

—Favores es un decir, sólo nos hicimos novios y él tuvo que aceptarlo.

Aquella experiencia no fue obstáculo para que continuaran su amistad, y que, inclusive, se prometieran que si tenían hijos uno o el otro sería padrino de su primogénito. Por eso se decían compadres, compadres del alma. Pasaron los años, Cástulo se casó con Edelmira, Gregorio lo visitaba con frecuencia, se veían en jugadas de dominó o póquer, y se citaban a comer sin propósito fijo. Sin duda eran los mejores amigos, pero en la fiesta que B. dio para celebrar su décimo aniversario de bodas, Gregorio se emborrachó para darse valor frente a Edelmira y, sin estar consciente del todo, confesarle que la amaba y echar por la ventana años de amistad con su compadre. Como en cualquier reunión, en aquella se contaban chistes, se recordaban anécdotas de la escuela, y al calor de las copas se iban formando pequeños grupos que se distribuían por toda la estancia. Al cabo de tanta cháchara a varios les dio por bailar; entre ellos estaban Gregorio y Edelmira; B. (cosa rara pues era un gran bailarín) no quiso participar en el bailongo, prefirió conversar con una amiga, y se contentó con ver a la gente que se reunía al centro del living. Un grupo revuelto y bullanguero bailó turnándose las parejas sin que nada anunciara la tragedia, pero de repente, cuando tocó su turno y Gregorio tuvo a Edelmira entre sus brazos, se le insinuó: se reventaban un mambo, y sin un qué ni un para qué que justificara su actuación, acarició el culo de su comadre. La respuesta de Edelmira fue una cachetada que resonó sobre el mambo, que rico el mambo, que escuchaban en ese momento.

—Quedé paralizado al oír el bofetón —contó Cástulo con el recuerdo de la escena deformando su mirada—. Gregorio se sobaba la mejilla y Edelmira tenía la mano sobre el hombro como si no tuviera fuerzas para regresarla a su sitio.

Se allegó hasta donde estaban, no quiso saber los detalles que provocaron el incidente, y se limitó a echar a patadas a su compadre del alma. Aunque en los años siguientes Gregorio lo buscó para pedirle perdón, B. no quiso volver a verlo.

—Éramos más que amigos —comentó Cástulo con pesar—, con él di rienda suelta a mis pasiones, compartía confidencias y me desahogaba, pero no podía permitir que le faltara a mi mujer.

—Tú te acostaste con la esposa de un amigo tuyo, ¿no es cierto?

—Pero es distinto.

—¿Distinto en qué?

—En que mi amigo no se enteró, y en que ella sí quería conmigo.

—Ya veo.

—El caso es que, mucho tiempo después, Gregorio me llamó para que lo fuera a ver al hospital. Se estaba muriendo de cirrosis. Fui porque soy noble, porque no quería que se fuera de este mundo sintiendo mi rencor.

Había algo histriónico en las confesiones de B. que irremisiblemente seducía a Felipe. Su relación con Cástulo se basaba en una rara mezcla de confianza con moral, y nunca sabía qué pretendía al contarle sus aventuras, si darle una lección o que lo comprendiera. Hasta ese día nunca le había narrado el desenlace de su amistad con Gregorio, al menos con aquella claridad dolorosa con que lo estaba haciendo.

—Lo encontré en cama —agregó B. mirando en derredor de la sala de Lee—. No podía abrir los ojos y lucía una piel cetrina que daba pavor. Con voz de ultratumba me pidió perdón y me confesó que siempre estuvo enamorado de Edelmira. Para mí no era ninguna novedad pero no me atreví a interrumpirlo. Aceptó que la había amado desde que la conocimos pero que nunca se lo dijo porque ella me prefirió a mí. No tenía por qué sentir celos, me dijo, aunque quería que yo supiera que algo emanaba de mi mujer que no podía definir, un aroma que lo provocaba y no le permitía apartarse de ella. Eso era todo. Con el aliento que le quedaba se definió como un canalla y me pidió perdón.

B. se dio una palmada en la frente. Era evidente que el recuerdo de su compadre le escocía el alma.

—Ayer se cumplía año y medio de la muerte de Edelmira. Fue el peor momento para que Gregorio apareciera y me recordara aquella experiencia tan desafortunada.

Extrañaba a Edelmira todos los días, agregó B., pero mucho más cuando se celebraba lo que llamaba *aniversario de su defunción*. No era aniversario ni era nada, pues los aniversarios son anuales, pero como la palabra *mensuario* no existe, él los llamaba *aniversario*. Felipe lo visitó en la tarde para presentarle a una amiga (la modelo de piernas espectaculares con la que supuestamente había pasado la noche) pero no notó que estuviera tan perturbado. Cuando se fue, Cástulo salió a la calle y regresó al cabo de tres horas largas sin haber dominado el desasosiego.

—Tenía el presentimiento de que mi mujer me llamaba —dijo con voz quebrada— y yo no podía responderle. Me metí al bar del hotel Dorá. Quién sabe cuánto tiempo estuve ahí, sabe Dios cuántas copas tomé antes de volver a casa.

En la madrugada, después de que pudo conciliar un sueño seco, Gregorio se apareció con el aspecto ceniciento del muerto en vida que tenía en su última entrevista, pero estaba de lo más sonriente.

—Siempre que sueño con él, el cabrón está sonriendo —apuntó B.

No recordaba los detalles de su llegada, si hubo algún preámbulo o si Gregorio apareció de sopetón. Tampoco podía afirmar si seguía dormido o si ya se había despertado, sólo que su compadre le dijo que venía a enterarlo de que daba una fiesta en honor de Edelmirita. "¿Cómo que una fiesta?", preguntó Cástulo tronándose los dedos. "Las almas van ascendiendo de a poquito en el escalafón celestial", aclaró Gregorio como si fuera un informante, o eso le pareció a B. por algo que vio pero que ya se le había olvidado qué era, "pero en esta sección todo es lentísimo. Edelmira está preocupada a pesar de que le dije que yo llevo una eternidad en este sitio".

—Al menos sabemos que tu mujer se salvó —dijo Felipe pensando que a la misma hora en que Gregorio informaba del jolgorio edénico, él había apuntado su extraña ficha: *Un placer que nos atemoriza esconde un deseo abominable.*

—Nunca tuve duda de que Edel iría al cielo —dijo B.—, pero no sé si te das cuenta de la importancia del asunto: mi pobre mujer va a pasar no sé cuánto tiempo con Gregorio, seguirá ascendiendo en la escala celeste, como él me informó, pero permanecerá con él el tiempo suficiente para rendírsele.

—¿Estás seguro de que te lo dijo así?, ¿que en el cielo hay una escala o escalafón? —preguntó Felipe sin dar crédito a lo que escuchaba.

—No sé si esas fueron sus palabras, pero quería decirme que Edelmira estaba a punto de llegar o de salir, no me acuerdo bien, del sitio donde él se encontraba, y por eso le daba una fiesta, de eso estoy segurísimo.

Era imposible descubrir en su narración qué le hizo pensar que Gregorio lo estaba previniendo de un posible romance *postmortem*: no sabía a qué lugar había llegado —o quería salir— Edelmira, ni en qué consistía la celebración, ni siquiera si ésta tenía como propósito hacer que ella se sintiera mejor. Cástulo daba por cierta la aventura erótica y a esa certeza se avenía.

—No sé qué pasó después —agregó B.—, si Gregorio me aclaró lo que tanto preocupaba a Edelmira o si sólo comentó lo de la fiesta. Le dije que si no le bastaba con lo que vivimos antes de que se muriera para que me saliera con aquel festejo. Recordé sus gestos cuando sobó el culo de mi mujer, y lo imaginé poniendo un disco de mambo con la mirada fulgurante de deseo. Cuando desperté quería matarlo, pero bien mirado, ya estaba muerto y era una venganza inútil.

—¿Y qué quieres hacer ahora?

—Decirle a Edel que no acepto eso de que *hasta que la muerte nos separe*.

Una sirvienta apareció tras un biombo, los observó en silencio con una mirada de rebote, y se puso a limpiar con energía la mesita que tenían enfrente. Era alta, flaca, y aunque no le vieron la cara, pensaron que era oriental. Ensayaron una serie de sonrisas idiotas mientras la miraban sacudir.

—Quiero que Lee me ponga en contacto con mi mujer —dijo B. mirando a la sirvientita que se retiraba sin haberles dirigido la palabra—, y quiero que tú, Felipe Salcedo, que fuiste un hijo para nosotros, seas testigo de mi nobleza natural.

Se levantó y empezó a pasear frente a unos estantes atiborrados de frascos de botica y morteros de todos los tamaños. El salón estaba apenas alumbrado por cuatro lámparas de papel rojo. Frente al sofá donde estaban sentados, había tres sillas enfrentadas entre sí. Al fondo se encontraba el biombo tras el que apareció la mucama. En la pared colgaban doce retratos de ancianos muy serios. Eran dibujos hechos a línea, coloreados con tonos firmes pero pálidos. Al final, sobre una repisa, había una calavera de azúcar con un letrero en la frente: *Mario*.

—En la tradición de Confucio los sabios se entierran con estas pinturas para no perder la sabiduría —dijo Cástulo revisando cada cuadro—. Seguramente Lee las tiene para estar preparado cuando le llegue el momento fatal. Aunque no sé qué signifique este cráneo de azúcar. Tal vez que la muerte es muy dulce.

Felipe se preguntó cómo interpretaría Edelmira los celos de su marido después de los meses de sufrimiento en que se fue consumiendo hasta morir. La suya no fue una muerte muy dulce, y no la habían sepultado con ningún retrato, ni de sabios ni de nadie, pero era posible que de haber vida después de la muerte hubiera conservado la cordura con la que siempre se condujo.

—Resulta extraño que Gregorio te haya advertido que iba a caerle a Edelmira —dijo Felipe atento a los gestos de Cástulo.

—A mí me parece natural. ¿No ves que se la gané? Aún más, si sentí que Edelmira me quería decir algo cuando fui al hotel Dorá, es posible que quisiera advertirme que mi compadre la acosaba. A lo mejor necesita que la ayude.

Felipe observó la manera como Cástulo pasaba un dedo por la herida que tenía sobre el ojo izquierdo, y recordó que no era la primera vez que esperaba a su lado en un consultorio: esa cicatriz, que parecía una simple arruga, era resultado de un accidente y él lo había acompañado mientras lo curaban.

Después de la muerte de Edelmira, Cástulo se había negado a atender cualquier asunto, el dolor y la angustia lo tenían paralizado. En la oficina pasaba horas con la mirada perdida en una pared blanca, casi no hablaba, le costaba encontrar las palabras para expresarse, y no veía conexión entre una frase y la siguiente. El recuerdo de su esposa era demasiado nítido, revivía sin motivo su calor, la intensidad de su mirada, y tenía la sensación de que si en algún momento se volviera, vería a Edelmira parada a sus espaldas. Esas reacciones, que podrían calificarse de *morales*, se producían en una especie de ámbito bioquímico que enloquecía a Cástulo. No tenía idea adónde iban los muertos pero tenía la impresión que sabía dónde se quedaban. Parecía que su mujer —lo que quedaba de ella en su cabeza— buscaría una grieta en la hinchazón de sus neuronas, y cuando la encontrara, por pequeña que fuera, iría saliendo sin que él pudiera evitar que se fugara. Sus amigos lo buscaban pero él se negaba a salir con nadie, y aunque necesitaba encontrar a alguien con quien desfogar sus ansias (alguna noche sufrió el oprobio de una polución mientras dormía), prefería seguir encerrado. Si nos atenemos a esos síntomas, se podría decir que Cástulo padecía una vulgar depresión, pero convengamos que acidia sería un nombre más atinado y elegante para definir su complejo estado emocional.

Al cabo de ocho o nueve meses del deceso de su mujer, B. llamó a Felipe para decirle que ya no soportaba la soledad. Empezó a explicarle que tenía pesadillas, malos presentimientos, y que si continuaba así algo se le iba a salir de control. Desorientado por sus alucinaciones —la idea de que Edelmira estaba tanto ausente como presente era cada día más firme— no tenía muy claro por dónde salir del atolladero en que se encontraba. Felipe pensó que era momento de ayudarlo y lo invitó a un concierto. Al final se ofrecería un coctel y podría encontrar gente que le devolviera el placer de la convivencia. Por primera vez desde el entierro de su mujer, Cástulo pudo disfrutar de un evento público, la música de Schubert —*Der tod und as Mädchen*— lo embelesó, le hizo sentir que había algo dulce, no sólo tormentoso, en el recuerdo de la amada muerta; y más tarde, durante el coctel, estuvo platicador y solícito con todo el mundo. Comentó que en su lejana juventud una amiga le había dicho que nunca tuviera lástima de sí mismo, que compadecerse era deporte de mediocres, y riéndose nerviosamente prometió a una punta de desconocidos que a partir de ese día no iba a caer en la tentación de dejarse llevar por su pena. Al salir, abrazó a Felipe y le dijo que siempre lo había considerado su hijo, cada quien subió a su auto y quedaron de verse en el Edificio Condesa para beber una última copa.

Felipe se acordaba que, en una curva de la vía rápida que habían tomado para cortar hacia el oriente, rebasó el auto de Cástulo, le dijo adiós, y que ya no lo vio más. Lo esperó media hora en el estacionamiento del edificio, pero al ver que no llegaba supuso que había olvidado la cita o que fue a dar una vuelta por el río antes de volver. Veinte minutos después sonó el teléfono. "Estoy bien, no te preocupes", dijo B. con una voz sin inflexiones. "Ven a recogerme, por favor. Tuve un accidente a la altura de la estatua del Caballito". Felipe no entendía qué pudo haber pasado y se fue temiendo lo peor. Lo encontró sentado en la banqueta, acompañado por un joven. Su auto estaba de cabeza a media calle. El chico le dio la mano y se retiró. "Cuando entramos en la vía rápida empecé a acelerar", dijo Cástulo sin esperar a que Felipe preguntara algo. "No sé por qué lo hice, vi que me adelantabas y apreté aún más el acelerador. Pensaba que no debería sentir lástima por mi soledad, por la muerte de Edelmira, ni por nada. La autocompasión es una afición de mediocres, me decía, y no dejaba de acelerar. Un momento después se me cerró un coche, di un volantazo, golpeé el borde de protección, y mi auto se volcó". No se había levantado de la banqueta, a veces miraba el carro destrozado, a veces se sobaba el ojo donde le habían colocado unos vendoletes. No supo cómo sucedió, agregó, sólo sintió que se levantaban las ruedas traseras. Se aferró al volante, no llevaba puesto el

cinturón de seguridad pero sintió que un brazo lo sujetaba. Cuando el coche cayó sobre el pavimento empezó a
escuchar un ruideral. "Me dio la impresión de que pasó
mucho tiempo antes de que cayera. Como es obvio, tardé
sólo unos segundos, pero fue el tiempo suficiente para
que pensara que Edelmira no quería que me muriera".
Cuando el auto se detuvo, el ruido se había extinguido
y sólo quedaba en sus oídos un eco blanco y uniforme.
Cástulo estaba acostado sobre el techo. Por un grito de la
calle supo que no había muerto. "No me toque", advirtió al joven que trataba de sacarlo por una ventanilla. Se
puso en cuclillas para saber si se había roto algún hueso, y
descubrió que del ojo izquierdo salía un chorro de sangre.
Se tapó el derecho y supo que seguía viendo. "La herida
sólo había dañado el párpado, y yo no sólo estaba vivo
sino que había conservado intactos los dos ojos. Tuve la
sensación de que vivía simultáneamente en el alejamiento
y en la increíble proximidad de mi cuerpo". Hablaba en
cámara lenta, como si el accidente le hubiera sucedido a
otro. Le pidió al joven que lo ayudara a salir, vio el carro
de cabeza, y pensó que se había salvado de milagro. "Pasó
una ambulancia, le pedí a un enfermero que me revisara
el ojo y lo limpiara por si tenía algún vidrio. Él me puso
los vendoletes".

En la mañana fueron a ver a un cirujano, esperaron a
que los atendieran en una sala (muy distinta a la del chino,
por cierto). Cuando los hicieron pasar, B. volvió a narrar
el accidente mientras el médico le daba tres puntadas mínimas. "Tal como lo cuenta", dijo el galeno metiendo la
aguja en el párpado, "es para que se hubiera muerto. En
vez de eso le quedará una cicatriz que con el tiempo pa-
recerá una arruga". Fue cierto, aquella pequeña línea roja
sobre el ojo izquierdo acabó confundida con el entramado
de arrugas de sus párpados, si no la acariciaba era imposible percibirla. El accidente, aquella cicatriz, fue lo único
que quedó de la acidia en que B. se hundió después de la

muerte de Edelmira. Desde entonces empezó a recuperarse pero nunca volvió a manejar.

A los pocos días del accidente, Felipe y Cástulo fueron a comer a *El Mirador*, la cantina que está frente al Cerro de los Chapulines. "He pensado que la volcadura se debió a un acto melancólico", dijo B., "como cuando olvidas que tienes que cerrar la llave de la estufa cuando te vas a dormir. De manera inconsciente deseaba hacerme daño, a lo mejor hasta me quería suicidar. Para mi fortuna, algo, alguien, me sostuvo pegado al asiento y me salvó la vida. El estruendo que hicieron los vidrios al romperse fue una señal de salvación. Nunca dejé de escucharlo por más insoportable que fuera". La ausencia de su mujer lo había llevado a ese instante, empezó a acelerar hasta que se volcó, y quizá fue ella misma, su mujer, quien lo mantuvo sujeto al asiento. Se salvó de milagro, como dijo en la banqueta, la cicatriz estaría siempre ahí, sobre su ojo izquierdo, para recordárselo.

Habían transcurrido, cuando más, catorce meses desde el día del accidente, y Cástulo Batalla parecía haberse repuesto de sus secuelas. Sin embargo, el abrigo de pelo de camello que caía de cualquier forma sobre los hombros arrastraba un resto de aquel incidente hasta el consultorio estrambótico en que esperaban al chino. "Siempre será el tipo que encontré milagrosamente sentado en la banqueta observando su auto porque se negaba a sentir lástima de sí mismo", pensó Felipe.

—¿No estás exagerando, B.? —preguntó mientras se levantaba para mirar los retratos de los ancianos. Más de uno tenía un enjambre de arrugas sobre los ojos. Quizás ahí radicaba su sabiduría y por eso los enterraban con sus muertos.

—¿Exagerando?, ¿exagerando en qué, güey?

—En lo de Gregorio y la posible infidelidad de tu mujer. Nomás exagerando.

—Te garantizo que el cabrón le traía ganas a Edelmirita. ¿Cómo me puedes decir que estoy exagerando? ¿No te das cuenta de que estoy a punto de perderla? Ya la perdí una vez, no soportaría perderla de nuevo.

En ese momento apareció Lee vestido como mandarín. Recordaba al doctor Fu Manchú de las películas de los años cincuenta.

—¿En qué poder servir humilde oriental? —preguntó.

Cástulo lo vio, Felipe lo vio, el mismo chino los vio alternadamente. No dijo ni preguntó nada, sólo se movía de un lado a otro sin perder la mirada de sus visitantes. B. quiso decir algo pero no pudo. En su cara brillaba el desconcierto que tenía cuando estaba sentado en la banqueta después del accidente.

Lee no era chino sino un vietnamita veterano de la resistencia contra los muchos extranjeros que invadieron su país. Le decían chino porque en Santomás se les dice chinos a todos los orientales, desde los japoneses hasta los malayos, allí todos son chinos. Nadie se acordaba cuándo llegó a vivir al Edificio Condesa pero su prestigio se había extendido más allá del barrio de oriente, y a su consultorio llegaban pacientes de toda la ciudad. Para los vecinos no resultaba agradable que cualquier pelagatos se parara en la puerta para solicitar sus servicios, pero como muchos de ellos seguían su régimen a base de tés solubles (que Lee daba en pequeñas bolsas de papel estraza), aguantaban con paciencia las molestias que su popularidad les acarreaba. Se decía que era un hombre tan enigmático como sabio, que sabía resolver cualquier problema. Su fama de médium provenía de que había puesto en contacto a un par de jóvenes, los hermanos Solell, con su difunto padre. Era una historia estrafalaria (en la que Cástulo había intervenido) que formaba parte del conjunto de leyendas que acrecentaron no sólo el prestigio de Lee, sino el del mismo Edificio Condesa.

—Mi mujer me engaña, doctor —dijo Cástulo llevando las manos a la cara—. ¡Me engaña con mi compadre! Es inconcebible. Edelmira era tan... pero tan...

Felipe no podía creer lo que escuchaba, y por el gesto que enturbió su mirada, tampoco el doctor Lee (hasta ese día nadie le había dicho doctor). B., por otro lado, fue incapaz de informar lo "tan... tan..." que había sido la difunta.

—No poder ayudar caso infidelidad. Buscar detective o abogado —comentó el chino—. Ser más práctico, a menos que buscar remedio para indiferencia.

—No, no, la indiferencia nunca. Este asunto me concierne, me importa, y mucho. Tiene usted razón, doctor... es infidelidad, infidelidad flagrante...

Era extraño que se sirviera de esos términos, engaño e infidelidad, pues muchas veces B. había afirmado que en las relaciones que sostuvo con otras mujeres mientras estuvo casado nunca hubo ni engaño ni infidelidad, quizás otra cosa, pero que no se le podía acusar de esos delitos. Lo confirmó, inclusive, en un inesperado monólogo que sostuvo frente al cadáver de Edelmira. ¿Por qué ahora, sin que tuviera pruebas en su contra (fuera de un sueño estúpido), la acusaba de ser infiel o de engañarlo flagrantemente? Felipe evocó el cuerpo inerte y débil que Edelmira tenía antes de morir, aquel cuerpo que le pareció de una carnalidad terrible gracias a la enfermedad, aquel cuerpo convertido doblemente en cuerpo, del que ahora sólo quedaban los celos con que Cástulo todavía la acosaba.

—Usted recordará, doctor, que la señora Edelmira, la supuesta infiel —dijo Felipe—, murió hace más de un año.

Lee dirigió a B. una larga mirada. El desconcierto y el encono se daban la mano en sus ojos oblicuos.

—¿Cómo saber que estar engañando? —preguntó el chino con el ceño fruncido—. ¿Qué querer decir engaño?

No dejaba de caminar con pasos de bebé, tomaba sus morteros o abría un frasco para olisquear su contenido. Cástulo, en un ademán muy suyo, se palmeaba la papada para ver si la hacía desaparecer.

—Saberlo saberlo, no lo sé —agregó B. muy circunspecto—. Mire, mi querido médico, no sé si usted cree que los sueños predicen cosas, pero yo sí lo creo, y anoche soñé que mi mujer estaba en el cielo a punto de jugarme las contras. Se va a ver con un tipo que le quiere caer desde hace una eternidad, seguro tendrán un lío, y a ese lío yo lo llamo engaño. Con todas sus letras: en-ga-ño...

—Técnicamente —dijo Felipe—, podrías hablar de engaño si no te hubieras enterado, pero Gregorio tuvo la delicadeza de avisarte que le daba una fiesta a tu mujer, o sea que ya estás enterado. ¿Cómo puedes acusar a Edelmira?

—¿De qué lado estás? —le preguntó Cástulo—. ¿Del de Gregorio o del mío?

Le hubiera contestado que del de su esposa pero el chino se le adelantó.

—Explicarse para saber cómo ayudar.

B. empezó a repetir lo que ya le había contado a Felipe: que Gregorio, su compadre, había fallecido años antes, que en su lecho de muerte le confesó que Edelmira fue la pasión de su vida, y que ahora que ambos estaban muertos, el canalla le organizaba una fiesta de bienvenida o despedida, no lo sabían bien, en la sección del cielo donde se encontraban juntos.

—Tengo la impresión —concluyó Cástulo— que será una orgía con mucha ambrosía y esos licores embriagantes que beben los dioses. No va a resistirse, doctor, yo la conozco, una copa de esa enervante bebida la pondrá a cien.

—¿Conocerla en ese estado? —preguntó Lee.

—Sí... La conocía... Cuando le daba a beber un desarmador, el *screwdriver* que le dicen, un coctel de jugo de naranja con vodka, al que yo agrego un toque muy personal con unas gotas de Pacharán, el famoso licor navarro, Edelmira tornábase una máquina sexual... No voy a narrar aquí nuestras experiencias, pero fueron muy intensas... Más que intensas, diría yo...

—Como se dice —comentó Felipe al calor del relato—, unas copas de ambrosía la pondrán como una moto.

—Eso —gritó, aulló, lamentó Cástulo—, como una moto que viaja sin control.

—Cosas no ser así en otra vida —dijo Lee—. Pero entender problema.

—Comuníqueme con ella —pidió Cástulo—. Ayúdeme para advertirle cuáles son las intenciones de mi compadre. Yo le confesé algunas cosillas en su velorio que no quiero que malinterprete y vaya a creer que puede actuar a sus anchas.

—¿Qué ser cosillas?

—Estaba devastado —respondió B. con las manos trenzadas por la espalda— y le confesé tres o cuatro aventurillas sin importancia... Sin importancia para ella, claro está... Lo de Gregorio sería diferente... Fue mi compadre, mi compadre del alma el muy hijo de la tal por cual...

—Contactar espíritu no ser fácil —advirtió Lee—, pero tomar riesgo.

Felipe creyó que Lee iba a someterlos a un largo interrogatorio antes de proceder a la convocatoria de la difunta, pero sólo alzó los hombros y los hizo pasar a la sala que estaba tras el biombo. Una joven (que igual que la criada podría haber sido japonesa, coreana, o tailandesa) estaba sentada en el suelo, sobre sus pantorrillas. Llevaba un vestido negro que se abotonaba a lo largo del cuerpo. Era delgada, de piernas torneadas, y cara inmutable. Apenas vio a los recién llegados, los invitó a que se acostaran en un diván. Felipe y Cástulo repitieron su ensayo de sonrisas idiotas mientras ella les pasaba unas pipas en las que, con la llama de una vela, había calentado un recipiente de latón. El chino fue el primero en dar una larga bocanada. Felipe se acordó de que en *El americano impasible*, la novela de Graham Greene, el narrador confiesa que su joven amante prepara con tanto cuidado sus pipas porque entre ellos existía la superstición de que un amante que fuma opio siempre vuelve.

En pocos minutos la habitación se cobijó con el humo que desprendían las pipas y todo parecía flotar a unos centímetros del suelo. Lee tronó los dedos, la muchacha alzó la cara, sus pupilas se agrandaron, se puso en pie y ayudó a los visitantes a levantarse. Su leve voz parecía llenar el cuarto de calidez humana. A Felipe le pareció que el busto le había crecido en esos pocos instantes. Los condujo hasta un armario cuadrangular, más alto que cualquiera de ellos, de color bermejo, que en sus paredes ostentaba el rico decorado de las cajitas chinas. Lee introdujo una llave dorada en una cerradura y el armario se abrió con un chirrido. En un reducido espacio había una banca adosada a las paredes y una mesa al centro. El chino se metió, se sentó al fondo, e invitó a Cástulo y a Felipe a ocupar los asientos laterales. La joven cerró la puerta y se sumieron en la oscuridad.

—Está esperándonos —dijo Lee.

—Quiúbole, Cástulo —escucharon que decía Edelmira (la voz de Edelmira, más bien) desde un sitio que no pudieron identificar.

—¡Mi vida! —gritó B. con júbilo—. ¿Cómo has estado?

—Muy bien, corazón —comentó Edelmira—. Déjame decirte que las toallas me ayudaron muchísimo.

—¿Las toallas? —preguntó B.—, ¿qué toallas?

—Las del tratamiento, ¿qué no te acuerdas? Te diría, para que me entiendas, que llegué aquí con una condición bárbara. Ya sé que no fueron muy útiles con mis pobres riñones, pero le sentaron de perlas a mi alma.

Se refería a un tratamiento que había recetado un tal doctor Michán. Mojaba un paño en agua fría, se envolvía la cintura con él, y lo cubría con una faja de plástico; dos horas después lo cambiaba, esta vez humedecido con agua caliente. Así, seis veces al día. Edelmira cumplió con este rito durante siete u ocho semanas, pero no sirvió de nada. Cuando murió, entre Cástulo y Felipe tuvieron que sacarle el último paño que le habían enrollado entre los dos.

—Deberías intentarlo, cariño —agregó Edelmira—. Hazlo una semana sí y otra no, a lo mejor no te sirve pero cuando estés acá no te vas a arrepentir.

—¿Acá es el más allá, Edelmirita? —preguntó Cástulo.

—Qué nombre tan chistoso: ¡más allá! —dijo Edelmira con una carcajada.

—¿Cómo lo llaman ustedes, doña? —intervino Felipe.

—¡M'hijito! Qué bueno que viniste —dijo ella con alegría—. Perdona que no te saque de la duda, pero nos tienen prohibido filtrar información.

—¿Nos consideran unos intrusos, Edel? —exclamó B. con sorpresa.

—Es una manera de verlo, ciertamente, pues después de todo, cuando llegas aquí te sientes un intruso y lo que has aprendido en la vida no te sirve de mucho.

—Díganos una cosa —la interrumpió Felipe—, ¿existe el infierno, o como usted decía, todo se resuelve con la reencarnación y el karma?

Se hizo un largo silencio. Felipe tomó la mano de Cástulo por encima de la mesa esperando la respuesta de Edelmira. Se acordó de un chiste que le venía como anillo al dedo a esa situación. Moisés baja del Monte Sinaí donde Dios le ha entregado las Tablas de la Ley, y le dice al pueblo elegido: "Les tengo dos noticias, una buena y una mala". El pueblo elegido, encrespado, grita: "Dinos la buena, dinos la buena", y Moisés, con voz de vendedor de Biblias a crédito responde: "Después de arduas negociaciones con Jehová pudimos llegar a un arreglo, y en vez de dieciocho mandamientos los hemos dejado en diez". El pueblo elegido aplaude frenéticamente y pide que le den la otra noticia: "La mala", dice Moisés, "es que se quedó el no fornicarás. Los folladores se irán al infierno".

—No comprometer señora —dijo Lee.

—Edelmira, yo sí tengo que preguntarte algo importante —intervino Cástulo—, algo que nos concierne a los dos, y en lo que no te puedes salir por la tangente: ¿Está Gregorio contigo? ¿Es cierto que te hace una fiesta?

—No entendiste nada, ¿verdad? —contestó Edelmira con tono avinagrado—. Gregorio se presentó contigo porque yo se lo pedí, ¿no captaste mi mensaje?

—¿Se han enredado? ¿Estuviste enamorada de él y me lo ocultaste?

—No… noo… nooo…

¿No se había enamorado de Gregorio, o ese largísimo y distante no, como si fuera letra de bolero, se refería a que B. no había entendido nada?

—Acabó sesión —sentenció Lee.

Desesperado, envalentonado por los celos, Cástulo abrió la puerta del armario y se precipitó donde los esperaba la joven oriental. El fogonazo de la luz deslumbró a Felipe: tuvo la impresión de ver, a través de la tez de la chica, los rasgos de la calavera de azúcar que estaba junto a los cuadros de los ancianos.

—No… noo… nooo… —dijo el chino como si fuera el eco de la voz de Edelmira—. ¡Cerrar puerta antes que alma escape!

No hubo remedio. La figura de Cástulo —alta, fuerte, delgada— se recortaba en un intenso haz de luz.

Fue así —nueve horas después de que Gregorio se hubiera aparecido en sueños a Cástulo Batalla, entre la una y la una y media de la tarde del 3 de abril de 1994, dieciocho meses y un día después de que había muerto— que el espíritu de Edelmira Pajares salió a vagar por el mundo ancho y ajeno.

Antes de que se retiraran, Lee los detuvo, y entrecerrando los párpados malévolos dijo lentamente que Cástulo, Felipe, su ayudante, y él mismo, eran responsables de devolverle a Edelmira la paz que había alcanzado, y de la que fueron efímeros testigos. Entre más rápido la trajeran de regreso al armario sería mejor, pues el tiempo jugaba en su contra. B. no mostró ningún signo de inquietud aunque el chino lo espiaba con reproche por la rejilla oblicua de su mirada. Quizá no era la primera vez que un alma se escapaba de su enorme caja chinesca, pensó Felipe.

—Almas liberadas ser rejegas —advirtió Lee—. Costará hacerla volver.

—¿Es peligroso, doctor? —preguntó Felipe.

—No poder dejarla vagando por ahí... sensibilidad espíritu correr peligro...

—Mucho peligro si quedar —dijo la joven sin venir a cuento.

—Peligro para todos —concluyó el chino—. Nadie debe verla más que marido.

Cástulo no hablaba, veía el piso como avergonzado, como ocultando algo.

—Señor B. tomar té —ordenó Lee—, poder ver esposa y convencerla venir.

La asistente le entregó una bolsita de papel de estraza con el té en polvo que le permitiría ver a su mujer. Felipe miró a la chica, se preguntó qué rol iba a jugar, y por qué Lee la incluyó entre los testigos de la paz de Edelmira si no había estado dentro del armario. Desde hacía un rato venía observando que su sombra era la mitad de oscura que la de las personas normales. "Si fuera la mía", pensó, "no me gustaría que fuera una sombra tan pálida". Aunque, dadas las circunstancias, la sensación de estar por esfumarse debería procurarle algún bienestar. Ella, ajena a sus elucubraciones, lo miraba con ojos que rebosaban comentarios silenciosos. En el arte del disimulo Felipe nunca había pasado del curso elemental, y no era momento de presumir de facultades que no poseía, así que se despidió de mano de su anfitrión, sostuvo la de la joven más allá de lo recomendable por la prudencia y salió turbado porque presentía que se estaba metiendo en un lío cuyas consecuencias eran impredecibles.

—Vamos a beber un martini como nomás yo sé prepararlos —dijo B. cuando salieron del departamento de Lee—. Tengo que contarte algo. ¿Tienes tiempo?

—No tengo ninguna prisa —dijo Felipe con la cara ardiendo.

Había olvidado que supuestamente había una modelo con quien debía reunirse para continuar lo que, también supuestamente, empezó la noche anterior.

Dos

Su asistente acompañó a los visitantes, y el chino Lee, solo frente a su armario, trató de comprender lo que había pasado. Hacía tres días que un visitante se había presentado para pedirle que lo ayudara a traer a la señora Edelmira, y desde entonces nada parecía embonar. Estaba sentado en ese mismo lugar y podía recordar la inesperada visita como si estuviera sucediendo nuevamente. Trabajaba en sus notas cuando escuchó un crujido de goznes, se volvió hacia el armario y observó el lento desplazamiento de la puerta, cuyos dibujos abigarrados parecían haber cobrado vida propia. No apareció nadie pero Lee barruntó una presencia extraña. Las agujas del reloj marcaban las seis de la tarde, cargando en su rigidez de lanza una cruel indiferencia. Intuyó que, sin haberlo convocado, un espíritu había venido a verlo. Esa era la expresión correcta, verlo, pues él estaba imposibilitado para responder a su mirada. A los espectros no se les puede ver sin correr el riego de que se acostumbren a las metamorfosis que los vivos les imponen, y acaben convirtiéndose en lo que los científicos llaman ectoplasmia o emisión de ectoplasma: un resto líquido parecido a la cera fundida.

Como nadie lo había visitado de esa forma en su largo trato con los seres del otro mundo, Lee se preguntó si el espíritu estaría conciente de los peligros que lo acechaban. "Soy Gregorio Flores Esponda", dijo una voz como emitida a través del eco. Vaya a saber quién era pues nunca había conocido a nadie con ese nombre. Lee empezó a caminar con pasos muy cortos tratando de ganar tiempo. "¿Qué querer de mí?", preguntó, "¿por qué aparecer de esta forma?". "Estoy al tanto de lo que pasa en su armario", contestó el fantasma, "vi lo que hizo con el señor Solell y necesito que me ayude". El chino sabía que aquella experiencia con el viejo anarquista iba a traerle consecuencias, pero los ruegos de Maribel, su hija, le partieron el corazón. Inicialmente había accedido a comunicarse con el difunto para probar la eficacia de su armario, pero la chica le dijo que si hablaban con su padre, qué más daba que le permitiera volver un ratito. Debió haberse negado pero Lee había ido haciéndose cada vez más blando y cedía a cualquier componenda que le propusieran. Aquel trasiego entre muertos y vivos lo había convertido en un hombre sentimental, y era capaz de observar su aquiescencia como si fuera el testigo de una vida que parecía no pertenecerle. Aceptó traer al fantasma del viejo Solell por unas cuantas horas, inconsciente de cuales iban a ser las consecuencias de tal desatino.

"Hijos convocar viejo Solell y por eso él aparecer, ¿cómo haberlo hecho usted?", preguntó el chino apartando la mirada, o creyendo que apartaba la mirada del armario, como si el fantasma estuviera parado junto a la puerta. "Tengo que confesarle algo", comentó Gregorio con gravedad. "Yo nunca me he ido, soy de esas almas que se han quedado vagando por aquí. Se las llama ánimas, según creo recordar". "Seguir sin entender", dijo Lee como si no le importara lo que insinuaba el fantasma. "Tengo un problema", comentó Gregorio. "El alma de mi amiga Edelmira Pajares está por reencarnar, pero necesita esperar un poco".

Era lo más loco que Lee había escuchado en su vida. Es cierto que los espíritus rondan por un tiempo a los vivos, pero al final siempre se van y, hasta donde él sabía, partían de lo más contentos. Con la reencarnación sucedía igual, a cualquier espíritu le urge encontrar un cuerpo nuevo.

Como si leyera su pensamiento, el fantasma empezó a narrar una historia demencial: resultaba que en el sistema reencarnatorio, por llamarlo de algún modo, había habido trastornos estructurales. Al principio de los tiempos Dios había tenido que trabajar sin descanso para dotar de alma a cada uno de los hombres que se iban sumando a la humanidad, usando de vez en cuando las almas de quienes iban muriendo para que iniciaran el largo proceso de la reencarnación. Todo ocurrió de esta manera hasta que llegó un momento en que con los difuntos que se fueron acumulando hubo suficientes almas para abastecer el desarrollo del proceso, y ya no fue necesario crear ni un alma adicional. "Entre quienes morían y nacían", comentó el fantasma, "se logró un justo equilibrio: la misma cantidad de muertos y de vivos para reencarnar continuamente, y que el Creador pudiera descansar como preveían las Escrituras". Los problemas empezaron con la explosión demográfica del medio siglo, el llamado *baby boom* de los años cincuenta, con el que Dios no contaba (o si contaba no se lo dijo a nadie), pues hubo un año en que con la cantidad de niños que nacieron, la humanidad rebasó la cifra de habitantes que había habido desde el principio de los tiempos, y por consiguiente, se acabaron las almas disponibles para reencarnar. O sea que si ya había más vivos que muertos, el Creador tuvo que ponerse manos a la obra para hacer un alma nuevecita. "Llevábamos años reencarnando los unos en los otros", dijo Gregorio, "pero de repente apareció un alma sin experiencia, y después otra, y otra más, hasta que se reestableció el equilibrio *anímico* y el proceso reencarnatorio siguió adelante".

¿A quién perteneció esa alma primigenia?, se preguntó el chino, ¿quién fue ese ser que volvió a vivir la experiencia del primer hombre y empezó a aprender todo, literalmente, en cuerpo y alma?, ¿fue un genio o un crápula?, ¿hizo avanzar a la humanidad o a su inexperiencia se debe el retroceso que sufre la humanidad?

"¿Qué tener que ver eso con señora Pajares?", preguntó el chino. "¿Lo del alma nuevecita?", inquirió Gregorio. "Sí, alma nuevecita". "Pues que gracias a la explosión de almas las normas para reencarnar han cambiado", respondió el fantasma con tono virulento, "y ahora se da preferencia a las ya nombradas almas nuevecitas. Edelmira no lleva muchas reencarnaciones que digamos, pero son las suficientes para suponer que faltaba tiempo para que la llamaran. Sin embargo, un mensajero celestial, lo que se conoce como un ángel, vino a notificarle que ya tenía que partir. La desdichada había estado en contacto conmigo desde la primera estancia reencarnatoria, y cuando llegó el aviso se dio cuenta de que tenía unos asuntitos pendientes con los vivos, y yo pensé en usted".

Lee seguía sin creer tanta barbaridad pero le parecía imposible que un ánima hubiera tomado el riesgo de aparecerse por sí misma sólo para inventar semejante patraña. Tenía que reconocer que no era la primera vez que se enteraba de disparates similares, y aun, debía aceptar que las peticiones desquiciadas de los muertos habían ido en aumento con los años, lo que abonaba a favor de la teoría de don Gregorio. ¿Había que atribuir la ambición desordenada que parecían tener al fracaso del Plan Divino?, se preguntó Lee. Sin mucho ánimo, concluyó que era posible que las almas tuvieran que esperar antes de avanzar en lo que, según la conversación que acababa de sostener, se podría llamar simplemente *El Proceso*. "Parecer que dioses diseñar sentimiento ambición no sólo para uso de hombre vivo sino también muerto".

Se sintió cansado y torpe. Llevaba a cuestas una vida que siempre se desviaba. Lee pertenecía a la clase de hombre a quien la realidad —tanto como la irrealidad— lo había asaltado para despojarlo de sus primeras intenciones. Era un veterano de la guerras de Indochina y nada debería sorprenderlo. Siendo adolescente había participado en el ejército nacionalista que expulsó a los invasores franceses y cuya victoria facilitó que la convención de Ginebra reconociera la independencia de lo que se llamó Vietnam del Norte. Al consolidarse la paz, un anciano trashumante lo tomó bajo su protección y le enseñó a manejar las artimañas de la salud y de la vida. Durante algunos años ejerció la medicina en un país dividido por la voracidad occidental, y aunque deseaba la unidad nacional, se acostumbró a vivir en aquel territorio cercenado y se olvidó de la política. El joven Lee sólo quería empaparse de la sabiduría ancestral en que lo instruía su maestro, pero cuando se desató la guerra unificadora contra Estados Unidos, la leva lo obligó a enrolarse en el ejército. Fue demasiado para su sensibilidad, las ansias de ejercer la medicina le carcomían el alma cada vez que empuñaba un fusil. Matar y querer curar eran términos contradictorios, se decía avanzando por los arrozales, matar y querer curar no van tomados de la mano a pesar de que se asesinen invasores.

Hastiado de balear gringos, un día se encontró por casualidad con un desertor norteamericano herido en medio del campo. En vez de rematarlo, curó sus heridas y lo ayudó a huir. Así era Lee, se dejaba guiar por sus intuiciones, e intuyó que salvar a aquel desertor era mejor que asesinarlo. Matar y querer curar no van tomados de la mano, se dijo una vez más. Pasaron unos días refugiados en una choza abandonada hasta que pudieron partir. Los dos estaban cansados de la guerra, se dijeron, o eso dedujeron de las señas que hacían mutuamente. Cruzaron la frontera y el desertor consiguió un poco de dinero, le entregó parte a Lee en signo de agradecimiento, como pago o lo que fuera, y se separó de él frente a una agencia de viajes, aconsejándole que tomara un avión que lo llevara lo más lejos que pudiera, es decir, lejísimos. Dónde es lejísimos, preguntó Lee, y el desertor gritó el nombre de una ciudad mientras se alejaba. Lee entró temeroso a la agencia y repitió el nombre que le dijo el desertor, o lo más parecido al nombre que dijo el desertor. A la joven que estaba tras el mostrador le pareció entender la palabra Santomás, y le extendió un boleto de ida. Lee tomó el avión al día siguiente y se fue para siempre de Indochina.

Recién llegado a su nuevo destino, un inspector lo interceptó en el aeropuerto. "Uy, uyuí", dijo. Lee observó la manera en que, atusando sus bigotazos, revisaba su pasaporte, y sin discutir le entregó el dinero que llevaba encima. El bigotón lo condujo al Edificio Condesa, donde lo ocultó en el cuarto de azotea. Ahí permaneció Lee, encerrado como un perro, leyendo una pila de libros que estaban en una mesa. De manera milagrosa —¿de qué otra manera llamarla?— aprendió los rudimentos del español. Tenía algún conocimiento que le permitía descifrar alguna frase, pero no se explicaba la facilidad con que memorizaba verbos y sustantivos, y aunque nunca pudo saber para qué servían los artículos determinados, descubrió que podía entender aquel idioma sonoro y sofisticado. "Santomás querer decir unión de anhelos", pensó sin saber qué significaba la frase, "lo contrario de Indochina". Apenas formuló este pensamiento se sintió enganchado a una locomotora cuyo destino ignoraba.

Una mañana se dio cuenta de que el inspector se había olvidado de él y salió a tomar el sol. Para su fortuna se encontró con Joan Solell, un exilado catalán, a quien sus convicciones no sólo le habían arruinado el regreso a su país, sino que habían atizado sus ilusiones. Lo primero que Lee vio al salir de su escondite fue el cuerpo rechoncho de

Solell arrumbado en una esquina de la azotea, dormitando al sol el ensueño de su pasado. Alumbrado por otra de las intuiciones que lo harían famoso, el chino fue a sentarse a su lado hasta que el exiliado se despertó gracias a la mirada intensa que Lee había fijado en él. "Curar nostalgia", fue el críptico mensaje que el oriental lanzó al aire, y sin agregar nada más llevó a su paciente al cuarto donde se escondía. Un desconcertado Joan Solell se acostó en el único camastro que adornaba la habitación, observó a Lee sacar unas finas agujas que fue encajando a lo largo de su cuerpo sin que él emitiera ninguna queja. Una semana después (y tres tratamientos administrados en silencio), Solell era un hombre nuevo. Gracias a la acupuntura había encontrado la manera de burlar la melancolía: convenció a los fundadores de un equipo de futbol de barrio para que se lanzaran a lo grande, ese fue el nacimiento del Club Atlante (un conjunto de jóvenes aguerridos que se haría famoso utilizando el color azulgrana del club más famoso de Barcelona), y ese fue, también, el principio de la vida pública de Lee, quien entendió que en Santomás todo era posible.

La muerte de Joan Solell, cinco años después, fue un hito más en la vida que Lee había enganchado a una locomotora que no era la suya. Se enteró del mal que condujo a su amigo a la tumba por uno de los vecinos. La noticia lo desconcertó, Solell estaba muy apegado a él y debería de haber intuido su enfermedad. Tendría hacer algo, se dijo, descifrar el mensaje de aquella muerte inesperada, y partió a los bosques. En la ladera de una de las cordilleras que rodean Santomás, seleccionó maderas para construir un armario como el que tenía su maestro en Indochina. Conservaba de su mentor una colección de retratos de quienes habían sido, a su vez, sus maestros, y contemplándolos había columbrado lo que tenía que hacer para entender el significado del deceso de su amigo.

A decir verdad, llevaba tiempo buscando la manera de llevar a cabo aquella empresa. Muchos años antes, recién llegado al Edificio Condesa, vinieron a buscarlo de parte de los hermanos Esponda, un par de jóvenes peleoneros que se sentían agraviados porque la esposa de uno de ellos se fugó con un fuereño. Habían partido a la caza de los prófugos pero en la boca del río algo los detuvo y por más intentos que hicieron no hubo forma de que cruzaran la bahía y pudieran alcanzar la ciudad de Santelena, donde seguramente se refugiaban los amantes. Lo mandaron llamar porque temían un maleficio, y el chino fue al astillero donde habían establecido una suerte de campamento militar. La vida de Lee en Santomás, hasta ese día, había ido de sorpresa en sorpresa, pero ninguna había sido tan intensa como la experimentó en ese momento: apenas se paró frente al mayor de los Esponda sintió que una fuerza desconocida lo poseía y lo obligaba a hablar. "Cruza río si sacrificar hija". No entendió por qué emitió aquella sentencia cruel. El dolor que reflejaba el rostro de su interlocutor le hizo daño, pero lo que dijo a continuación lo persiguió durante muchas semanas. "Entonces el oráculo tenía razón. Tendré que entregar a mi hija para conseguir una embarcación", comentó el hombre como si desde ese momento estuviera derrotado. Seguramente alguien antes de que él llegara ya había dado a conocer la sentencia que el chino se concretó a confirmar. No sabía lo que significaba la palabra oráculo, e intuyó que su significado era clave para entender el derrotero que iba a tomar su vida. Uno de los libros que guardaba de su encierro en un cuarto de la azotea del Condesa le dio la razón. Oráculo era, en una de sus acepciones: "Respuesta que da una pitonisa a la consulta de un lego, inspirada por los dioses o los muertos que se hacen presentes en su voz". Lee sabía —supo desde el mismo instante en que leyó el significado— que no había sido ningún dios quien lo inspiró: eran sus muertos simbolizados en las pinturas que le regaló su maestro, fueron esos ancianos arrugados los que se manifestaron en su voz, ellos, quienes le imponían llevar a cabo la tarea que lo había traído a Santomás. Fue la primera vez que pensó en construir un armario como el que había visto en la sala donde recibió sus primeras enseñanzas en la lejana Indochina, un armario que fuera un pasadizo de la muerte a la vida. No supo, sin embargo, cómo llevar a cabo tan extraña misión. Tendría que tener otras experiencias, pensó, y no le quedaba más que esperar.

En otra ocasión (poco tiempo antes de la muerte de Solell) fue invitado a una comida por tres mexicanos. Había muchos inmigrantes de Latinoamérica en Santomás, y aunque la comunidad mexicana era la más pequeña, destacaba por lo exótico de sus costumbres. Aquel trío tenía una fama más que extravagante, y como la de Lee no le iba a la zaga, lo convidaron a la fiesta del día de muertos. Cuando llegó a la misteriosa celebración, Lee se encontró con lo que sus anfitriones llamaban *altar*. Un silencio húmedo se cernía sobre la habitación, y el chino creyó escuchar el hálito de los difuntos que flotaba en cada objeto del tabernáculo. Lo más curioso era que ni los ramos de flores amarillas, ni el incienso dulzón que emanaba de las ollas, ni ninguno de los otros objetos, tuviera como propósito honrar a deidad alguna. Lee comprendió que para aquella gente la muerte no existía, y que el altar enaltecía *la vida* de los muertos. "Mi hermano volverá esta noche para comerse los platillos que le hemos dejado", dijo uno de los mexicanos. Lee observó la foto del difunto entre orlas de papel picado, y su mirada cayó en una calavera multicolor, hecha al parecer con azúcar, que estaba al centro de una parafernalia de paramentos que rodeaban la fotografía. Un letrero sobre la frente indicaba que pertenecía, o era, la del propio Mario, el hermano que volvería para saciar su glotonería como si nunca hubiera muerto. "Altar ser pasadizo", pensó Lee y evocó el armario de su maestro, el armario que él tendría que reproducir en Santomás si no quería condenarse a ser un oráculo.

Al finalizar el rito, el chino se llevó la calavera y la colocó sobre una repisa, al lado de los dibujos de los ancianos que había heredado de su mentor para absorber su sapiencia. En ese cráneo multicolor pensaba Lee cuando recogía las maderas para iniciar la construcción de su armario. "Altar ser pasadizo", se decía, "si poder construir armario, amigo Solell decirme como ser otra vida".

Dar forma a aquel mueble —tan extravagante como el altar de muertos de los mexicanos— no fue nada fácil. Lee recordaba el armario de su maestro pero le costaba trabajo seguir el rastro de su memoria. Pasaba horas acariciando la nervadura de las maderas que había recolectado, y las pulía con caliche y brea como si fuera a construir una caja de resonancia. Evocaba la superficie rugosa de la calavera de azúcar y la voz de sus anfitriones que, bebiendo tequilas sin parar, hablaban con Mario como si ya hubiera regresado del más allá para degustar sus platillos favoritos. "Hay pasajes de muerte a vida", decía Lee, "mi maestro descubrió y mexicanos imitarlo. Ser cuestión encontrar callejón de eco".

Cuando no sabía cómo continuar con la minuciosa elaboración que requería el armario, contemplaba los retratos de los sabios esperando que una idea ocupara la mente que él trataba de mantener vacía. "Matar y querer curar no van tomados de la mano", decía observando los retratos, "no es lo mismo vivir que querer volver a vivir: hay pasajes de muerte a vida".

Tuvo que esperar hasta el 20 de noviembre de aquel remoto 1985 para comprobar que el armario funcionaba. En esa fecha se presentaron Joaquim y Maribel Solell, los hijos de su viejo mecenas, y le pidieron que los comunicara con su difunto padre. Le explicaron que Cástulo Batalla los había llevado a su puerta, asegurando que él los podía ayudar. Lee comprendió que se iniciaba la última escala del sinuoso camino que lo había traído desde Indochina, en que la noche de difuntos con los mexicanos y la muerte de Joan Solell habían jugado un papel primordial.

¿Cuántos años habían pasado desde esa ocasión?, ¿diez, trece, quince? Mucho tiempo de cualquier forma.

Entre las sombras que producía la pálida luz de las lámparas de papel que colgaban en las esquinas, Lee evocó los espíritus que habían transitado por su armario en ese lapso. Aquel trasvase de almas le dio una serenidad de la que antes carecía, pero le había producido una fatiga insuperable, como si cada manifestación le hubiera quitado un tanto de energía. Si hasta ese día se había servido de la voluntad de los deudos para convocar almas descarriadas, Gregorio Flores Esponda fue el primero que se apareció por propia voluntad, lo que le había producido un cansancio mayor. Lee no pudo dejar de pensar en el hastío que lo había conducido hasta el soldado norteamericano a quien, en vez de rematar, utilizó para huir de Indochina.

Trató de ver al fantasma pero de inmediato resistió la tentación. "No lo haga", le pidió Gregorio, "he venido porque confío en usted, si no, quizás hubiera ido a buscar ayuda a otro lado". Sintió que aquellas palabras —llanas y sinceras— estaban cargadas de algo profético: una mano extendida que escondía las aguas negras de un secreto. "Tener razón", contestó Lee avergonzado, "no preocuparse, yo ayudar, pero necesitar de familiar, sólo afecto convocar muertos". "Ya lo sé. Edelmira y yo lo hemos hablado, y le puedo asegurar que en pocos días lo vendrá a visitar Cástulo Batalla, el marido, el ex marido más bien, de ella. No sé con qué pretexto va a venir, pero no haga caso, sólo convoque a Edelmira". El chino no dijo nada: Cástulo Batalla era el hombre que había conducido a los hermanos Solell hasta su puerta. Presentó una sola objeción: "Necesitar promesa que señora Edelmira volver armario". "¿Cuánto tiempo puede darle?", preguntó el espectro. "No más de trece días", dijo Lee. "Antes de eso la traigo de vuelta", prometió Gregorio. Lee no agregó nada, y con su silencio aceptó ayudar a Edelmira Pajares para que volviera al mundo de los vivos.

Si fue cierto que Cástulo Batalla se presentó para solicitar auxilio alegando puras babosadas, tal como ocurrieron las cosas no quedaba claro que el alma de la difunta, ahora en fuga, fuera a volver al armario. Aún más, era posible que ella no hubiera querido escapar y que no conociera la promesa que había hecho Gregorio. Después de que la convocó, la señora Pajares se había comportado con toda naturalidad y Lee no podía precisar qué le hacía recelar de ella, pero conjeturaba que el diálogo que había sostenido con su marido escondía otras intenciones. Una opresiva sensación se apoderó de él. Sus recuerdos vagaban entre tinieblas y sólo su enorme caja chinesca brillaba al fondo de la habitación. Los cuidados trazos, las grecas y los dibujos que resaltaban sobre el laqueado solferino, no parecían de su invención: el mundo había dejado de ser el sitio placentero que había habitado hasta entonces. ¿Por qué, si otros espíritus habían escapado de su armario, le inquietaba que la fuga de Edelmira resultara catastrófica?

Por más que sintiera que el mundo le era ajeno —ancho y ajeno— no podía hacer nada más, ya le había encomendado al señor Batalla traer de vuelta al alma en fuga, y sólo quedaba esperar. Un resquemor, sin embargo, lo asaltó en el momento en que cerró la puerta del armario: ¿estaría doña Edelmira al tanto de los peligros que la acechaban?, ¿sabía lo que sucedería si alguien, además de su marido, la observaba?

Tres

Cástulo presumía de preparar el martini como un consumado barman. Alguna vez había escuchado a Luis Buñuel dar las instrucciones precisas de cómo hacerlo, y cuando tenía un auditorio *ad hoc* —aunque fuera de una sola persona— las seguía casi al pie de la letra. "En una coctelera se pone ginebra helada", decía en voz alta. "La coctelera debe ser transparente pues a continuación hay que poner una botella de vermouth blanco, de preferencia *Nully*

Pratt, frente a una ventana que filtre el sol, y sostener durante un momento la coctelera por detrás de la botella para que la energía solar pueda trasmutar el sabor del vermouth a la ginebra". Soltaba una carcajada y agregaba lo que llamaba *su toque*: "Yo sí pongo unas cuantas gotitas del *Nully Pratt* dentro de la coctelera, pues carezco de aptitudes alquímicas, pero ojo, Buñuel no hacía esto". Vaciaba entonces el martini en copas que previamente había enfriado con hielos salpicados con licor de angostura.

Aquella tarde, después de la sesión espiritista con Lee, B. preparó los cocteles según el dictado de Luis Buñuel, mirando de reojo a Felipe para verificar que siguiera cada paso del proceso. Sacó dos copas cónicas, vertió varias gotas de licor de angostura, puso hielo, agitó los cubitos para que impregnaran las paredes de cristal con la esencia de angostura, y los aventó sobre el fregadero con maestría.

—Ya está —dijo sirviendo la mezcla que reposaba en la coctelera transparente—. Esto nos ayudará a aclarar las ideas.

Se habían sentado en los bancos de la barra de cantina que Cástulo había acomodado entre el living y el comedor. A su lado estaba la vitrina en la que Edelmira colocaba las figuritas —de porcelana, marfil, vidrio soplado o alabastro— que fue reuniendo en sus viajes. B. hubiera tenido ganas de desembarazarse de ellas para no tener constantemente los ojos heridos, pero sólo le pedía a la chica de servicio que las limpiara mientras él estaba ausente.

—¡Salud! —dijo Felipe sin saber por qué brindaba.

—Por Edelmira —apuntó Cástulo—, quien debe andar por aquí.

—¿De veras crees que tuvimos contacto con ella? —preguntó Felipe.

—Estoy seguro —respondió Cástulo humedeciendo los labios con un trago de martini—. Maribel Solell me contó que el chino había contactado a su padre, y que platicaban con él con una cierta regularidad.

—Creí que era una patraña.

—Para nada. Yo mismo la llevé con Lee. Ella y su hermano querían ponerse en contacto con su progenitor, que en vida fue un rabioso nacionalista catalán, para enterarlo de la muerte del General Francisco Franco, y a mí, no sé por qué, se me ocurrió que Lee podría ayudarlos.

—¿A poco desde entonces creías en la otra vida?

—Pues no, pero después del éxito de Lee empecé a creer, y cuando Maribel me contó lo que les había pasado cuando se manifestó el difunto, no me quedó más que aceptar los hechos como son: el otro mundo existe, sí señor.

Felipe llevaba un rato preguntándose si habría vida después de la muerte, y en su caso, si podría hablarse de ella (o *desde* ella) con el desenfado que lo había hecho Edelmira. Era refractario a creer que hubieran contactado con el otro mundo a pesar de que los hermanos Solell aseguraran que lo habían hecho. Tuvo la tentación de abrir una ficha (que llamaría *Voces de ultratumba*) para ver si descubría el engaño en que el chino los había hecho caer. Felipe era el tipo de persona que no comprende las cosas hasta que descubre su entramado de referencias, y siempre está duro que dale con que fulanito dijo esto, o zutanito confirmó con su dicho lo otro. Durante toda su vida había leído sin tregua, y atesoraba un talento excepcional, no sólo para interpretar los textos que pasaban por sus manos, sino para establecer asociaciones insólitas entre ellos y los hechos desbalagados de su vida. Su empatía con los libros era tan grande que confería a muchos personajes de ficción el mismo valor que a las personas que había tratado durante años. Se podría decir, incluso, que gracias a sus lecturas pasaba más tiempo en la Europa de principios de siglo que en el Santomás que vislumbraba la llegada del nuevo siglo. En ese momento, por ejemplo, la firmeza de B. le trajo a la mente la historia de Harry Houdini, el escapista rumano, que aseguraba que la voz de su difunta madre lo había salvado para llevar a cabo el gran espectáculo de su vida. Según había leído en varias novelas de misterio, Houdini se había metido esposado dentro de un baúl, cerrado por gruesas cadenas, que una grúa iba a sumergir dentro de un lago congelado. El acto se inició con el público rodeando un agujero que se había practicado en la capa de hielo que cubría el lago; cuando la grúa cargaba la caja, ésta se desprendió y fue a parar al fondo del agua; sin saber qué pasaba, el escapista se deshizo de esposas y cadenas, salió del baúl, pudo nadar hacia la superficie, pero se topó con el hielo; nadó unos metros y encontró un pequeño espacio entre la capa y el agua para poder respirar; fue entonces cuando escuchó la voz de su difunta madre, y siguiendo su rastro llegó hasta la abertura por donde había caído.

Después de haber escuchado el mensaje que le salvó la vida, Houdini quiso ponerse en contacto con el alma de su madre. Tenía la sensación de haber perdido la secuencia espiritual de su vida, o mejor, de haberla recuperado por un instante para extraviarla al momento siguiente. Mientras nadaba hacia su salvación, la voz que atribuyó a su mamá le permitió comprender que en ese momento habitaba —también habitaba— otra dimensión. En los años siguientes consultó a todos los espiritistas que le recomendaron sin que ninguno fuera capaz de hacerle escuchar la voz que lo había socorrido. Siempre se topó con farsantes, y murió sin saber qué había provocado el éxtasis que lo salvó.

¿Cuáles podían ser los poderes de Lee para conseguir aquello en lo que Houdini había fracasado?, ¿qué tenía que ver la secuencia espiritual de la vida que el mago rumano buscó con tanto afán, con la alegría con que B. bebía su martini? La historia de Harry Houdini tenía los elementos de un buen drama, era simbólica y por lo tanto reveladora, pero Felipe no veía los mismos atributos en la de Cástulo. Sintió el impulso de anotar todo lo que se le había venido a la cabeza (la secuencia espiritual de la vida le parecía un tema más que revelador) pero el hilo de la conversación lo trajo a la realidad, si es que su entorno se podía llamar todavía así: *realidad*.

—Ahora todo encaja —dijo B.—. Te voy a confesar algo que me había callado.

Felipe tomó la copa rebosante de martini con tres dedos, dio un largo sorbo, y sintió la ginebra helada quemándole la lengua.

Lo que Cástulo le contó mientras esperaban que Lee los recibiera era cierto con puntos y comas, pero había callado que cuando se levantó de la cama por la sorpresa de haber soñado con Gregorio, descubrió en el cuello de la camisa que había usado la noche anterior la huella de unos besos pintados con bilé.

—Esos besos no estaban ahí cuando regresé a casa —comentó observando en su copa el leve color ámbar del coctel—. Es más, no podían estarlo porque la noche anterior no estuve con ninguna mujer. Como sabes, se cumplía otro aniversario de la muerte de Edelmirita, y fui a beber al lobby bar del Gran Hotel Dorá, el de la calle Maipú, para resolver un problema que me está matando: es cierto que sentía que mi mujer estaba rondándome, pero no es menos cierto que me traigo un lío bárbaro con dos amantes con las que me enredé hace más de seis meses. Cuando estuviste conmigo, con tu amiguita la modelo, te iba a pedir que me acompañaras para contarte mi situación, pero te vi tan metido con ella que decidí enfrentar solo mi dilema. Bebí no sé qué tanto, pero no estuve con nadie.

Hizo una pausa para descubrir algún signo de resentimiento en la cara de Felipe, pero él estaba dando un último trago a su martini, lo observaba a través del fondo de la copa, y Cástulo no pudo desentrañar sus pensamientos.

—Es más, te digo algo: si la huella de esos besos apareció en el cuello de mi camisa y Gregorio me habló en sueños —agregó B. preparando otra copa con licor de angostura y hielos—, no puede significar otra cosa más que

Edelmirita está enterada de mis líos de faldas y desde la víspera quería comunicarse conmigo.

No era suficiente un fantasma, además había dos cuerpos de carne y hueso acechando desde un rincón de la ciudad. La historia de B. —sin ser simbólica y mucho menos reveladora— dejaba en nada a la del ilusionista Harry Houdini, y parecía una ociosidad que Felipe las hubiera comparado.

—Los martinis —dijo, pues fue lo único que se le vino a la cabeza— son como los senos de las mujeres: uno es muy poco pero tres son monstruosos.

—Casi igual que las mujeres —comentó Cástulo sirviéndose su segundo coctel—. Sobre todo si te relacionas con ellas al mismo tiempo.

Carmen Zamacona viuda de Roca, conocida por sus íntimos simplemente como Carmelita Zamacona (para hacerse la moderna utilizaba su nombre de soltera y había eliminado el apellido que la ligaba a su difunto marido), era una mujer millonaria, que dirigía una cadena de tiendas de moda —boutiques con encanto, las llamaba ella— que resistió la competencia que significó para el pequeño comercio la llegada de los centros comerciales. Había iniciado su negocio en los años sesenta, cuando la buena sociedad de Santomás buscaba la manera de distinguirse del arribo masivo de la clase media. Enviudó al finalizar la década de los setenta, heredando una jugosa fortuna que permitió que su cadena —La Marsellesa—, recibiera el impulso definitivo.

Cástulo y Edelmira la conocieron en un crucero de fin de año. Habían viajado para festejar el fin de una de las tantas crisis económicas que asolaban al país, y durante la cena de año nuevo, los latinoamericanos se fueron reuniendo lejos de la tripulación que gritaba *happy new year* como si el inglés fuera el idioma universal. Habían decidido celebrar entre ellos mirando hacia el Lucero Austral, pero el brindis se echó a perder porque los argentinos no se sentían parte de esa chusma, porque los mexicanos pertenecían a América del Norte y no tenían por qué brindar viendo hacia el sur, y porque los venezolanos querían descubrir una estrella famosa que estuviera sobre el puerto de La Guaira. Al amanecer, los pocos vecinos de Santomás se encontraron al lado de la alberca. Entre ellos estaban Edelmira y Cástulo Batalla; Carmen Zamacona viuda de Roca; Chencho y Rafaela Muntarola; Paulina y Roberto Echenique; Esperanza y Rubén, el Chato Rodríguez. Estuvieron lanzándose miraditas dizque joviales hasta que Carmelita, la única mujer sola entre las cuatro parejas, hizo un movimiento rumbero con los hombros, y mirando a un punto incierto del universo, dijo: "Al demonio el Lucero Austral, al demonio el Puerto de La Guaira. ¡Brindemos por la vida que nos espera!". Todos dieron un grito de entusiasmo, levantaron su copa, alguien lanzó una serpentina y otro más dio un chiflido estridente: en ese momento nació el bullanguero Grupo de los Nueve, que de regreso a la excéntrica ciudad de Santomás se reuniría los viernes en la noche para jugar cartas.

Desde el principio, Cástulo cautivó al Grupo con sus chistes, con la facilidad que tenía para organizar juegos de mesa, la manera como sabía distender las tensiones cuando surgía una discusión inesperada, pero sobre todo, por su don para inventar aventuras insólitas. Para muestra basta un botón: en un viaje posterior que hicieron a París, B. fue a pasear con Chencho Muntarola, dejando que el resto de sus amigos perdiera el tiempo en almacenes para turistas. En la noche, con el grupo reunido en *La Coupole*, contó que en Las Tullerías se habían encontrado con Picasso, sí, con el mismísimo Pablo Ruiz Picasso, el geniezazo del siglo XX. Cástulo se acercó y le preguntó si era él, y él, Picasso, le dijo que sí, que era él. No hizo falta más, se abrazaron, B. dijo que era publicista y Chencho contador —"contador de los buenos, mi estimado" agregó con una sonrisa taimada— y el geniezazo del siglo XX los invitó a tomar una copa; desatornilló la cabeza de su bastón, sirvió el líquido que guardaba en el mango usando el tapón de plata como copa, brindó con ellos, y les pasó el improvisado vasito después de dar un sorbo. "¿Cómo sabes que era Picasso?", preguntó Roberto Echenique. "Porque él me lo dijo", contestó B. "No, tú le preguntaste si era él, y él contestó que sí era él, porque lo era, fuera quien fuera". "¿Tú crees que me iba a equivocar, Rober?". "Dalí sí usa bastón, no dudaría que lo llevara lleno de coñac y que el mango sirviera de vasito", replicó el contrincante antes de que lo interrumpieran. "A Cástulo, yo le creo hasta el bendito", terció Carmelita. Era la clase de mujer que encuentra arrebatadora la pintura de flores, pero que miraba horrorizada un cuadro cubista. Todos se burlaban de ella pero ninguno quiso contradecir la firmeza con que dio por zanjada la discusión.

El prestigio de Cástulo se fue a las nubes y las señoras lo miraban embobadas, se sentían provocadas por su simpatía pero de ahí no pasaban, su conducta (menos la de Esperanza Rodríguez, como se verá en su momento) fue irreprochable. No es de extrañar, por eso, que un año después del fallecimiento de Edelmira, y a pesar de que la lloró como una Magdalena, Carmelita dirigiera a B. una carta, que él no pudo calificar más que de "muy mandada".

—Para que no vayas a creer que miento —le comentó Cástulo a Felipe en el momento en que terminaba su segundo martini—, y pienses que nomás estoy presumiendo de galán, te la voy a leer. No esperaba una carta así. En vida de Edelmira, Carmelita nunca me insinuó nada, pero un día, sin previo aviso, al puro descontón como se dice, me encontré un sobre que alguien había aventado por debajo de la puerta de mi departamento.

Dejó su copa sobre la formaica roja de la barra, apretó el nudo de la corbata, y fue a su habitación. Regresó con un cofre de madera entre las manos.

—Aquí están los tesoros de la incipiente vida erótica de mi viudez —dijo con solemnidad—. Cuando me muera te los voy a heredar.

Sacó con cuidado dos hojas de un sobre rosa, se colocó unas gafas tipo John Lennon, tosió, y empezó a leer la misiva erótica:

Querido Cástulo... mi Cástulo:
Hace años que quería hacer de tu conocimiento el estado en que me sumo cuando te veo, y por ello, hoy te anexo un poema que describe la febril pasión que me inspiras. Pasión que nunca me hubiera atrevido a poner sobre la mesa si no hubiera fallecido Edelmira. Tengo culpas, no te creas, pero no puedo evitar, en mis noches de insomnio, morder la almohada al evocar poéticamente tu cuerpo. Te sueño desnudo, me descubro imaginando tu pecho velludo, y tu... tu... tu d'esa...
¿Qué me detiene?, me pregunto. Estás libre, estoy libre, y poseo la riqueza que nos permitiría recorrer el mundo en busca de placeres. No..., ya nada me detendrá a menos que decidas echar por la borda la vida que te ofrezco.
Ya encontraremos la forma de hablar. Por lo pronto, adivina en mis ojos el fuego con que has atormentado mis solitarias noches de lujuria inconsumada.
Tuya, tuya, sólo tuya, y únicamente tuya... tu Carmela arrebatada...

Era sorprendente la entonación que daba B. a la lectura, pero sobre todo las pausas en las que levantaba los ojos para saber el efecto que estaba haciendo en Felipe. Seguramente llevaba días estudiando la forma en que leería la carta, y era posible imaginarlo frente al espejo ensayando cada uno de sus ademanes.

—El poema venía adherido a la carta —agregó Cástulo con el tono de quien se ve obligado a ir hasta el fondo de las cosas—, se llama *Tu d'esa*, y reza así:

He soñado con tu d'esa.
La vi erguida frente a mí,
—altanera y orgullosa—
brindándome el líquido viscoso de su entraña.
Eras tan ella, vida mía,
que me parecía que transmutaba las facciones
del tierno rostro de tu cara.
Eras tan tu d'esa, que ahora, cuando estoy contigo,
parece que mi sueño se hace realidad,
que la tomo entre mis manos
—altanera y orgullosa—
y aflora en ella la sonrisa
por la que fallecen mis desvelos.

Por la mente de Felipe pasó la imagen de un enorme tótem en forma de pene, en cuyo glande, como si fuera la sonrisa del gato de Cheshire de *Alicia en el país de las maravillas*, aparecían los labios delgados de Cástulo Batalla.

—Pues lo que se dice una buena poeta —comentó—, lo que se dice una poetisa, Carmelita Zamacona no es, pero tienes razón, es muy mandada. Quién diría que una señora que, según tú era tan decente, iba a escribir esas cosas. ¿Cómo te fue cuando enfrentaste el fuego ocular que atormenta sus deseos?

—No me dejó verlo —contestó B. con su, a partir del poema, famosa sonrisa prendida de los labios—. Al día siguiente me llamó para invitarme a un crucero por Alaska. "En un barco nos conocimos", me dijo, "en un barco nos inmolaremos. Yo pago, no te preocupes".

—Cursi, pero generosa la tal Carmelita. ¿Qué le contestaste?

—Nada, ya tiene los boletos, pero todavía falta para que nos embarquemos.

—Pues tendrás que cumplir. Te vas a divertir de lo lindo viendo iglúes, pingüinos, y bailando al ritmo frenético de una banda de esquimales.

—El problema es que, como te anticipé, tengo otra novia —dijo B. con tono pícaro.

Cástulo Batalla conoció a Elizabeth Littlewood el día en que llevó los dibujos para la campaña de Navidad de los cinturones Hitchcock. Era una chica menuda, de rostro moreno y ovalado, donde resaltaban sus ojos negros. Tenía un cuerpo en el que las caderas redondas y compactas daban la impresión de acompañar su mirada profunda. Se podría decir, reduciéndola a rasgos esenciales, que su personalidad era un destilado de ojos con nalga. En su empresa varios vendedores estaban enamorados de ella, pero Elizabeth los despreciaba porque los chicos de su edad la aburrían y prefería, a sus veinticinco años, ligar con hombres mayores. "Me atrae de cuarentón p'arriba", decía cuando preguntaban por sus gustos. B. andaría por los sesenta y muchos o los setenta y pocos, pero se veía de unos cincuenta bien !levados, y como pensaba (o sentía, que en su caso era lo mismo) que las mujeres de poca edad podían facilitar su recuperación emocional, se le había abierto el apetito por seducirlas.

—El flechazo entre nosotros —dijo Cástulo esparciendo los hielos regados con angostura para servir un nuevo martini— fue instantáneo. Cuando me presenté a la cita con el Gerente General, don Wilfredo Castro, nos rendimos el uno al otro.

Elizabeth Littlewood lo hizo pasar a la sala de juntas y le preguntó si se le ofrecía algo mientras esperaba a su jefe. "Que se quede conmigo", respondió B. "¿Dígame?", preguntó ella con una sonrisa que acentuó la profundidad de sus ojos y provocó el leve oscilar de sus caderas. "Que se quede a conversar", repitió Cástulo, "¿no me preguntó si se me ofrecía algo?". "Me refería a tomar café, té o agua". "Ya veo. Pues tráigame un café negro, negrísimo, como sus ojos". Elizabeth salió y él se quedó prendado del movimiento sincopado de sus nalgas. Tuvo la impresión de que producían un sonido ausente, como si su ropa interior ronroneara. "Debe ser de signo Leo", se dijo, "es una chica peligrosa". Esa noche sabría que había atinado: era Leo, y era peligrosa.

La joven puso una taza frente a él y dijo que salía a las siete. "Si quiere platicar", agregó sin quitarle la mirada, sin parpadear siquiera, "espéreme a esa hora en el bar que está en Avenida de mayo y 16 de septiembre. No se desespere si me demoro, a veces don Wilfredo me pide algo de última hora, y puedo retrasarme unos minutos". B. tuvo un incierto ataque de celos: ¿qué podría pedirle el gordinflón a esa mujercita que quería encontrarse con él al caer la noche?

Llegó al bar a las siete menos diez. Empezaba a oscurecer y la esquina ochavada de la calle se había llenado con un corrillo de jóvenes que discutían a los gritos el último partido de futbol. Cástulo solía ir ahí para tomar un *pisco sour* y platicar con el cantinero y un grupo de banqueros que usualmente tomaban un aperitivo antes de comer. Esa noche ignoró a todo mundo y se sentó junto a una de las columnas de madera que habían dado fama al establecimiento desde principios de siglo. "Esta ciudad nos enloquece", pensó, "sólo a alguien que vive aquí se le pudo haber ocurrido construir un lugar que parece traído de otro sitio y otro tiempo".

Cuando la vio entrar con el abrigo hasta los tobillos (como el que usaban las chicas de Santomás, siempre pendientes de la moda europea), el paraguas que adornaba su manera de caminar, y los ojos negros que eran como dos luceros, B. se levantó y Elizabeth avanzó hacia él con el movimiento de caderas que lo había cautivado esa mañana. "¿Cómo está?", dijo ella ofreciendo la mejilla. Él la besó en la boca. "¿Tan rápido? Deja que tome un pisquito", pidió Elizabeth abandonando el usted con que lo había saludado. Cástulo ya tenía dos vasos con el coctel preparados en su mesa. "Nos lo tomamos y vamos a mi estudio para fotografiarte".

—Sonrió —contó B.—. Esa fue su respuesta, una sonrisa, y pude escuchar el ronroneo de su ropa interior. "¿Eres Leo?", le pregunté. "¿Qué comes que adivinas?", me contestó llevando el *pisco sour* a la boca. Ya estaba loco por ella.

El estudio de Cástulo se encontraba en la azotea del Edificio Condesa. B. había rentado tres cuartos de servicio, los unió para formar una estancia, y tiró las paredes exteriores para poner un ventanal desde el que se dominara la amplia boca del río De la Cruz. Cuando empezó a olvidar el duelo por la muerte de Edelmira, después del accidente de auto, acondicionó esa especie de loft como si fuera piso de soltero. Pintó el interior de colores, colgó cuadros hechos por él mismo (a los que se refería como *el catálogo de mi imaginería erótica*), y produjo el ambiente sensual que siempre había soñado con lámparas de pie colocadas en las esquinas. La noche que llevó a Elizabeth, la tonalidad ambarina de las paredes, las luces amoratadas, y las provocadoras imágenes de sus pinturas, obraron el efecto que buscaba. La condujo hasta un banco que estaba al centro del estudio y le desabrochó el primer botón de la blusa. Enfrente había una cámara montada en un tripié. "Dime Liz", pidió ella, "suena más bonito".

—Le hice ocho fotografías y en cada una fui desabrochándole un botón. Me dejaba hacer sin protestar cuando la besaba y le acariciaba las costillas.

La última foto se la tomó sin blusa, mostrando los pechos cubiertos por el sostén, y con la falda tableada recogida para que se vieran sus muslos delgados, muy delgados, de adolescente perversa. Fue ella quien se quitó la falda y B. constató que sí, su ropa interior ronroneaba como un felino. La edad de su piel se había detenido a los dieciséis años, mientras la intensidad de sus ojos y la sensualidad de sus caderas eran las de una mujer de treinta y tantos.

—Dio un salto de pantera para abrazarme y apretar sus muslos contra mi cintura. Casi no pesaba, era más ligera de lo que había pensado, aunque, para serte sincero, no había pensado un solo instante en lo que pesaba.

Cástulo empezó a dar vueltas mientras Liz le besaba el cuello, las orejas, y le revolvía el pelo. Tuvo pánico de que a su edad tuviera una eyaculación precoz, pero con tanta vuelta y los muslos apretados contra los riñones, el entusiasmo le alcanzó para dominar el calor que amenazaba con incendiar su glande. Lo atravesaba una añoranza profunda, un ejército de hormigas corrió sobre sus sienes, su mente se convirtió en la paleta de un pintor en que se mezclaban todos los colores. Quizá por eso se le aflojaron las piernas. Liz no pesaba nada pero no la aguantó y cayeron al suelo, ella encima y él de espaldas, pues B. tuvo la precaución de no lastimarla con el batacazo. Rodaron llevándose de corbata varios cojines y una mesita de tres patas. Antes de que ella se corriera lo acaballó por atrás. Cástulo tuvo la sensación de que estaba en un incierto lugar del espacio y veía a la joven moviendo las caderas de atrás hacia adelante. Desde ahí la escuchó gritar de placer y sintió un líquido escurriendo entre sus nalgas.

—Nos habíamos desnudado después de que serví vino de Mendoza y la invité a tenderse junto al cojín en que había simulado que me poseía —dijo Cástulo entre trago y trago de su martini—. Me confesó que le gustaban los mayorcitos pero nunca había sido novia de un hombre que pudiera ser su padre. Sin qué ni para qué agregó que yo era el primer cincuentón que se comía. Me extrañó que dijera que éramos novios, pero más me sorprendió que hubiera usado el verbo *comer*.

Tuvo razón, comprendió Felipe con una lastimosa clarividencia: Liz devoró —a horcajadas sobre su vientre y viniéndose en sus glúteos— al Cástulo que deambulaba por la vida sin saber cómo retomar la hebra de su destino.

—Era lampiña —agregó B.—. Toqué la piel que bordeaba su sexo y supe que se había rasurado poco antes. Me acordé de la odalisca de Marià Fortuny, que no sé si lo has notado, pero no tiene vello en el pubis. Debe ser la primera mujer que aparece como un *shaved angel*, como les dicen ahora. Liz me dijo que sentía cosquillitas. Fue una frase torpe pero sonó tan dulce que se me paró el corazón, y le pedí que me regalara sus braguitas para acordarme de su coño rasurado.

"El sexo es un tormento, una adicción, una enfermedad congénita", anotó Felipe en una ficha mental mientras B. sacaba las bragas de su cofre y las sostenía con el dedo índice y pulgar de la mano derecha. La libido de Cástulo se había deshecho de la tristeza para instalarse entre aquellas dos mujeres, y por lo que acababa de contarle, ¡qué mujeres! Por la mente de Felipe pasó la imagen de un Ave Fénix que corre desaforada tras una banda de incendiarios. Esa fue la desconcertante idea que se le ocurrió de pronto: B. había muerto carbonizado en el velorio de su mujer para renacer de entre sus cenizas: el retorno feroz del deseo sexual que había descrito era una especie de reencarnación. Esa fantasía —la imagen de Ave Fénix que se inmola a voluntad— habría de perseguirlo sin piedad durante los días siguientes.

—Aquella noche salí de una larga convalecencia —concluyó Cástulo con la primera parte de su relato— y cuando Liz se retiró de madrugada olisqueaba estas bragas como si hubiera realizado un recóndito anhelo, aunque me faltaba vivir una experiencia tan intensa como ésa. Supondrás que con Carmelita esperaba, si esperaba algo, un acto sexual que fuera como la conmemoración de algún hecho remoto, pero resultó todo un acontecimiento.

Carmelita Zamacona lo invitó a cenar la semana que siguió a la sesión fotográfica en que empezó a coger con Elizabeth Littlewood. Como no la había visto desde que leyó su insinuante misiva, B. pensaba agradecerle los sentimientos que de manera tan prolija había descrito. Le diría que se sentía halagado y abrumado al propio tiempo, y no tenía palabras para expresarle la conmoción que le había causado. "Pero estoy confundido", pensaba agregar con la solemnidad del caso. No estaba seguro a qué se refería con el *pero* de su declaración, ni qué iba a decir si Carmelita lo cuestionaba. "¿Qué significa *pero* estoy confundido?". "Pues verás", contestaría, "*pero* es una conjunción adversativa que se utiliza para contraponer un término a otro, o sea que si tu carta me halagó, el halago es el primer término de la declaración, *pero*, y aquí viene la objeción...". "¡Aja!", podría decir Carmelita, "conque tienes objeciones a pesar de que he puesto mi fortuna a tus pies". Era un *pero* muy peligroso, pensó Cástulo. Para no meterse en camisa de once varas se imaginó confesando que tenía novia, que se llamaba Elizabeth y le decían Liz de cariño, y aunque era chica lo había trastornado. Chica, chica, es un decir, podría apuntar, ahora las muchachas maduran antes. Digamos que es joven, eso, más o menos joven. "Joven pero madura", agregaría para darse cuenta que también se podía decir "joven y madura", y que el *pero*, otra vez, estaba de más. Desechó ésa y cualquier otra idea porque su larga carrera de amante furtivo le aconsejó guardar silencio. No había ley que lo culpara por relacionarse con quien quisiera, pero Cástulo pertenecía a los amantes que operan en lo oscuro, a quienes les gusta ocultarse para que nadie se entere de su vida. Lo que encontró en Liz no tenía que ver ni con su juventud, ni con el amor, ni siquiera con la pasión, sino con la belleza de la clandestinidad. "La persona que pierde su intimidad lo pierde todo, quien se priva voluntariamente de sí mismo es un monstruo", se dijo.

—Me esperaba parada en la entrada de su casa —agregó B. frotándose las manos—: vestía al estilo Hollywood, y parecía la versión nacional de Mae West. Decidí no decirle nada de Liz, y esperar a ver hasta dónde quería llegar.

Sus labios —sanguíneos, escarlatas— brillaban en su cara ocultando sus facciones. Sus caderas redondas, sus senos mullidos y sus piernas carnosas evocaban el estilo inconfundible de las mujeres de los cuarenta. B. se había puesto un terno negro del año de la muerte de Agripina que le sentaba de perlas. Para que no quedara ninguna duda de que estaba en busca de una relación abierta, Carmelita le advirtió que se había disculpado con los muchachos (así se refirió al Grupo de los Nueve). "No quería que se enteraran por otros de que vamos a estar solos en mi casa", le informó caminando por delante. Cástulo la siguió pensando que nunca se había dado cuenta de que sabía mover sincopadamente el culo, que de una manera primordial lo volvía hacia él para que comprendiera que no necesitaba reprimir el deseo de tocarlo, pero se detuvo a pensar en lo que diría el Grupo de los Nueve si se atrevía a hacerlo. Imaginó a Roberto Echenique reclamándole que se hubiera dejado llevar por sus instintos, a Chencho riendo sin voz mientras él describía el nalgatorio de su protoamante, y a Esperanza Rodríguez observándolo con rencor porque se había entregado a una hembra fofa. Prefirió olvidar a sus amigos y se concretó en la diligencia con que Carmelita se hacía seguir. "¿Fofa, cómo se puede llamar fofa a este mujerón?".

—Estaba muy buena, lo que sea de cada quien —comentó Cástulo—. Las ansias se le desbordaban por todos lados pero se quería hacer la dura conmigo: ella, Mae West; yo, Marlon Brando.

La sala estaba penosamente iluminada y desde algún lugar se escuchaban los acordes de *Extraños en la noche*, con la orquesta de Berth Kaempfert. Carmelita desapareció y Cástulo se sentó en un sillón, encendió un cigarrillo y vio aparecer la figura draculesca de un mesero. Llevaba una charola en frágil equilibrio sobre los dedos, que le acercó para que tomara un vaso. "Manhattan", dijo. Cástulo no supo si era una especie de contraseña para que en el futuro se entendieran entre sí, o si se refería al coctel que le ofrecía. No se lo preguntó porque descubrió la silueta de Carmelita recortada sobre el haz de luces de una puerta.

"Salud, querido", dijo alzando su vaso. "Salud", respondió B., pero se abstuvo de beber porque presintió que Edelmira —su recuerdo, su espíritu, o lo que fuera— flotaba entre ellos. "He preparado una cena afrodisíaca en tu honor", comentó su anfitriona sentándose a su lado después de empinarse su copa.

Como Cástulo no quería que el recuerdo de su mujer, o la nostalgia que todavía sentía por ella, volviera a abatirlo, empezó a besar a Carmelita. Ella no se opuso al toqueteo ni siquiera cuando él metió la mano bajo su escote. En efecto: no era para nada una mujer fofa. Tampoco es que fuera una beldad, pero mientras la acariciaba de arriba abajo, Cástulo se dio cuenta de que llevaba mucho tiempo admirando su armonía corporal porque conservaba el parámetro estético de su adolescencia. "Me agrada tu vientre", susurró B. dando vueltas con su dedo alrededor de su ombligo. "Siempre me ha gustado que tenga formita", contestó ella entre gemidos. Carmelita pasaba por cursi pero se había definido con un diminutivo que arrojaba una luz insospechada sobre su carácter. B. tuvo que reconocer que lo que más le gustaba de aquel cuerpo era que tuviera *formita*. "Desde que contaste tu aventura con Picasso supe que sería tuya", agregó ella poniendo los ojos en blanco.

Cástulo se percató que no tenía la menor importancia que estuviera enredado con Liz, pues podía atender a dos amantes sin ningún problema. Pisó sin querer la trampa de la nostalgia y se sintió transportado a su juventud, renació en su boca el dulce sabor de la ilegalidad, cuando a escondidas besaba a una compañera de clases en un rincón oscuro, temeroso de que lo descubriera el novio de la chica; disfrutó inclusive de la posibilidad de que el espíritu de Edelmira estuviera por ahí, observando con morbo la cadencia con que su mano iba del sexo al ombligo de Carmelita, disfrutando de la redondez botticheliana de su vientre. Tomó el coctel que había dejado sobre una mesa lateral y brindó con su nueva amante. "Por tu formita", dijo bebiendo el contenido de un trago como había hecho ella. Sufrió un ataque de tos y cayó de espaldas sobre el sillón. Aquello no era un Manhattan, lo que cualquiera conoce como un Manhattan, sino una mezcla de aguardiente dulzón con algún jugo. "No es para tanto", decía Carmelita, "con la cena afrodisíaca te repones". Ya estaba hincada, con una mano palmeaba el pecho y con la otra le sobaba la bragueta. Él seguía tosiendo, no podía hablar, pero ella no esperó a que se recuperara con la cena afrodisíaca, y se lanzó a hacer lo que se conoce técnicamente como una *fellatio*. Cástulo contuvo la respiración y tuvo un momento mínimo para pedirle que no continuara. "Detente", pudo haber ordenado. Había sido amiga de su mujer, era posible incluso que Edelmira estuviera ahí, pero no pudo decirle nada porque ya estaba eyaculando dentro de la boca de Carmelita con la tos convertida en un sonoro estertor.

"Ya regreso", dijo ella limpiándose la boca con el dorso de la mano. La satisfacción había transformado sus ojos en miel. B. observó el miembro amelazado que descansaba (tan exhausto como él) sobre su pantalón, y le llamó la atención el bermellón con que los labios de Carmelita lo habían pintado.

—Parecía el Pimpinela Escarlata —dijo Cástulo que le dijo a su pito.

No vale la pena contar lo que sucedió en los poco más de seis meses que precedieron la visita que hicieron al chino, después de que B. soñara con Gregorio y tuviera el memorable ataque de celos ultraterrenos. Fueron casi doscientos días en que Cástulo barajó la pasión de sus amantes con la nostalgia por Edelmira que de tanto en tanto renacía en su corazón. Veinticinco semanas en que las visitas de Elizabeth a su estudio se alternaron con las reuniones sociales a las que lo invitaba la señora Zamacona. Si en ese lapso Liz le devolvió la condición de acróbata del sexo, Carmelita lo hizo sentir un dandy del mundo farandulero de Santomás; si Liz le provocó orgasmos cuyo recuerdo se había perdido en la noche de los tiempos, Carmelita le permitió entrar en sitios con los que había soñado; si Liz lo hizo sentir personaje de Nabokov, con Carmelita vivió el glamour de las novelas de Fitzgerald. Habiendo entrado en la séptima década de su vida (aunque la muerte de Edelmira lo mantuviera al borde de la acidia) B. vivía atormentado por el sexo, encandilado porque había redescubierto los centelleantes fuegos fatuos del erotismo. Reconocía, empero, que la felicidad que lo embargaba le hacía añorar con tierno desespero la presencia de su esposa.

—Quisiera gritar que soy novio de una jovencita que se cae de buena, y que al mismo tiempo soy el gigoló de una tipa que parece Mae West —concluyó B. con voz aguardentosa terminándose su quinto martini—, pero tengo que tener cuidado.

—¿Cuidado? —preguntó Felipe, quien a través de la plática (más bien el monólogo) de Cástulo se había hecho una imagen más bien descuidada de la relación que llevaba con sus amantes.

—Todo debe mantenerse en la clandestinidad —dijo B. con la mayor seriedad—, como intuí antes de que Carmelita acometiera su felación. En el Grupo de los Nueve pueden enterarse y se armaría la de Dios es Padre.

—Pero estás viudo, B. Soltero, libre, como quieras decirle. Claro que ellas son dos y te las tiras al mismo tiempo, pero nadie puede culparte de nada.

—Para mí hay un regusto placentero en lo furtivo, y me late que es mejor que me conduzca de esta manera. Ahora que, eso sí, me he dado el gustazo de pintarlas juntas en un mural.

—¿Pintaste un mural? —preguntó Felipe con más curiosidad que sorpresa, tomándose dos tragos seguidos de su martini.

—Una noche que me encontraba en mi estudio, tuve la tentación de dibujar a Liz y Carmelita. Escogí la fotografía de cada una que más me gustaba, y empecé a dibujarlas con una tiza de carbón sobre una cartulina de tamaño natural. Al cabo del primer boceto parecía que danzaban juntas pero que era difícil que la una llevara el paso de la otra. Liz era más estilizada, Carmelita daba la impresión de ser más armoniosa, pero ambas eran torponas. Se notaba que el baile no les iba.

En la cabeza de B. se mezclaba el rostro de Mae West con los danzantes de Matisse, el recuerdo de las piernas torneadas de Liz con las Señoritas de Aviñón de Pablo Picasso. Pintaba y borraba, hacía boceto tras boceto antes de atreverse a manchar una pared, pensando que cuando eres joven el exterior es lo que cuenta, pero al envejecer lo que resalta es lo que llevas dentro. ¿Cómo hacer compatible esta contradicción en el mural? Borraba y pintaba buscando la solución de un enigma que nunca se había planteado y que incluso en ese momento no sabía que se planteaba: ¿cómo eliminar la rivalidad de Carmelita y Liz?, ¿cómo fusionar erotismo y nostalgia, forma y formita, el exterior y el interior de sus amantes? Borraba y pintaba hasta que se paró frente a la pared escogida con una improvisada paleta de pintor.

—Rosa era el color —dijo Cástulo con un grito de entusiasmo—. Rosa carne, que uniría a mis mujeres para siempre, y empecé a pintarlas así nomás.

Lo supo sin saber cómo lo supo: tenía que provocar que, aunque en la vida fueran clandestinas, coincidieran en armonía en un sitio creado por él y sólo para él. Por más que hizo, sin embargo, no pudo evitar que una cierta discordancia se estableciera entre los cuerpos idealizados con que representó a Carmelita Zamacona y Elizabeth Littlewood.

—Terminé el mural, o llegué hasta donde mi imaginación me lo permitía, en cuatro sesiones alternadas. No acababa de darles el toque armónico que buscaba, pero no se me ocurría qué otra cosa podía hacerles. Lo único que no les había pintado era la boca, y de repente sospeché que debía colocarlas, no en la cara, sino en otra zona de su anatomía.

Siguiendo esa intuición pintó los labios de Liz en su sexo rasurado. Era la sonrisa vertical que celebraba el noviazgo que vivía apasionadamente. Puso unos labios gemelos en el ombligo de Carmelita para que resaltaran la *formita* de su vientre. Al verlos sintió la negra embriaguez que experimentó cuando tuvo el primer orgasmo con Liz, la embriaguez que le enardecía los sentidos cuando aparecía con Carmelita en un cabaré de postín y ella pagaba la cuenta. Sintió que estaba a punto de cumplir sus propósitos, y gracias al éxtasis que lo inundaba, tuvo el coraje para concluir el mural: en un extremo pintó el rostro de una Diosa que soplaba sobre la pareja. Tenía los labios que había pintado en el sexo de Liz y en la panza de Carmelita, y daba la impresión de que el viento que emergía de su boca hacía bailar cordialmente a sus amantes. Cuando se retiró para observar su obra, se dio cuenta de que la cara de la Deidad Eólica era la de una Edelmira de edad incierta, ni joven ni madura: un rostro sin tiempo concentrado en soplar. Su pintura combinaba la felicidad en que había vivido las últimas semanas con la nostalgia con que su corazón convocaba el recuerdo de su esposa.

—A lo mejor esa fue la razón por la que había empezado a pintarlo —dijo extendiendo los brazos como si estuviera frente a su mural—, entrecerré los ojos y en el manchón de colores en que se convirtieron las tres figuras, distinguí sus bocas coloradas... Eran una herida... Aunque eso, si te soy sincero mi querido Felipe, no es lo peor, sino que me estoy temiendo que los besos que ayer amanecieron pintados en mi camisa tienen que ver con esas bocas, y si me lo permites, con un cierto sortilegio que se desprende de mi mural.

—Vamos por partes: ¿por qué iba a ser lo peor? —comentó Felipe extrañado.

Se había olvidado que la larga disquisición sobre sus amantes tenía por objeto que B. le explicara el origen de unos besos que esa mañana había descubierto pintados sobre el cuello de su camisa. Así era Cástulo, daba vueltas y vueltas antes de llegar a lo que quería decir. Su manera de hablar seguía el mismo método con que había diseñado su mural, y ahora iba a comentar algo que hubiera podido decir desde el principio, sin necesidad de haberse bebido cinco martinis.

—Porque quiere decir que he metido a Edelmira en este enredo —contestó B. acariciando la herida casi invisible de su párpado—. Como te dije, ayer fui a beber al lobby bar del hotel Dorá mientras tú te entretenías con tu modelo.

Felipe trató de ver si la herida todavía estaba ahí, sobre el ojo izquierdo, pero sólo pudo ver la arruga de siempre, la vieja arruga que la protegía.

—Me había quedado inquieto desde que estuviste conmigo, no quería ver ni a Liz ni a Carmelita, y no hubo ninguna posibilidad de que alguien dejara sus labios marcados en el cuello de la camisa. Ahora pienso que tratando de armonizar a mis amantes en el mural, en realidad convoqué el hálito místico de Edelmira, y por eso sentía su presencia rondándome.

—¿No te habrás ido con unas putas, tú?

—¿Cómo crees?, si casi no les aguanto el paso a estas dos. A ti te lo puedo decir, pero si no fuera por el viagra me declaraba hombre muerto. Cuando era joven el cuerpo estaba al servicio de mis deseos, pero hoy es al revés, mis deseos tienen que rendirse ante la impotencia del cuerpo para cumplirlos al pie de la letra aunque las ganas de coger no se me quiten en todo el día.

Tosió, trató de aclarar la voz y hurtó la mirada con empacho.

—Lo que importa es que los besos de carmín son cosa de Edelmira, te lo digo yo, Cástulo Batalla. Sólo ella y yo sabemos qué significan. Por eso en la sesión con el chino le pregunté si tenía algo que decirme. No tengo claro con qué fin la pinté en el mural, pero la pinté y ya está aquí, aunque antes se hubiera anunciado con esa huella pintarrajeada que esta mañana apareció en mi camisa.

Cástulo no dejaba de sobarse el párpado y Felipe recordó que durante su accidente escuchó el escándalo que hacían los vidrios al hacerse añicos, y que una fuerza, algo como un abrazo, lo sostuvo pegado al asiento. Quizá sí, Edelmira lo había salvado como a Houdini su madre lo sacó del lago congelado, y al contactar a su mujer a través del chino, B. había retomado la secuencia espiritual de su vida, consiguiendo lo que el ilusionista rumano buscó inútilmente una y otra vez.

—¿Quieres que prepare otro martini? —preguntó Cástulo tambaleándose, ajeno a ésa o cualquier otra secuencia espiritual de la vida.

—No, estamos muy borrachos, no hemos comido y se hizo noche —contestó Felipe tomando el sobre de papel de estraza que les había dado la asistente de Lee para preparar el té—. Lo mejor será que convenzas a Edelmira para que vuelva a lo del chino.

—No sé si puedas entenderlo —dijo B.—, pero me alegro de que mi mujer haya vuelto. Aunque los besos de carmín no pronostiquen nada bueno, aunque tenga que entenderme con dos amantes y un espíritu, estoy contento. A lo mejor coincides conmigo: en la interpretación de los signos eróticos se descubre el maleficio del amor.

—¿Son unos besos tan malos, tú? —dijo Felipe vaciando té en una taza.

—Pues sí —dijo B. recibiendo el menjurje—. Malones, digamos.

Felipe tuvo conciencia de que aquel brebaje podía resultar más peligroso que los mentados besos pintados de carmín. Observó a Cástulo agitando el líquido con una cucharita después de cada trago, y sintió un escalofrío.

—Me voy, no vaya a ser que Edelmira piense que me estoy metiendo en lo que no me importa. El chino dice que sólo tú debes verla.

Cuatro

Es el mismo patio, no ha cambiado nada. Desde el zaguán, donde *supuestamente* se encuentra, puede observar los prados simétricos. ¿Cuántas veces los miró así, en una noche similar a esta, cuando sólo entraba uno que otro vecino que no hacía caso de su figura solitaria? Era un hombre con cuerpo de ropero a quien la gente confundía con guardaespaldas pero ni así lo volteaban a ver. Todo seguía igual que la última vez, hasta el chirriar de la reja era el de antes: producido por el mismo viento, azuzado por las mismas sombras, alentando deseos montunos que se repetían una y otra vez. Solía venir para atisbar la presencia de Edelmira, para saber que seguía ahí aunque no pudiera verla. Está parado bajo el árbol donde se escondía para espiar su ventana, alumbrado por la luna de siempre, bajo el cielo nuboso de Santomás que tanto placer le producía. Se sintió cautivado por la belleza de la fachada interior del Edificio Condesa, por las entradas que cada cincuenta metros se abrían para guardar en sus proporciones un resabio neoclásico. ¿Cuándo lo construyeron? De seguro durante su niñez, en los treinta o a principio de los cuarenta, pero no más allá. No se acordaba porque aquellos no eran sus rumbos y no acostumbraba venir por aquí. Pasó su infancia en Almagro, dos o tres kilómetros al norte de este barrio que todo mundo conoce como Colonia Condesa. Nadie podía explicar a qué se debía la división de Santomás en colonias, barrios, o arrabales, pero era así, Barrio de Palermo, Colonia Condesa, Arrabal de Guerrero o de Pompeya, y nadie preguntaba cómo ni cuándo se había originado tan caprichosa nomenclatura. El edificio se llamó Condesa porque fue el más ostentoso del rumbo y de inmediato se convirtió en emblema de la zona. Siempre fue muy bello, con ese sabor exótico de su fachada y el aroma a huele de noche que perfumaba el jardín desde la hora del crepúsculo.

Camina unos cuantos pasos y se sienta en un banco de la vereda. Vuelve la cabeza para observar el rectángulo amarillo suspendido en el centro de la larga pared. Su ventana es la tercera contando desde la derecha, segundo piso de la primera sección de las nueve con que cuenta el Edificio. Gregorio lo sabe de memoria, si todavía puede llamar así, memoria, al conjunto de sus recuerdos. Su compadre del alma, como le gustaba calificar a Cástulo, siempre pensó que vivir en el Condesa era signo de alcurnia, que correspondía a la posición que había alcanzado al casarse con Edelmira. Nunca aclaró cuál era esa posición, pero mientras fueron amigos le contaba historias desmesuradas de los vecinos. B. siempre había sido dado a fantasear y decía que aquí se organizó la protesta por la que se decretó la ley de rentas congeladas que fue tan importante en el reordenamiento urbano de Santomás. Debido a esa ley, los dueños del Condesa decidieron que no era negocio conservar su propiedad, y todos los vecinos, Cástulo y Edelmira entre ellos, pudieron comprar el piso que habitaban.

Como si no bastara con ese cuento, B. aseguraba que aunque tenían fama de ser una comunidad amigable, el suceso más importante del anecdotario de la comunidad era un combate —¿de qué otra manera llamarlo sino combate?— que libraron los hermanos Esponda (primos lejanos de Gregorio) con una pandilla de la República Oriental de Santelena, el país que crecía sin orden al otro lado del Río de la Cruz. Transcurría el verano de 1942, el año en que se dijo que un submarino alemán había hundido al Potrero del Llano, un petrolero de la flota de Santomás anclado en las costas de Florida, sólo unos meses después de que el Dictador que entonces gobernaba en la

República hubiera dicho que se mantendría neutral. Eran tiempos en que todo oscilaba entre la paz y la guerra, y aunque los militares santomeños pretendían mantenerse apartados de la conflagración mundial, el ánimo bélico se había colado a la población, y la comunidad del Edificio Condesa, por exótica o excéntrica que fuera, no era la excepción. Según contó Cástulo, un señoritingo, heredero de una aristocrática familia santelénica, rentó un departamento del tercer piso para pasar el verano; era tan buen mozo que los vecinos lo acogieron sin chistar; nadie supo si su actuación respondió a una pasión momentánea o si lo tenía todo planeado, pero el caso fue que el joven raptó a la mujer del Esponda menor, causando un fervor guerrero que provocó una inusitada solidaridad con el agraviado. Cástulo y Edelmira recién se habían mudado, pero B. recordaba la partida de los hermanos Esponda, acompañados por todos los vecinos, para protagonizar un zafarrancho que hizo memoria en los anales de Santomás. "Tus parientes", le dijo muy ufano a Gregorio, "eran unos bárbaros, pero no se iban a dejar humillar por un advenedizo".

Gregorio se rió de la escrupulosa vanidad con que Cástulo narró el suceso, pero no era tan tonto como para no darse cuenta de que, cierto o no, el relato era una advertencia por si intentaba acercarse a Edelmira. Lo notó en la manera como su compadre lo observaba. De este lado estamos los buenos, parecía decirle, de aquél, los canallas. Él no le comentó nada, ni un "no exageres", o "es una patraña": nada. Parecía que desde que B. se hizo novio de Edelmira, Gregorio hubiera tenido que hacer profesión de silencio para aceptar cualquier cosa que Cástulo dijera.

En cierta manera así era, o así fue hasta que no se aguantó más, y en la fiesta en que su compadre celebraba el décimo aniversario de matrimonio, le confesó a Edelmira que estaba enamorado de ella. Había bebido más de la cuenta, nunca lo había negado, pero el alcohol no tuvo nada que ver con lo que dijo. Estaban bailando todos en bola, él le tendió la mano cuando empezaba el *Mambo número ocho*, y en el instante en que sintió el cuerpo de Edelmira junto al suyo lo abrasó un hervidero de sangre. Tenía ganas de morderle la oreja pero se concretó a decirle que la amaba. Como Edelmira no contestó ni se separó un milímetro, se sintió autorizado para deslizar la mano por la espalda hasta tocar la raya que dividía sus nalgas. Cástulo estaba en un rincón conversando con una amiga a la que había perseguido desde el principio de la fiesta. Gregorio los había visto juntar las manos como si ninguno de los dos se diera cuenta. Era el típico juego de seducción al que B. se entregaba siempre que veía una mujer dispuesta a aceptar sus galanteos. No iba a darse cuenta de nada, pensó. Estaba seguro de que Edelmira también había descubierto el flirteo de su marido, pues con el rabillo del ojo atisbaba el rincón en el que B. conversaba con su amiga. Se podría decir que fue un gesto inocente, que inclusive podría no estar al tanto de lo que sucedía entre sombras, pero Gregorio supuso que aquella mirada soslayada escondía una insinuación. La malinterpretó: la manera como ella posó su mano en la de él al ritmo del mambo no significaba nada, de la misma manera que el quiebre instantáneo de su cadera, la sonrisa con que devolvió su mirada, o el aroma casi imperceptible que percibió cuando le pegó el vientre, no eran producto de ninguna sugerencia erótica. Ni ahora, en su situación, podría precisar qué tantas cosas pasaron por su cabeza, pero sí cuando él le acercó la mejilla y confesó su amor, Edelmira no protestó ni hizo nada por alejarlo, dio por sentado que era una invitación que demandaba algo más que palabras, y por eso se atrevió a acariciarle el culo. Esperaba que ella, aprovechando un paso, metiera un muslo entre los suyos, pero sólo se retiró y lo cacheteó. Gregorio vio de reojo a Edelmira y no supo distinguir si su gesto era de enojo o de una perversa alegría. Hubiera querido alegar que no era tan raro que estuviera enamorado de ella si muchos otros también lo estaban, él lo sabía, Edelmira misma lo sabía y lo aceptaba tan campante, pero tampoco dijo nada. Con el rostro oculto entre las manos volvió a su profesión de silencio y se fue sin explicarle a Cástulo el hervidero de sangre que su mujer le provocaba.

Por eso volvía a espiarla desde el patio. Se había vuelto un solterón, un conquistador de mujeres con quienes no quería mantener ningún vínculo, y a las que pagaba cualquier cantidad para que le hicieran el amor. Era una forma de tranquilizar su conciencia y seguir viniendo al Edificio Condesa para atisbar la ventana de Cástulo y Edelmira. Nunca vio más que siluetas moviéndose tras los visillos, pero era más que suficiente: aquellas figuras en sombras le provocaban una ventolera de sentimientos que terminaban por producir el desaguisado emocional al que Gregorio calificaba de *constipado espiritual*. Permanecía quieto, igual que ahora, porque esas imágenes difusas contentaban su ánimo. ¿Estaría esta noche, igual que entonces, colaborando con aquel constipado espiritual que lo atacaba semanalmente?

No, hoy iba a ser diferente. Al fin iban a reunirse, lo habían acordado. Después del tiempo tan breve que pasaron uno al lado del otro no podía permitir esa separación, aunque el calificativo *breve* alcanzara con dificultad a describir su conciencia temporal. Gregorio la había recibido cuando ella murió, y de inmediato le confesó que había estado esperándola, que estuvo a su lado mientras agonizaba, preguntando si todavía no se moría. Edelmira se alegró y fue como si todo empezara para ellos. ¿Cómo permitir que se fuera así nomás?

En cierta forma el plan fue de ella. Él no supo nada del chino hasta que Edelmira lo mencionó. "Es dueño de artes que lo comunican con los muertos. B. lo descubrió por casualidad", le dijo ella, y Gregorio tuvo que espiarlo para saber en qué consistían esas *artes*. Fue cuando se enteró de los amoríos de Cástulo, lo que, de manera un tanto extraña, fortaleció la voluntad de Edelmira. "¿Anda con dos mujeres al mismo tiempo?", preguntó Edelmira cuando

Gregorio le contó las andanzas de su marido. "Sí, querida", respondió él, y ella se sumió en una candorosa sorpresa. "¿Y dices que una de ellas es Carmelita, mi amiga, quien lloró como una orate en mi entierro?". "La misma que tenía esa apariencia inconsolable". "Mira qué suerte", concluyó Edelmira, "pues regresemos, será lo mejor para todos". En ese *todos*, especuló Gregorio, estaban involucrados no sólo ellos dos, sino B., y seguramente también sus amantes.

Una vez que definieron los pasos de la estrategia que iban a seguir, a ambos les pareció que Cástulo debía enterarse de su plan. Edelmira sugirió que fuera Gregorio quien lo advirtiera, y aunque él no estuvo de acuerdo, cedió a sus ruegos —¿quién le negaba un favor a esa mujer encantadora?— y había visitado a su compadre como si apareciera a mitad de un sueño. La visita de un muerto es un acontecimiento extraordinario, por decir lo menos, pero según Edelmira, Cástulo iba a colaborar con ellos. Esa fue la palabra que utilizó: *colaborar*. Gregorio no tenía más que aparecer en su casa, le dijo. Aceptó sin estar seguro de lo que iba a decirle, si intentaría convencer a su compadre de que se involucrara en su aventura, y si, además, le daría a conocer los peligros que implicaba su participación.

Primero fue a ver a Lee (sin su ayuda no podían hacer nada), y como el chino se mostró dispuesto a ayudarlos, pensó que Cástulo, efectivamente, iba a colaborar con ellos. Gregorio se apareció una noche abriéndose paso entre las imágenes de un sueño; su compadre lo reconoció de inmediato pero no le dio oportunidad de decir casi nada; estaba en el preámbulo de la visita, explicándole que Edelmira quería que se reencontraran, y que a ellos les parecía un asunto digno de festejo. Quién sabe qué habrá entendido, pues B. empezó a hacer una pataleta. Gregorio sólo pudo enterarlo de que su mujer se encontraba todavía en un lugar desde el que podía volver, y que si no aprovechaban la oportunidad tendría que reencarnar, lo que implicaba, *de facto*, que no la volvería a ver, pero se quedó con las ganas de pedirle que los ayudara, prevenirlo del peligro que corría, y trasmitirle el mensaje que ella le mandaba. Cástulo era un tipo de exabruptos, nunca tuvo la cabeza bien amueblada y guiaba sus decisiones con una mezcla de percepciones disparatadas que lo hacían impredecible, o tal vez muy predecible: nunca escuchaba razones. Para fortuna de Gregorio y Edelmira, sin embargo, B. decidió visitar al chino Lee y eso salvó la situación.

Caminó hacia la escalera, volver a casa de Cástulo parecía una tontería, pero tenía que encontrar a Edelmira. Lo más probable es que anduviera por ahí, pues después de que la vio abandonar el armario del chino, no tendría más alternativa que refugiarse en los pasillos del Edificio Condesa. Pobre, volver iba a ser difícil, todos los espíritus se trastornaban de una u otra forma, y él no había tomado la precaución de advertirle dónde esconderse, ni que era posible que sufriera una suerte de amnesia. Sin la memoria del cuerpo el alma no sabe cómo entenderse. Tomó el barandal y su madera vieja, áspera, alertó sus recuerdos. ¿Podía decir que aquel eco que lo recorría podía llamarse sentimiento? Subió tratando de identificar el cúmulo de sensaciones que volvían a hacerse presentes. Escuchó palabras torpes y enredadas, el sonido de una puerta, y vio a Felipe Salcedo caminar a tropezones. Lo siguió hasta que se volvió como buscándolo. No lo vio —no podría verlo aunque fijara la mirada turbia en las sombras mustias bajo las que él corrió a protegerse— pero sintió algo similar al dolor, una suerte de mareo, como si presintiera que estaban tendiéndole una trampa. La mera posibilidad de que lo observaran lo había desquiciado.

Cinco

Antes de llegar a su departamento, Felipe se dio cuenta de que había sido una imprudencia inventar el *affaire* con la modelo. "Si hubiera dicho la verdad", se dijo buscando la llave de su departamento en los bolsillos, "me habría quedado con Cástulo y hubiéramos ido juntos al hotel Dorá".

Estaba muy borracho, pero haciendo un gran esfuerzo recordó cómo se le había ocurrido fingir aquel romance. En *El Periódico* le pidieron que ayudara a una reportera novata, que en el pasado había sido una famosa modelo, en una serie de artículos para una nueva sección de modas. La joven iba a hacer entrevistas para saber cuál era el modo de vestir que privaba entre los intelectuales, pero como no tenía experiencia ni conocía a ningún intelectual, el director recurrió a Felipe para que la auxiliara. A él le parecía un proyecto espantosamente cursi para exponerse en el mundillo cultural, pero no tuvo más remedio que aceptar. La modelo y hoy —más bien ayer— futura reportera, había trabajado para una marca de medias y su imagen dominó durante un tiempo los espectaculares de la ciudad. Felipe recordaba su cautivadora sonrisa, la minifalda que sostenía como si quisiera evitar que se le subiera aún más sobre los muslos, y el eslogan que aparecía al lado de sus torneadas piernas: *El fin justifica las medias*. Para ver qué tanto sabía del tema, primero la llevó con Cástulo, advirtiéndole que no era un intelectual sino un genio de la publicidad.

La entrevista debió llevarse a cabo a eso de las seis de la tarde, varias horas antes de que Cástulo soñara con Gregorio y su mundo se viniera abajo. Luego que vio a la modelo en la puerta de su casa, B. dijo que nunca se iba a perdonar no haber imaginado el eslogan que la había hecho famosa: "Que el fin justifique las medias estuvo más que justificado contigo". Ella se volvió hacia Felipe, y él le devolvió la sonrisa como si escondieran algo. Le parecía recordar que Cástulo preguntó por dónde empezaban, y que ella dijo: "Por sus calzones". Felipe se puso colorado pero B. contestó al vuelo: "Uso bóxers de rayas". "¿De qué marca?", preguntó ella cerrando los ojos. "Sin marca, sólo de rayas". A partir de esa frase, Cástulo se condujo como si sólo pensara en su forma de vestir y conociera todas las boutiques de ropa para hombre. Su atención estaba totalmente puesta en la modelo, y se hubiera dicho que el mundo se había reducido a contestar sus preguntas.

En un instante álgido de la conversación, o que a Felipe le pareció álgido por un guiño de sus ojos, la modelo pidió permiso para ir al baño. "Adelante", dijo B. Ella se levantó, jaló la faldita como si fuera un tic nervioso, y se fue. Cástulo preguntó si tenían algo. ¿Qué mérito había en dejarse joder, pensó Felipe, si era él quien se estaba sacrificando para que la chica aprendiera un nuevo oficio? "Sí", contestó muy orondo, "hace tiempo que andamos". No supo exactamente por qué mintió —ni siquiera podía saberlo ahora, un día después—, tal vez estaba cansado de que Cástulo protagonizara las aventuras que nutrían sus confidencias, es posible que le hubiera disgustado el desparpajo con que había intentado seducir a su pupila, y que por ello pensara eso de que no había ningún mérito en dejarse joder. "Voy a acostarme con ella, la traje para llevarla a mi piso", agregó. "Qué calladito lo tenías", comentó B. para zanjar el asunto.

Debió haberse dado cuenta de su irritación y por ello no comentó nada acerca de su angustia, de sus temores, o algo en relación a la tristeza que le ocasionaba el aniversario luctuoso de Edelmira, y aunque Felipe debió reparar en cierto gesto de fastidio, no le dio importancia.

Se retiraron un momento después. Con la sensación de bambolearse en un sueño, Felipe tomó a su compañera de la cintura y fingió que iban a su casa para pasar la noche juntos.

¿Había pensado de verdad llevarla a follar? Y si fue cierto, ¿cuándo decidió no hacerlo? Cree recordar que mientras caminaba por el pasillo que lo separaba del departamento de Cástulo, lo sorprendió el estruendo de la calle, y por alguna razón empezó a sentir que cada uno de aquellos sonidos sería incomprensible si no lo transformaba en palabras. ¿Qué había pasado?, ¿fingir un *affaire* era tan sugerente? Se volvió y observó a B. despidiéndolos. Era imposible que imaginara que en vez de llevar a su amante a su casa sólo la acompañaría a la entrada y quedaría de verla al día siguiente porque tenía la ridícula urgencia de escribir, pero así fue: le dijo adiós con un beso que humedeció la comisura de sus labios, y regresó trastornado por el prurito de sentarse frente al ordenador.

Hubo algo en el gesto de ella que lo perturbó, algo relacionado con una mueca de la boca, que hasta el momento en que salió borracho de casa de B., Felipe pudo recordar. A lo mejor, aunque no podía estar seguro, la mueca tuvo algo que ver con las bocas pintadas de carmín que Cástulo recreó en su mural. Había sido un anticipo, un signo, algo que le hizo sentir una emoción extraña. El caso es que gracias a ese gesto había vuelto a su departamento sumido en una delirante felicidad porque no quería desperdiciar las palabras que en tropel surgían en su mente. "En el eslogan que la hizo famosa radica el encanto de esta chica", se dijo (ahora recordaba con claridad aquel pensamiento), "que el fin justifique las medias implica que son esas palabras, precisamente ésas, las que hacen tentadoras sus piernas. Sin esa frase serían como las de cualquier otra mujer". ¡Claro! Entonces había entrado a su estudio, se sentó al escritorio y encendió el ordenador mientras un cúmulo de palabras atravesaban su cabeza. Era un influjo tan desconcertante que sintió que de la pantalla emanaba una luz que lo cegaba. Evocó la fotografía de la modelo, la tipografía de la frase que aparecía junto a sus piernas espectaculares, y empezó a escribir un artículo, una crónica tal vez, en que mezclaba sus lecturas con recuerdos perdidos de su vida. Lo tituló *Retratos literarios* sin saber si quería captar sus emociones o agrupar, como si fueran personajes de una fotografía, las citas que se le venían a la cabeza.

Al cabo de cuatro horas había hecho un recuento de las descripciones femeninas que lo habían cautivado en sus lecturas —los tres retratos de Melibea en *La Celestina*, la imagen de Ana Karenina antes de tirarse a las ruedas del ferrocarril, y la discusión que en *El americano impasible* tienen Fowler y Pyle para demostrar quién de los dos ama más a la mujer de la que ambos aseguran estar enamorados—, relacionándolos con diversas fotografía de su vida, a las que asociaba con sentencias que surgían de esos textos. Resultaba un artículo extraño, un poco desmigajado, cuya conclusión implicaba que la imagen que nos deja una frase literaria tiene un poder evocador que no posee ninguna foto. "Cuando dejamos de ver una fotografía de nuestro pasado", escribió Felipe, "tenemos un recuerdo chato de su realidad, pero cuando la asociamos con las palabras con que se ha descrito al personaje de una novela, somos capaces de evocar su presencia como si tuviera el poder de *rehacer* nuestra historia. Si la foto de un ser querido nos conmueve no es por su imagen, sino porque la acompañamos con citas que nos persiguen donde quiera que vamos, fuego ardiente en la locura". Tuvo la sensación de que a su alrededor las cosas empezaban a cambiar: la temperatura no era la misma, la presión del aire había descendido, el reflejo de la luz, el movimiento de las sombras, el flujo del tiempo, todo era distinto.

Si era sincero, tendría que reconocer que el artículo —el ensayo, la crónica o lo que fuera— no había surgido tan espontáneamente como él pensaba mientras lo escribía, pues muchas veces se había preguntado si ciertos recuerdos que le asaltaban eran realmente suyos. Felipe Salcedo se sentía protagonista de actos ajenos de los que era actor inconsciente, y con frecuencia evocaba episodios que creía haber vivido porque un libro se los presentaba tan nítidos, tan auténticos, como si pertenecieran a su experiencia. Su escrito le hizo comprender que la amalgama de memoria y letra era tan fuerte en él, que la única manera en que surgían sus recuerdos *reales* —por ejemplo, las fotografías que había tomado de pretexto— era a través de las citas con las que las asociaba.

Terminó de escribir con la sensación de que había descubierto una manera de hechizar al mundo. Escribía todos los días, tal vez no tenía otro talento, pero hasta que dio forma a sus *Retratos literarios* comprendió que narrar significaba decirle a la realidad cómo comportarse, que ciertas sentencias, una vez escritas adquirían el poder de establecer vínculos con regiones ocultas de su conciencia más allá de lo que significaran, y que algunas imágenes, por más bellas que resultaran, sólo tomaban sentido si las fijaba con alfileres de palabras. "Nada es tan sorprendente como lo que hemos leído", pensó Felipe Salcedo, "a veces vivimos un presente que contiene signos que revelan el futuro. Sólo con la escritura, con *esta* nueva escritura, podré descifrar este acertijo".

Serían las dos, dos y media o tres de la madrugada, y Felipe no se percató de que su última reflexión lo llevaba a tomar la ficha en la que escribió: *Un placer que nos atemoriza esconde un deseo abominable*, y aunque le pareció una sentencia inasible, sospechó que, en el futuro que tanto le preocupaba, el sentido oculto en la oración lo ayudaría a soltar la pesada rémora que sus artículos anteriores —que a la luz de sus *Retratos literarios* parecían tan vanos— habían ido adhiriendo a su alma.

Ese futuro, empero, no había tomado el derrotero que esperaba y un día después estaba patas arriba. Mientras caminaba hacia su departamento abatido por los martinis que Cástulo le había encajado entre pecho y espalda, sintió pavor: el tiempo se había hecho chicloso como si cada minuto se hundiera en una laguna cenagosa para que Felipe no pudiera distinguir la diferencia entre lo que había vivido ayer y lo que vivía o viviría ese día. ¿Sería cierto que la mueca de la modelo anticipó la imagen de los besos pintados de carmín que Cástulo reprodujo en su mural, y ése había sido el signo funesto que le anunció el tormento que se le vendría encima?

La puerta de su casa estaba a unos pasos pero parecía alejarse de él. Se apretó las sienes para detener el vértigo y vio una luz que se desplazaba. No pudo evitarlo, y de un salto se volvió. Las sombras se movían, parecían fruto de un deseo incontrolado de la luz, que pretendía jugar con su imaginación mientras él trataba de fijar la mirada en un rincón, donde un manchón se transformaba en niebla violeta que dejó paso a una densa negrura. El vacío que llenaba su mirada le recordó que, a pesar de que en el gesto de la modelo hubiera adivinado las bocas pintadas de carmín, no había visto el mural donde Cástulo pintó a las mujeres de su conflicto. Era posible que las bocas que B. había colocado en distintas partes del cuerpo de sus amantes no sólo fueran peligrosas sino que constituyeran su versión de un oráculo —del Oráculo de Delfos, pongamos por caso— cuyo efecto llegaba hasta él. "Por la boca emitimos palabras", balbuceó mientras intentaba meter la llave en la cerradura, "por la boca las dotamos de poder". Era extraño que hubiera asociado la imagen con un oráculo, el lugar sagrado donde una pitonisa responde consultas inspirada por los dioses o los muertos. Supuso que aquellas bocas, fueran o no un oráculo, habían aprovechado la incoherencia de que hubiera inventado el *affaire* que no le permitió acompañar a Cástulo para inspirarle sus *Retratos*, pero también para provocar la retahíla de actos inconsecuentes en los que estaba atrapado. "A veces vivimos un presente que contiene signos que revelan el futuro", recordó. ¿Sería Edelmira quien, en su calidad de muerta, insuflaba sabiduría a aquellas bocas convertidas en el oráculo que Cástulo había consultado sin saber qué pregunta estaba haciendo? La temperatura del pasillo cambió de nuevo, la presión del aire descendió aún más, y Felipe confirmó que el reflejo de la luz, el movimiento de las sombras, y el flujo del tiempo nunca volverían a ser los mismos. "El azar es algo pavoroso", concluyó.

Entró a su recámara como si su conciencia avanzara por delante mientras los pies se le quedaban atrás. "Ojalá me encuentre luego para ponerme a escribir". Se tiró en la cama y dejó una pierna tocando el suelo para saber que la tierra estaba quieta. El sueño lo arrastró y se vio, como si fuera un niño, en el pasillo que acababa de recorrer. Para su sorpresa, de su departamento salía la modelo con la que había inventado el ridículo amorío con que se inició su desencuentro con Cástulo Batalla. La joven lucía la misma minifalda del anuncio que la hizo famosa, pero no tenía ni ojos ni nariz, y el lugar de la boca lo ocupaban unos labios pintados de carmín. Felipe la siguió como si temiera tropezarse. Observaba sus pies y se daba cuenta de que era un muchacho de doce años con las piernas de un hombre de cincuenta. "Qué raro", decía, "tengo piernas de viejo". La devoción de Felipe por la lectura debía haberse transformado en locura, al punto de que parecía que estuviera leyendo en sueños, que se había transformado en personaje de un cuento de Julio Cortázar o Woody Allen, y sentía que frente a sus ojos afloraban párrafos y puntos suspensivos mientras observaba desconcertado sus piernas peludas. Sin que pudiera preverlo, la modelo se volvió, y aunque no tenía ojos posó su mirada en él. Sus mejillas se extendían como si sonriera pero el dibujo de sus labios de carmín seguían inmóvil al centro de su cara. Aquella boca —fija y patética— debía ser igual a la que B. había pintado en su mural para dar forma a su oráculo. "¿Es esta la historia que debo escribir?" se preguntaba Felipe, "¿no tendría que huir antes de que sea demasiado tarde?".

Tanto o más poderoso que el deseo, el sueño es un hipnótico que revela la conciencia pues creemos que su contenido confiere a cada imagen que soñamos el rostro del destino. Felipe Salcedo no podía saberlo en ese momento, y era probable que tardara mucho tiempo en descubrir por qué la historia de los amores de Cástulo y Edelmira, sus padres putativos, se abrió paso en su pesadilla como si contuviera el secreto que reclamaba la historia que se sentía impelido a escribir. Su memoria —tan literaria como cargada de falsa sabiduría— colaboraba clandestinamente con la lógica oblicua de sus sueños.

La huella

El opio puede dañar la capacidad sexual
del hombre, pero ellas prefieren un amante fiel
a uno potente.

GRAHAM GREENE, *El americano impasible*

Uno

Pese a las muchas dificultades que tuvieron, Cástulo Batalla y Edelmira Pajares formaron un matrimonio feliz que duró más de cuarenta años. Se hicieron novios muy jóvenes, y B. sostenía que la pasión que los había unido era un milagro sin precedentes en el registro sentimental de la Universidad Nacional. Mientras él era el galán de su grupo, competía en todos los deportes pero distaba de ser buen alumno, Edelmira era una niña prodigio que había sido admitida en la carrera de Biología porque gracias a sus excelentes calificaciones pudo sustentar exámenes a título de suficiencia que le ahorraron la escuela preparatoria.

Su vida en común empezó en un intervalo entre clases. Cástulo tomaba un refresco con Gregorio en la puerta de una cafetería cuando apareció Marlene, una chica que tenía fama de caminar sobre una imaginaria raya de tiza sin perder el equilibrio. Sólo para presumir, B. la llamó con un chiflido. Marlene empezó a cruzar la calle en el momento que aparecía una jovencita desconocida. Cástulo escuchó a sus espaldas que era un pelado, un orgulloso y un cretino sin mácula. "¿Cómo te atreves a chiflarle a una mujer?", agregó la chica cuando él se volvía para recibir su mirada letal. Fue un instante, nada más que un instante, pero su intensidad duraría todo lo que su vida tuviera que durar. Sus funciones vitales se interrumpieron como si alguien hubiera cortado la corriente que lo ligaba con la realidad.

Que una niña lo insultara desconcertó a B., aunque los calificativos de pelado y orgulloso se los hubieran endilgado en más de una ocasión. "¿Quién es?", preguntó sobándose la mejilla como si lo hubieran cacheteado. "Se llama Edelmira Pajares", le informó Gregorio. "Acaba de entrar a Biología y trae loco a medio mundo". Aquellos ojos que destilaban un coraje profundo aparecieron en la mente de Cástulo como si le enviaran un mensaje impenetrable. Vio a la señorita Pajares correr a lo lejos con sus libros apretados sobre el pecho, y le pareció que era muy joven para estudiar una carrera, muy joven para tener aquel carácter arrebatado, y más joven aún para lucir ese cuerpo. Por muy cretino sin mácula que fuera, intuyó que aquella niña iba a quitarle el sueño. La sensación de que entraba en terreno minado le cortó la respiración y se dio cuenta que hasta ese momento más que desear a las mujeres había buscado que ellas lo desearan. Su sorpresa duró el tiempo suficiente para que perdiera el equilibrio. "La voy a conquistar", comentó ante el estupor de Gregorio, quien le contestó con un reto: "Te apuesto lo que quieras a que no puedes". Cástulo bebió el resto de su refresco y repitió la sentencia: "Voy a conquistar a Edelmira Pajares". Invertiría toda su energía en agotar el desconcierto que presagiaba su promesa.

Desde el principio supo que no debía abordarla de inmediato. Era una época en que las mujeres se guardaban, como alguna de ellas había dicho, "para quien fuera su marido", y para enamorarlas había que ser muy cauto. Durante días, B. observó los movimientos de Edelmira —literalmente todos sus movimientos— para saber quién y cómo era: veía su manera de agitar las manos, de gesticular con la boca abierta, se fijaba en el giro con el que acomodaba la cabeza antes de aletargarse, y perdía la respiración cuando descubría la cadencia con que diseñaba su caminar. Buscaba un signo que la denunciara, algo que abriera un camino hacia su corazón: un visaje, un ademán involuntario, la delataría. No tuvo conciencia exacta por qué lo hizo, pero le pidió a un amigo que la invitara a la tangueada que él mismo organizaba con motivo de la llegada de la primavera. Quizá no lo percibió con claridad, pero su forma de caminar, desde la primera vez, le había insinuado que bailando la seduciría.

Por aquel entonces, Cástulo había medio abandonado la escuela de Arquitectura porque empezó a participar en la naciente industria cinematográfica de Santomás. Respetaba la verdad pero sabía mentir, y una de las cosas sobre las que fingía a menudo era sobre las posibilidades que tenía como actor o bailarín en el cine. Había actuado como extra en dos películas, dobló con voz de barítono a un actor norteamericano, y filmó una larga secuencia luciendo sus dotes de bailador de tango. Alguien le comentó que tenía porte de galán y que su futuro dependía de que tuviera una oportunidad. "A la oportunidad la pintan calva", le dijo, "pero si tienes suerte podrás agarrarla por un pelo". Le pareció una metáfora absurda, un poco sin sentido, pero se le quedó grabada. Si tenía esa oportunidad, pensó cuando le pidió a su amigo que la invitara al festejo primaveral, Edelmira no tendría pretexto para rechazarlo. Era una quimera, una mera balandronada, pero se aferró a la ilusión que presagiaba.

Como había intuido, Edelmira fue a la tangueada. B. la vio desde que cruzó la puerta de entrada y su mirada se aletargó observando la figura delgada que zigzagueaba entre el tráfico de parejas. No la dejó sentarse, le pidió que le permitiera demostrar que no era ningún cretino, y lo acompañara en el tango que empezaban a tocar. Edelmira aceptó con la sonrisa melancólica que acompañaba todos sus gestos, y él supo que bailando vencería sus resistencias. Al fondo del salón, Gregorio se ocultaba tras la sombra de una columna: recargaba el cuerpo sobre una pierna mientras flexionaba la otra para descansarla en la punta de su zapato, como si pasara de todo, como si no le importara la elegancia con que su compadre y Edelmira empezaban a desplazarse por la pista, haciendo giros y ochos de lumbrera.

A partir de esa tarde, Cástulo redujo el mundo a encontrar la manera de enamorar a Edelmira Pajares. Paseaba su amor por parques y callejuelas, mimando con ella largas conversaciones a la luz de las farolas, cenas en fondas de segunda que parecían muy románticas, escribiéndole recados en los que decía puras cursiladas, y si algo entorpecía el desarrollo de su sentimiento arrebatado, la invitaba a un cabaré para desfogar su tristeza entre pasos de baile. Todo el sentido de la vida, le decía B., consiste en dejarse atrapar por el ritmo de una melodía.

No se veían mucho, Edelmira pasaba el día entre clases, matando las horas ahorcadas que le quedaban estudiando en la biblioteca. Cástulo, por su parte, atendía unas cuantas materias nocturnas, y durante el día paseaba por los estudios de cine o esperaba en casa simulando que estudiaba un libreto, pero diariamente, en punto de las diez de la noche, llamaba a Edelmira por teléfono para desearle buenos sueños.

Un atardecer en que Cástulo estaba de casualidad en la universidad conversando con Gregorio, tuvo el primer atisbo de lo que sería su vida. No era un ejemplo de perspicacia pero sorprende que no haya hecho algo para obstruir su destino. "Cada día estamos más enamorados", le decía a su compadre, "no ha sido fácil, Edelmira es rarita, pero de un día para otro la habré conquistado". Gregorio lo escuchaba tratando de desenterrar los mensajes ocultos en sus gestos. No había terminado la última frase cuando llegó Edelmira. B. no la vio, se encontraba de espaldas, y adivinó su presencia por la forma en que Gregorio tendió la mano para que ella se acercara. Descubrió la sombra que se proyectaba entre los dos y sintió un espasmo en el estómago. El cosquilleo que lo desequilibró el día que se conocieron lo recorrió en sentido contrario, y un sentimiento opuesto a la ilusión se instaló en su corazón. Se volvió para encontrar esa belleza de camafeo detenida en las pupilas de la joven. A la oportunidad la pintan calva, pensó. "Dispénsame, compadre", le dijo a Gregorio (que seguía con el brazo extendido) "pero tengo que hablar con ella a solas". Se la llevó turbado por los celos, para no perder los estribos frente a él. Hubiera querido preguntarle a Edelmira si veía con regularidad a su compadre, pero prefirió contarle que un productor lo había llamado. "Los musicales están de moda y me invitó a un casting del que saldrá quien va a doblar al actor principal en las secuencias de baile". Lo suyo era cuestión de tiempo, agregó, bastaba un contrato para garantizar una carrera y con ello su matrimonio con un actor (aunque fuera un doble) estaba asegurado. Quién sabe por qué creía que Edelmira quería casarse con un actor (ni siquiera se le había declarado y no tenía la menor idea si querría casarse), pero eso fue lo que dijo para mitigar los celos en que consumía su aparente indiferencia por la relación que ella pudiera tener con Gregorio.

Al cabo de un año, Cástulo tuvo que abandonar sus sueños de galán de cine. Edelmira había aceptado sorpresivamente ser su novia, pero los celos seguían atormentándolo. Continuaba alimentando su imagen de gran bailarín, y aunque llevaba un noviazgo sin turbulencias, muchas noches se despertaba porque había soñado con la sombra perniciosa que Edelmira había proyectado entre Gregorio y él. Su compadre tendía la mano hacia el frente y sonreía —en sus sueños Gregorio siempre sonreía— y B. no sabía cómo juzgar esa sonrisa. Pasaba el día pensando que Edelmira se encontraba con su compadre a sus espaldas. Salía a pasear y se iba por ahí, apretando los puños para complacerse con sus bíceps, pensando que si al menos conseguía un trabajo de extra, podría doblar al actor principal para mostrar el torso desnudo como lo había lucido Tyrone Power en *Al filo de la navaja*. En ese *doblar* se cifraba la daga que sentía clavada en el hígado. "Sé lo qué piensas, B.", se decía. Buscaba a Gregorio y le narraba una y otra vez la forma en que había conquistado a su flamante novia, a pesar de que si había un testigo de lo que pasaba entre él y Edelmira era su compadre. Volvía a apretar los puños y sentía la hinchazón de los bíceps. "Sé lo que piensas, B.", repetía en silencio. Repasaba mentalmente sus triunfos efímeros en la cancha, los gritos cuando metía un gol, y la forma como suspiraban sus compañeras cuando llegaba a clase. Imaginaba que alguien lo filmaba desde la azotea, que su vida era una película y sólo le faltaba conocer al productor que descubriera su potencial. Recuerdos, anhelos, fuego y lava en el cráneo. Palmeaba la espalda de su compadre como si fuera él quien estuviera esperando que lo contrataran. Era como si quisiera proyectar sus ideas en Gregorio, quien lo miraba atónito para recoger un calco de sus deseos.

"Me doy lástima", aceptó pocos días después frente a Marlene, "cuando pienso en mi futuro, sólo me veo sustituyendo a alguien. Si no cambio, sólo seré un extra, alguien que viene de pilón". Le contó que había dejado la escuela, que ya no jugaba futbol, y que ni contando con todo el tiempo del mundo había conseguido un mínimo contrato para participar en una película. Agregó sin querer que le había prometido a Edelmira que se casaría con un actor. "Casarse, qué locura", dijo mirando el suelo, "si difícilmente podría mantenerla". No pudo evitar nombrarla: Edelmira estaba ahí, proyectando su sombra entre él y el mundo. Marlene lo miró con distancia, había desistido de ser su novia y descubrió otra intención en las palabras de Cástulo. "No te compadezcas de ti mismo", dijo de manera providencial, "porque es un deporte de mediocres en el que no deberías participar". B. levantó los ojos y su mirada cayó sobre un afiche que invitaba a los alumnos de la universidad a contender en un concurso de carteles. La casualidad de esa mirada cambió de golpe la realidad —la casualidad y un consejo dicho sin intención—, pues gracias al cartel que a los pocos días presentó al mentado concurso pudo ingresar como dibujante en una prestigiosa agencia de publicidad. A Cástulo le entusiasmaba más actuar que hacerla de publicista, pero no quería volver a sentir lástima de sí mismo y pensó que ese trabajo le permitiría realizar sus proyectos maritales. "Me salvé por un pelito", se decía al recordar la forma en que Marlene lo había reprendido con aquel consejo que cambió su vida.

A los tres meses lo nombraron Director de Marca y ya no tuvo paciencia para seguir en la universidad. Lo único que quería era casarse con la chica que le había hurtado la razón, y olvidar la sombra sonriente que habitaba sus sueños.

Dos

Edelmira era una joven retraída que en la escuela pasaba por huérfana gracias a que vivía en una suerte de retiro conventual. En las escasas reuniones a las que asistía hablaba poco, contaba algo de su madre, a veces nombraba a un hermano menor y, si acaso se refería a su padre, comentaba que lo idolatraba pero que había vivido pocos años con él. Aunque era consciente del impacto que su belleza causaba en sus compañeros, era una experta en dejarlos con un palmo de narices. Más de uno intentó acercarse con el propósito de pretenderla, pero ella prefería alimentar su aire distante pues estaba segura de que parte de su atractivo se debía a la lástima que daba verla tan desvalida, tan pudenda, tan solitaria. El dolor saltaba en sus ojos como una llama y le proporcionaba un aura singular, pero no sabría qué hacer cuando alguien descubriera que no era huérfana.

Por las escuetas referencias que había hecho, sus amigos suponían que, efectivamente, su papá estaba muerto, pero la verdad era que se había fugado, y Edelmira llevaba su ausencia como un deceso. Su muerte era una metáfora de la que vivía colgada, parecía que el mundo se había detenido en el instante en que su progenitor se había ausentado para siempre. Todo había comenzado el día que, sin venir a cuento, su padre comentó que tenía que atender su misión. No dijo nada más, sólo eso, que tenía que atender su misión, como si su mujer y sus hijos estuvieran al tanto de lo que encerraba su comentario. Edelmira siempre recordaba que estaban sentados a la mesa, él bendecía los alimentos (un rito que la cautivaba), y que al terminar soltó la sentencia. La niña vio el rostro solemne del hombre al que había confiado su seguridad y sintió que se encogía.

El día que se comprometieron, Edelmira trató de hacerle comprender a Cástulo la telaraña emocional en la que había quedado atrapada. "Me vi como una recién nacida aunque tenía doce años. Sentí que me hacía chiquita como si no estuviera sanforizada". Había tomado la palabra de un anuncio concebido por la misma agencia en la que B. trabajaba, que había popularizado la etiqueta *sanforizado* porque garantizaba que la ropa nunca encogía. Edelmira no poseía esa cualidad, dijo, y a la primera lavada empequeñecía. "Si me quieres comprender", concluyó, "tienes que saber que papá me condenó a perder, a debilitarme, a no ser nadie".

A los pocos días de su primera declaración, su padre comentó sin ninguna inflexión que no podía aceptar que su misión fuera ocuparse de su familia. Su madre, ella, su hermano, se vieron entre sí sin entender qué había querido decirles, pero cuando a los pocos días no llegó a casa, lo aceptaron como la consecuencia natural de sus deseos. Tampoco les extrañó que tres meses después recibieran una carta en la que el ausente explicaba cómo se había alistado en el ejército mercenario del Sahara. La tarde que se fugó, había salido a dar una vuelta, y sin darse cuenta llegó hasta el astillero, en el barrio de La Boca, donde estaba la oficina de reclutamiento para ir a la guerra de Argelia. Se alistó sin pensarlo, le asignaron una paga que pronto harían llegar a su familia, y al día siguiente se embarcó. Había sido un hombre de filiación comunista que siempre simpatizó con el Frente de Liberación Argelino, pero ahora peleaba contra ellos. Describía los hechos de manera seca, como si estuviera atrapado en el laberinto que llamaba *su misión*.

La madre de Edelmira leyó la carta en voz alta, y antes de terminar se sumió en un luminoso misticismo, como si la huida de su cónyuge fuera un augurio. Ella, en cambio, sintió vergüenza —por su madre, por su padre, por el mundo— y no supo qué hacer con las penas que tomaron su alma por asalto. La realidad se dividió, el esquivo mensaje que escuchó al finalizar la cena de aquel día marcado de su vida provocó que abandonara de golpe la niñez. Todavía se sentía una niña de brazos pero empezó a actuar como una mujercita tan precoz como formal, e igual que había hecho su papá, sin mediar explicación dejó de lado sus juguetes y se encerró a estudiar. Esa sería su misión, estudiar para ocultar su tragedia. El mundo en que vivía necesitaba pocas leyes, y pasaba largas horas quemándose las pestañas con la ilusión de entrar a la universidad para sorprender a todos con sus conocimientos. Nadie la ayudó, se hizo sola, y sola llegó a la Facultad de Ciencias a solicitar que la admitieran. Fue entrevistada por un maestro que le permitió presentar exámenes a título de suficiencia, aunque le advirtió que la biología no era para mujeres. Durante dos semanas estudió al punto del desmayo mientras se preguntaba si el profesor tenía razón y su savia no estaba en comprender aquella ciencia extraordinaria. "Si papá pelea por la dignidad humana, yo aprenderé lo que ha dado dignidad a la humanidad", se decía como consuelo. Así de elocuente, así de grandilocuente, cumplió su propósito, y al aprobar los exámenes dio un efímero orden al universo que se tambaleaba a su alrededor.

Cástulo fue su único novio y nunca estuvo segura por qué lo había aceptado si le disgustaba que fuera tan engreído y criticara su aire de niña recoleta. Le distraía la ternura insinuada en su sentido del humor, es cierto, pero salía con él por inercia. "Iremos a bailar pero lo nuestro será pasajero", se decía cuando él la invitaba para consumir sus nostalgias en un cabaré. El esfuerzo por adaptarse a sus galanteos, más que atraerla, le servían para liberarse de los recuerdos que rasgaron su alma después de que la armonía de su familia había desaparecido. Le divertían las historias desmesuradas que le contaban, se sentía halagada con sus continuas proposiciones, pero insistía en que aquel joven soñador sólo le inspiraba un deseo pasajero.

Un día, sin embargo, algo cambió. Se habían reunido en el sitio adonde iban a bailar los jueves, y mientras B. comentaba una de las tantas cosas que Edelmira no entendía, sintió un golpe en la nuca y una punzada se le encajó en la base del espinazo, como si se le hubiera abierto un canal en la columna vertebral. Desconcertada, observó los ojos sumidos de Cástulo, y algo resonó en su conciencia. Aunque sepa Dios de qué cosas hablaba, ella le dijo: "Sí, cariño, acepto ser tu novia". Nunca pudo explicárselo, B. era un seductor, se lo habían advertido hasta el cansancio, pero barruntó que entendía a las mujeres —que podría entenderla a ella, que ya era mucho decir— gracias a que guardaba dentro de sí un inverosímil instinto femenino. No era ni con mucho lo que se llamaba "un afeminado", al contrario, era muy varonil, aunque un tanto delicado si se quiere, pero Edelmira descubrió un acento femenino en sus galanteos que la hizo rendirse a sus súplicas. "Parece que tuviera alma de mujer", se dijo. Fue como si hubieran golpeado el gong que tenía en el culo y la revelación que cifraba la frase reverberara en todo su cuerpo. No tenía idea de dónde había sacado lo de *alma de mujer*, pero sintió que la imagen —la metáfora que implicaba— solicitaba algo de ella, algo indefinible por lo pronto, pero que descifraría en el futuro, y siguiendo un impulso natural se aferró a esa ilusión como una chiquilla que se esconde entre las sábanas de su cama para sentirse protegida del mundo.

El padre pródigo regresó siete años después de haberse marchado, cuando Edelmira llevaba un año de novia con Cástulo Batalla. De la misma manera como había abandonado a su familia, una tarde tocó a la puerta, saludó con sequedad, y se metió a su habitación. Su mujer lo siguió sin hablar. En el tiempo que estuvo sola se había convertido al espiritismo, era una distinguida protagonista de la sociedad teosófica de Santomás, y educaba a sus hijos en las leyes de Christian Rosenkreuz. Si aquel regreso venturoso de su marido estaba en su destino, ¿para qué preguntar o quejarse por su ausencia?

Edelmira nunca supo qué sentimiento le produjo ver a su padre parado en la puerta —callado e indolente— si tenía que dar gracias a los poderes celestiales por su regreso, si por fin podría dejar salir el dolor que había acumulado rezando para que ese hombre inmutable cumpliera sus anhelos, o si su regreso era preludio de nuevas calamidades.

La proposición de matrimonio que le hizo B. cuando entró a trabajar a la agencia de publicidad la confundió tan profundamente que decidió ponerlo al tanto de las largas noches en que imaginaba a su padre perdido en una tolvanera del Sahara. Cástulo sabía que Argel era un puerto y no estaba en el desierto, pero supuso que su novia imaginaba a su progenitor perdido entre dunas como Gary Cooper en *Morocco*. Nadie sabía el dolor que la embargaba cuando pensaba que no lo volvería a ver, le dijo lloriqueando, ni la angustia todavía mayor que había provocado su regreso. "Soy incapaz de aceptar las deformaciones de mi familia", agregó tratando de dominar sus manos temblorosas, "y no puedo tolerar el sufrimiento que me provocó el abandono de papá. Yo sabía que buscaba la felicidad en sus ideales, pero la sensación de que por su misión me rechazaba me había dividido en dos". Mientras dormía escuchaba un crac interior, como si sus huesos se desajustaran, y al despertar se preguntaba cuál de las dos Edelmiras en que se había convertido durante la noche iba a levantarse. "Había perdido la masa de deseos o ilusiones que estaba en algún lugar de mi alma, y me volví estudiosa para ver si daba con su escondite. Si acepté ser tu novia fue porque removiste mi conciencia. No te enojes por lo que te voy a decir: un eco femenino que resuena en ti me hizo fuerte. Como si me hubiera fortalecido saber que tienes alma de mujer". Agregó que no quería herirlo pero pensaba que casarse era como volver a sumirse en la dualidad de cada día, perder la fuerza que él mismo le había dado, y no estaba segura que esa cualidad femenina —tan suya, tan seductora— volviera a operar el prodigio.

A él le horrorizaba poseer esa condición a la que Edelmira se refería, y decidió que era mejor no indagar demasiado en su origen y consecuencias. Descritos con todas sus letras, como lo había hecho su novia, las razones por las que ella lo había aceptado le parecían horribles. Se veía en el espejo, y ante su mirada aparecía una piel bruñida, que sumada a alguno de sus rasgos podía hacerlo pasar por árabe. Quizá tenía ascendencia mora, pero en cualquier caso, las cejas tupidas, el mentón afilado, el bigote oscurísimo, los ojos negros y sumidos, le daban ese carácter soñador que, por ejemplo, hizo famoso a Omar Sharif, y se preguntaba dónde se podía ver que tenía alma de mujer. Nadie se había preocupado de él cuando era un maniático que perseguía a sus compañeras por toda la universidad para robarles al menos un beso, pero en cuanto hizo un intento serio de relacionarse con una chica, despertó en ella un interés morboso que había llegado a extremos insospechados. ¿Sería una loca de atar con la que era mejor andarse con pies de plomo?, ¿qué tan perversa podía resultar?, ¿qué tan hipócrita para esconderse detrás de esa carita de ángel? Se protegió pensando que la cualidad femínea (¡femínea, qué palabreja tan petulante!) era una excentricidad de Edelmira, una excusa que soltó para justificar sus repentinos cambios de humor y dilatar la fecha de la boda. No podía negar, empero, que esas frases —tan desconcertantes, tan inesperadas— eran las que le hacían perder la cabeza por ella. Parecía que al hablar atrajera la luz para que todo gravitara a su alrededor, como si alimentara con sus disparates el alma que él, para mejor comprensión, definió como de sexo femenino. Como todo aquello era demasiado para sus alcances intelectuales, prefirió olvidarse del asunto, negándose a ver en su prometida un emblema fatal. Aquella decisión, como habría de reconocer muchas veces, fue un escalón más en la transformación de la vida que había empezado con el concurso de carteles.

Tres

En las semanas que siguieron a la explicación de los sentimientos que habían dejado en Edelmira la fuga y regreso de su padre, B. se quedó con la idea de que estaba comprometido con una chica que no era sanforizada pero con la que tendría un largo noviazgo, y no pudo prever que de la misma manera inesperada que había consentido ser su novia, aceptaría casarse con la condición de que siguiera estudiando. "De lo contrario, mi misión se perdería", dijo Edelmira con las mejillas ardiendo. "Si papá sintió el llamado de su vocación, yo lo reivindicaré dedicándome a la biología en cuerpo y alma. Menos cuerpo que alma, claro, si tú sigues queriendo que nos casemos". Él no dudó un instante, le propuso que se casaran el 17 de mayo, día de San Pascual Bailón, la misma fecha en que Edelmira Pajares cumplía dieciocho años.

Convocaron a una boda bajo el rito católico aunque ninguno de los dos era católico. Se citaron con amigos y familiares en el templo del Santo Niño de Praga, y vestidos como muñequitos de pastel prometieron que estarían unidos hasta que la muerte los separara, y aceptaban que lo que había unido Dios no lo separara el hombre.

Desde el principio de la ceremonia Gregorio los observó sin poder contener la confusa amalgama de alegría, arrepentimiento y pesar que lo embargaba. Nada produce tal turbación espiritual como una boda, se decía con lágrimas en los ojos, arrepentido por no haber hecho algo por conquistar a Edelmira. Hubiera querido pensar que aquel ritual también se celebraba en un mundo contiguo con personajes cambiados. Esa ebriedad sentimental debió conducirlo a la primera formulación del deseo de lacerante soltería que lo dominó de ahí en adelante. La célebre *katharsis* de Aristóteles, esa purificación que se operaba en el espectador durante la representación de una tragedia, cambió de golpe la perspectiva que Gregorio tenía de su vida: "A partir de este momento no quedarán sino distracciones vulgares en las que nunca volveré a ser yo mismo". Todo, cada gesto, cada palabra dicha durante la ceremonia, había sido recogida y clasificada para servir de leña durante el largo invierno de su obsesión y tristeza. En la luz multicolor que se filtraba a través del vitral de una ventana descubrió que el resto de sus recuerdos habían empalidecido y su memoria se había congelado con cizaña. Cuando abrazó a los flamantes esposos sabía que se estaba condenando a vivir a la sombra de su relación, ellos irradiaban toda suerte de pasiones y él no podría sino imaginar que en una vida paralela se había colocado en el lugar de su compadre.

Durante la fiesta que siguió a la boda, B. notó que Gregorio se apartaba, trató de impedirlo presentándole a conocidos del medio publicitario, pero cada vez que se acercaba, él se evadía brindando por su futura felicidad, así, en abstracto, sin indicar a quién se refería el ambiguo posesivo *su*. Cuando bailaba el vals de rigor con Edelmira, fue Gregorio quien se acercó, Cástulo le ofreció la mano de su novia para que bailaran, pero él los abrazó a los dos. "Bailemos juntos", dijo, besándolos en la mejilla. Edelmira se dejó llevar por la música y comentó que la habían rescatado de sus males. De nuevo la ambigüedad del posesivo: ¿se sentía rescatada de sus propios males, de los que le procuraba Gregorio, o de los de su marido? B. no tuvo valor para aclarar sus sospechas y dejó que la fiesta navegara hasta que se quedara solo con quien, a partir de esa noche sería *su* mujer. "Lo que ha unido Dios que no lo separe el hombre", se dijo, "y que Gregorio se pudra en soledad".

Cuatro

Aunque Cástulo creía que los propósitos de su mujer no eran firmes, después del viaje de bodas Edelmira fue a la universidad y en tres años cubrió todos los créditos de la carrera de Biología. Se podría decir que fue una alumna modelo hasta que las complicaciones de un embarazo imprevisto la obligaron a recluirse en su habitación abatida por el dolor. Era el dolor que le había dejado la ausencia de su padre, el de la soledad y la impotencia, el de saberse dos e ignorar cuál de ellas lo sufría, el mismo dolor que regresaba con el rostro de los abortos que la marcarían para siempre.

Cástulo estaba seguro de que al casarse había rescatado a Edelmira de sus fobias, y se ufanaba de que su amor era suficiente para reconfortarla de las desgracias anteriores. Entendía su pasado, aceptaba la manera de enclaustrarse en sí misma, nunca le cuestionó que mezclara (con una facilidad que le parecía inaudita) los conocimientos científicos que aprendía en sus clases con las fórmulas esotéricas que su madre le había inculcado, y aunque le parecía inexplicable que con su figura y la belleza de su rostro tuviera aquellos raptos de autocrítica cuando se miraba al espejo, siempre estuvo dispuesto a ayudarla en lo que fuera. Su instinto de seductor le aseguraba que detrás de tanta queja se escondía una sensualidad furiosa. "Estoy gorda", comentaba Edelmira, "mira nada más mis cachetotes". B.

observaba su cuerpo sinuoso, no decía nada, pero la invitaba a una sesión maratónica de cine, a pasar el fin de semana en un balneario, o a bailar en una *boite* de moda. Era su misión, decía, sacar a su esposa de su claustro. Muchos aseguraban que la farra no iba con Edelmira, pero él sabía que hacía tiempo que se había destapado su vocación por la milonga y las charlas al abrigo de un bar arrabalero, y que con la alegría incierta de unos pasos enlazados al compás de una canción, sorteaba sus angustias. Vivió convencido de que habían derrotado al Mago Negro —como ella se refería a la melancolía— hasta la mañana en que una cadena de aguijonazos en el vientre precedió la salida del líquido sanguinolento en que se perdía el feto de su primer embarazo.

Durante años intentaron sin fortuna tener hijos, cada mes esperaban con angustia que el periodo menstrual no se presentara, y sufrían cuando aparecía la sangre traicionera. Se sometieron a exámenes de todo tipo, y aun los largos periodos en que practicaron rutinas sexuales tan incómodas como vergonzantes terminaron en abortos cada vez más peligrosos. Cástulo decidió que no podían seguir colgados de una esperanza inútil, y que la felicidad de tener un hijo se había convertido en un tormento. Propuso que adoptaran y dejaran de poner en peligro la vida de Edelmira. Durante un tiempo ella observó desde la ventana de un orfelinato a una niña que pasaba horas sin chiste a la sombra de un almendro. Sentía por la chiquilla una confusa mezcla de piedad con ansias de protección, que siempre terminaba en un galimatías emocional. ¿Qué podían enseñarle aquellos ojos que habían perdido el fulgor de la niñez? La mirada vacía que descubría en la niña cuando se volvía hacia la ventana desde donde Edelmira la observaba, derrotó sus buenas intenciones, y se fue para no volver. Se recluyó en una prolongada tristeza en la que Cástulo creyó que su amor se diluiría. Curiosamente, aquellos meses los ayudaron a anudar humores a los que prestaban una atención descuidada. Se daban las gracias por todo, se acariciaban a propósito de nada, ajustaban sus horarios para coincidir en sus deseos, y aceptaron en silencio ir a bailar para sentir el pálpito que sobrevivía en sus caderas. Aunque nunca tuvieron hijos, consintieron que el remanso de la costumbre escondiera los anhelos de ser madre en la covacha sentimental del pasado de Edelmira. B. se hizo famoso por una frase que daba a entender la felicidad que había conseguido al lado de su esposa: "Si hubiera sabido que el matrimonio era tan tranquilo sin descendencia, habría evitado que hiciéramos el amor regulados por la posición que nos mandaba el ginecólogo".

Cinco

En ese tiempo empezó la vida clandestina de Cástulo Batalla, y a la sombra del dolor de su mujer perfiló su papel de mujeriego. Aunque nunca fue un modelo de fidelidad, la ardua relación con Edelmira colmaba sus ansias de aventura. B. se concebía a sí mismo como un marido que hubiera dado todo para que su matrimonio durara toda la vida, en donde una escapada furtiva no era más que eso, una aventurilla sin importancia. Lo cierto, sin embargo, fue que los conflictos de la vida conyugal se convirtieron en una jaula, los desli018 esporádicos con alguna prostituta que encontraba por la calle perdieron sentido, y de una manera impredecible empezó a abrir la puerta que lo conduciría a su *otra vida*.

Un día salió a comer con su secretaria, o mejor, cedió a la evidencia de sus insinuaciones. No había querido ver la intención de la mano que lo acariciaba cuando le entregaba una carta, el propósito que escondía la pierna arrimada a su brazo al pararse al lado de la silla en que él se sentaba. Aceptó salir con ella para no decepcionarla, un poco por la sorpresa de verse acosado. Esa tarde, de regreso a la oficina, se quedaron a trabajar a deshoras con el pretexto de revisar la correspondencia, y ya no pudo esquivar la callada oferta de abrazarla. En su interior se había colado otra persona, un viejo conocido que le dijo: "cógetela, no seas tarugo". B. sintió el vientre de la joven pegado a su entrepierna, la irremediable erección bajo la bragueta, empezó a acariciar sus muslos, levantó su falda y alcanzó sus bragas. Ella jadeaba con los brazos rodeando su cuello. El clítoris que lo buscaba destapó el mundo de ilusiones que Cástulo apenas dominaba. Su yo normal, que se había preocupado por su mujer durante tanto tiempo, se mantuvo de lado, dando vueltas como histérico al asunto de la paternidad, y no supo qué hacer cuando tuvo sus dedos en la vulva de la chica.

Fue curioso, y si se quiere inexplicable, pero el orgasmo que provocó en la joven hizo que se sintiera más enamorado de Edelmira. Salió de su oficina en estado de alucinación y vagó en auto por la zona del río antes de regresar a casa. Vio las aguas que se perdían en el horizonte como si bordeara una ribera sin la orilla de enfrente, recorrió calles incomprensibles admirando su sorprendente arquitectura. "Santomás está construido con ilusiones", se decía sin apartar la vista de la ciudad. El Edificio Condesa le pareció un laberinto que escondía los afanes furtivos de generaciones enteras. Abrió la puerta de su piso, caminó tanteando la oscuridad, encontró a su esposa dormida y se metió en la cama hecho un manojo de efusiones. Nunca se había propuesto llevar esa doble vida, ni le disgustaban las limitaciones en la relación que demandaba Edelmira, pero los anhelos que descubrió ese día habían contaminado sus deseos. Tuvo miedo de despertar a su mujer y sólo besó su espalda. Ella se quejó pero siguió dormida. B. se cubrió la cabeza con las sábanas y evocó el lento rumor del río que seguía flotando en su memoria: supo que había empezado su larga carrera de amante clandestino. No se atrevió a preguntarse quién iba a tomar las decisiones de ahí en adelante: él o el otro, su viejo conocido.

A esa primera escapada siguieron otras, al principio con la misma chica, pero después con otras mujeres que fueron llegando inesperadamente a su vida. Casi a diario se follaba a su secretaria a un lado del escritorio, ella entraba a su oficina con cualquier pretexto, y él la tiraba al suelo. Con los pantalones puestos y la bragueta abierta al límite, la penetración era inmediata y se corría en un instante. A veces era ella quien bajaba el zipper, metía su mano entre la trusa y lo masturbaba lentamente. Cástulo se venía en torrente, gimiendo, como si lamentara no haber descubierto el placer de Onán hasta ese día. Sin importar demasiado qué hubiera sucedido, al medio día podía ir a un hotel de paso con una amiga que le hablaba por teléfono, o con alguien que conocía durante el almuerzo. B. sentía unas ansias irreprimibles de desnudar el cuerpo de aquellas mujeres, y escuchar la confesión con que justificarían su entrega, y aunque nunca les escondía que estaba casado, tampoco apagaba la hoguera de ilusiones que encendía mientras hacían el amor.

No entendía por qué, si a tantas les enojaba *su estado civil* (más de una se refirió así a su matrimonio), se iban a la cama con tanta facilidad. Nunca negó que se sentía halagado pero en algún momento de esa retahíla de conquistas empezó a buscar una explicación que le hiciera comprender los motivos de sus amantes. "Es claro que no sienten inquietud ante los estragos que produce la pasión", se decía mientras se vestía para correr a los brazos de su esposa. Había deducido que el deseo carnal era común en los hombres a pesar de que a todos les resultara devastador, pero que las mujeres constataban su entrega —o su devastación— con una complacencia burlona. "¿Por qué con mis amantes sucede lo contrario?, ¿qué las hace sucumbir a mis deseos y ser ellas las que parecen destruirse?, ¿percibirán el eco femenino de mi alma y creen que más que amante soy su cómplice de amores?". Es probable que a esta sospecha se debiera el pavor que tenía de lastimar a Edelmira con los malabarismos de ésa, su *otra vida*: mientras ella sufría con sus frustrados embarazos, él usaba el lado femínio con que había debilitado sus resistencias para alimentar al seductor que llevaba dentro. ¿Qué diría si supiera que con sus andanzas eróticas buscaba confirmar lo que ella había descubierto? "Podría llamarme el amante lesbiano", se dijo Cástulo Batalla muchas veces.

Seis

Felipe Salcedo lo conoció cuando llegó a vivir al Edificio Condesa. Había entrado en contacto con uno que otro vecino pero ninguno lo atrajo tanto como Cástulo. De inmediato se sintió seducido por su personalidad y empezó a acompañarlo a tomar una cerveza, a ir al cine de vez en cuando, o a cenar alguna noche con él y su mujer. Las aventuras que B. contaba en sus largas caminatas, lo conmovían como si estuviera leyendo un folletín cuyo desenlace lo dejaba boquiabierto. Que sucedieran a espaldas de su esposa las hacía más atractivas, y aunque con un poco de bochorno, se inspiró en ellas para escribir algunos de sus artículos. Si esta situación le causó un inequívoco malestar cuando encontraba a Edelmira, al poco tiempo hizo a un lado sus prejuicios y decidió entablar con ella una relación tan cordial como la que llevaba con su marido. Podría decirse que fue una toma de partido afortunada: Edelmira calmó con Felipe sus exabruptos maternos, Cástulo recuperó al confidente que había perdido en la Universidad, y Felipe pudo comprobar que en el mundo ocurrían, *en realidad*, las historias que él sólo escribía.

La sensación de que había algo oculto entre sus nuevos amigos (sensación a la que Felipe no era ajeno) le daba a su relación un carácter insidioso y, sin ninguna duda, desconcertante. "¿Si se les ve tan felices, si Edelmira lo quiere tanto, por qué B. cede con tal facilidad a la tentación de la infidelidad?", se preguntaba Felipe cada vez que estaba con los dos. Pudo comprender —o intentar comprender— el afán seductor de Cástulo, la tarde que fueron a ver *Alfie*, el filme con Michael Caine que quince años atrás estuvo tan de moda en Santomás. El protagonista —como le pasaba a Cástulo— nunca reprimía el deseo por el sexo opuesto a pesar de que sospechaba que las mujeres acabarían abandonándolo. La cinta era un alegato para que se comprendiera la conducta de Alfie, quien a cada momento se volvía hacia la cámara y explicaba su comportamiento. Al final quedaba claro que ni él ni nadie entendía los motivos de su maniática conducta. *What is all about?*, se preguntaba Michael Caine en la última secuencia de la cinta, sorprendido ante la inútil cauda de sus seducciones; *What is all about?*, volvía a preguntar la cantante que interpretaba el tema musical cuando aparecían los créditos; *What is all about?*, canturreó Felipe observando el perfil de Cástulo cuando abandonaban la sala.

B. escuchó la pregunta con desdén, hubiera podido ignorar la insinuación que emponzoñaba la mirada de Felipe, pero prefirió responder, pues aquel *What is all about?* le impulsó a elaborar una teoría del seductor. "Vamos a tomar un café y te explico lo que pasa", dijo encaminándose hacia la esquina. Parecía estar contento aunque las comisuras de su boca se torcieran hacia abajo. "Si tanto te intriga el problema de Alfie", comentó con desparpajo, "te diré que sufre porque nunca se pudo comprometer". Felipe se sorprendió de que la cinta no lo inquietara ni se identificara con el drama de aquel hombre, más que obsesionado, destruido por las mujeres que había seducido. Lo vio caminar por delante, los faldones del abrigo de pelo de camello se agitaban con los golpes de rodilla que daba a cada paso. "No entiendo, a ti te pasa lo mismo, no sé por qué te acuestas con cualquiera si nadie acaba de satisfacerte", le dijo. "Eso es sólo relativamente cierto", contestó Cástulo, "me acuesto con muchas pues estoy convencido de que negar tus deseos es vivir en el error, pero eso no obsta para que mi amor por Edelmira sea incondicional. Voy a parecerte un cínico, pero la manera moderna de ser un seductor es llevando dos vidas, como un marido fiel y como un mujeriego empedernido. Si puedes mantener a tu esposa al margen de tus conquistas serás feliz, de lo contrario quedarás atrapado en la desilusión. La realización, querido amigo, es la prolongación de los anhelos que uno alberga aunque nunca los comprenda". Felipe se veía como un hombre que sólo podía observar el mundo femenino desde lejos, pero intuyó que Cástulo había dado con la clave de su vida: para ser feliz, para preservar sus ilusiones, necesitaba una realidad alternativa que relativizara su aprensión. Sin sus historias, sin su vida clandestina, su amor por Edelmira no sería real.

"No sé si te has fijado", dijo Cástulo en la puerta de la cafetería, "pero en todas las versiones de Don Juan, y *Alfie* es una de ellas, se hace el mismo planteamiento: el conquistador se condena porque no se compromete con ninguna de las mujeres que seduce. No comprende que tanto si es fiel como si no, un amor constante es un salvoconducto. En esta época, en que tenemos a Eros, el placer, por un lado, y a Tánatos, la destrucción, por otro, es preferible no comprometerse con ninguno, o mejor, comprometerse con los dos al mismo tiempo, como si fueras un agente que espía doble".

Se sentaron en la última mesa y una chica les preguntó qué se les ofrecía. Antes de ordenar, B. ya le había tomado la mano como si fuera lo más natural tomar la mano de las meseras antes de ordenar café con galletitas. "¿Te he contado de mi compadre Gregorio Flores Esponda?", preguntó. "Alguna vez", contestó Felipe aturdido porque la chica no se percataba de las intenciones de Cástulo. "Para el caso que nos ocupa sólo debes saber que nunca se casó", agregó B. jugueteando con los dedos de la chica. "Hace mucho que no lo veo pero el infeliz anda de mujer en mujer, como los donjuanes de a poquiachis, arrastrando la cobija de su desamor. No me extraña que suspire por Edelmira a pesar de que sabe que nunca la volverá a ver".

Felipe pensó que los hombres como Cástulo emprenden su vida follando con quien se deje, hasta que encuentran una mujer con quien casarse para intentar un simulacro de fidelidad. Más adelante surgirá alguna otra, y pretenderán salir de su vida de la misma manera en la que entraron, es decir, cogiéndosela. Al final les pasará lo que le había sucedido a B.: si no han echado a perder su matrimonio descubrirán que basta un poco de discreción para estar dentro y fuera a la vez de eso que llaman *felicidad conyugal*. B., sin embargo, le había dado una vuelta de tuerca a esa situación, o para ser precisos, había agregado una variante al mito del mujeriego por antonomasia: una dosis de lealtad —un cierto vasallaje— lo protegía de la desilusión, y las traiciones conyugales que siempre se habían escrito con T mayúscula, en su caso se convertían en traiciones con t minúscula. Gregorio se había colocado en el polo opuesto: se acostaba con quien le daba la gana pero suspiraba por la dosis de lealtad que hacía feliz a Cástulo Batalla.

"Nunca imaginé que te interesara el personaje de Don Juan", dijo Felipe, sorprendido por el forcejeo que había empezado la mesera para que la soltara. "No sé por qué", respondió B. liberando, al fin, la mano de la joven. "Alguna vez Gregorio y yo tuvimos una plática acerca del tema. No me acuerdo cuándo tuvo lugar, creo que habíamos hecho un trabajo para un cineclub al que nos inscribimos para cubrir créditos especiales, y aquella semana habíamos visto una de las tantas versiones cinematográficas de Don Juan. El cine era nuestro *hobby* y por cualquier cosa discutíamos las películas que habíamos visto". Uno de los dos cuestionó cuál podía ser el castigo de Don Juan. Si era cierto que el Comendador y la monja, o cualquier otra de las mujeres mancilladas, volvían del más allá para llevarse al seductor, el drama siempre terminaba cuando aparecían las llamas del averno, y ningún autor había esbozado qué sucedía después: ¿se consumían los tres en el fuego eterno?, ¿observaba la monja la condena de su seductor?, ¿la venganza había saciado el rencor del Comendador? "Por un rato estuvimos callados", dijo Cástulo, "hasta que se me ocurrió que el verdadero castigo de Don Juan no era irse al infierno". "¿Si no iba al infierno a dónde iba?", preguntó Felipe. "Qué curioso, fue lo mismo que dijo Gregorio, y me limité a hacer un chiste que, por cierto, no le hizo gracia". "¿Qué contestaste?", volvió a preguntar Felipe. "Que no iba a ningún lado pues lo habían condenado a cuidar a la monjita por toda la eternidad. Estaban en un camposanto, ¿no?, pues en vez de ir al infierno, ya que la religiosa lo había salvado, se queda vagando con ella entre las tumbas". Felipe pensó que *camposanto* era una palabra un tanto pedante para referirse a un panteón, pero que en ese contexto daba una idea exacta de lo que Cástulo quería decir, aunque fuera una sangronada hablar de esa forma. "Qué pinche respuesta, B.", dijo torciendo la boca. "No es una mala idea", reclamó él. "Fíjate bien: si Don Juan tenía que ocultarse porque sus conquistas eran clandestinas, su castigo podría consistir en que habitara un mundo clandestino que no fuera necesariamente el infierno. Apunto *necesariamente*. Piénsalo y verás que aún siendo un chiste, un mal chiste si quieres, contiene una dosis de verdad".

Se hizo un silencio —un silencio infinitesimal— que le permitió a Felipe observar a su alrededor. Había unas cuantas mesas ocupadas, y la mesera a la que B. había tomado de la mano estaba acodada en la barra, mirando hacia su mesa con una alegría que apenas podía ocultar.

Siete

Aunque las conquistas de Cástulo estaban planeadas para que ocurrieran en un campo de batalla del que podía borrar todas las huellas para que su mujer no se enterara de sus escaramuzas eróticas, en una ocasión (cuando recién Edelmira se había recuperado del trauma de sus abortos y, aunque nunca regresó a la universidad, había recuperado el ánimo por estudiar el esoterismo en que la formó su madre), B. tuvo una aventura que estuvo a punto de echar a pique su matrimonio.

"A lo mejor te doy la falsa impresión de que soy muy ducho en esto del adulterio", le dijo Cástulo a Felipe la tarde en que vieron *Alfie*, "pero no es así, pues en una ocasión, una sola y de forma inexplicable, Edelmira me cachó en mis tejemanejes. Yo creo que me traicionó el inconsciente, pues sin que me diera cuenta, mi mujer descubrió unos besos pintados de carmín en el cuello de mi camisa".

Nunca le había contado esa aventura pues ocurrió en la temporada en que se escuchaban ruidos en su casa. "Edelmira estaba duro que dale con que era un ánima, ¿te acuerdas?". "Claro que me acuerdo", respondió Felipe, pues aquel hecho había cimentado su amistad con la pareja. "No le faltaba razón" dijo B., "como comprobamos cuando te pedimos que manejaras la güija para saber de quién era el espíritu que los molestaba". Cástulo pensó en las puertas que se abrían sin sentido, en los lamentos que surgían de los rincones, en las luces que se prendían y apagaban sin que nadie hubiera tocado el interruptor, y miró a Felipe para saber si se acordaba de los detalles de aquella desdichada experiencia, y al ver su sonrisa se guardó que, a pesar de todos los esfuerzos que con su ayuda hicieron para ahuyentarla, el ánima siguió con su acoso, y ésa era una de las razones por las que había olvidado contarle su infame aventura.

Esperanza V. de Rodríguez (miembro prominente del Grupo de los Nueve) era una mulata al estilo de los cincuenta, de cuerpo macizo pero más bien fea, a quien todos le decían Pelancha, un apócope que resaltaba la tosquedad de sus facciones. Vestía faldas cortas y entalladas, que se pegaban tanto a su cuerpo que era fácil adivinar la abultada carne de sus muslos. Ostentaba, bajo escotes pronunciados, unos pechos mínimos que el sostén levantaba como si fueran dardos envenenados. A primera vista parecía una mujer echada para adelante, pero en lo que ella llamaba *su terruño emocional*, vivía recelosa por la inseguridad que le provocaba tener una sola hija. Afirmaba que su marido —Rubén, el Chato Rodríguez— sólo servía para vender accesorios de automóvil, y ella tenía que enfrentar sin su ayuda los avatares de su educación. "Mi pobre niña depende de lo que yo le diga u aconseje". Así decía, "u aconseje", porque la solitaria *u* debía parecerle muy dramática, muy acertada, para ilustrar su solitaria situación.

Cástulo le tenía cierta reserva pues con cualquier pretexto buscaba quedarse a solas con él para pedirle consejos sobre las situaciones más disparatadas. Se hacía la mosquita muerta, pensaba él, pues tenía la impresión de que había visto más hombres desnudos que una enfermera del Hospital General.

En los tiempos en que las computadoras no se habían popularizado, B. dirigía un grupo de dibujantes que hacía ilustraciones para anuncios estrafalarios, desde los que pretendían mantener el uso del sombrero (*Impresione con la discreta elegancia de los sombreros Torlancia*), hasta los que buscaban popularizar nuevos remedios para la salud (*Del pecho a la espalda la tos se cura con pastillas Balda*). Era un tipo apreciado fuera y dentro de la agencia porque siempre encontraba un eslogan, un jingle, una frase atractiva para los clientes que lo consultaban, o un consejo certero para resolver los problemas que sus amigos le confiaban. Había una cierta clarividencia en la precisión con que Cástulo concebía lo que tenía que aconsejar a un amigo o recomendar a un cliente, cualquiera podía albergar un pensamiento claro sobre sus problemas, pero él parecía tener el don de hacer visible la solución, como si la pintara ante el ojo interior de la persona que lo consultaba. No era raro, por lo tanto, que lo llamara gente desconocida aduciendo problemas estrambóticos, pero en una ocasión su secretaria le pasó un telefonema que sonaba demasiado misterioso: "Le llama su maestra de ballet. Dice que es urgente", dijo la chica pelando los ojos. B. tomó el auricular desconcertado. "Soy Pelancha", dijo una voz ronca. "Necesito verte pues no sé a quién acudir". Cástulo soltó un mugido y esperó a que ella continuara. "Encontré un condón en casa...Nunca lo he hecho con condón... Puede ser de mi hija y necesito que me aconsejes. Mi marido es menso y no puedo recurrir a él". B. sabía que los condones pertenecían al Chato, éste le contó que salía con la recepcionista de una concesionaria, había insistido en que usaran *la píldora*, pero ella se negaba —no era segura, había dicho— y aceptó hacer el amor siempre y cuando se enfundara el pene con un condón. B. le aconsejó que los adquiriera al mayoreo y los fuera sacando de uno en uno cuando concertaban una cita. El que encontró su mujer se le habría caído, pensó Cástulo con el teléfono temblándole en la mano. Embotado de curiosidad aceptó verla en un bar de la Ronda San Antonio.

El sitio resultó una especie de bar turco donde se pactaban asuntos clandestinos. Al traspasar una cortina, B. se encontró en un salón sumido en una nube de humo. La música de un sitar hacía el ambiente, si cabe decirlo, tenebroso. Un mesero lo condujo a un apartado que tenía cojines recargados sobre la pared, donde lo esperaba Esperanza sentada en el suelo. Vestía de blanco, con una falda entalladísima que remataba en un top que insinuaba sus pequeñas tetas. Tuvo que pagar por adelantado una cantidad superior a los jaiboles que ordenó. "Los harán con güisky de importación", se dijo sin ninguna razón pues en Santomás sólo hay güisky de importación. Esperanza pidió que esperaran, y él la obedeció porque no se le había ocurrido qué aconsejarle, aunque, como se daría cuenta en pocos minutos, no iba a darle ningún consejo, ni bueno ni malo, ni siquiera iba a decir algo que se pareciera a un consejo, pues después de que el mesero dejó las bebidas en una mesita que estaba a un lado de la entrada, ella sacó el condón que había sido el objeto de la llamada, lo colocó en el corazón de sus labios, rompió la cejilla con un mordisco, y se lo entregó. "Pónmelo tú, Pelancha", dijo él con un susurro. Nunca le había dicho Pelancha pero le hubiera sonado falsamente poético decirle: "Pónmelo tú, Esperanza". Con una facilidad inaudita para quien nunca lo había hecho con condón, Pelancha sacó su miembro con un diestro juego de muñecas y fue extendiendo el preservativo con la boca como si colocara una media de seda. Se volvió de espaldas y levantó su falda letal. No traía bragas y la tirantera blanca que sujetaba las medias brillaba en la oscuridad.

"Muchas veces me despierta la imagen de sus nalgas", agregó Cástulo en la cafetería donde fueron a comentar las peripecias de *Alfie*. "Tengo la impresión de que las retraté al milímetro como si de ella no me quedara más que ese recuerdo. Mira Felipe, lo voy a confesar sin rodeos: sus nalgas estaban cortadas de tajo, el de Esperanza V. de Rodríguez, alias Pelancha, era un culo chato en el que no he podido dejar de pensar, pero fue su boca trompuda la que marcó el devenir de mis andanzas".

Esa noche, siguiendo la inconsecuente ruta de las pesadillas, Edelmira descubrió un par de besos pintados en la camisa de su marido. "¿Y esto?", preguntó enojada. B. tomó la camisa y la revisó con displicencia. Los labios de Esperanza habían quedado grabados sobre la tela blanca, de la misma manera que sus nalgas seguían fijas en su memoria. "Esto", dijo sin inmutarse, "son las huellas de unos besos que tuvimos que fotografiar para un anuncio de bilés. Nadie más que yo llevaba camisa blanca, en la caja no había dinero para comprar otra, y la ofrecí para que la besaran. Con el trajín del día se me olvidó decírtelo". Su mujer le arrebató la prueba de su traición y lo miró guiñando los ojos. "Saliste peor de lo que me habían advertido: eres un cazador de lagartas". No se necesitaba ser muy perspicaz para percibir las ganas de que se muriera en el espacio que ocupaba la mirada de su mujer. "No te voy a permitir que me taches de lo que no soy", reclamó B., descamisado e impotente, jalando su pijama. Durmió en el sofá de la sala pero el coraje le alcanzó para espantar el desaliento.

Durante el mes que duró la disputa conyugal, Cástulo tuvo un dolor de hombro que le hacía la vida insoportable. "Es este pinche sofá", se decía, "sólo por eso debería volver a mi cama". Se revolvía sobre los cojines tratando de evitar los calambres. Lo consolaba que el dolor no fuera nada comparado con la posibilidad de divorciarse. Podría estar tullido pero casado, casado hasta que la muerte lo separara, porque lo que había unido Dios que no lo separe el hombre.

Cuando pensaba en divorciarse, B. decía suicidarse, y una noche soñó que aguantaba el dolor de hombro porque era la forma de evitar un suicidio involuntario. Estaba en un campo que era conocido y desconocido a la vez. "No debo ser un suicida involuntario", repetía observando los árboles. Una voz en *off* comentaba que no hay suicidas involuntarios, que si acaso los había accidentales. Otra razón para aguantar el dolor, pensaba él, no podía ser un suicida involuntario y menos accidental. Tenía la impresión de que era Gregorio quien hablaba aunque sus palabras parecieran flotar entre las ramas. Sentía tanto coraje que se aferraba a la idea de que si era la voz de su compadre sería mejor que siguiera dormido aunque se quedara a vivir en su pesadilla. "Va a parecer que estoy muerto a pesar de que estoy vivo, pero no voy a hacer caso de lo que dice este malandrín". Despertó con el hombro paralizado. "¿Cuándo terminará este calvario?", se preguntó sin saber si se refería a que la pesadilla no se acabara nunca o a que siguiera disgustado con Edelmira.

"Ese mes fue un intervalo infernal, había vivido otros intervalos infernales pero no dudaría en calificar a ése como el más infernal de mi vida", le comentó Cástulo a Felipe haciendo una mueca de pesar porque se acordó que antes del pleito con Edelmira habían vuelto a consultar la güija. Como no encontraron a Felipe para que los ayudara, Edelmira y él la convocaron solos. Ninguno de los dos se sentía apto para conducir la güija, y quizá por ello ésta contestó una palabra sin pies ni cabeza. Mientras la escribía, Cástulo sospechó que había un significado oculto entre sus letras y guardó el papelito donde la había apuntado. A los pocos días ocurrió la aventura con Pelancha y consiguiente pleitazo con Edelmira, por un tiempo olvidó la extraña palabra, hasta que una noche encontró el papelito en la bolsa de su camisa. Cada uno de los treinta y seis días que todavía duró la disputa con su mujer, B. consultó sin fortuna el mensaje de la güija. Lo tomaba al despertar de la mesa que estaba junto al sofá, hacía un gesto de dolor igualito a la mueca con que acompañó este recuerdo y volvía a doblarlo. ¿Qué era lo que había apuntado? Igual que había callado aquella aventura, B. se abstuvo de revelar el presentimiento que cifraba la nota olvidada.

A los pocos días, Edelmira le dio una camisa nueva. "A la otra no se le quitó la huella de tu culpa", dijo. "Si echas a perder ésta, que es una Manchester, es mejor que te vayas". B. se acordó del eslogan que él había creado (*Hasta que usé una Manchester me sentí a gusto*) y aceptó el regalo como si fuera una disculpa y no una amenaza. Estaba acostumbrado a los cambios de humor de su esposa, a que después de un pleitazo, sin que mediara razón alguna, lo disculpara. "Volvió a notar que tengo alma de mujer", se dijo muy confiado.

Esa noche estrenó su reluciente camisa y le pidió a Edelmira que celebraran. Inventó el que sería su famoso coctel de vodka con licor Pacharán, y gracias al color rojizo que adquirió la mezcla, lo bautizó como *carmin kisses screwdriver*. Edelmira soltó una carcajada al escuchar el nombre, lo abrazó, y con saña marcó la camisa nueva con el bilé de sus labios. Dieron unos pasos de tango por la alegría de la reconciliación, se bebieron tres o cuatro vasos del coctel, que fueron suficientes para que ahí mismo, junto a la barra de cantina que habían colocado entre el living y el comedor, hicieran el amor. La temporada más infernal de la vida de Cástulo Batalla tocó fin con un espectáculo pirotécnico de sexo conyugal.

"No sabes la energía que se gasta armándose contra situaciones que rara vez acontecen", dijo Cástulo, "pero fue ese desperdicio energético lo que me permitió aceptar la inesperada bestia sexual que apareció embozada en el placer de aquella noche de amor. La vida fuera de horas da vértigo, querido Felipe. Me he llegado a convencer de que en los sentimientos de cada quien hay una longitud del destino y una altitud del azar, nuestra realización depende del punto en que nos encontremos en una situación determinada, como si fuéramos barcos en alta mar".

Felipe seguía con atención las muecas que hacía Cástulo mientras revelaba la estructura de su mapa sentimental, pero su mente vagaba por una novela que había leído recientemente, en que su autor, Milan Kundera, dividía a los seductores en líricos y épicos. Los primeros, afirmaba, eran los que se buscaban a sí mismos en las mujeres que conquistaban, rastreaban su ideal en ellas y se veían repetidamente desengañados porque un ideal es aquello que nunca puede encontrarse. Los seductores épicos, en cambio, no proyectaban sobre sus seducidas un ideal subjetivo, sino que las conquistaban porque en sí mismas resultan interesantes y no podían desengañarlos.

A ojo de buen cubero, B. podía pertenecer a cualquier categoría, pero como daba lo mismo que buscara un ideal o no en las mujeres que seducía —como quedaba claro, otra era la razón de sus amores— Felipe decidió clasificarlo dentro de un tipo que Kundera no registró: el Don Juan trágico, el seductor culposo. Esta clase de mujeriego convierte la épica o la lírica en tragedia, como si su conducta obedeciera a la evolución de los géneros literarios. Quienes pertenecen a esta familia se enredan con pocas mujeres porque sienten que libran una batalla en que alguien los metió sin que lo hubieran pedido. Cástulo, por ejemplo, fue a la cita con Pelancha por curioso, le hizo el amor un poco obligado, y como había quedado prendado de su culo, no se dio cuenta de que ella había marcado su camisa con sus besos. La prueba de su condición estaba completa: va a su casa con la camisa marcada, y en vez de percatarse de que su mujer va a descubrir su infidelidad, se pregunta por qué no puede olvidar las nalgas chatas de su nueva amante. No podemos descartar la hipótesis de que fuera el inconsciente quien lo traicionó, pero es más probable que su condición de mujeriego trágico necesitara la dispensa de Edelmira por haberse dejado cautivar por un culo raso. Su sentencia, por paradójico que pudiera parecernos, era el alimento de su lujuria. Entre la longitud del destino y la altitud del azar, B. eligió colocarse en el paralelo *Deseo* y el meridiano *Miedo*: el punto donde nace la tragedia. "Convengamos", se dijo Felipe Salcedo, "que para B. nunca habrá buen sexo sin culpa, pero desconocemos, por lo dicho en esta historia, por qué Edelmira lo perdonó haciendo el amor con tanta furia". ¿Qué era eso del alma de mujer a la que, muy de pasada, se había referido B.?

Ocho

Como no podemos descuidar las secretas simetrías de este relato, deberíamos saber que antes de descubrir los besos de carmín que provocaron la pelea con su marido, Edelmira había empezado a trabajar como vendedora *free lance* para varias firmas de cosméticos, y recibió la escena de reconciliación —con su rémora de sexo y amor desesperado— como un ventarrón de libertad que partía de las imágenes que un sueño ominoso había forjado en su imaginario emocional.

Dos años antes se había percatado de que aún sentía el llamado de *su misión* pero que todavía estaba deprimida como para intentar recibirse de bióloga. Un día acompañó a una prima a una exhibición de artículos de belleza y conoció a una cosmetóloga quien, antes de terminar su presentación, le había propuesto que vendiera su línea de productos. Sintió el llamado misterioso que percibió cuando su padre habló por primera vez de su misión, recordó el brillo de sus ojos al bendecir la comida, y se sintió abrasada por un torrente de presentimientos. "Acepté encantada de la vida", le dijo a B., "el lunes me traen un muestrario y empiezo mi carrera de simple vendedora".

De esa manera, con el estilo dislatado con que su padre se había enrolado en la Legión Extranjera, Edelmira Pajares empezó a ofrecer cremas y perfumes entre sus amistades. Al principio parecía un pasatiempo, una forma de escapar al desaliento que la dominaba, pero para su sorpresa la diversión cedió paso a lo que, según había presentido, debería calificar de *llamado personal*. Visitaba a sus amigas con un catálogo y un muestrario selecto, pasaba la tarde enseñándoles cremas para quitar las patas de gallo, pastillas para que bajaran los kilitos que habían acumulado en la cintura, brebajes sofisticados que les permitirían mandar a volar a quienes querían verlas de una forma que no les iba. Si se consideraba una *simple vendedora*, poco a poco fue convirtiéndose en una terapeuta de medicina alternativa. Es probable que todo empezara cuando una primero, y otra después, sus clientas le descubrieron sus insatisfacciones esperando de ella algo más que una crema.

La afición que Edelmira tenía por la biología hizo que se interesara por las sustancias que modificaban el comportamiento espiritual, y como en los años en que su madre la llevaba a las reuniones del grupo Rosacruz, leyó cuanto libro esotérico cayó en sus manos, y fue una de las primeras personas de Santomás en descubrir el efecto de los aromas y en clasificar las consecuencias que las esencias de Bach obraban en el humor de la gente.

El nombre era desconocido, todos pensaban que cuando hablaba de las *Flores de Bach* aludía a una cantata del famoso músico, pero ella se refería a las treinta y nueve esencias descubiertas por el doctor Edward Bach para equilibrar el cuerpo energético. Se carteó con la empresa que había fundado el médico inglés, obtuvo una franquicia para vender sus productos, y montó un laboratorio casero en el que mezclaba las sustancias que cada mes le llegaban de Birmingham. Escombró un rincón en que había acumulado cachivaches, adosó a la pared una mesa para poner una retorta que calentaba con un mechero de alcohol, tubos de ensayo alineados en tres hileras de trece unidades cada una, y un librero en el que acumulaba libros sobre la influencia de la luz solar en el estado anímico de los hombres. No era diestra con las manos, se quemó varias veces, pero después de horas de trabajo salía con un maletín de Louis Vuitton (que recién había comparado con tal propósito) lleno de goteros en cuyas etiquetas se leían nombres desmesurados: Álamo Temblón, Brote de Castaño, Escaramujo, Estrella de Belén. Eran las esencias florales del doctor Bach que ella había preparado. Podría decirse que mientras trabajaba su alma funcionaba de manera diferente a la de los demás, lo que no quiere decir que estuviera en peligro, antes al contrario, algo ignoto la protegía. Por lo que se refiere a la vida cotidiana, Edelmira seguía siendo una persona normal, en cierto sentido la mujer más normal del Edificio Condesa, pero la realidad que forjaba en su pequeño laboratorio era muy distinta.

Edelmira estaba consciente del cambio que se operaba dentro de sí, y a eso atribuyó que una algazara de sonidos empezara a escucharse en su casa. Nunca antes había sucedido, pero coincidiendo con la instalación de su laboratorio, las puertas de la casa empezaron a cerrarse inexplicablemente, se oían pasos sordos por todos lados, y se cayeron dos cuadros que habían estado colgados en el mismo lugar desde siempre. Edelmira escuchaba esos ruidos con un pasmo de sorpresa, y se aferraba a la pasión que las Flores de Bach habían despertado en ella, se sentaba a su mesa de trabajo, y a pesar de los toquidos que la interrumpían, no se levantaba hasta que llenaba su maletín Louis Vuitton con las esencias con que realizaría su *llamado personal*.

Llevaba ese maletín —como si fuera la bola de cristal de una adivina— a todas sus citas, y después de ofrecer sus artículos de belleza, preguntaba el signo de su cliente, y en un frasquito color ámbar mezclaba brandy con una de sus sustancias misteriosas. Decía que esa mezcla era capaz de curar el desasosiego y la inseguridad, pues provenía de la parte de la flor donde se concentra la energía vibracional. "Cada que las tomes fortalecerás tu ser energético", concluía, "y podrás transmutar tus miedos en coraje y autodominio, las cualidades del hombre que atraviesa el fuego. Piensa un número del cinco al diez, pon esa cantidad de gotas debajo de la lengua a las siete de la mañana y siete de la tarde, y tu autoestima se irá por los cielos".

Se podría decir que las Flores de Bach devolvieron a Edelmira la razón vital que le había prometido la biología. Fue un cambalache de tinte científico-espiritual que la colmó de alegría. Aquel crac de huesos que escuchaba mientras dormía desapareció del todo, y el mundo adquirió un aura diferente. No supo a qué atribuir la coincidencia de que al mismo tiempo hubiera llegado la escandalera a su casa, pero ya no le temía: Edelmira Pajares se sentía vacunada contra cualquier daño.

Poco después ocurrió el percance con la camisa marcada por el carmín de los labios de Pelancha, y el trueque científico-espiritual que había hecho la ayudó a dispensar o comprender, como se quiera, la infidelidad de su marido. Cuando vio la camisa manchada sintió que un mundo alucinado empezó a poblar su soledad. Percibió miradas a su alrededor, sus noches se llenaron de siluetas, y un atisbo de horror reapareció en su corazón. Hubiera querido hablar con Cástulo, pero dirigirle la palabra habría sido como colaborar con su infidelidad. La palabra *colaborar* se le atoró en un lugar impreciso, entre la boca del estómago y la garganta, que le produjo náusea. Tenía la sensación de que alguien cavilaba en las tinieblas de su alma, y descubrió que había dos líneas de actuación dentro de ella (el adverbio *dentro* no era gratuito, sino la expresión de su realidad más íntima) que cifraban la existencia de una vida paralela. En una de ellas, Edelmira se comportaba como una mujer tradicional, un ama de casa como cualquier otra, que obedecía los imperativos de la costumbre; pero en otra, que se cuidaba de mantener escondida, sabía que todo aquel comportamiento rutinario no tenía nada que ver con una suerte de lógica sentimental que iba conformando un nuevo perfil de su alma. Era verdad que le había enfadado la infidelidad de Cástulo, pero no era cierto que se hubiera sentido traicionada. Había actuado como una mujer despechada a pesar de que el despecho era lo que menos le importaba. ¿Tendría que ver con su viejo sentimiento de dualidad, de irse a dormir temiendo que al despertar se hubiera convertido en dos personas distintas? Quizá sí, tal vez aquella sensación de duplicidad fuera la expresión primaria de las emociones que iban surgiendo dentro de ella. Aunque a lo mejor era la expresión del miedo, el terror, el pánico de dejarse llevar por esa otra realidad. El despecho había sido un escudo contra el otro sentimiento, ése al que no podía dar nombre pero que cada momento era más intenso. De alguna manera fue lo mismo que le sucedió mientras Cástulo la pretendía. Ella lo rechazaba siguiendo un esquema supuestamente tradicional —era un seductor, algún día la iba a traicionar, se sentiría defraudada—, pero el día en que descubrió que B. tenía alma de mujer todas sus prevenciones dejaron de importarle y se entregó a él sin ninguna reserva. ¿Por qué entonces, si no le importaba que anduviera de pito flojo por ahí, se aferraba a representar el drama del despecho? Era una pegunta difícil de responder, al menos en ese momento, aunque no importaba demasiado en realidad, pues lo que la inquietaba era descubrir hasta dónde podría llevarla el otro perfil de sus emociones. ¿De qué sería capaz si dejaba aparecer sus otras motivaciones?, ¿destruiría con ello su precario equilibrio?, o al contrario: si aceptaba penetrar al laberinto emocional de su alma, ¿encontraría el equilibrio que siempre había buscado?

Una noche se vio durmiendo sola, dolida con B. pero sin él. Escuchó los ruidos sin fin que habían tomado posesión de su casa, y recordó el vago intento que había hecho con su marido para contactar al ánima. Sin la ayuda de Felipe la güija había contestado una mafufada que, más que arreglar, empeoró las cosas. Observó el lado vacío de la cama y se preguntó si valía la pena pagar con orgullo el abandono de su marido. Había soñado que se encontraba en un frigorífico donde cientos de penes colgaban del techo como jamones curados. Caminaba moviendo de un lado a otro las vergas, las cuales, al chocar entre sí, medraban con un estruendo de cacerolas. No entendía qué estaba haciendo metida ahí dentro, pero le pareció más curioso aún que experimentara la misma sensación de desconcierto que la había invadido en la última consulta que hicieron a la güija. "¿Por qué habría de colaborar?", preguntaba sintiendo la piel rugosa de los miembrotes. La palabra *colaborar*, aun en el sueño, parecía un anuncio funesto.

Como su imaginación conservaba el impulso motor que le había impreso la pesadilla, descubrió que los labios pintados en la camisa de su marido eran una brasa tan ardiente como las vergas con las que había soñado, y que la exigencia de colaborar con algo o con alguien era un imperativo. Escuchó el traqueteo de cada día —gemidos, golpes, chirriar de puertas— y pensó que por muy brasa ardiente que fueran, ni los besos ni el cascabelear de las vergas justificaban que echara por la borda su matrimonio. Cástulo la había hecho feliz, se sentía valorada por él, cuando se observaba al espejo, sólo sus palabras de consuelo le permitían soportar su imagen. ¿Podía asegurar que la había hecho menos feliz por haberse encandilado con otra mujer?, ¿haber sido feliz justificaba que lo disculpara?, ¿por qué, finalmente, no se dejaba llevar por su intuición y dejaba de comportarse como una mujer tradicional? Después de todo, cada vez que había actuado de esa forma había conseguido lo que deseaba.

Edelmira salió de su habitación y vio el cuerpo descompuesto de su esposo acostado en el sofá. Apenas cabía doblado sobre sí, y daba vueltas sin poder dormir ni despertar. "¿Tendré que colaborar con él?", se preguntó, "¿o será él quien tenga que colaborar conmigo?". Escuchó con un tañido lejano el gong con que descubrió que B. tenía alma de mujer, y el esófago se le enredó como serpiente. Las mentiras que mutan en verdades tienen la virtud de enmascarar la existencia, en eso consiste el secreto del amor y el sexo. Volvió a ver a Cástulo torcido de dolor, soñando quién sabe qué barbaridades. Con el nudo asfixiándola a la altura de la glotis salió a comprar una camisa. "¿Será él quien tenga que colaborar conmigo?". Regresó cuando Cástulo terminaba de bañarse, y con un gesto indiferente le entregó una bolsa de los Almacenes de Francia. Dentro estaba la camisa nueva. Fue a su habitación como mareada. "Ni modo", repetía, "parece que no habrá otro remedio". Estaba perturbada. En el patio había encontrado a Gregorio. Al principio no lo reconoció, estaba de espaldas mirando hacia su ventana. No supo cómo justificar su presencia y alegó puras barbaridades. Ella, sin embargo, se sintió conmovida por su turbación, una ola de cariño se le vino encima y lo besó en la boca. Quizás hacía mucho tiempo que quería besarlo pero nunca se había atrevido. Supo que había traspasado el umbral de sus deseos y ya no habría vuelta atrás. Regresó corriendo a su casa para entregarle a Cástulo su camisa nueva. La imagen de una mano extendida hacia ella, el recuerdo del deseo contenido en ese ademán, le rondaba la cabeza y no podía borrar de su cara un rescoldo de tristeza. ¿Qué iba a decirle a su marido?, ¿cómo justificaría no su infidelidad (pues la infidelidad propiamente dicha todavía no ocurría) sino la secuela que había dejado en sus labios el beso que le dio a Gregorio? Tomó unas gotas de Esclarantus, se sintió rescatada de un mar de aguas heladas, y se le vino encima su propia imagen vagando por el frigorífico mientras meneaba las vergas. ¿Se daba cuenta de que buscaba algo que siempre había tenido al alcance de la mano? Su recién estrenada alma aventurera no previó los acontecimientos que se le venían encima y se dijo: "El sexo ha sido una esperanza aparcada sin sentido. ¿Para qué sigo haciéndome guaje?". La esencia de Esclarantus —¿qué otra cosa?— había alentado un frenesí que quería satisfacer como fuera y con quien fuera. Hubiera preferido borrar de su cabeza las vergas colgantes y no sentir su textura en la palma de su mano, hubiera querido descifrar la obsesión que le producía la palabra *colaborar*, pero sabía que no podía, que lo mejor era ceder a sus impulsos, que era lo *único* que podía hacer. Descubrió con asombro que, aunque antes le hubiera incomodado, el pasado le parecía tan atractivo como un sueño: su propio sueño de los penes colgados.

Esa noche, Cástulo estrenó su camisa y la invitó a tomar un coctel que, según dijo, acababa de inventar. "Espero que no te importe", comentó con un tonillo irónico, "pero lo he bautizado como *carmin kisses screwdriver*". Edelmira vio el pálido color rojizo en que se confundían los licores y pensó que las deformaciones de la vieja historia personal cristalizan en una pesadilla ineludible. "Salud, mi vida", dijo después de soltar una carcajada. Lo abrazó y no resistió la tentación: manchó la camisa con el carmín de su boca. "Hasta que usé una Manchester me sentí a gusto", se dijo. Se tomó tres o cuatro vasos seguidos del mentado coctel sin saber lo que surgía en su interior. Mientras B. la poseía en todas las posiciones imaginables, vio sombras que se levantaban de los rincones, luces que se prendían en cada orgasmo, y la masa de anhelos e ilusiones que creía perdida se extendió ruidosamente por su esqueleto.

Aunque para muchos el destino es el polo opuesto de la libertad, leen gran parte de su vida como destino. Para hacerse los muy modernos, estos hombres y mujeres pretenden hacernos creer que nada está predeterminado y que la historia es una simple cadena de casualidades, pero incluso para ellos llega un momento en que miran atrás y llegan a la conclusión de que lo que creyeron vivir casualmente no eran sino acontecimientos inevitables. Lo cierto es que sólo entendemos la vida cuando nos la contamos, en el relato de nuestro pasado están el orden del presente y la perspectiva del futuro, y es un hecho fortuito, un acontecimiento inesperado, el que nos da pie para relatar nuestra historia y darle *vida* a eso que llamamos destino. En ese sentido, todos tenemos derecho a reimaginar lo que ya hemos vivido y darle el nuevo orden que demanda nuestra biografía. Fue el caso de Edelmira, había atribuído el cambio de su fortuna a una cadena de esas casualidades —simple vendedora, gotas de Bach, besos pintados de carmín, camisa Manchester— y su existencia se había reducido a una sucesión de instantes sin liga aparente, pero de repente, al haber hecho el amor desesperadamente con Cástulo, aquellos hechos, antes banales, formaron un todo tan reconocible, que abrieron su vida a un futuro inesperado y excitante. Al hacer el recuento de su historia, Edelmira confirmó todas sus creencias, todo aquello que había aprendido en los libros esotéricos que había leído en su vida, y reconciliarse, follar y beber los *carmin kisses screwdriver* se convirtió en la cifra de un orden preestablecido, cuya única novedad era la insistencia en colocar la ilusión —las vergas colgadas, la mano extendida— delante de sus ojos. A partir de la furiosa noche de reconciliación con Cástulo, Edelmira pudo abrir de par en par las puertas de la misión de terapeuta con medicina alternativa, aunque la expresión resultara un tanto inexacta. "Las esencias florales obran prodigios", se dijo, "debería explorar todos los secretos que esconden, y tú me vas ayudar, querido Cástulo, tu alma femenina me va a sacar de esto, te lo prometo".

Pensó fundar entonces una clínica de belleza corpoespiritual (esas fueron sus palabras) donde pudiera comprobar el efecto que obraba el sol, no sólo en la corola de las flores, sino en la actitud de cualquier persona que hubiera vivido insatisfecha. "La depresión es un mal de quien no ha experimentado la luz que condensa las Flores de Bach", decía con disimulada alegría. Alguna vez se imaginó entrando en un vestíbulo con piso de mármol negro y paredes color rosa, sobre las que se observaba un bajorrelieve con el triángulo de la pupila universal. Era el recibidor de su clínica —o antesala de otra vida— en la que todo dirigiría la atención al nicho donde refulgiría la mirada de luz que curaba los males, para que los pacientes olvidaran la experiencia de la muerte y la inercia del dolor. Sabía que le tomaría años llevar a cabo tamaño proyecto, pero al final lo vería como se le apareció en su imaginación desmesurada.

Cuando habían pasado más de cinco años desde la noche de la reconciliación, y su recuerdo parecía haberse perdido en los meandros de la apacible vida marital, Edelmira le contó a Cástulo el proyecto de su clínica para la sanación corpo-espiritual, y él, intrigado porque se le hubiera ocurrido una idea tan disparatada, le preguntó

cómo la llamaría, Edelmira no dudó un instante en contestar una incongruencia: "Clínica de los besos pintados
de carmín".

El *outline*

La realidad puede no ser verdad y la verdad puede
no ser real.

HARUKI MURAKAMI,
Crónica del pájaro que da cuerda al mundo

Uno

Felipe Salcedo se despertó con la sensación de que el sueño se le había grabado en el cuerpo. Seguía viendo, como si fuera la marquesina de un cine, el nombre de la *Clínica de los besos pintados de carmín,* y cuando abrió los ojos, en vez de su habitación, se transparentó el dibujo gigante de una boca pintorreteada como si fuera un sello. En un acto reflejo miró bajo la cama para ver si su pie seguía en el suelo, sintió el pijama empapado en sudor, y se deshizo de él a manotazos. Era posible que en algún momento de la noche se hubiera despertado mientras recordaba la biografía de sus padres putativos, y que el hormigueo que lo recorría fuera producto de aquel estado de duermevela. "Si estaba soñando con el sanatorio que Edelmira quiso fundar hasta el último día de su vida", se dijo sobándose los ojos, "es que después de haber soñado con la modelo tuve que evocar el pleitazo que unió para siempre a Cástulo con su mujer". Pero como no estaba metido en aquel drama conyugal no comprendía el sentido de su pesadilla. ¿Por qué soñó que la modelo tenía como rasgo distintivo —como único rasgo, más bien— esos besos pintados como si fueran su boca?, ¿qué tenía que ver él —su fingido romance o lo que fuera— con las infidelidades de B.? Que Cástulo y Edelmira estuvieran atados por ese símbolo era comprensible, los besos pintados de carmín cifraban tanto la fortuna como sus desavenencias maritales, eran la huella de su destino, casi un ensalmo, pero Felipe era ajeno a su posible hechizo. "Si la secuencia espiritual de su vida estuvo ligada a ese emblema, yo no tengo vela en ese entierro". No era posible que la visita que Gregorio hizo a Cástulo en sueños, un inocente affaire que Felipe había inventado sin intención precisa, y un armario decorado como caja china, hubieran desquiciado su mundo.

Se levantó tambaleándose y pensó que lo mejor sería ir con el chino para saber si el regreso de Edelmira había sido producto del opio (y era la causa de que todavía siguiera alucinando), o si de verdad su espíritu se escapó cuando B. abrió la puerta del armario. Si era cierto —escalofriantemente cierto— no habría ninguna posibilidad de que *repatriaran* a la infausta mujer al más allá (no encontró otro verbo más que repatriar para explicarse), y su equilibrio emocional iría de mal en peor. Las delirantes imágenes de su sueño volvieron a surgir de los rincones como si las siluetas de Cástulo y Edelmira (o de quienes fueran las figuras que flotaban en su cabeza) removieran los posos del terror que Felipe había vivido en la vigilia. Sintió una sensación parecida al vértigo y le dolieron las coyunturas, no eran los efectos de la resaca pero tampoco se sentía a salvo. de padecerlos de un momento a otro. Se dio un baño con apremio y tomó una taza de café espeso mientras pasaba revista al instante en que por la desesperación de Cástulo Batalla su esposa regresó al mundo de los vivos.

Quince minutos después estaba sentado a su escritorio tratando de aclarar sus sospechas. Sacó una libretita negra, marca Moleskine, que guardaba para una ocasión especial. En la primera página apuntó, como si fuera el título, *La experiencia de Cástulo*, en la segunda escribió *Ficha Uno*, y copió la frase que había escrito la madrugada anterior: *Un placer que nos atemoriza esconde un deseo abominable.* En la siguiente se hizo una pregunta en cascada (sin número de ficha): *¿Qué significa, cómo se lleva a cabo, a qué debemos, en qué consiste, la secuencia espiritual de la vida?* Sin entretenerse más encabezó la siguiente página como *Ficha Dos*, y empezó a garabatear cuanta frase se le venía a la cabeza para describir lo que había pasado dentro del armario del chino. Se dio cuenta de que a pesar de haber estado bajo los efectos del opio (o por eso mismo) recordaba todo con precisión. B. le había preguntado al espíritu de su mujer si estaba acompañada por su compadre, y ella había contestado que si Gregorio le había hablado en sueños fue para que entendiera algo, pero no aclaró qué era ese algo. Cástulo hizo entonces una serie de preguntas estúpidas y la voz de Edelmira respondió con un largísimo "nooo". Su prolongado lamento sugería que se alejaba como si estuviera a punto de regresar —o como quiera que se diga— a la eternidad desde la que hablaba. Fue un momento desconcertante en el que nadie supo qué hacer. Aunque estaban a oscuras y no podía verlo, Felipe recordó las mandíbulas contraídas de B., sus pupilas fulgurantes, y las manos tensas sobre la mesita. Lee lo observaba sin perder un gesto, interpretando el diálogo que había establecido con su esposa. Entonces vino la negación de ultratumba y su evocación lo condujo al meollo de sus dudas: si no sabían qué quiso decir la difunta —que Cástulo no había entendido, que ella no estaba liada con Gregorio, o que, en el mejor de los casos, no quería dejarlos— ¿por qué presintieron que era el momento de hacer algo? Fue un sentimiento que los unió por un breve instante, demasiado breve pensó Felipe, en que todo sucedió sin que nadie lo esperara, y comprendió que si los ojos de B. se iluminaron cuando se emitió la negativa no había más que dos alternativas: o percibió algo en el tono de su mujer que lo impulsó a abrir la puerta del armario para evitar un desastre (o provocar uno peor), o porque lo tenía planeado y lo engañó desde el principio con el cuento de los celos.

Tomó el saco que estaba en el perchero, guardó su libreta Moleskine por si necesitaba anotar algo —una frase que le permitiera descifrar la experiencia de Cástulo podía llegar de repente, y si no la escribía podía abandonarlo con la facilidad con que había llegado— y salió atropelladamente.

—Mentiste —dijo metiéndose a la fuerza en el piso de B.—, me llenaste de martinis, me contaste la historia de tus amores para ocultar tus negras intenciones.

Cástulo vestía un pijama de rayas azules, tenía una bata de toalla echada sobre los hombros, y una bolsa con hielos en la cabeza que sostenía a duras penas. Miró a Felipe con la cara de huérfano que le producían sus ojos tumefactos, y fue tropezando a la cocina. Sacó una jarra de agua de la nevera, sirvió dos vasos y se los tomó. Como si fuera una revelación dijo con un hilo de voz que estaba crudo.

—Perdóname, pero no entendí nada —agregó—. ¿Qué dijiste?

—Abriste la puerta del armario con toda intención. Querías que Edelmira se fugara, ¿verdad? Nos engañaste para obligarla a regresar.

—Más o menos —dijo B. moviendo la bolsa de hielos en redondo, como si quisiera localizar el sitio exacto de la cabeza de donde emanaba el dolor que le había dejado la borrachera—. Los engañé pero también me moría de celos.

Señaló unas fotografías que estaban regadas en una mesita, junto al álbum en el que seguramente las tenía guardadas.

—Cuando te fuiste las saqué y me bebí otra coctelera de martinis. Me sentía impotente y quise volver a ver a mi compadre.

Eran fotos de un hombre joven y fuerte, o mejor, de un hombre que debió ser joven y fuerte hacía treinta años. En una de ellas tomaba a Cástulo por los hombros y sonreía a la cámara extendiendo una mano para que alguien se acercara. En el fondo se veía la vitrina de una zapatería y las primeras letras de un rótulo. Sobre el vidrio, muy difusamente, se distinguía la silueta de la persona a quien Gregorio llamaba. Felipe pensó que conocía el sitio donde se habían fotografiado pero no pudo identificarlo. Escuchó un eco que le recorría las venas, como el escalofrío que se siente cuando una situación nos provoca el pálpito de que muy pronto habremos de vivirla. Si conocemos el pasado y vivimos intensamente el presente, ¿es posible que soñemos el futuro? La boca le supo a centavo y percibió un residuo amargo de alcohol perdiéndose en el paladar. ¿Cuál sería la cita, el epígrafe, la nota de pie de página, por la que esa foto ingresaría a la galería de sus *Retratos literarios*? Igual que tenía la impresión de conocer el lugar donde tomaron la fotografía, parecía que estaba enterado de las intenciones que escondía y revelaba, al propio tiempo, el gesto de Gregorio: el tiempo parecía prisionero en su mano extendida, como una profecía oculta bajo las aguas negras de un secreto. Pensó que en la vida hay un momento a partir del cual ya no se puede retroceder, aunque algunas veces tampoco se pueda seguir avanzando. El tiempo parecía congelado en aquel ademán insignificante. Le llamó la atención el peinado de cepillo de aquel joven, sus pómulos altos, y el pecho de ropero que le daba un cierto aire de militar.

—De cualquier manera nos engañaste —dijo Felipe tratando de fijar los rasgos de Gregorio y percibir si algo en el gesto con que tendía la mano hacia la silueta reflejada en la ventana explicaba los celos de Cástulo—. Tendrías envidia o lo que quieras, pero abriste la puerta adrede para que tu mujer se escapara.

—No quería que ella volviera nomás porque sí —dijo B. de tal modo que cabía suponer que le dolía la garganta al pensar en ese asunto—. Hubiera preferido que siguiera descansando en paz, como se dice, pero ya no podía más. Sentía su presencia, sus mensajes. No soportaba que me acosara. No sabía qué le sucedía, me jugué el todo por el todo y me salió bien.

—¿Cómo sabes que te salió bien? ¿No te has puesto a pensar que lo que creemos que fue real pudo haber sido producto del opio que fumamos?

—Edelmira vino de madrugada —agregó B. con la solemnidad que su estado le permitía—. ¿Te acuerdas de los polvos? Pues sirvieron. Estaba dormido cuando ella regresó. La vi de repente a los pies de mi cama. Me observaba sin parpadear.

Hizo una pausa, tomó un sorbo de otro vaso de agua, y Felipe se hizo una breve imagen de la situación: Cástulo se fue a dormir después de que terminó de emborracharse revisando las fotos de Gregorio. Pensaba en Carmelita, en Liz, en la historia en que se había embarcado con ambas, pero quería que Edelmira estuviera con él. El sexo, los celos, su inconsecuencia de mujeriego trágico lo consumían. Fue a la cama y a las cuatro de la madrugada ella apareció. Por la ventana se filtraba una luz blanquecina, es posible que las cortinas se agitaran con la brisa. Cuando reanudara sus fichas, si Felipe se decidía a reportar el relato de B. (tentación que, de verdad, no sabía cómo eludir) no debería olvidar ese detalle: las cortinas se agitaban frente a la ventana.

—Me dio las gracias —continuó Cástulo—. "Extrañaba esto", dijo desvalida.

Felipe estaba enojado con él porque lo había engañado, pero en un minuto lo había embobado con sus delirios. Prendió un cigarrillo y dio una calada profunda. Igual que la noche anterior había bajado una pierna de la cama para asegurarse que el suelo no se movía, ahora necesitaba ver su alrededor para confirmar que seguía en el mismo sitio donde había estado tantas veces, pero en el que ahora creía percibir un elemento extraño. Algo había cambiado que le hizo sentir extranjero, ni siquiera la voz de Cástulo —rasposa y tosijienta— parecía la misma.

—Vestía un conjunto de falda y saco que yo no conocía —comentó Cástulo quitándose la bolsa de hielos de la cabeza—, y le pregunté de dónde lo había sacado. Edel soltó una carcajada y me hizo una revelación: cuando un espíritu se le aparece a un mortal, es uno quien define los contornos de su figura, el *outline* que decimos los publicistas, el muerto sigue siendo un espíritu pero la mente tiene la capacidad de vestirlo como le gusta... Qué chistoso, ¿no?...

—O sea que los ves como te da la gana.

—Ahí está el chiste, no los ves, sino que *crees* que los ves... Digamos que los polvos de Lee te dan la sensación de mirar, pero a los fantasmas no se les puede mirar, lo que se dice mirar, pues como nos lo dijo el chino, es muy peligroso.

—¿Te lo confirmó Edelmira?, ¿es en serio tan peligroso?

—Más o menos. Yo la veía clarito con ese traje de ejecutiva, con el maletín de Louis Vuitton colgado del hombro en el que guardaba los goteros con las llamadas Flores de Bach que recomendaba a todo mundo, cuando me di cuenta de que ese conjunto lo había visto en un catálogo de la agencia, se lo dije, y ella me contestó que era lo mejor que le podía pasar.

—¿Cómo se encuentra? —preguntó Felipe desconcertado por el comentario.

—¿Quién?, ¿el vestido?, ¿la agencia?

—Edelmira, hombre, ¿cómo está?

—De lo más bien. Se ve más joven. No me lo vas a creer, pero la muerte le ha sentado de maravilla. Hasta ha recuperado el buen humor. Me sorprendió que hubiera rejuvenecido y se lo dije como si fuera la cosa más natural del mundo. "¡Qué bien te *veo* Edel!". Entonces se levantó el vestido, me enseñó las nalgas, y sentí una pena horrible: se me había olvidado ponerle calzones.

"¿Lo mejor que le podía pasar?", se preguntó Felipe en silencio. "¿Qué más le podía pasar además de que B. la viera sin calzones?".

Su mujer empezó a pasear por la habitación, y Cástulo le comentó que no había tocado el más mínimo objeto, que sufrió mucho con su muerte y que la única forma que encontró para superar la nostalgia fue aferrarse al orden en que ella había dejado sus pertenencias. Edelmira le dijo que le había sentado muy mal verlo tan desesperado, pero que no pudo hacer nada para ayudarlo.

—Me confesó que morir no fue nada sencillo —dijo B. un tanto recuperado del dolor de cabeza—. Mientras agonizaba tenía necesidad de saber a dónde iba, pero era como si los brazos, la boca, su misma mente, hubieran dejado de obedecerla. Sabía que estaba haciendo un ridículo espantoso a causa de la debilidad.

"Dentro de ti sientes un jaloneo espiritual de los mil diablos", comentó Edelmira. "Perdón que te lo diga así pero no encuentro otra expresión. Estás duro que dale con el dolor, y tu alma va y viene de aquí para allá. Sientes que se fue pero igual sabes que regresará para preguntar si todavía no te mueres. Escuchas voces y no distingues cuál es la tuya, si la del alma, la del cuerpo, una tercera que está instalada entre los dos, o la de la gente que te acompaña. A tu alma le urge irse pero tu cuerpo se toma todo con muchísima calma".

—Se me vino a la cabeza la palabra ectoplasmia —dijo B.—, que según me la describió alguna vez Edelmira, es la emisión de ectoplasma. Se podría decir que es un fenómeno que sucede cuando un alma abandona temporalmente el cuerpo para realizar algún cometido y luego retornar a él, pero si por alguna razón no lo logra, se convierte en un líquido seboso, parecido a la cera fundida.

—Quizás eso mismo le pasaría a Edelmira si la vieras —dijo Felipe.

—A lo mejor, pero como te digo, sólo me acordé que mi mujer me había hablado de ese proceso paranormal en alguna ocasión. Ectoplasmia, ¡qué palabreja!

Edelmira le contó que mientras el dolor la acribillaba empezó a ver espíritus. Ahí estaba su madre, una amiga de la infancia, pero sobre todo, su hija. Felipe no lo sabía, Cástulo nunca se lo había contado, pero su mujer parió a una niña de menos de siete meses. Tuvieron que ir al hospital, Edelmira empezaba a sangrar y le practicaron una cesárea de urgencia. Nunca supieron qué pasó, parece que la niña respiró, que incluso dio un breve chillido. Les entregaron su cuerpecito y fueron a enterrarlo. Fue cuando B. propuso que adoptaran y ella visitó a la chiquita de los ojos vacíos. Le recordaba a su hija —la desconocida, la sin nombre— a quien empezó a ver horas, minutos, no sabía cuánto tiempo antes de morir.

"Me urgía morirme", dijo Edelmira, "tu dolor me parecía insolente con mi hija. Me dijo mamá, la escuché clarito".

—Había algo profundamente bello en sus palabras —dijo B.—. Doloroso pero bello, trágico y hermoso al mismo tiempo, aunque dijera que en el momento de morir la vida le parecía un cuento narrado por un idiota, lleno de ruido y furia, cuyo significado es nada.

—Esa es una cita de Shakespeare —comentó Felipe sorprendido.

—¿Cómo? —preguntó Cástulo.

—Sí, la última frase. Está tomada de Macbeth. La dice el tirano cuando se entera de que la cabrona de su esposa se suicidó. No es exacta, pero en esencia es igual.

—No me digas.

Felipe recordó la última imagen que tenía de Edelmira: su cuerpo adelgazado hasta la infamia, doblemente convertido en cuerpo gracias a la enfermedad. No se comunicaba con nadie pero la vida le parecía contada por un retrasado mental. Su muerte se redimía con una frase literaria. Quizá la presencia de su hija tomaba sentido en esos versos: el sonido y la furia de la vida que se va eran símbolo de la esperanza.

Cástulo tomó la bolsa con hielos y murmuró "Macbeth" tres veces, como las brujas de la tragedia. Abrió un estante empotrado en la pared, sacó un paquete de galletas y un frasco con crema de maní. Con un cuchillo untó dos galletitas y se las comió.

—Pues será de Macbeth —agregó con la boca llena—, pero el caso es que yo escuchaba desconcertado lo que Edelmira decía de nuestra hija, del ridículo, el dolor, la muerte, y la vida que era otra cosa. Nada hacía sentido.

—O hacía todo el sentido del mundo —comentó Felipe pensando en las veces que Cástulo y él se burlaron de que Edelmira creyera que había algo más allá de la muerte, todas las veces que, reunidos en esa misma cocina, le dijeron que la reencarnación no existía y lo único que importaba era *esta vida*.

—Creí que seguía dormido —continuó B. esquivando la mirada retadora de Felipe, restregándose la cara con la palma de la mano para detener el dolor de cabeza que regresaba inclemente—. Creí que me estaba pasando lo de la noche anterior, cuando soñé con Gregorio, pero Edelmira, como si leyera mis pensamientos, dijo que no era ningún sueño. "Aquí estoy, Castulito. Fuiste tú quien me trajo".

Era imposible que, al escuchar esta frase y observar el ademán furioso con que Cástulo restregaba su rostro, Felipe no evocara lo dolorosa que había sido la muerte de Edelmira, y el recuerdo de la tarde en que se enteró que estaba enferma irrumpió en su conciencia como un sueño aterrador del que hubiera querido despertar de una vez y para siempre. La había encontrado en el patio del Edificio Condesa. B. la tomaba del brazo para ver si se sentía capaz de despegar los pies del suelo. "¿Les ayudo?", preguntó Felipe. "Por favor, m'hijito", dijo ella sofocándose. Se acordó que siempre lo había llamado así, m'hijito, con esa contracción que acentuaba su cariño. Podía sentir todavía el calor fresco que le había dejado en la piel. "Me han hecho un diagnóstico fatal", le había dicho en voz baja mientras lo acariciaba. "No digas eso Edel", la contradijo su marido, "ya verás que te compones". "No, mi amor, de ésta no salgo". Un momento después la acostaban en su cama. Edelmira hizo un gesto de fastidio, se acarició la cara para estar segura de que estaba entre ellos, y se durmió diciendo algo confuso. "Le dieron un sedante en la clínica", comentó Cástulo tapándola con una manta. Fueron a la sala, B. sirvió dos cubalibres mientras le contaba que habían pasado el día haciéndole análisis a su mujer en la Clínica Londres, y que un doctor muy joven (según su apreciación demasiado joven) les había dado el diagnóstico: hacía años, sin que nadie lo notara, uno de los riñones de Edelmira había muerto dejándole al otro la tarea de limpiar el cuerpo. Este riñón se había cansado de hacer el trabajo solo, estaba obstruido y no desalojaba la orina. El nitrógeno úrico, o urea, como se le conoce vulgarmente, estaba envenenando la sangre. Se parecía a los síntomas de la anemia pero eran más delicados. "Tendría que internarse", agregó B., "pero prefiere esperar el diagnóstico de un curandero. Uno de sus clientes ya hizo la cita". Mientras hablaba veía su cubalibre como si en ella quisiera encontrar un consuelo que le ayudara a sobrellevar la tragedia que se le venía encima. Finalmente dejó el vaso sobre la barra y empezó a restregarse la cara de arriba abajo con la palma de su mano como si quisiera borrar de ella todas las emociones que aparecían entre sus gestos.

Entonces, como ahora, Felipe y Cástulo estaban solos, sin saber qué hacer, qué decir, a qué pensamiento recurrir, incapaces de convocar ninguna palabra de aliento.

Edelmira esperaba que el curandero le explicara la dimensión de su mal. No podía estar tan enferma, se decía. Si durante mucho tiempo había estado dominada por la melancolía, en los últimos años se había colmado de una energía que invertía sin ton ni son en el proyecto de su clínica. No paraba en todo el día: hacía yoga de madrugada, se metía desde temprano en su laboratorio, salía a atender citas y más citas, regresaba a casa para revisar sus finanzas, no era extraño que se quedara dormida durante la cena y que Cástulo tuviera que llevarla a su cama mientras balbuceaba que el ojo sanador era una presencia redentora.

Nunca se sintió más llena de vida, y algunas veces despertaba a media noche para hacer el amor como si fuera una adolescente. Era imposible que ahora estuviera tan mal, llevaba años ahorrando peso sobre peso, prescindiendo de cualquier lujo para empezar la construcción de la clínica. Estaba agotada, eso era todo. Edelmira no supo leer los oráculos que cercaban su vida, creyó que se acercaba la culminación de su misión, pero lo que se acercaba a toda velocidad era su destrucción. No pudo distinguir que la aparición de una enfermedad trae consigo una euforia que acentúa hasta lo lascivo la sensación de tener cuerpo.

Fue Héctor Ortega, uno de sus clientes, quien descubrió que estaba enferma. En una visita en que Edelmira le contaba su proyecto —a lo mejor se asociaba con ella— comentó que era increíble pero cualquier cosa la agotaba. Sin razón perdía fuerza y se mareaba sin causa aparente. Todo había empezado un mes o mes y medio antes, con un dolor agudo a la hora de orinar. El vientre se contrajo con una punzada que se extendió a lo lago de la cintura como si un cinturón la asfixiara, y casi se desmaya. No dijo nada, pero esa sensación de ahogo no la abandonaría hasta la hora de su muerte. El señor Ortega descubrió algo en su silencio, algo en el rictus de su semblante, que contrastaba tan vivamente con el optimismo con que atacaba su empresa que le recomendó visitar a un médico ayurveda. "Sus fatigas, o lo que sean, no son normales", dijo, "vaya a ver a Michán. Es una especie de curandero que la sacará de dudas". No hizo caso, trató de olvidar su debilidad a golpe de trabajo, pero un mes después los síntomas eran inocultables y su mal no tenía remedio. El diagnóstico que le hicieron en la Clínica Londres fue lo suficientemente serio para haberse internado, pero insistió en ver al curandero antes de tomar una resolución.

Michán atendía en una clínica del barrio que crece sin orden entre la boca del río y el astillero. Felipe llevó a Cástulo y a Edelmira, temeroso de que algo pasara si los dejaba solos. El médico ayurveda, o como le dijeran, estaba advertido de la visita y los hizo pasar tan pronto llegaron. Felipe dijo que prefería esperarlos pero Edelmira insistió en que entrara. El yerbero era un hombre tosco, casi calvo, que tomó con ternura la muñeca de Edelmira para contar las pulsaciones de su corazón y, según agregó, para aprehender su personalidad. "Es usted una mujer muy interesante", dijo. "Su vida ha sido rica interiormente pero sosa por fuera. ¿Por qué se oculta? Quizás eso sea el origen de su enfermedad". Felipe percibió que a través de una mueca, un rictus insignificante de la mandíbula, Edelmira le pedía que callara lo que había visto de esa extraordinaria vida interior. Un poco turbado, Michán se concentró en observar el iris de sus ojos. "Me opongo a cualquier operación pero debería someterse a una cirugía que limpiara sus conductos renales. Con mi tratamiento haremos muy poco". Cástulo tomó la mano de su mujer y la acarició con timidez. "¿Lograríamos algo con la operación?", preguntó Edelmira como si se negara a ocupar los rasgos de su cara, "¿o sólo prolongaré una vida exterior que, como usted ha constatado, ya no me alcanza para nada?". Felipe observó aturdido la decepción que se instalaba en la mirada de B. "¿No eres feliz, Edel?", preguntó en voz baja. "Me has hecho muy feliz, Cástulo, pero creo que llegó el final". "El final no llega hasta que llega", intervino el médico, "no debe abandonarse". Edelmira sonrió. "Más que abandonarme quisiera estar conmigo de ahora en adelante". Mientras B. se debatía en la impotencia, ella se atrincheraba en su debilidad. Tenía más fuerza para morir que él para vivir. Sus pupilas habían adquirido un cierto color angelical. "Deme algo que me haga sobrellevar este trance", pidió al doctor. Nadie se atrevió a mencionar la clínica de los besos de carmín ni dijo nada de los sueños del futuro, se sumieron en la inercia que cifraba la petición de Edelmira para impedir que alguno de los tres tomara conciencia de la inconsecuencia de la muerte.

Durante dos meses hicieron lo indecible para atender las necesidades de Edelmira ajustándose a lo indicado por el curandero. En dos ocasiones Felipe donó sangre para que le hicieran una transfusión, en alguna otra le pusieron un catéter con un analgésico, pero nada más, Michán limitó el tratamiento a una dieta de caldo de calomel y verduras, a que envolvieran la cintura de la paciente con un cataplasma de toallas alternativamente frías y calientes, y permitió que Edelmira tomara las últimas esencias florales que había recibido de Inglaterra. Adelgazó hasta transparentar los huesos. Un día frente al espejo emitió la última opinión coherente que tuvo de sí misma: "Me estoy quedando como la Calaca Tilica", dijo abriendo la boca penosamente.

Muchas veces en ese tiempo, Cástulo observó a su mujer sentada en un sillón, abandonada a la vida interior que era incapaz de compartir con nadie, con el rollo de toallas abultándole el vientre y la mirada vidriosa puesta en ninguna parte. Las imágenes que conservaba de su vida en común lo golpeaban arrastrándole a un lugar donde empezaban a vivir con los muertos. Era una sensación que lo abrasaba quitándole el aliento, al cabo de la cual volvía a ver cómo Edelmira se deterioraba sin pausa ni reposo.

Su muerte, nadie pudo evitarlo, tuvo un tono tragicómico. Llevaba más de una semana sin levantarse, apenas hablaba, y el cambio de toallas bajo el corpiño se había convertido en una rutina de bebé. Cástulo se turnaba con Felipe para cuidarla, darle de comer unas cuantas cucharadas de sus caldos, y observar cómo se iba consumiendo. Trataban de hacerla hablar pero empezaba a confundir las palabras y caía en largos instantes de sopor y silencio. ¿Cómo podrían haber imaginado que le urgía morirse, que la visitaban espíritus y la vida le parecía un cuento narrado por un idiota?

Una noche, la última de su vida, Edelmira se levantó, dio vueltas sin sentido, y se dirigió al balcón. Felipe vivía en el mismo piso, en un departamento que estaba del otro lado del patio, y desde ahí descubrió la figura espectral de Edelmira. Era noche de luna llena y la fachada interior del Edificio estaba iluminada por un fulgor amarillento. Felipe fumaba en un sillón de mimbre, protegido por un tiesto de alcatraces, y veía la ventana de sus padres putativos contando el tiempo que iba minando su entereza. Pensaba en lo inútil que resultaba luchar contra la muerte, en la irremediable culpa que se experimenta con un enfermo terminal. Cuando estaba con Edelmira se sentía culpable de estar sano, de ser más joven, de que no se le olvidaran las palabras como a ella, y cada vez que se encontraba con Cástulo sentía necesidad de confesar alguna dolencia: padecía insomnio, le dolían las lumbares, le ardían los ojos, o le pasaba lo que fuera para mitigar su impotencia. La enorme luna que brillaba en el cielo acentuó su deseo de llorar, dio una chupada al cigarrillo, observó un chispazo de luz, y la vio. Edelmira estaba parada atrás de los visillos de su ventana, con su largo camisón blanco, el cabello alborotado como una hoguera paralizada, mirando hacia donde él se encontraba. Cástulo estaba atrás de ella, la tomó del hombro y acarició su nuca. Edelmira extendió los brazos, levantó la cara, removió las gasas y se agarró a los barrotes de hierro; Cástulo movió la cabeza en signo de asentimiento y dieron vueltas en redondo hasta que las sombras se los tragaron. Al día siguiente B. le contó que Edelmira le había pedido que cantaran una ronda infantil. "Quería jugar a la rueda de San Miguel. Yo le decía que volviera a la cama pero ella se negaba. Se puso a llorar y me dijo que era un díscolo. Eso fue lo que me dijo: díscolo". Lloraba, pataleaba, y acusaba a su esposo (aunque B. no estaba seguro de que supiera que era él con quien quería jugar) de ser díscolo. Cástulo se rindió, tomó las manos de su mujer y empezó a cantar: "A la rueda, rueda de San Miguel, San Miguel, todos cargan su caja de miel". Se le rompió la voz pero ella siguió cantando. "A lo maduro, a lo maduro, que se voltee, Edelmira de burro". Dio un salto para caer de espaldas pero las fuerzas no le alcanzaron y se fue al suelo arrastrando a su esposo. Se quedaron tendidos, riendo y llorando al mismo tiempo. Fue su último abrazo, Edelmira murió a las once treinta y siete de la mañana. Felipe llegó dos horas antes y presenció junto a B. la agonía de Edelmira, la lucha de sus pulmones, las frases incoherentes, los ademanes descontrolados que removían el aire, y el pecho que se desgarró en un estertor.

La trasladaron a un velatorio de la calle Versalles. Cástulo quería enterrarla de inmediato, pero el papeleo se lo impidió y hubo que esperar al día siguiente. En la agencia de publicidad se encargaron de notificar el deceso y hubo una romería de primos, tíos, amigos, pero, sobre todo de clientas de la difunta, que la lloraban y repetían los buenos momentos que habían pasado con ella. "Nadie vendía como la señora Edelmira", decía una señora emperifollada. "Me arrepiento de no haberle comprado más cremas y lociones. Ahora ya se fue". Carmelita Zamacona se abrazó al ataúd y gritó que no era posible que la hubiera abandonado. "No te mueras, hermanita", repetía con los brazos en cruz. Alguien tendría que haberle dicho que ya había muerto, pero la dejaron hacer el ridículo frente a todos. Al cabo, Esperanza Rodríguez —Pelancha para los íntimos— le pidió que la ayudara a dirigir un rosario. Se hincaron y quienes las rodeaban imitaron su gesto mientras empezaban a rezar el Ave María. El resto del Grupo de los Nueve cobijaba a B. antes de que naufragara entre tanto lagrimeo.

A eso de las tres de la tarde llegó el señor Ortega, quien había recomendado al médico ayurveda. Se había escapado porque quería darle el pésame a Cástulo y despedirse de Edelmira. "La vi poco", dijo, "pero tuve la certeza de que era una mujer extraordinaria. Me recetó unas gotas que me han cambiado la vida". B. lo observó con un destello de celos pero no respondió al reto. Ya no tenía fuerzas, el coraje se le había extraviado poniendo y quitando toallas mojadas para ver si su mujer se curaba. Pensó en lo que dijo Michán: Edelmira se guardó su vida entera para sí.

En la noche se quedaron solos, con el ataúd rodeado de flores. Cástulo acomodó una corona y dijo que no asistía a ningún funeral desde la muerte de su madre. Se había prometido que aquel sería el primero y último de su vida pero ahí estaba de nuevo. "Ni modo", agregó, "me volvió a tocar la de perder". Felipe pensó que era ridículo que se hubiera hecho esa promesa y la recordara en ese momento. Cástulo ni siquiera lo volteó a ver, y empezó a hablar con Edelmira, con su cadáver, con el féretro, como si ella estuviera ahí y no hubiera muerto.

"Ya no sé si te lo dije alguna vez pero fuiste la mejor de las mujeres con las que me enredé, porque, ¿sabes, Edelmirita?, he tenido un buen puñado de amantes. ¿Para qué te salgo con esto?, dirás, ¿para qué vengo a confesarte que he sido un mujeriego? Porque no puedo con la tristeza, porque no estás, porque tengo miedo a la soledad. ¿Ya para qué te miento?, pero igual, ¿para qué te digo nada?".

Estaba invadido de sollozos lentos, callados, que se colaban entre sus palabras. Tenía los brazos cruzados sobre el pecho, la cabeza sumida entre los hombros, y se dirigía al ataúd con mirada gacha, como un chiquillo sorprendido en una travesura que no encontraba otra forma para pedir perdón que contarlo todo.

"A lo mejor necesito que disculpes mis deslices a pesar de que nunca te hicieran daño. Lo sabías, ¿no es cierto? Fueron puras inocentadas, no te creas. Lo que pasa es que me gustan las viejas y no hallo la manera de evitarlas. A veces estaba contigo, leyendo de lo más tranquilo, y me entraban ganas de meterme en el cuerpo de una mujercita, de tocar sus senos y escuchar su voz suplicando por mi verga. Al salir de casa sentía en mi respiración el antojo de besar a cualquier mujer con toda la violencia que mi deseo podía tener. Sin embargo, me atacaba una desazón profunda, como si tu ausencia se pegara a mi piel helada. Los amores nuevos dan valor, y yo deseaba sentir el aliento cálido que produce descubrir un cuerpo nuevo, sólo eso, descubrir un cuerpo...¿Sabías que las amantes son como los espejos y que gracias a ellas te ves con claridad? Las mujeres que buscaba sin cesar eran como un espejo que me servía para ver mis muchos yos, unos nítidos, otros deformados, en ocasiones cómicos y dolorosos. Parecía que estuviera en el Callejón del Gato, donde están los espejos cóncavos para que los niños se rían de sí mismos... La gente dice que uno busca en una amante lo que no recibe en su casa. Es mentira. Mi vida sexual contigo era muy sabrosa pero buscaba otras mujeres para ver mi reflejo en cada una. Sentía que contigo transcurría *la vida*, y que esa otra en la que me solazaba con el reflejo deformado de mis amores, no te lastimaba. Creí que lo sabías y por algo, a lo que yo era ajeno, lo aceptabas".

Felipe vio con lástima que B. se acariciaba la cara para comprobar cuánto le había crecido la barba. Quizá buscaba una suerte de alter ego, es probable que se creyera un personaje en la última frontera de la experiencia erótica, una combinación de Clark Gable, Jorge Negrete y Giacomo Casanova, que buscaba confrontar la verdad de su vida, aunque no supiera cuál de esos personajes sentía realmente el dolor que le desgarraba el pecho. Durante muchos años había sufrido de migrañas eróticas que intentaba aliviar con las cafiaspirinas sexuales que le recetaban sus amantes, pero que ahí, frente al ataúd de su mujer, ya no servían para nada.

"Ése era yo, Edelmirita, ése y no otro", dijo B. entre sollozos cortados, "pero tengo que decirte que nunca supe quién fuiste tú. El yerbero tuvo razón, nadie te pudo conocer. Aunque hubiéramos estado casados mil años habrías sido una desconocida".

Se dejó caer en un sillón, enlazó las manos entre los muslos y sumió la cabeza en los hombros. No podía evitar darle sentido a la vida a través de sus ademanes, hablaba con Edelmira como Marlon Brando lo había hecho con el cadáver de su esposa en *El último tango en París*. Lloraba como él, vestía el abrigo de piel de camello que era igual al que Brando usaba en el filme, decía las mismas cosas, se justificaba de la misma manera, y a lo mejor hasta escuchaba el *soundtrack* en su cabeza. Sacó un pañuelo del bolsillo, se sonó, lo hizo bola, y lo volvió a guardar. "Mira nada más, en lo que he acabado. Mira nada más lo poco que soy sin ti". Se le vinieron las lágrimas en torrente, su pecho se crispaba y en el enorme salón de la funeraria sólo se escuchaban sus sollozos. Felipe pasó un brazo por sus hombros. B. permitió que lo abrazara como si fuera su padre y él un hijo que necesitaba protección. "En estos días he sentido que Edelmira me llevaba a un lugar extraño", dijo con voz remota, "un lugar donde es igual que estés vivo o no, pues habitas con los muertos". No pudo escuchar lo que Felipe comentaba acariciándole el cabello. Empezaba la temporada de su descrédito, los meses en que estaría recluido en sí mismo, olvidado de sus ideales, ajeno a la alegría, sumido en la inconciencia de pensar, de sentir, que sin su mujer no valía nada.

Como convenimos antes, más que depresión, la muerte de Edelmira había sumido a B. en ese estado que los antiguos llamaban acidia o acedia. Aunque con esta última grafía se la confunde con agruras del estómago, el diccionario de Covarrubias dice que es un pecado capital, y la define como la indolencia del alma para conseguir el bien; agrega que puede considerársele un trastorno que se manifiesta a través de la ira, el rencor, el amor ciego, o cualquier otro sentimiento que derive de una pérdida, más que material, dolorosa en lo espiritual. Se podría pensar que la acidia era un mal nuevo en Cástulo, pero es más probable que estuviera desde siempre enquistada en su espíritu.

Podría haber sido el origen de la desvalorización que lo abatió cuando abandonó su carrera cinematográfica, tal vez fuera la razón por la que decía suicidarse en vez de divorciarse. En cualquier caso, con el tiempo, Felipe tuvo claro que fue la acidia la que originó que, nueve meses después del velorio de Edelmira, apretara el acelerador que le condujo al accidente, que fue la acidia la que le hizo creer que la muerte era la cura y no el final de la vida.

En la madrugada que siguió al velorio, cuando ya no había nadie en la funeraria, Cástulo y Felipe llevaron el féretro de Edelmira al cementerio de Las Águilas. Como tantas veces en esas semanas, estuvieron solos frente a la muerte, sintiendo que el recuerdo de la difunta los unía. Un par de sepultureros hicieron descender el ataúd a la fosa, y antes de que empezaran a cubrirlo, B. arrojó el maletín de Louis Vuitton con las gotas de Bach de su mujer. No podía hacer otra cosa por ella: aquellos frascos apilados en su interior no sólo eran suyos, eran ella misma. "Es mejor que la dejemos descansar en paz", dijo con el rostro entre las manos. "Es mejor que se vaya de una vez", pensó Felipe observando la parsimonia con que los sepultureros echaban paletadas en la fosa. Cástulo se restregaba la cara para detener el dolor que se le venía encima.

¿Había sido aquel ademán —la palma de la mano pasando violentamente por el rostro de arriba abajo— una manera de encubrir el abandono?, ¿se sentía avergonzado y por ello no se atrevía a mirarlo? B. nunca hubiera sido capaz de haber confesado, en persona, todo aquello que le dijo al féretro la noche anterior. Seguramente vivía en la creencia de que el amor que le tuvo a Edelmira, y tal vez ella a él, se había agotado, que vivían juntos por inercia, pero que de cualquier manera había desbaratado su matrimonio entre las piernas de otras mujeres. "Es mejor que dejemos que Edelmira descanse en paz", había dicho el muy cínico.

Su propia voz repitiendo la sentencia, la voz melindrosa que salió de la garganta de Cástulo mientras se restregaba la cara, resonó en los oídos de Felipe Salcedo como si acabara de escuchar las frases con que se despidieron de Edelmira. "Hubiera sido lo mejor", refunfuñó con la imagen del maletín de Louis Vuitton en el fondo de la fosa, medio cubierto por la tierra. Parecía que hubiera pasado mucho tiempo, pero no, seguían en la cocina de B., incapaces de articular cualquier explicación, y al observar el desaliño con que Cástulo vestía, Felipe revivió el susto que se le vino encima al pensar que había hablado con Edelmira como si, a pesar de haber muerto, siguiera con ellos. "Aquí estoy Castulito. Fuiste tú quien me trajo", había dicho la difunta entre sonrisas aquella madrugada porque el tarambana creía que soñaba.

—Te dijo la pura verdad —comentó—. Fuiste tú quien trajo a Edelmira, abriste adrede la puerta del armario para que se escapara.

—Lo hice por instinto —dijo B. untando otra galleta con manteca de maní.

—Mientes, desde el principio supiste que si Lee te ponía en contacto con ella, ibas a hacer cualquier cosa con tal de que tu mujer regresara contigo. Tenías vergüenza, pena, miedo y necesitabas que te perdonara todo lo que le dijiste en el velorio. Los celos por Gregorio fueron un vil pretexto.

—Es cierto que los celos fueron un pretexto, pero lo que te conté de mi compadre es cierto, estuvo aquí, te lo juro, aunque acepto, como te dije ayer, que hubo algo más. ¿Recuerdas que cuando estuve por primera vez con Carmelita sentí que Edelmira estaba con nosotros? Pues no fue la única ocasión, hubo otras, la del mural, por ejemplo, cuando la pinté sin saber por qué la pintaba. Nunca te lo dije claramente, pero siempre he creído en los fantasmas y siempre me han asustado. De modo que sí, también tienes razón, tenía mucho miedo, y fue por ese pánico que empecé a buscar una solución. Estaba obsesionado con que mi mujer me quería decir algo que tenía que ver con el frangollo sentimental que estoy cargando, o que necesitaba que la ayudara, o que ella misma, que es tan sensata, se daba cuenta de que era yo quien la necesitaba. No se qué me indujo a abrir la puerta del armario, fue un impulso más fuerte que cualquier razonamiento.

—Y ahora ha vuelto.

—Ha vuelto.

—Y cita a Shakespeare.

—Así parece.

—Y tú estás metido en un enredo.

—No lo sé. Si la vida es un cuento que te narra un idiota, no lo sé de cierto.

—En cualquier caso, ¿le dijiste que Lee quiere que regrese al otro mundo?

—Tanto como decírselo; así, decírselo, decírselo, no lo hice, pero se lo insinué —respondió B. con firmeza—. Yo no me había levantado de la cama, nomás la veía deambular por ahí, y ella dijo que no quería regresar, al menos por ahora.

Su habitación conservaba el orden que tenía antes de que ella enfermara: ahí seguía la cabecera rococó que compraron en los Almacenes de Francia, los cuadros de paisajes que fueron colgando con los años, la cómoda en que estaba guardada la ropa íntima de Edelmira, sus perfumes acomodados en la superficie de cristal, y el espejo frente al cual se sentaba todas las mañanas para maquillarse. B. aprovechó para insinuarle que su visita era un tanto extraña, y que, inclusive, podría ser peligrosa. La lámpara de noche lo iluminaba y su imagen en el espejo tenía un carácter siniestro. Su mujer revisaba cada objeto, parecía vacilar, pero después de un momento, aunque él no se lo hubiera propuesto directamente, le contestó que no quería regresar. B. hubiera querido verla dentro del espejo pero no encontraba su imagen. "Hemos hecho mucho esfuerzo para que vuelva y no nos corre ninguna prisa, ¿no te parece?", agregó ella de lo más tranquila. "Vamos a darnos un tiempito y podrás platicarme tus problemas". Cástulo intentaba contestarle pero seguía al pendiente de su reflejo: en el mundo del espejo estaba solo. Miraba a Edelmira atónito —¿o deberíamos decir que era su imagen quien la observaba con mirada sorprendida?—. El hombre dentro del espejo veía esta realidad como esperando que algo ocurriera. Al Cástulo de este lado se le hizo un nudo en la garganta, percibió que su habitación se bañaba de un lejano aroma a sándalo que seguramente no podía ser captado por su imagen.

—¿Le contaste tus enredos? —preguntó Felipe imaginando las muecas que B. había hecho al no ver el reflejo de Edelmira y creer que era su imagen, sólo su imagen, la que podía ver a su mujer—, ¿le dijiste que te estás tirando a Carmelita y a Liz?, ¿volviste a confesarle tus deslices, Cástulo?

—Para que lo entiendas de una vez: Edelmira ya estaba enterada. ¿No te das cuenta de que tiene una capacidad innata para adivinar el pensamiento? Me dijo que allá, en lo que nosotros llamamos más allá, no sabía nada, pero que tan pronto salió del armario del chino comprendió de golpe lo que me pasaba. Y aún más, confesó que había escuchado lo que le dije en el velorio.

Felipe pensó que Cástulo no podía ser tan ignorante como para no saber que era incorrecto utilizar el calificativo *innato* para un espíritu, pero como era increíble que una mujer tolerara las infidelidades de su marido, sólo preguntó si ella había aceptado todo todo, o sea, si aceptaba todo todo todo lo que él le había dicho.

—Pues sí, toditito —dijo B.—. Se quedó con nosotros toda la noche y escuchó mi confesión de lo más complacida. Parece que cuando te mueres te quedas como buscando arañas esperando que vengan por ti. Edelmira había tenido un atisbo de la comitiva de recepción y tenía que esperar. Nunca se sabe cuánto tiempo va a pasar antes de que emprendas el camino, si un minuto, seis horas, o todo el novenario, pero al cabo llegan por ti y te llevan a un sitio llamado Devachán.

—¿Que se llama cómo?

—Devachán —repitió Cástulo—. Es una especie de limbo que sirve de pórtico a las demás instancias de que está compuesta la Gloria. Ahí estás un tiempito antes de irte definitivamente de esta vida, o sea que entre esta dimensión y el cielo, más allá de la frontera de la muerte o como quieras decirle, hay un lugar intermedio: el De-va-chán, donde las almas están *en tránsito*, como dirían los viajeros frecuentes.

Sólo un loco hubiera creído tal despropósito, pero Felipe tenía que aceptar que la versión de Edelmira (esa suerte de campamento en escalera en el que cada quien se las arreglaba a la buena de Dios) no contradecía lo que Gregorio le había informado a Cástulo cuando se le apareció en sueños.

—¿Conoces la leyenda de la barca de Caronte? —preguntó B.

—Claro —contestó Felipe—. Es el mago que transporta a los muertos por la laguna Estigia que separa el Hades del mundo de los vivos.

—Pues es una versión poetizada de la realidad..., bueno, de la realidad mortuoria tal como la explicó Edelmira: las almas de los difuntos se van juntando hasta que hay un buen número de ellas, de ahí la figura del muelle en donde pagan el óbolo a Caronte, y después se retiran en grupo al primer Devachán. Cada una lleva su propio guía, quien le explica lo que va a venir a continuación.

A Felipe se le ocurrió que, de ser verdad este desbarajuste —mortuorio, como Cástulo lo definía— lo importante para comprender los motivos que tenía Edelmira para quedarse aquí, sería saber si ya había llegado al Devachán 2, al 3, o al 4; o sea, ya que había ido ascendiendo en el escalafón celeste, como contó Gregorio, hubieran necesitado saber qué tan lejos había estado de ellos, o qué tan cerca de Dios, cuando la convocaron con el chino. A lo mejor apenas le habían avisado que iba a partir del primer Devachán y ahí estaba una de las claves del enredo.

—¿Así te dijo? —volvió a preguntar Felipe admirado de la capacidad, esta sí innata, que tenía Cástulo para decir disparates.

—Se ha vuelto puntillosísima —agregó B. sin pizca de burla—. ¿Te acuerdas que era muy confusa? Pues se le quitó. Dudaba si comentarnos o no lo del Devachán cuando tú le preguntaste por el infierno, pero Lee no la dejó hablar.

—Yo sentí como que el chino tenía prisa, o que por algo relacionado con él mismo no quería que Edelmira nos *filtrara* información. ¿No sentiste lo mismo?

—No me acuerdo —dijo Cástulo—. El caso es que Edelmira me dijo que en el velorio, antes de que vinieran para llevarla al Devachán, estuvo escuchando mi confesión parada a mis espaldas, y le gustó que dijera la verdad.

—Pues que sensata se ha vuelto —comentó Felipe en signo de incredulidad.

—Le pareció curioso, fíjate, que se acordara tan bien del velorio, que tuviera claro lo de mis amantes, y que sin embargo sintiera que había perdido la memoria.

—Menos mal, creí que había cambiado, pero si aún sin cuerpo tiene esa memoria de elefante y piensa que lo ha olvidado todo, sigue siendo la Edelmira de siempre.

—Pues sí —dijo Cástulo palmeándose la papada—, tienes razón.

—¿Hasta qué hora estuviste con ella?

—No lo sé, estuvo aquí dos o tres horas largas, pero de repente empezó a palidecer, como si su cuerpo, o no, su espíritu, empezara a diluirse.

—¿Te dio tiempo de preguntarle por Gregorio? —preguntó Felipe, perturbado porque, sin cuerpo, Edelmira era sólo el *outline* con que la dotaba su marido.

—Con la sorpresa se me olvidó, y por si fuera poco me entró un dolor de cabeza insoportable. No en balde había bebido nueve martinis: tres veces tres.

—No sé qué decirte, pinche B. Creo que me estás tomando el pelo.

—Todo sucedió de esta manera —agregó Cástulo—, se me olvidó preguntarle por mi compadre pero te juro que Edelmira regresó tal como te lo he contado.

—Puede ser, pero hay algo que no me checa.

Felipe podía aceptar que Edelmira hubiera vuelto, podría incluso entender que el más allá estuviera compuesto de varias estancias, pero no quedaba claro que si Edelmira había estado rondando a B., y sabía de los celos que le tenía a Gregorio, lo hubiera utilizado de mensajero. "Supongamos que su espíritu estuvo año y medio en el Devachán, eso explicaría que salvara a Cástulo cuando se volcó su auto, ¿pero qué la hizo aparecer hasta ahora?" Felipe y Cástulo habían vivido con ella una escena un tanto chusca con un ánima —como Edelmira llamaba a las almas que no se iban de este mundo—, escena que justificaba de sobra éstas y cualquier otra especulación. Entonces habían usado la güija para ponerse en contacto con el difunto, sin que hubieran sacado muchas cosas en claro. ¿Por qué dudar que Edelmira quería, en efecto, comunicarse con su marido, tal como él afirmaba? Para comprender sus intenciones, sin embargo, necesitaban averiguar por qué de repente tuvo tanta urgencia de estar junto a B., y si a ello se debía que hubiera utilizado a Gregorio.

Felipe se resignó, o le hizo creer a Cástulo que se resignaba con lo que le había contado, y no lo cuestionó más. Volvió a pensar que lo mejor sería que fuera con el chino, no importaba si el opio tenía que ver en ese enredo, necesitaba que le dijera si era posible que Edelmira hubiera colaborado, o incluso obligado, a su marido a hacerla volver. Alguien tenía que ayudarlo a descifrar la verdad, necesitaba un guía para comprender *La experiencia de Cástulo*. Quién mejor que Lee, pues fue él, después de todo, quien los había metido en el lío que lo tenía tan desasosegado. Sacó sin querer la libreta Moleskine del bolsillo de su chaqueta y leyó su primera ficha: *Un placer que nos atemoriza esconde un deseo abominable.*

Dos

Faltaba poco para que dieran las once cuando tocó a la puerta. Suponía que el chino estaría terminando la primera consulta y podría atenderlo, pero su asistente le dijo que su maestro no estaba. Felipe titubeó y se quedó observando, sin creer del todo, la rara belleza de la joven. Era enigmática aunque no tuviera nada que ver con la idea que se había hecho de la extravagancia oriental. Ni era la suntuosa china que le encaja una daga a Bette Davis en *La carta*, ni la fastuosa Turandot de la ópera de Puccini, ni siquiera la geisha que narra su vida en el best seller de Arthur Golden. No podía decir que careciera de sofisticación (ocultaba el color de su piel con polvos blanquísimos, y su vestido rojo, decorado con dragones dorados, era provocativo), ni que su peinado no le otorgara cierta elegancia (recogía el cabello en torno a una flor que sujetaba al lado de su oreja), o que sus ojos rasgados y sus labios relucientes no le dieran un toque lúbrico a su apariencia, pero por algo indefinible daba la impresión de ser una mujer común y corriente, bella, pero común y corriente. Por una incomprensible alquimia estaba haciendo lo mismo que B. había hecho con el fantasma de Edelmira: si Cástulo lo vistió con un traje que había visto en un catálogo, Felipe le daba a la asistente de Lee el exotismo que siempre había deseado encontrar en una mujer. Su sombra (descubrió para su mayor asombro) seguía tan pálida como la primera vez.

Se acercó un paso y el mundo empezó a dar vueltas lentas mientras trataba de permanecer clavado en su sitio sin perder la mirada de la joven. No era sólo que los primeros síntomas de la resaca empezaran a presentarse, sino que la plática con Cástulo le había dejado la impresión de que otras vidas —otras vidas *de verdad*— podían ocultarse en los pasillos del Edificio Condesa, y él apenas había percibido su presencia. Se arrepintió de haberse burlado de Edelmira cuando hablaba de trasmigración de las almas, y de haber tomado a la ligera sus comentarios. El mundo era un rompecabezas en que cada ficha, por mejor ensamblada que estuviera, mostraba la fragilidad de la unión. De pequeño sentía un placer morboso cuando deshacía uno de esos puzles, como les llaman ahora, en el que había invertido muchas horas de trabajo. Se había obsesionado colocando fichas, y cuando veía terminados esos paisajes idílicos de más de 3,000 unidades, o podía identificar el rostro que iba apareciendo con cada pequeña pieza que ponía en su lugar, le gustaba meter la mano por debajo y ver cómo los pedazos rodaban destruyendo la imagen que había armado con paciencia. Era la misma sensación que experimentaba en ese momento: alguien había metido mano a su realidad y estaba a punto de romperla pieza a pieza: la gente tenía otras vidas, los sueños entregaban mensajes enigmáticos, los fantasmas citaban a Shakespeare, y él seguía ahí, como un adolescente, frente a esa mujer misteriosa que lo escrutaba con la intensidad de sus ojos rasgados. Se dijo que no debería haber ido, pero sus noes —y si lo apuraban también los síes— empezaban a hacerse añicos. "Si no debiera estar aquí", pensó en un intento de recuperar la cordura, "luego debería estarlo; si no veré nada más, entonces lo veré todo". Era la nueva lógica que regía el mundo. Iba a preguntar a la chica dónde se encontraba su maestro (incluso podría cuestionarla por qué le decía maestro) pero ella se adelantó y le preguntó si quería fumar opio. Hubiera querido contestarle que no, que estaba mareadón y el opio iba a afectarlo, pero se sorprendió de que ya se encontrara en la sala y enmudeció por unos cuantos segundos que no tuvieron duración. Sin que hubiera sabido cómo lo hizo, la china lo había tomado de la mano para conducirlo al recibidor. Buscó con la mirada a la criada que había entrado a sacudir la mesita cuando estuvo ahí con Cástulo, pero no vio ni escuchó a nadie.

—¿Querer pipa? —repitió ella con toda la coquetería de la que era capaz.

—No —contestó Felipe—. Sólo quería preguntarle a Lee qué pasó ayer.

—Aunque no fumar... Curioso...

No supo de dónde sacó coraje para besarla, le dio un jalón, ella se pegó a su cuerpo, y él empezó a comerle la boca. Felipe escuchó un crujido: la realidad, el puzle de la realidad, empezaba a resquebrajarse, o tal vez, siguiendo la lógica de las contradicciones, a armarse con una secuencia distinta.

—Mejor empezar con opio —dijo ella llevándolo detrás del biombo negro.

Le pidió que se acostara y recargara la cabeza sobre un cojín de seda. Acercó una charola en la que había una lámpara de aceite, una tetera, un vaso y la pipa. Sirvió un poco de té que Felipe bebió mientras ella encendía el pabilo de la lámpara. Se sintió Fowler, el testigo de *El americano impasible*. Igual que el día anterior, volvió a recordar la novela de Graham Greene. Con esa, era la tercera vez en menos de treinta y seis horas que se le venía a la cabeza.

—¿Cómo te llamas? —le preguntó observando el cuidado ceremonial con que preparaba la pipa, el mismo concentrado cuidado que había puesto antes de ayudarlo a entrar al armario.

—Phuong —contestó—. Querer decir pájaro fénix.

No le extrañó, ya no podía extrañarle nada. Era ella, con el mismo nombre incluso, la mujer que Fowler ama, la que conduce a la muerte a Pyle —el americano impasible— creyendo que va camino de la redención. El espíritu tiene paisajes que sólo está permitido contemplar durante un tiempo breve, y aquella joven era el ser etéreo que Felipe había convocado con sus *Retratos literarios*. No le quedaba claro si esa *coincidencia* se debía a la locura en que estaba transformándose su pasión literaria o si, al contrario, se trataba de una suerte de medicina, una vacuna, digamos, que le estaban administrando en previsión de que iba a pasar los próximos días dentro de la novela de Graham Greene. "¿Si Edelmira ha vuelto de entre los muertos, por qué Phuong no podía ser el fénix que se consume en las páginas de un libro para renacer de sus cenizas en la vida?".

—Una vietnamita, igual a ti, aparece en una novela inglesa—, le dijo hipnotizado por su mirada serena.

—Yo también nacer en Indochina.

Acabó de calentar la pipa y se la entregó sonriendo. Una melancólica calma dominaba su mirada. No era tristeza, al contrario, daba la impresión de ser un tipo de alegría cuyas señas de identidad Felipe conocía por sus lecturas de Greene. Edelmira le había dicho alguna vez que padecía de bibliomancia, una enfermedad o don, no sabía cómo definirlo, por la cual sería capaz de encontrar diversas respuestas en un diálogo intragramatical con sus lecturas, que podría llevarlo a modificar la realidad. "En tu caso", había aventurado, "uno es los libros que ha leído, los personajes que ha imaginado, las palabras que ha descubierto en el diccionario. Uno es unas cuantas frases, las citas literarias que inexplicablemente se le vienen a la cabeza a propósito de nada, y que acaban por conformar la realidad". No era la forma con que hablaba de manera cotidiana, quién sabe de dónde se había sacado cita tan hermosa, pero Felipe prefirió pensar que el diagnóstico de Edelmira era una exageración. Era cierto que se sentía oscuramente motivado por la convicción de que la vida no valía la pena si no llevaba a cabo un viraje decisivo hacia la literatura, y que estaba destinado a analizar cualquier situación a través de reflexiones narrativas o poéticas, o en fin, que en algún momento, sin importar lo que hubiera sucedido, vendría el llamado de las letras, pero eso no quería decir que esa característica *temperamental* lo dotara de facultades premonitorias. Esa mañana, sin embargo, fumando opio con Phuong empezó a confirmar que la profecía había sido cierta: una mujer surgida de una novela (a la que, para colmo, había intuido en el mejor de sus escritos) estaba frente a él en carne y hueso.

Tomó la pipa y dio una chupada que llenó sus pulmones. Phuong se sacó el vestido y le dejó ver el haz de luz que perfilaba su cuerpo desnudo. Le mostró sus pequeños senos, la pelusilla que brillaba a lo largo de su piel, sus caderas huesudas y el esplendor de sus piernas. Se quedó prendido del triángulo de luz que, en las mujeres muy delgadas, se forma debajo del vello enredado de su sexo, justo en el nacimiento de los muslos. El ojo de Selene lo llaman los anatomistas, un triángulo luminoso que enceguece a los hombres que lo ven. Cuando a alguien se le permite observar este tipo de imágenes —experimentar la epifanía, se diría —era señal de que el cielo lo ha elegido para tener problemas, como si Felipe no tuviera ya suficientes dificultades con las cuales lidiar. ¿Qué más daba que tuviera una sombra pálida si el arcano de la luz que parpadeaba entre sus muslos era capaz de iluminar al mundo entero? Dio otra fumada antes de que ella se tendiera junto a él, y el sabor del opio se mezcló con el néctar que emanaba de los pezones que temblaron entre sus labios. Desabrochó la hebilla de su cinturón y sus pantalones se deslizaron por las piernas. Le pareció que alguien se los había jalado y después le sacaba la camisa por la cabeza. Efectivamente, el tiempo se había descompuesto y él se daba cuenta de la magnitud del desperfecto hasta ese instante. Phuong —o la literatura que Felipe descubría entre delirios opiáceos— le provocaba el placer que antes sólo había imaginado cuando observaba el diseño de los pómulos de una mujer, la incierta mirada de sus ojos sesgados invitándolo a seguirla, el muslo que se insinuaba bajo una falda que se levantaba al momento que sus ojos descubrían su rodilla; el instante, en fin, en que aparecían los inefables indicios de que aceptaría cualquier proposición que le hiciera, pero que sus ansias de mirón transformaban en literatura. Ahora, sin embargo, todo era real: Phuong ondulaba el vientre sobre su boca y la dolorosa expulsión de sus fluidos grababa en su cuerpo la ambigüedad del miedo. Gambito de erotismo, diría un ajedrecista.

—Te quiero, te esperaba. Rómpeme en pedazos.

Fue él quien dijo estas palabras, pero no le sonaron como si fuera él quien las hubiera dicho, sino otro yo que empezaba a hablar desde el fondo de la inconciencia en que se había ido sumiendo durante el día.

Cuando abrió los ojos tenía puesta una bata, Phuong estaba recostada detrás de él y Lee lo observaba a medio metro del diván. Parecía caminar tras un velo de gasa. Felipe trató de levantarse pero el chino lo detuvo con un gesto.

—Estar acostado —dijo—. ¿Haber encontrado señora de B.?

Tardó un segundo, un minuto, una eternidad, en recuperar la capacidad de hablar, como si su alma hubiera estado muy cerca pero fuera de él, y al ver que despertaba hubiera necesitado una fracción inimaginable de tiempo para instalarse nuevamente en su cuerpo.

—Cástulo dijo que sí —comentó torpemente—. Vino en la noche.

—¿Haberla visto?

—Es curioso —contestó Felipe—, la vio y no la vio, o sea que imaginó que la veía y ella dijo que era lo mejor que podía pasarle.

—Ver espíritu ser peligroso, por eso necesitar polvos —comentó el chino con parsimonia caminando de un lado a otro—. Mejor convencer regreso.

—¿Quiere decir que no soñamos lo que sucedió en el armario?

—¿Creer que mí ser charlatán? Lee ocuparse de realidad, realidad siempre sorprendente y maravillosa.

Felipe pensó que por un instante había sido un hombre hecho y derecho, pero que de nuevo era el niño con piernas de cincuentón con el que había soñado. Escuchó el rumor de la lluvia. Cuando era pequeño solía quedarse inmóvil escuchando la lluvia como si cada gota tuviera que decirle algo. Era una sensación que también estaba arraigada en su niñez.

—No, doctor, nunca he pensado que usted sea un charlatán —dijo apenado—. Pero convengamos que es difícil creer lo que nos está pasando, ¿no le parece?

—Realidad siempre sensacional y por eso no creerla.

—Placer también ser difícil de creer —intervino Phuong—, y haberlo sentido.

¿Para qué insistir en algo que, aunque absurdo, demostraba que la lógica en que empezó a vivir a partir de que B. soñó con Gregorio era otra? En nada había destruido el pasado: ¿cuánto tiempo había transcurrido desde que escribió sus *Retratos literarios*?, ¿a qué hora hizo el amor con Phuong?, ¿cuándo regresó Edelmira? Había una grieta en el tiempo y era imposible descifrar lo indescifrable.

—Parece que Edelmira se quiere quedar —dijo—. Cástulo le insinuó que no debería hacerlo, pero ella está encantada de haber vuelto.

—No permitir —ordenó Lee—, correr riesgos.

—Le voy a ser sincero. No creo que le haya dicho nada. Usted lo sabe mejor que yo, él quería que su mujer se escapara del armario.

—Habrá que vigilar señor B. No conviene que nadie vea espíritu. Sólo él podrá convencerla de volver, y sólo tú poder convencerlo a él.

—¿Por qué yo? —preguntó Felipe, soliviantado por la propuesta del chino.

—Tú estar metido hasta cogote. Mejor aceptar responsabilidad.

—No ser bueno almas se arreglen con vida —intervino Phuong.

Si Edelmira no era el primer espíritu que se escapaba del armario, ¿cuántas almas se habrían aprovechado del oriental para fugarse?, ¿podían estar rodeados de espíritus *arreglados* con la vida sin saber a qué se debía aquel transito descontrolado?

—Dígame —dijo Felipe mirando fijamente a Lee con cierto coraje—, ¿cree que Edelmira le haya pedido a Cástulo que la trajera?

El chino no le quitaba los ojos como si quisiera desnudar sus pensamientos, o mejor, como si habiéndolos desnudado quisiera desentrañar sus consecuencias.

—En Santomás pasar fenómenos. Ciudad ayudar almas con anhelos —dijo Lee lanzándole una sonrisa amistosa, protectora y poderosa, como si quisiera evitarle las consecuencias de su curiosidad.

—¿Qué tiene que ver la ciudad en todo esto? —preguntó Felipe con irritación.

—Santomás ser ciudad de prodigios —observó el chino manteniendo la mirada de mago que observaba los temores de Felipe y se burlaba de ellos.

Santomás era una ciudad extraña pero no era prodigiosa a pesar de que a muchas personas les sorprendiera su raro encanto. Parecía hecha con fragmentos de otros lugares, llena de edificios o monumentos inesperados, con barrios que cambiaban radicalmente de fisonomía tras una calle, cuyo urbanismo obedecía a la trama fresca de las casualidades. La gente comentaba que le habían puesto así, Santomás, en recuerdo del santo incrédulo: "Hasta no verla no creerla", decían remedando la famosa sentencia, aunque hubiera sido más correcto que dijeran que para verla habría primero que creerla. Era común que recorriendo sus calles laberínticas sus visitantes sintieran que habían cambiado de país a pesar de que sólo hubieran caminado unas cuantas cuadras. Pero así son las ciudades, pensó Felipe, no sabía por qué Santomás iba a ser especial, y mucho menos que ello explicara el acoso o los anhelos de Edelmira.

—Es una ciudad rara —respondió sintiendo que, detrás de él, Phuong le pegaba sus piernas desnudas—, pero no veo qué tenga de prodigiosa.

—Ciudad desarrollar pasadizos y gente venir para llevar a cabo sueños —agregó Lee con la sonrisa que le había robado al doctor Fu Manchú—. Ser lógica azar. En Santomás encontrar modelo para armar ilusiones.

Hacía dos siglos un grupo de corsarios se estableció en la boca del río De la Cruz y fundó el primer reducto de Santomás, donde actualmente se encuentra el obelisco que conmemora ese hecho. Iban a naufragar pero una corriente los llevó a la costa. Al poco se dieron cuenta de que estaban en una península que no aparecía en ningún mapa, recorrieron los alrededores, y viendo la naturaleza salvaje —las altas escapadas de la sierra, los enormes llanos cuyo pastizal les llegaba hasta las rodillas, las aves que levantaban el vuelo en parvadas ruidosas, el cielo abierto que se perdía en el horizonte— supusieron que estaban en un sitio tan perdido que nadie los encontraría jamás. Se equivocaron, la península se convirtió en paso obligado, e igual que la casualidad salvó a los corsarios de naufragar, muy pronto llegaron comerciantes de todo el mundo con sus mercancías y lenguas altisonantes para abrir almacenes en los que ofrecían la riqueza de sus países. La ciudad original creció con nuevos barrios de emigrantes, y en cualquier sitio surgían restaurantes, cabarés y bares exóticos. La gente decía que la confusión de sus fundadores fue la causa no sólo de su crecimiento caprichoso, sino de que cualquiera sintiera que allí iba a ocurrirle un prodigio. Nadie podía explicarlo, era una sensación anómala, un sentimiento compartido: la diosa fortuna los había traído para realizar sus anhelos.

—Es probable que la gente venga ilusionada —comentó Felipe—, pero no creo que los muertos puedan *hacer sus sueños realidad* por más rara que sea la ciudad.

Lee tenía los ojos clavados en un punto de la pared por la que parecía trepar la delgada neblina que había dejado el opio en la habitación. Volvió a sentir el hastío insuperable que le había dejado la visita de Gregorio, y recordó la divisa que lo había mantenido vivo en la guerra que libró cuando era joven: curar y matar no van tomados de la mano. ¿Qué significaba en Santomás esa sentencia?

—Nadie saber —comentó Lee—. Sólo trato de explicar lo que dijo señor B.

—A lo mejor tiene usted razón. Cástulo me contó que cuando su coche se volcó, algo o alguien lo sostuvo mientras daba vueltas por el aire. ¿Eso de las ilusiones para armar en las calles de Santomás podría tener que ver con lo que sintió?, o para ser preciso, ¿con la presencia de Edelmira en el accidente?

El chino detuvo un momento su continuo deambular. Abrió un frasco y lo olió sin decir nada. El golpetear de la lluvia se incrementó en algún lugar. Lee imaginó una tormenta barrida por el viento, que golpeaba árboles y azotaba calles. Santomás se había convertido en un sitio extraño y él había contribuido a que fuera así. Todo se había desbordado, no quedaba siquiera un rescoldo de las ilusiones que convocó la mañana en que vio al viejo Solell durmiendo al sol en la azotea del Edificio Condesa.

—Cuando estaba viva —agregó Felipe a media voz—, Edelmira hablaba todo el rato de reencarnaciones. Su madre la había educado con los rosacruces, y bajo su guía leyó cuanto libro esotérico conseguía. Se dedicaba a preparar unas gotas que influían en el alma y, según ella, transformaban a las personas.

—Ser posible —dijo el chino cerrando el frasco y abriendo el de al lado.

—Alguna vez, incluso, tratamos de contactar el alma de un tío suyo. Fue una experiencia desconcertante, por decir lo menos.

Durante muchos años las pláticas que Felipe tuvo con Cástulo y Edelmira giraron alrededor del espinoso tema de la *otra vida*. Por lo común era ella quien lo sacaba a relucir. "En otra encarnación debí haber sido sirvienta", decía después de una opípara comida. "Me encanta cocinar pero detesto lavar los platos". Cástulo y Felipe iban a lavar los trastes, y de regreso B. comentaba que era más fácil que les pidiera que se hicieran cargo de limpiar la cocina a inventar una reencarnación. "No estoy inventando nada", replicaba ella. "Lo que me pasa con el fregadero es de una aversión tal, que tiene que estar arraigada en otra vida". "¿Cómo lo sabes?", preguntaba él. "Por mi instinto de teósofa", respondía su mujer. Entonces se enfrascaban en una discusión acerca de la posibilidad de que estuvieran al tanto de lo que les había pasado en vidas anteriores, si tal o cual dolencia se debía a un accidente que habían sufrido en una reencarnación pasada, o si cuando sentían que habían estado en algún sitio o conocido a cierta persona, era porque estuvieron ahí en otra vida o se habían relacionado con esa cierta persona. Felipe decía que creer en la reencarnación no servía para nada, pues era imposible comprobar que habría algo después de la muerte, y si por casualidad se le venía a la cabeza un recuerdo que podría tener su origen en una existencia anterior, su interpretación quedaba al azar de la imaginación, como cuando se intentaba descifrar un sueño.

—Edelmira se decía discípula de Madame Blavatski —agregó tratando de impresionar al chino—, y me informaba que vivir, morir y reencarnar, es un proceso por el que saldamos nuestras deudas espirituales. Yo salía aturdido de su casa, y al ver a los muchachos que jugaban en el patio me preguntaba si podían albergar almas que habían transmigrado y vivido en otras épocas. Pensaba que la señora que habitaba el piso de al lado, en otra vida había sido pirata y su castigo eran las várices en la pierna que alguna vez fue de palo.

El tema de la reencarnación llegó a obsesionarlos tanto que veían fenómenos sobrenaturales por todos lados.

Un día, Cástulo y Edelmira lo invitaron a beber los martinis que él preparaba en situaciones especiales, cuando sin motivo se prendió la luz de la recámara. "¿Qué fue eso?", preguntó Edelmira. "La luz", contestó B. "¿Quién la prendió?", preguntó Felipe. "En la recámara no hay nadie", dijo Edelmira. "Qué raro", comentó B., "la luz nunca se prende sola". Edelmira peguntó si habían escuchado toquidos en las puertas. "En mi casa no", dijo Felipe. "Yo sí", contestó Cástulo, "pero no quise asustarte".

—Vivían en sincronía —dijo Felipe—, y los espantos acabaron por unirlos.

"¿Será mi madre?", preguntó Edelmira con los ojos abiertísimos. "A lo mejor", confirmó Cástulo. "Lo que hay aquí es un espíritu que no ve bien y tiene que prender la luz", concluyó Felipe en son de burla. "No", dijo Edelmira sin atajar el chiste, "es que nos quiere decir algo". Explicó que para los seres humanos es difícil ponerse en contacto con las ánimas, pero no así para éstas con los hombres. Ánima, agregó, es el nombre con que se conoce a las almas antes de llegar a la Gloria, entre las cuales hay más de una que, por no haberlo conseguido por sí misma, quiere que la ayuden a partir.

—Por lo que le dijo a Cástulo anoche, sabemos que los espíritus se van a una especie de limbo, que según los especialistas, y Edelmira es ya una especialista, se llama Devachán. Por sus palabras, yo deduzco que una vez que están ahí, las almas tienen que irse al otro mundo, pero como todavía están más cerca de éste que de aquél, pueden tener la tentación de quedarse.

Felipe sintió que la mirada de Lee lo traspasaba. Daba pasitos de un lado a otro y lo observaba sin parpadear. Phuong, en cambio, jugueteaba con su pelo.

—El caso es que dejamos el asunto de los fenómenos sobrenaturales en paz —siguió contando Felipe—, Edelmira acababa de instalar un laboratorio casero donde hacía las gotas que le digo, trató de olvidar el asunto, pero una noche me pidieron que fuera a su casa. Se conducían con solemnidad y me llevaron a la sala donde tenían una tabla de güija. "No es mi madre", me dijo señalando hacia la mesa de centro. No la comprendí: evidentemente aquella tabla no era su madre. "Necesitamos que nos ayudes", aclaró Cástulo apareciendo de repente "no sabemos de quién es el espíritu que nos visita".

Cada día tenían más pruebas de que su casa estaba embrujada —en las noches alguien tocaba las puertas, se prendían y apagaban luces sin razón, se escuchaban chasquidos por todos lados— y habían agotado sus recursos para entrar en contacto con el o los espíritus guasones. En ese momento se oyó un chirrido y vieron cómo se abría la puerta de la cocina. El chirrido se prolongó y tuvieron la impresión de que alguien movía la puerta de atrás para adelante. "¿Ves, m'hijito?", dijo Edelmira. "Es el ánima. Necesitamos saber quién es, qué quiere, y tú tienes que manejar la güija". Se sentaron en el sofá y Felipe colocó sobre sus muslos el tablero con el alfabeto.

—Puse los dedos en la guía y ésta empezó a moverse. Me podrían decir que la empujaba pero no, juro que sólo obedecía su impulso. Reinaba un profundo silencio, y reunidos en aquella quietud alrededor de la tabla parecíamos tres náufragos perdidos en los confines del mundo.

"Apunta, Cástulo, apunta", dijo Edelmira, y B. empezó a escribir en una hoja las letras que iba señalando la güija. Primero se paró en la "ese", y B. apuntó "s"; después fue a la "o", y escribió "o"; y así sucesivamente hasta que la guía quedó como muerta. Cástulo leyó la frase que había apuntado: SOY SOMALÓN. No comprendieron lo que quería decir el espíritu hasta que Edelmira gritó: "¡Es mi tío Salomón!". "No" dijo Felipe, que se sentía con cierta autoridad por haber hecho de médium: "Se llama Somalón". "Es que era lenguaraz pero disléxico", aclaró Edelmira. "Era famoso porque decía tramesa por maestra, pozenco por zopenco, e incluso Yeu Korn por New York". "Un disléxico bilingüe", comentó Cástulo, "qué prodigio". "Fue un genio que nunca se pudo dar a entender", informó Edelmira. "Yo lo sacaba a pasear y todo mundo se le quedaba viendo cuando se quitaba el sombrero y decía tuedas barnes en vez de buenas tardes". Salomón, Somalón, o como se llamara, no parecía darse cuenta de su mal y se arrancaba con grandes peroratas, se paraba en una esquina y empezaba a decir todo revuelto. "Quemado y arido blipúco", decía haciendo ondas con los brazos. Sonaba a latinajo pero se refería a su "Querido y amado público". La gente se juntaba a su alrededor y cruzaban apuestas para saber si alguno le atinaba a lo que había dicho.

—Edelmira me pidió que fuera al patio a cortar una flor blanca y ella fue corriendo a la cocina. Yo estaba, si he de decirlo, entre divertido y asustado.

Cuando regresó, sus padres putativos tenían la mirada fija en un vaso con agua en el que Edelmira había echado un puñado de algo. Felipe les entregó una azucena, y ella la colocó en el vaso. "También puse sopa de letras", agregó con tono solemne. "Seguramente mi tío tenía que pagar su karma con la enorme dislexia que le arruinó la existencia. En la otra vida debe seguir sufriendo y vino a pedir que lo ayudáramos. Estará vagando por ahí el pobre, y necesita un empujón para irse y poder reencarnar".

—Me sorprendió su dictamen y le pregunté que por qué iba a querer irse. No sé por qué lo pregunté, pero yo soy así, digo cosas sin pensar. "¿Cómo que por qué?", gritó Edelmira. Sentí que me había equivocado pero con tono muy firme le dije: "Porque a lo mejor tu tío necesita que lo ayudemos a quedarse". Me miró como si fuera incapaz de entender a los muertos, y agregó que todos los espíritus quieren irse.

—Muerte existir como parte de vida —intervino Lee—. No poder contraponer muerte a vida, no poder siquiera resistirse a ella. Señora Edelmira ser sabia.

Felipe no pudo evitar recordar una ficha que había copiado de una novela (que debía de ser una gran novela aunque no pudiera acordarse cuál era) que glosaba lo dicho por el chino: "La única manera, sensata y religiosa, de contemplar la muerte es sentirla parte integrante, condición *sine qua non* de la vida, y no separarla de ella mediante alguna entelequia". Podía ver el pedazo de cartoncillo frente a sus ojos y leer su atolondrada caligrafía, pero no podía recordar el título del libro de donde había tomado la cita. Su memoria era como una jovencita caprichosa que le entregaba los datos que ella quería y le escamoteaba los que él buscaba.

Era curioso que el chino, quien no parecía tener ninguna formación literaria, hubiera dicho una frase que se correspondía con su ficha. Aunque no tenía por qué extrañarse, pues la misma Edelmira, que tampoco se la podía dar de letrada, había tratado de explicarle la naturaleza de la muerte más o menos de la misma manera. Según el orden de ideas al que ella se atenía, karma y reencarnación eran términos gemelos, y por ello deberíamos considerar que la muerte era la puerta a la siguiente estación de la vida, puerta ante la que tenemos dos alternativas: o reencarnamos, es decir, pasamos por la puerta para que nos den un cuerpo nuevo; o nuestra alma no se puede cruzar, y por ende, no puede irse de este mundo. Dicho en otras palabras: recibe un portazo beatífico por haberse portado mal o porque todavía tiene una deuda pendiente con este mundo. Somalón, por ejemplo, no podía hablar con claridad porque en otra encarnación había hecho sufrir a la gente (pudo ser maestro y atosigaba a sus alumnos por su mala ortografía) y por eso decía "moy al verdaco" en vez de "voy al mercado". Su dislexia era descomunal, y después de muerto su alma seguía penando y no había manera que se diera a entender.

—A lo mejor tiene usted razón, doctor Lee —dijo Felipe—, ahora no me puedo acordar dónde leí algo parecido a lo que usted acaba de decir, que confirma su sabiduría, si me permite decírselo, pero sigo pensando que no hay ninguna razón para no creer, al menos como posibilidad, que el tío Somalón quería quedarse.

Como un fogonazo cegador, Felipe pudo ver unas líneas más de su ficha y se quedó helado: "Si se ve a la muerte como la antítesis de la vida, se la convierte en un fantasma, en una máscara horrenda o algo peor todavía".

—Muertos ser peligrosos —repitió Lee con indiferencia—. Causar desastres, vivos no entender y también causar desastres.

—¿Desastres de ida y vuelta —preguntó Felipe sin saber ya a qué atenerse— que provocan tanto los vivos a los muertos como los muertos a los vivos?

—Alma buscar placer —lo interrumpió Phuong, quien hasta ese momento había atendido la explicación sin hacer una sola mueca ni comentar nada—. Tío Somalón saber de placeres, querer decir algo pero ustedes no entender.

¿Qué tenía que ver el placer con que vida y muerte fueran parte de lo mismo, o con que karma y reencarnación fueran términos gemelos, o con que hubiera desastres de ida y vuelta? Felipe, que intentaba sostener un discurso prolijo y que incluso era un maniático de la exactitud, se tomó el comentario de Phuong a la tremenda, puso fin a la discusión, y sus pensamientos empezaron a discurrir hacia otro cauce.

—Pues más a mi favor —dijo enconado—, Somalón quería quedarse por placer, porque la vida es más placentera que la muerte.

—¿Qué pasar, irse o quedarse? —preguntó el chino.

—Ahí está el detalle —respondió Felipe con tono triunfal—: siguió molestando.

—Malo, malo —dijo Lee—. Almas tener que irse antes de causar desastre.

Felipe se levantó y fue a donde estaba su ropa amontonada. "La vida está en esta orilla y la muerte en la otra", se dijo. "Nosotros estamos aquí y no allí".

—Si les conté esta historia —dijo metiéndose los pantalones— es porque Cástulo dice que Edelmira lo provocaba desde el más allá, y pensé que la anécdota de Somalón nos ayudaría a comprender este misterio. Edelmira dijo que su tío se quería ir pero no pudimos ayudarlo, y ahora que nosotros la hicimos volver, le puede estar pasando algo parecido a lo de su pariente, pues se quiere quedar una temporadita.

—Señora Edelmira debe volver armario —agregó Lee—. Estar confundida pero tenía razón con su tío. Hay que ayudar almas irse de este mundo.

Ya no confiaba en nada ni en nadie. Lo dijo porque tenía que decir algo, porque debía rescatar un mínimo de la cordura que había colaborado a destruir. Pensó en el armario con el que intentó restablecer en Santomás la sabiduría de su maestro, pensó en los retratos de los ancianos que tenía colgados en la sala de recibir. ¿Sería digno de que lo enterraran con ellos?

Phuong, mientras tanto, miraba a Felipe de una forma que el inocente confundió con amor, ternura, pasión, u otro sentimiento semejante.

—Ser quinientos pesos —dijo ella sin pena, sin sorpresa.

Felipe estaba pagándole sin haber averiguado si los honorarios eran de ella (por haber hecho el amor), o del chino (por atender sus conjeturas), cuando escucharon un grito, el sonido hueco de una maceta que caía al suelo, dos gritos más, y salieron al rellano desde donde se dominaba el patio central. Maribel Solell estaba tirada en la vereda, despatarrada, descalza, sobándose la cabeza. Cástulo apareció por el zaguán con un par de zapatos. Ayudó a la chica a levantarse y la calzó acariciándole los pies.

—Peligroso —dijo Lee observando que Cástulo se iba con Maribel—. Hablar señor B., arreglar regreso antes que ser tarde. Somalón no ser buen ejemplo.

El rellano era un despoblado donde sólo se percibían sonidos embozados, fugaces olores a cocina, y la luz filtrada por el espacio de la escalera. Felipe se acercó al barandal y descubrió una jardinera sembrada con girasoles en miniatura. Un enjambre de avispas volaba a su alrededor para chuparles la miel. Días más tarde recordaría que el chino había evitado decir en qué consistía el peligro de aquella situación y pensaría en cuál podía ser el mal ejemplo que había dado el tío Somalón.

De regreso a su departamento, B. volvió a cruzar el patio. Gesticulaba con los brazos aunque nadie iba a su lado. Felipe se rió de su atolondrada mímica y se volvió buscando a Phuong pero ella ya no estaba detrás de él. Por casualidad se observó en un espejo roto que estaba al lado de la puerta del chino, abajito de un letrero que decía: *Lee atender de 12 a 14 y de 17 a 21 hrs*. Reconoció el reflejo de su rostro a pedacitos, y con un pasmo creyó ver letras y palabras que se formaban vertiginosamente entre sus facciones. No habían pasado dos días desde que Cástulo tocó a su puerta para decirle que había soñado con Gregorio, pero sintió que había transcurrido una eternidad y todo estaba suspendido entre ayer y hoy, entre el pasado y el futuro, en un presente gelatinoso habitado por los muertos.

Tres

La mañana lo sorprendió sentado en una banca del Edificio Condesa. Durante la noche había recorrido los pasillos sin propósito definido. Quiso meterse al departamento de Felipe Salcedo pero hubiera resultado muy brusco. Posiblemente necesitara verlo después, y no había llegado el momento de manifestarse, como decían ellos.

Volvió al patio cuando despuntaba el sol y un rumor que se escuchaba entre los prados le trajo a la memoria aquella vez en que, ahí mismo, encontró a Edelmira. Había atisbado su ventana muchas veces, pero ésa fue la primera y única ocasión en que ella lo sorprendió. Venía de hacer unas compras pues llevaba en la mano una bolsa de los Almacenes de Francia. Se le notaba apesadumbrada, como contrita, y se topó con él. "¿Qué haces aquí?", le preguntó. Gregorio se volvió para encontrase con sus ojos. No supo cómo justificar su presencia y le soltó la verdad: "Te espío, Edelmira, desde siempre te he espiado". Esperaba otro bofetón, como cuando estaban bailando y le acarició el culo, pero ella sólo lo observó con el mismo gesto de sorpresa que tenía al llegar. Desde siempre, a él le había fascinado su mirada, no la había podido borrar de su cabeza desde que la descubrió en aquella ocasión en que se fotografiaba con Cástulo. Quiso que Edelmira se acercara a ellos pero no dio tiempo, el fotógrafo apretó el obturador y él se quedó, con la mano extendida, cautivado por su mirada hambrienta y pedigüeña. "Eres una aparición inoportuna", le dijo Edelmira. "¿Por qué vienes hoy que salí a comprar una camisa nueva para Cástulo?, ¿me puedes decir por qué precisamente hoy?". Gregorio hubiera querido explicarle que no había ido *precisamente* ese día sino que había estado ahí muchas veces. "No lo sé, querida", dijo sin apartar la mirada de su rostro, "Lo único que puedo decirte es que siempre vengo para ver si de casualidad te encuentro". Edelmira le dio un beso escandalosamente amoroso. "Ni modo", dijo, "parece que después de tanta brega no habrá más remedio". Por virginal que pretendiera aparecer, por amorosa y bien avenida, el gusano de los deseos del pasado saltaba en sus ojos. Gregorio sintió que estaban condenados.

Edelmira se alejó con un gesto de tristeza, aunque, bien mirada, quizás hubo un sordo tintineo de alegría en la intensidad de sus mejillas. "¿Podría verte alguna vez?", grito él. Ella siguió caminando pero a Gregorio le pareció escuchar que decía algo como que ya no iban a dejar de verse. Quién sabe si fue así, pues nunca lo llamó ni apareció por el patio en ninguna de las noches en que siguió yendo a espiarla. Sin embargo, sentía su cercanía, lo rondaba un feble olor a sándalo, algo como un recuerdo que se negaba a olvidar, y se sabía atrapado con el sedal de la indiferencia de Edelmira.

El día que Gregorio murió, Cástulo lo visitó en el hospital y él estuvo a punto de contarle aquel encuentro fortuito en el patio de su casa, pero por un mínimo pudor se abstuvo de hacerlo. Sólo le dijo que algo emanaba de Edelmira, una especie de aroma en flor que lo enloquecía. Para que no tuviera la tentación de reclamar nada, le aseguró que él era el culpable de todo. "Soy un canalla, compadre". Se trataba de salvarla a ella, pero bien visto, también a B., pues el calificativo *canalla* dejaba a salvo su honor. Una vez que se retiró, Gregorio tuvo la impresión de que Edelmira aparecía junto a su lecho como un destello filtrado por la ventana, lo que le permitió abandonarse a la muerte. Revivió el sabor de sus labios en la boca, la intensa sensación que le dejó su lengua moviéndose como culebra entre sus labios. Antes de perder la conciencia se dio cuenta que hacía mucho tiempo que Edelmira aparecía de esa forma, que se había convertido en un rumor de luz parecido al insomne resplandor de esta madrugada en que permanece sentado en la banca del patio del Edificio Condesa, recordando la única ocasión en que se encontraron.

Miraba distraído hacia ningún lado cuando vio su espectro. Estaba parada en el quicio de la escalera como si la hubieran deslumbrado, lo cual era imposible: los fantasmas nunca se deslumbran. Edelmira miraba los prados, las nubes que atravesaban el cielo. Dio uno, dos, tres pasos y los desandó de inmediato. Vagó por el patio sorprendida por el ladrido de un perro, como si las ráfagas de aire la turbaran. Gregorio estuvo a punto de ir a su encuentro pero ella volvió a entrar al edificio. No supo qué pensar, habían quedado en encontrarse ahí y creyó que venía a buscarlo. Después de un rato Edelmira volvió a salir con el mismo gesto de confusión pintado en el rostro. Se sumió en quién sabe qué recuerdos, sin reparar en su presencia. No despegaba la vista de sus pies. No se movió hasta que apareció aquella chica contoneándose, y se le fue encima para quitarle los zapatos. La joven no supo quién la zarandeaba. Se dio un batacazo y perdió los zapatos en un santiamén. B. apareció por la escalera y vio el desenlace de la lucha. Debió comprender lo que pasaba pues salió corriendo detrás de su mujer. Gregorio también hubiera querido detenerla pero se había quedado de una pieza, sorprendido por su audacia. "No es momento de que nos encontremos", pensó, "Edelmira no debe acordarse de nada. Por fortuna marcamos la camisa de Cástulo con los besos de carmín. Eso la ayudará a recordar nuestro plan".

Se había quedado solo cuando apareció uno de los vecinos del Edificio Condesa, un hombre flaco y menudo, con los pelos alborotados en la cabeza, que vestía smoking blanco y parecía vagar por una película muda. Gregorio se ocultó con el mismo espasmo de pánico que sintió cuando Felipe intentó verlo en el pasillo. ¿Qué lo diferenciaba de aquel hombrecillo sumido en su delirio? Nada, quizá nada, la vida y la muerte habían diluido sus fronteras, y sin embargo él tenía que ocultarse, era su sino: estar oculto. A pesar de que hoy podía pasar sin que lo vieran tenía que ocultarse y esperar como siempre lo había hecho. Aún ahora, su personalidad seguía pareciéndole un castigo. La desesperación que penetraba en sus gestos, todo lo que lo hacía ser como era —la forma de imaginar el futuro, de oler o mirar, de hurgarse la nariz, de anhelar ser él mismo y tener una nueva oportunidad— era la simiente de una perseverancia que aún sobrevivía en sus anhelos.

La pasión

La epifanía: ese privilegiado relámpago
en que la vida y el mundo se revelan.
ANTONIO TABUCCI, *Autobiografías ajenas*

Uno

La imagen de Maribel Solell —despatarrada, con el susto pintado en cada gesto— no abandonó a Felipe Salcedo hasta que pudo ver a Cástulo para que le explicara qué había sucedido. B. casi no tenía tiempo de nada: entre el regreso de Edelmira, los encuentros con sus amantes, y las mínimas exigencias de la Agencia de Publicidad, estaba ocupado todo el día. Pudo, empero, abrir un hueco en su apretada agenda para encontrarse con Felipe y ponerlo al día de lo que había sucedido con el fantasma de su esposa. Él le hizo un resumen de lo que había sucedido en casa del chino, y sin ningún preámbulo, Cástulo le aclaró entre carcajadas que el accidente que presenció con Lee y Phuong desde el rellano había sido causado por Edelmira.

—Después de que te di los detalles de su aparición y te fuiste —agregó—, Edelmira regresó a casa y me dijo que me había hecho creer que el efecto de los polvos había terminado porque no pudo aguantarse las ganas de salir.

Cómo logró engañarlo, qué poderes tenía Edelmira para dominar las sustancias del chino, es uno de los misterios de sus intempestivas apariciones, pero Cástulo no se atrevió a cuestionarla. "No me digas", fue su único comentario.

Se había ido porque la imagen de los prados simétricos que se ordenaban al lado de las veredas se perfilaba en su memoria, comentó Edelmira. Ya en el patio escuchó un sonido estridente (tal vez era el ladrido de un perro) que rebotando en las paredes la hizo sentirse extraña, añorante, pero no sabía de qué. Sin la memoria del cuerpo, su alma parecía abandonada. ¿Qué buscaba?, ¿por qué había vuelto?, ¿para qué quería quedarse? Eran preguntas que no sabía cómo contestar, pero de ello, de que las respondiera, dependía su vida.

—Se me hizo muy raro que en su situación hablara de vida —dijo B.—, pero me abstuve de comentárselo.

—¿No te había dicho que había perdido la memoria? —preguntó Felipe.

—¡Claro! Recordaba el velorio pero creía que había perdido la memoria —dijo Cástulo sorprendido—. Debió recordar alguna cosa de manera confusa, pues me comentó que algo la jaló hacía el patio, una fuerza que no pudo comprender.

Ahí la asaltó el olor de la hierba, el viento gélido, y el ladrido lejano de un perro. Era como si su memoria volviera a aparecer, con tanta nitidez que sintió vértigo, y como no halló el camino a ninguna parte, volvió por su marido y le pidió que la acompañara pues se sabía capaz de hacer cualquier cosa.

—Me dijo que a lo mejor la muerte era como vivir desorientado —comentó B.

—¿Como vivir desorientado?

—Eso dijo, ve a saber por qué, e inmediatamente me pidió que la acompañara. No se sentía segura estando sola.

Cástulo le respondió que no se sentía nada bien: los muchos martinis que bebió la noche anterior le habían provocado un dolor que, como flecha, le punzaba la nuca. Claro que la acompañaría, dijo, pero necesitaba darse un baño, tomar un alka-seltzer o una cafiaspirina, y la alcanzaría donde ella dijera. Edelmira aceptó con un lacónico okay —dicho así, en inglés—, y agregó que lo esperaría en el patio. Cuando B. terminaba de arreglarse escuchó el grito de Maribel, salió corriendo y descubrió que la muchacha se defendía a manotazos. Vio empujones, un jalón de pelos, la maceta que caía desde el alféizar de la ventana, y el rebote de cabeza contra el suelo que dejó tendida a la chica en medio de la vereda. B. se precipitó a la calle persiguiendo los zapatos que avanzaban flotando a medio metro del suelo. Alcanzó a Edelmira y le pidió una explicación. "Te olvidaste de calzarme", dijo ella, "y me laceré los pies". Si no era posible que un espíritu se lastimara, mucho menos podía lacerarse los pies pero ese fue su argumento. Cástulo le arrebató los zapatos.

—Hubiera querido que Edelmira se disculpara con Maribel, si alguien podía entender su presencia era ella, quien, como ya te conté, se comunica con su difunto padre a través del chino. Mi mujer, si me permites la expresión, estaba muerta de risa.

A Felipe le extrañó que si Edelmira había reclamado de inmediato sus calzones, dejara pasar tanto tiempo antes de exigir unos zapatos. Su figura jalando de los pelos a Maribel sustituyó en su mente al de la joven despatarrada en la vereda. Le parecía siniestra más que divertida, aunque a B. le diera risa.

—Le ha costado adaptarse —dijo Cástulo en tono de disculpa—, pero ahí va.

La situación se estabilizó (o se normalizó, de acuerdo a la expresión que usó Cástulo) a lo largo de la siguiente semana, pero el regreso de Edelmira aún le tenía deparadas varias sorpresas. Según contó el jueves siguiente (en que escapó del tráfago de sus compromisos y se citó con Felipe para comer en *El Mirador*), un día cotidiano se podía resumir de la siguiente manera: junto con el primer café, B. ingería una dosis de los polvos que le había dado el chino, a los pocos minutos aparecía Edelmira, la acompañaba a visitar sitios que le gustaban, y antes de dejarla le arrancaba la promesa de que se portaría bien; a medio día iba a la oficina para ver qué se ofrecía; encontraba a Carmelita en comidas y actos sociales; en la tarde volvía a la oficina (de nuevo para saber qué se ofrecía); finalmente se veía con Liz en su estudio, la ayudaba con sus deberes, y pasaban la noche copulando. La palabra *copular* lo fascinaba, y durante esos pocos días fue adquiriendo en sus oídos un significado profundo. Admiraba el desparpajo con que Liz asumía su relación, y mientras ella se derretía en una vanidad tiránica porque sabía que no tenía más que usar su vocecita para enloquecerlo, él contemplaba estupefacto su entrega. "¿Quieres que nos echemos un rapidito antes de que me vaya?", le decía ante su estupor. B. había perdido para entonces el sentido de la proporción, y a la mañana siguiente le contaba a Edelmira la multitud de sensaciones en que se consumía, sin que ella hiciera el menor comentario.

Todo indicaba que tanto él como su mujer se habían acostumbrado a esta rutina: Liz se iba a eso de las tres de la madrugada (su madre no permitía que durmiera fuera de casa), y Cástulo regresaba a su cama para dormitar las pocas horas que le quedaban. Tomaba el desayuno con Edelmira, pero ella nunca lo cuestionaba acerca de nada, sólo se enteraba de su enredada vida por lo que él le decía, y se mantenía al margen de la relación que guardaba con sus amantes. Si B. sospechaba que le haría una escena, o que seguiría despojando de sus zapatos a chicas despistadas, estaba equivocado, Edelmira empezó a comportarse como lo que era: un ser superior.

Para sorpresa de Cástulo, sin embargo, un día cualquiera y sin previo aviso, todo se desbarajustó.

—Estábamos paseando sin rumbo fijo —dijo B. sonriéndole al cantinero que los atendía en la barra de *El Mirador*—, cuando me pidió que buscáramos unos zapatos a modo.

—¿Otra vuelta los zapatos?

—Ya sabes que Edel se perdía por el calzado. Llegó a tener cerca de cien pares, y si en los primeros días no le importaba la forma en que la vestía, de repente empezó a ver aparadores con cierta nostalgia.

Siguieron caminando como si nada, B. estaba pensando a dónde podría llevarla cuando se toparon con la vitrina de una zapatería y Edelmira dijo con un grito:

"Hazme un favor, Castulito, imagíname con esas sandalias, me muero por ver cómo me quedan". Parecía otra,
seguía, para decirlo de alguna manera, tan espiritual como
el día que regresó, pero Cástulo presintió que a una semana de su regreso empezaba a recuperar ciertos gustos y
aficiones que fueron muy suyos mientras estuvo viva.

—Parece paradójico que sea peligroso ver a un fantasma y que a tu mujer le encante que le *veas* los zapatos
—dijo Felipe.

—Siempre fue igual, Felipito. No te engañes. ¿A
poco no te acuerdas que en vida siempre andaba ense-
ñando los zapatos que compraba?

Felipe recordó que Edelmira era amiga de una tal
Nora García, una escritora que vivía en el Edificio Condesa, que se declaraba devota del calzado. En una ocasión
en que Felipe acompañaba a Edelmira se encontraron con
ella, y les contó que sus padres tuvieron una zapatería de
medio pelo en la que copiaban diseños de Salvatore Ferragamo. El nombre Ferragamo, dijo, era para ella como el
sabor de la magdalena para Proust. Se metieron a una zapatería, y mientras Nora se probaba un sinnúmero de modelos, hablaba de diversos diseñadores como si fueran sus
amigos íntimos. A Felipe le sorprendió que comentara que
un tal André Perugia afirmaba que la única posibilidad de
descubrir la personalidad de una mujer era observando su
calzado, y le intrigó aún más que le preguntara a Edelmira
si podía imaginar qué tipo de zapatos usaba Vera Nabokov.
No creía que Edelmira supiera quién era Vera Nabokov pero
Nora lo preguntaba como si fuera una duda muy extendida
entre las mujeres.

—¿Te acuerdas de Nora García? —preguntó Felipe.

—Claro que me acuerdo —contestó Cástulo—. Todavía anda por ahí. Me la encuentro a cada rato por los
pasillos del Condesa.

—Creo que alcahuetaba la pasión que Edelmira tenía por los zapatos.

—No duda ni tantito que Nora hubiera sido la promotora de esa inexplicable pasión —dijo B.—, pero déjame seguir. Como si no bastara con aquella escena que me hizo frente a la vitrina, a los tres días Edelmira se puso todavía más exigente.

Cástulo encontró a su mujer despampanante. Él se había puesto muy veraniego, y ella lucía una combinación de Purificación García muy al estilo de la temporada (que B. había visto en una discoteca a la que fue con Liz). Luego luego que lo vio, empezó a reclamarle que le hubiera escogido unos zapatos de charol que resultaban demasiado serios.

—Me dijo que necesitaba algo más festivo y me acusó de que siempre había sido fatal para escoger calzado.

—Es que te pasas, B. —dijo Felipe—. ¿Cómo le pones a Edelmira un vestido que le iría bien a Liz, y lo combinas con los zapatos que usa Carmelita? Quisieras fundir a tus amantes en una, y lo peor es que esa *una* es tu difunta esposa.

—Tienes razón, pero no lo hice adrede. Se me salió nomás.

—¿Y qué hiciste para contentarla?

—No fue fácil. "Si tanto te disgustan estos zapatos", le dije, "pues te llevo a la mejor zapatería y sanseacabó". Nunca lo hubiera dicho, Edelmira se colgó de mi brazo y me dijo que fuéramos al Pasaje Güemes.

—¿Al Pasaje Güemes? ¡Qué extraño!

—Pues sí, pero ahí la llevé.

El Pasaje Güemes, también conocido como La Galería, fue durante años el lugar donde se reunían las prostitutas. Hacia los años cuarenta, frente a su vistosa entrada hubo una famosa *maison de rendez-vous* llamada *La casa de los espejos*. Le decían así, *maison de rendez-vous*, como se llaman las casas de citas en París, porque era regenteado por una alcahueta parisina, Madame Josiane, quien insistía en que su casa no era un burdel sino un *maison de ren-*

dez-vous de postín. Se contaba que una noche, la Madame salió huyendo desnuda, los policías que rodeaban la casa no supieron qué hacer (tenían orden de arrestarla por un escándalo protagonizado por un politicastro) pero la lenona los dejó deslumbrados cuando cruzó la calle sin una sola prenda encima, se internó en el Pasaje Güemes, y se perdió en la oscuridad. Nunca se volvió a saber de ella. Alguien dijo que la había visto en París pero nadie pudo constatar por dónde se había fugado, si se embarcó en el río o tomó un avión que la llevara a su ciudad natal, y no faltó quien dijera que del otro lado del Pasaje se salía a París.

En su época de universitario, a Felipe le gustaba escuchar las canciones de protesta que se interpretaban en el Café de los Artistas, que está bajo el arco de la entrada. La Galería era la caverna del tesoro en que se mezclaban el pecado y las pastillas de menta, donde se voceaban las ediciones vespertinas con crímenes a toda página, y ardían las luces de los antros del subsuelo. Siempre que lo evocaba regresaban a él sus olores y sonidos, algo como una ansiedad que tomaba forma cuando recordaba a las putas que le hacían guiños desde el túnel para que las siguiera. Después de la destrucción de la famosa *maison de rendez-vous*, del otro lado se había construido un barrio de nota roja que, en honor de Madame Josiane, era conocido como la *Rive Gauche*. Ni él ni sus compañeros se atrevieron a visitarlo, y se contentaban con imaginar cómo sería aquella *Rivera Izquierda* de sueño. De ahí a creer que París estaba del otro lado había un trecho largo, pero para ellos constituía una fuente de excitación. Si la Madame se había escapado por el túnel para aparecer en París, ¿por qué no lo podía hacer cualquiera? Era una ridiculez pero la gente de Santomás acostumbra creer sus ridiculeces, y por eso a Felipe le extrañó que fuera ese lugar, entre los muchos que podía haber elegido, donde Edelmira quiso ir a comprar zapatos.

—Es raro que me lo haya pedido —aceptó Cástulo en tono de disculpa—, pero el caso es que fuimos a una zapatería del Pasaje Güemes que, según Edelmira, era la única que tenía calzado de Manolo Blanes.

B. vio a una dependienta distraída y pretextó que tenía que hacer un regalo para pedirle que le enseñaran algunos modelos. Sentó a Edelmira junto al escaparate para enseñarle los modelos como si él quisiera verlos con la luz exterior. Le pedía a la señorita que se los probara y ella se los colocaba muy mona en sus piecitos. Fue una tortura para Cástulo, pues cuando la chica enseñaba los zapatos se levantaba la falda y dejaba descubierto medio muslo. B. se lo agradecía con una sonrisa fingida, se volvía hacia Edelmira, quien lo miraba divertida, y pedía que le enseñaran otro par. Él se excusaba con la dependienta, decía que apartara ese modelo pero que quería ver más. Cuando la chica se retiraba, B. le reclamaba a su mujer que lo estuviera metiendo en ese brete. "No seas cicatero", decía Edelmira, "cúmpleme este caprichito". Cástulo se volvió a la ventana y le asustó que una niña lo observara desde afuera como si estuviera viendo a un loco. Parecía un maniquí al que se le hubiera caído la mandíbula.

—No salimos hasta que Edelmira encontró un modelo descubierto que le encantó —informó B.—. "Ahora sí, ¡qué diferencia, caray!", me dijo la impenitente. De la pura vergüenza compré tres pares, y mi mujer, como si fuera lo más natural, me pidió que fuéramos a tomar algo porque tenía algo importante que decirme.

Se sentaron en un restaurantito de la plaza de San Jacinto, que sirve de pórtico al Pasaje, y pidieron sangría y empanadas. B. vestía un traje crema que combinaba con un sombrero panamá, y Edelmira lucía radiante con su vestido de Purificación García y sus zapatos de Manolo Blanes, que, como no queriendo, hacían juego con el terno de él.

Mientras veía a una pareja que bailaba tango al ritmo de la melodía que salía de un fonógrafo de trompeta, Edelmira le dijo que necesitaba escoger entre sus amantes. La música ascendía en espiral, como un resorte de juguete que se lanza hacia el cielo. "¿Por qué tengo que escoger?", replicó Cástulo.

—Comprenderás —le dijo a Felipe— que no esperaba que dijera algo de mis devaneos con Liz y Carmelita. Ya le había contado un titipuchal de anécdotas que ella había escuchado como si nada, y no podía, por tanto, dejar pasar esa afirmación así como así: era demasiado cruel.

—¿Y qué le contestaste?

—Lo que se me vino a la cabeza: que la próstata se me hinchaba, mi flujo sanguíneo era más débil, que aún con el viagra tenía contadas las veces que podría hacer el amor y no me podía dar el lujo de dejar a ninguna de las dos.

Hacía más de cuarenta años que Cástulo había aparecido por única y última ocasión actuando en una película. Tuvo una aparición fugaz en *La cigarra no es bicho*, la famosa película de Luis Sandrini. Servía a unos pocos comensales que estaban encerrados en un albergo (como se les dice a los hoteles donde la gente sólo va a follar) y los pescaba una orden de cuarentena porque alguien había muerto de una enfermedad contagiosa. El parlamento de Cástulo consistía en una línea intrascendente que le servía a Sandrini para hacer un chiste sobre el amor y la fidelidad. Fue su momento de gloria, el único que tuvo en su efímera carrera en el cine, y al momento de escuchar el comentario de Edelmira, regresó a su cuerpo la sensación de triunfo que experimentó al atizar el humor del famoso comediante. Era posible que Edelmira buscara favorecerlo con su consejo, quizás era la forma de agradecerle que la hubiera traído de vuelta, pero B. tenía que fijar su posición. Su vida había adquirido el carácter cinematográfico que quiso darle desde aquella aparición en *La cigarra no es un bicho*, y no se le ocurrió pensar en lo que realmente buscaba Edelmira con su propuesta.

"No te ofendas", dijo de manera enfática, "pero esta es la vida que siempre quise llevar. Puedo decir que me acuesto con las mujeres que quiero, que dejé de sentir remordimientos, y si no le comento a ninguna de mis dos amantes la existencia de la otra, es para evitar una contrariedad".

La gente (como la niña que lo había observado tras el escaparate con la mandíbula caída) debía pensar que estaba loco, y algunos se le quedaban viendo sin atreverse a decir nada. Si al principio decía las cosas susurrando, había empezado a hablar con Edelmira sin importarle que nadie la viera.

"Acepto que me siento mejor con Carmelita", agregó B., "pero Liz me provoca sensaciones que me tienen trastornado. ¿Qué justifica que me niegue a vivir esta experiencia si con Carmelita tengo una relación igual de apasionada, que me permite conocer un mundo glamoroso, al que tampoco veo razón alguna para dejar? Crecí, como casi todos los hombres, con un miedo pavoroso a las mujeres, pero ya me harté y estoy dispuesto a hacer lo que sea para cambiar".

"¿Miedo?", preguntó Edelmira con un tinte de sorna, "¿de veras crees que los hombres nos tienen miedo si siempre acaban haciendo lo que quieren?".

"No puedo precisarte si sentimos miedo o culpa. Digamos que no nos atrevemos a confrontar nuestros sentimientos con ustedes. Si lo hacemos pasamos por machistas, y si no lo hacemos nos sentimos unos culeros de mierda. Entonces, mejor llevamos una vida clandestina, paralela, culpable y apasionada, que nos da un atisbo de valentía y nos hace creer que la felicidad es posible".

Edelmira lo dejaba seguir como si estuviera en el segundo capítulo de la confesión que había iniciado en el velorio, y de tanto en tanto se volvía a los bailarines de tango moviendo los pies al ritmo de la música. No quedaba en ella rastro de la mujer insegura que se sumió en la melancolía a causa de sus abortos. Su depresión se pudría en el cementerio junto con su cuerpo.

"Las mujeres somos diferentes, estamos a salvo de esa culpa que te obsesiona", comentó. "Vivimos la sensualidad en un mundo aparte que los hombres no entienden. Rasguñamos el tiempo, y si acaso sentimos culpas se cronometran en segundos. Otro tipo de arrepentimientos nos arruina la vida. Sin embargo, el sentimiento ocupa el lugar de la realidad en nuestra vida, y esa será tu perdición. Te lo diré con un aforismo: nadie rechaza que lo halaguen, nadie acepta que lo rechacen, y por esa ley inexorable, Carmelita o Liz acabarán descubriendo que te acuestas con la otra, y al *sentirse* rechazadas echarán por tierra tu paraíso terrenal. No te vas a poder liberar de este precepto, querido mío".

B. hizo un viaje sin movimiento, con la conciencia de quien se encuentra frente a una sentencia que, aún sin comprender, sabe que recordará siempre. Edelmira había dado en el clavo: aunque muchas personas padecieran a causa de un cáncer, estuvieran hospitalizadas por un accidente de tráfico o alguna enfermedad cuyos síntomas eran desconocidos, eran muchísimas más las que sufrían por desamor. Esa era la fórmula para referirse al rechazo: el desamor, un pecado capital tan grande que no tuvo cabida en la clasificación divina pues nadie encontró la virtud que lo atenuara.

"Si me encontrara en ese caso", concluyó Cástulo levantando el ala de su sombrero panamá para alejar la sombra de esa profecía, "ya vería qué hacer".

—Está cambiadísima —reconoció ante Felipe—, y siempre sale con algo que me deja boquiabierto, como ese aforismo sorprendente: Nadie rechaza que lo halaguen, nadie acepta que lo rechacen. Es muy sabia la condenada.

Para que no creyera que daba mucha importancia a su comentario, Cástulo observó que la bailarina enredaba la pierna en el muslo de su compañero mientras en el disco un cantante afirmaba que *el mundo fue y será una porquería, ya lo sé.*

"Si Liz o Carmelita se enteran de la existencia de la otra", dijo inspirado por el tango, "les diré que he decidido dividir los orgasmos que me quedan entre las dos".

No era del todo sincero. Al mediar esa segunda semana del regreso de Edelmira, B. se metía agotado a la
cama y no quería pensar en nada, ni en su mujer ni en sus
amantes ni en nadie. El esfuerzo de llevar adelante su vida
lo estaba consumiendo pero, igual que le había pasado
cuando Edelmira descubrió los besos pintados en su camisa
y fue a dormir al sofá de la sala, se decía que tenía que resistir y ahuyentar cualquier pensamiento negativo. ¿Por qué
debía cambiar cuando era dueño y señor de su vida como
nunca lo había sido? Pensaba en el tiempo perdido, en los
meses en que estuvo deprimido, en su accidente. La vida
podía acabar de un día para otro y no volvería a tener otra
oportunidad como aquella. B. se acordaba de una mujer,
particularmente de una, con la que nunca se acostó. La conoció en la filmación de unos anuncios para la televisión.
Era una joven locutora, quien, a pesar de ser muy guapa,
nunca aparecía en pantalla. Antes de que la hubiera escuchado, antes incluso de que viera la cascada de cabello negro en la espalda, el volumen de sus senos bajo el vestido
no le permitían apartar la mirada de su continuo ir y venir
por el set. A causa de un slogan que a ella le costaba trabajo
pronunciar, Cástulo la visitó en su camerino. Vestía de bata
y él pensó que debajo sólo llevaba ropa interior. Sin venir
a cuento le dijo que tenía tan buen cuerpo (se refería a sus
tetas) que aparte de locutora debería ser modelo. De la
misma manera inexplicable, ella le contó que quiso ser actriz porque casi nadie dejaba de mirarla (también se refería
a las tetas de marras), pero como podía comprobar no se
había atrevido a hacerlo. Subió una pierna a un taburete
con un movimiento generoso, más parecido a un estremecimiento que a una maniobra práctica para amarrarse las
cintas de los zapatos. Es posible que viera demasiados signos en aquel gesto, pero B. dio por cierto que con la displicencia con que mostraba la pierna lo había autorizado a
besarla. Sintió el latido sordo de su corazón, pero no en el
pecho, como era de era esperarse, sino en algún lugar abisal

del vientre donde no estaba precisamente el corazón. Era el eco de un deseo inmemorial que le trepaba a las sienes al momento que descendía a la punta de los dedos del pie. Aquello prometía ser diferente a masturbar a su secretaria o tirársela en el suelo de su oficina, aquello podría ser la supremacía de la corporalidad. Tomó las manos de la joven, y aunque ella le ofrecía sus labios lo detuvo con la advertencia de que no era una tumbamaridos. Las palpitaciones, que habían alcanzado las dimensiones de una alarma, cesaron de sopetón. La frase fue el muro de un jardín, una puerta cerrada, una escalera recargada en ninguna parte. ¡Qué cerca, qué lejos, quedaba esa esencia —extraña, increíble, ajena— en que se habían convertido los pechos de esa mujer! Cástulo repitió el epíteto: *tumbamaridos*. La expresión venía tanto de tumbar como de tumba: hoyo para enterrar a los maridos tumbados. Cedió al miedo, acarició la cara de la chica mientras ella se volvía al armario para sacar un vestido, y él salió apresuradamente.

Nunca imaginó que aquellos senos delirantes iban a insertarse al centro de su nostalgia por el hecho de no haberlos tocado. Muchas veces los recordaba a propósito de nada, oía la voz de la locutora, creía ver esas tetas bamboleantes bajo la bata, y sentía que sus manos se movían hacia delante como si fueran a tocarlas en el aire. Pero su recuerdo nunca fue tan intenso como una noche —a los ocho o nueve meses de la muerte de su mujer— en que tuvo una polución mientras dormía: estaba soñando que acompañaba a Edelmira a una cita, llegaban a la casa de una clienta y él pedía permiso para ir al baño; se confundía de puerta, entraba en una habitación, y para su sorpresa, encontraba a la tumbamaridos parada al lado de una cama. Aunque se esforzaba por ocultar las ganas de tocarle el pecho, la tomaba de la mano de la misma manera que la había tomado en el camerino, y sin más preámbulos la aventaba sobre la cama y le abría la blusa y hundía la nariz entre sus pechos. Sabía que su esposa se encontraba del otro lado de la pared, la escuchaba recomendar sus Flores de Bach, quería dejar de chupar aquellos pezones, pero la voz de Edelmira acabó de excitarlo. De manera inesperada, descubría que la mujer tenía un clítoris muy salido, una suerte de pene insignificante, que él empezaba a masturbar (con los dedos índice y pulgar de la mano derecha) hasta que ella se corría. Lo despertó su propio pijama empapado de semen. Se avergonzó y le habló a Felipe para que lo ayudara. Fue cuando él lo invitó al coctel en que renovaron su amistad, y de regreso tuvo el accidente que le hizo ver que la vida podía terminar en un instante.

"No puedo volver a sentirme como la noche en que me corrí en solitario" creyendo que ordeñaba el clítoris secreto de la tumbamaridos, pensó B. hurtando la vista al espectro de su mujer. No quería tener lástima de sí mismo, no podía arriesgarse a otra volcadura: Liz y Carmelita lo habían rescatado de aquella vergüenza, y no estaba dispuesto a prescindir de ninguna de ellas, ya no era un jovencito, y sí, dividiría los orgasmos que le quedaran entre sus dos amantes aunque Edelmira pensara que tenía que escoger a una de ellas.

—Hacía un día espléndido —dijo B. recordando lo bien que se sintió al decirle a Edelmira cómo repartiría sus orgasmos—. Creí que la primavera se había instalado para siempre en Santomás, y que aquel cambio de clima se debía a que le había dejado las cosas claras a mi mujer, o si tú quieres, a su forma de aceptarlo.

A Felipe le hubiera gustado volver a ver la mirada de Edelmira, sus labios de una irrelevante sensualidad trabajosamente abiertos en una sonrisa, las leves arrugas de la cara que la hacían tan atractiva. Había algo cautivante en ella, parecía que calibraba el peso del mundo por el modo en que miraba, y hacía sentir que la realidad sólo tenía sentido si se la juzgaba a través de sus ojos. Se preguntó si mientras trataba de convencer a su esposo de que escogiera entre sus amantes, su mirada mantenía aquel modo misterioso que tenía en la vida, si se sentía tan agradecida de que Cástulo la hubiera convocado y por eso le había hecho esa petición o dado ese consejo que en su boca sonaba tan grotesco. ¿No serían otras sus intenciones y su forma de mirar quería imponer otro sentido al diálogo y B. no se daba cuenta? Él estaba distraído, con las piernas extendidas, las manos cruzadas en la nuca, y el sombrero echado sobre los ojos. ¿Cómo iba a percibir la intención de su mujer si hablaba al aire, según su propia versión de los hechos? Felipe no podía negar cuánto le asombraba su descaro, la forma en que creía superar sus contradicciones, y lo poco que le importaba eso que se llama *el qué dirán*. Pero aún más le admiraba la impudicia con que daba los detalles de su plática, la secuencia de sus argumentos para justificar tanto a sus amantes como que quisiera retener a Edelmira, y hasta la forma en que, mientras contaba su aventura acodado en la barra de *El Mirador*, tomaba el tarro de cerveza con ambas manos.

—¿No se ofendió por la desvergüenza con que hablabas? —preguntó Felipe tratando de atrapar la imagen evasiva de Edelmira, y comprender si daba un nuevo sentido a la vida a través de sus pupilas de fantasma.

—Creo que no —contestó Cástulo con desdén.

—¿Qué más te dijo?

—Que no me preocupara pues me iba a ayudar en lo que pudiera. Tengo que aceptar, sin embargo, que no fue así, pues ayer mismo pasó algo terrible: cuando creí que el efecto de los polvos de Lee había acabado (duran seis horas más o menos), y estaba seguro de que ya no vería a Edelmira, se me apareció en una comida que tenía con Carmelita. Cuando la vi me llevé un susto bárbaro. Le hice gestos para que se fuera pero se quedó como si nada. La pasé fatal.

Esta escena tuvo lugar en la comida semanal del Club Rotario. Carmelita invitó a B. con el pretexto de que varios empresarios querían conocerlo, estaban al tanto de su prestigio como publicista, y era probable que le ofrecieran jugosos contratos. "Conmigo te va a ir de fábula. Como soy Capricornio y tú eres Géminis, mi sentido material irá de perlas con el carácter soñador de tu signo", había dicho ella cuando se dirigían al Casino Miramar, donde tendría lugar la comida. Estaban representando la misma escena que llevaban a cabo cada vez que se subían al auto. B. dejaba caer la mano sobre las rodillas de Carmelita, y ella las abría lo justo para permitirle deslizar la mano. Como había empezado a usar bragas de hilo dental, él podía trabajar su clítoris a placer. "Yo soy Ca...capricornio y tú Gé...géminis", repitió con voz tartamuda mientras B. hurgaba en su cuchita. A él le extrañó la insistente referencia a su signo pues a Carmelita la astrología le importaba un bledo. "A lo mejor fue por la intensidad del orgasmo", pensó Cástulo poco después, "me dejó la mano empapada".

Cuál no sería su sorpresa cuando llegaron al Casino Miramar y vio que Edelmira estaba sentada en una silla que el resto creía desocupada.

—Don Facundo Corrales, el comerciante conocido como *El Vendedor de Ilusiones* —le aclaró B. a Felipe—, nos pidió disculpas por dejar libre el asiento, pues su esposa no tardaría en llegar. El muy bárbaro dijo que ya sabíamos cómo eran las mujeres para el arreglo personal. Edelmira cruzó una pierna, con un gesto me invitó a sentarme, y me señaló las copas, que, para más datos, eran de Bacará.

—¿Cómo iba vestida? —preguntó Felipe.

—¿Cómo iba vestida quién?

—Si no esperabas verla, ¿cómo pudiste vestir a Edelmira?

—No se me había ocurrido. Con la sorpresa que me dio encontrármela ahí no me puse a pensarlo, pero iba muy a la moda la malvada, con un vaporoso vestido negro, de tirantes y escote pronunciado. Parece que se hizo cirugía en los senos pues los tiene levantados. Se veía guapísima.

—¿Le preguntaste cómo lo había conseguido?

—¿Conseguido qué?, ¿levantarse los senos?

—El vestido, B., el vestido escotado que llevaba.

—No pude —dijo tomando un trago de cerveza—. Le hice gestos para que me acompañara, fuimos al baño, le pregunté por qué había venido, y me contestó que en solidaridad con Carmelita. La acusé de que le hubiera dicho que su signo iba con el mío. "Sólo provoqué que leyera un libro. Lo demás fue asunto suyo", me respondió con orgullo. No quise volver a discutir y le pregunté de qué otra forma iba a apoyar a su amiga. "Ya tú verás", concluyó con una sonrisa malévola, y se fue para que pudiera orinar. Me di cuenta que de ahí en adelante, encontrarme con mi mujer iba a depender de ella y no de que tomara los polvos del chino. Me dio un escalofrío y hasta pensé que la orina se me había congelado en el pito.

—Entonces tomó partido por Carmelita.

—Así parece, pero el cuento todavía tiene cola.

Lo peor vino cuando regresó a la mesa. Edelmira se había marchado y la esposa de don Facundo estaba sentada en su lugar. B. se tranquilizó pero la plática le hizo presentir nuevas calamidades. Carmelita decía que Cástulo, como ella, era viudo, que lo conocía hacía una eternidad, y que la vida era tan maravillosa que le estaba dando la oportunidad de cortejarlo. Un silencio rumoroso acompañaba su voz, y por las caras de sus acompañantes, se notaba que estaban más que encantados con la noticia de su romance: se miraban unos a otros, se hacían reverencias con la cabeza, y se quitaban la comida de sus platos. Para rematar, la rutilante enamorada concluyó con una crueldad: "Siento que su difunta esposa me lo está heredando". Un incontrolable picor de nariz le provocó a Cástulo una cascada de estornudos, Carmelita tuvo que interrumpir su historia, y sus amigos dejaron de robarse la comida unos a otros.

—Me descompuse —dijo B.—. Sentí que la vida se me escapaba: Edelmira aparecería a su antojo y Carmelita iba a obedecerla a la chita callando.

—No es para menos —dijo Felipe pidiéndole al cantinero que sirviera una nueva ronda—. Si Edelmira está dispuesta a hacer lo que sea con tal de liarte con su amiga, se te van a poner las cosas color de hormiga.

—No sé qué pretende.

—Fastidiarte, qué otra cosa va a querer.

—A lo mejor, aunque no estoy seguro, pues, ¿sabes? el otro día me acordé del tío Somalón...

—Qué curioso, yo también me acordé de él hace poco.

—No me extraña, es la única experiencia que tenemos con un ánima.

—Precisamente fue eso lo que me lo recordó, que cuando lo convocamos Edelmira nos enseñó el significado de la palabra ánima.

—Yo me acordé de él por los besos de carmín que Edelmira descubrió en mi camisa cuando me enredé con Esperanza... ¿Te acuerdas lo que me pasó?

—Perfectamente, más que perfectamente.

—Pues no te lo dije entonces, pero esa nefasta aventura ocurrió poco después de que tratamos de contactar de nuevo al tío Somalón y volvimos a consultar la güija.

Felipe sintió un baño de agua fría, creía que el tío Somalón era patrimonio de los tres, de Edelmira, Cástulo, y él mismo, y que era injusto que lo hubieran hecho a un lado para volver a convocarlo. Él había sido su médium, merecía cierta consideración, y no que B. lo mirara como si fuera portador del virus mutante de la mala suerte.

—¿Lo contactaron sin mí?, ¿sin decirme nada? —comentó decepcionado.

—Estabas fuera, te llamamos por teléfono y no respondiste. Nos daban tanto resquemor los repentinos ruidos que provocaba, la forma en que se prendían y apagaban las luces, que no pudimos esperarte, necesitábamos que nos dijera por qué no se había ido. Hasta intentamos comunicarnos con él con la jerigonza de los niños, *dófondefe efestáfas queferefemofos vefertefe*, para que no te enojaras, pero fue inútil.

—¿Que le hablaron cómo?

—Como era disléxico pensamos que a lo mejor si nos dirigíamos a él con la efe nos iba a contestar. ¿Nunca jugaste a hablar así?, ¿a decir dófondefe efestáfas, por dónde estás?

—No nunca. Siempre fui un niño muy seriecito.

—Es igual, pero como te digo, fue inútil. Somalón no nos hacía caso.

En su casa había un aire cargado de melancolía, mezcla de incertidumbre y ansiedad, como si Cástulo y Edelmira hubieran jugado su fortuna a un número de la ruleta y temieran perderla. No resistieron la tensión de esa calma chicha y sacaron de nuevo la güija para ver si contactaban al ánima. Colocaron la tabla sobre una mesita, se hincaron al lado, y como tenían pavor a lo que pudiera pasar, prendieron una vela y colocaron una flor blanca en un florerito. B. condujo la guía y, para su sorpresa, Somalón respondió, pero su respuesta fue un galimatías: LIGREPO.

—Su ánima —comentó B.—, más que disléxica era maestra en el arte de la confusión. En su manera de hablar, más bien de escribir, se podían encontrar todas las combinaciones posibles de las letras de una palabra, y por más que leíamos su mensaje no entendíamos nada.

—¿Ligrepo? —dijo Felipe rascándose la cabeza—. ¿Qué quiso decir con ligrepo?

—Me llevó semanas descubrirlo, y lo supe cuando mi situación ya no tenía remedio. Edelmira ya había descubierto mi desliz con Pelancha, me había ido a dormir a la sala, y tenía sueños espantosos. Me despertaba de madrugada y leía una y otra vez el papel donde había apuntado aquella palabreja. No sé cómo lo comprendí. Ligrepo es un anagrama de peligro.

—¿O sea que Somalón te quiso decir que estabas en peligro pues Edelmira te iba a sorprender con las manos en la masa, o no, con los besos en el cuello de la camisa?

—A lo mejor sí, pero a lo mejor no, pues quizá quería advertirme otro peligro que podía ser aún peor.

—¿Peor?, ¿cuál podría ser peor?

—No sé —dijo Cástulo sumiéndose en sus pensamientos—. Como te conté, unos besos igualitos a los que descubrió Edelmira aparecieron en mi camisa antes de que la convocáramos... ¿No te parece mucha coincidencia?... Es cierto que cuando Somalón dijo Ligrepo, Edelmira iba a descubrir que le había sido infiel, pero no podemos saber si Somalón se refería a ello, y ahora, es posible que a través de los mismos besos quiera advertirme que un nuevo peligro me acecha.

—No lo creo, para mí está clarísimo: el peligro era que Edelmira te descubriera.

—Supongamos que Edelmira era el peligro del que quiso advertirme. Acepta entonces que si la otra vez me sorprendió, en esta ocasión, a pesar de que nos llevemos tan bien, me puede ir peor.

—¿No decías que fue ella quien marcó tu camisa con esos besos?

—Pues sí, eso creía, aunque, como ves, estoy dudando de mi interpretación.

—¿No se lo has preguntado?

—No me he atrevido. El cuerpo no me da para tanto.

La cantina se había llenado, en las mesas se jugaba dominó, póquer de dados, o mus, un juego que se había puesto de moda hacía un año o dos. La gente que atendía la barra se movía de un lado a otro y servía licores a granel que dos meseros llevaban en las charolas que sostenían por encima de la cabeza. Cástulo los veía como si pertenecieran a otro mundo. Felipe, por su parte, se acordó de que Phuong había dicho que Somalón sabía de placeres pero que ellos no lo habían entendido.

—Cuando le conté al chino del tío de tu mujer —dijo con gesto mohíno—, su asistente me dijo que Somalón nos había querido decir algo sobre el placer, los placeres, pero nosotros no habíamos querido entenderlo, y ahora resulta que en realidad quería advertirte de un peligro. No entiendo nada.

—Pues a lo mejor que el placer de encontrarme con Pelancha era peligroso, ¿no te parece?

Un placer que nos atemoriza esconde un deseo abominable, recordó Felipe. ¿Debería haber escrito peligroso en vez de abominable?, ¿era el miedo lo que ligaba al placer con el peligro y su frase había anticipado esta plática?

—Sea lo que sea, creo que estás metido en un buen lío, querido B. —dijo Felipe—. A lo mejor sí, Edelmira vino del más allá porque tienes que escoger entre Liz y Carmelita, pues una de las dos te va a descubrir como ella te cachó con Esperanza. Tus amantes, juntas o separadas, y aunque te den mucho placer, son un *ligrepo* para ti, y tu mujer, imitando al tío Somalón, utilizó los besos pintados de carmín para avisarte que estás en peligro de que descubran tus enjuagues.

—¿Tú crees?

—Pues tú mismo me dijiste que te rondaba para protegerte, ¿no?

—Pues sí, ¿y qué hago entonces?

—Hazle caso, escoge entre Liz y Carmelita y ya está.

—Para nada. Por incomprensible que te parezca, he decidido prolongar esta situación. Es cierto que alguien quiere advertirme de un peligro, es cierto que aunque quiera protegerme, Edelmira me está haciendo pasar las de Caín, pero no voy a cambiar. Sea como sea, el cariño de mi mujer me ha dado un nuevo brío, y como hago el amor tan bien con Carmelita y con Liz, no quiero tomar una determinación de la que luego me arrepienta. Lo único que me consuela es que a partir de que mi mujer descubrió los besos de Esperanza, empezamos a coger como los dioses. No hay mal que por bien no venga, digo yo.

¿Sería ese el mal ejemplo que les había dado el tío Somalón, y al cual se había referido Lee? ¿Era tan terco como Cástulo y no le importaba poner el mundo patas pa'rriba?

—¿Dónde está Edelmira cuando follas con tus amantes? —preguntó Felipe inspirado por uno de los parroquianos que puso con un golpe su ficha de dominó sobre la mesa y gritó que ahorcaba la mula de *seises*—. ¿Sabes si te piratea?

Cástulo Batalla contrajo los hombros y su cuerpo resplandeció de tensión.

—Ora sí me jodiste —dijo con una voz que venía de otro tiempo—. Fíjate que después de la comida de los Rotarios me fui a la cama con Carmelita, y en el momento culminante sentí la mirada de Edelmira clavada en la espalda. Me levanté de un brinco. "No es justo", gritó Carmelita. "Estaba alcanzando el éxtasis". Me dijo así, de veras, que estaba alcanzando el éxtasis y yo me levantaba sin avisar.

—¿Y qué le contestaste? —preguntó Felipe con las cejas a media frente.

—Salí con una babosada y regresé a la cama.

—¿Para seguir duro que dale?

—¿Cómo crees? Carmelita quería que acabáramos, creo que me dijo que no era bueno que dejáramos las cosas a medio hacer, pero tuve que pedirle que tuviera calma, después de todo está tratando con un setentón.

—¿Por qué, si Edelmira se ha puesto del lado de Carmelita, se mete al cuarto donde haces el amor con ella?

—¿Cómo quieres que sepa? —comentó B. repentinamente preocupado—. Hasta ahora me he hecho tonto, pero llevas razón: tengo que averiguar dónde se encuentra cuando estoy cogiendo. ¿Tú crees que de veras me piratee?

Aun cuando no estaba muy animado, B. era capaz de arrugar la nariz con desmesura, y algunos de los gestos que le seguían resultaban muy chistosos.

—Ligrepo —dijo Felipe un tanto sonriente—. Piénsalo bien: ligrepo.

Cástulo lo vio como si hubiera comprendido el mensaje —el de Felipe o algún otro mensaje—, terminó su cerveza de un trago, le dijo adiós al cantinero, le dio un beso a su hijo putativo, y le pidió que pagara la cuenta. Después se ponían a mano, agregó.

—Tengo que hacer caer a Edelmira —gritó desde la puerta—. No sé cómo voy a descubrir sus intenciones pero ya se me ocurrirá algún plan.

Sobre los gritos y las peladeces de los borrachos, Felipe creyó ver a Edelmira despojar a Maribel de sus zapatos, burlándose de su marido en la comida del Club Rotario, mirando como boba un aparador, y observando a Cástulo mientras follaba con Carmelita. Habían transcurrido tan sólo trece días y ya se preguntaba si era la misma mujer cuya mirada lo había cautivado cuando estaba viva. ¿De verdad querría proteger a B. del peligro que representaba tener dos amantes al mismo tiempo?, ¿qué le atraía de verlo follar? ¿Y si nunca la habían conocido?, ¿si ni él ni Cástulo sabían quién había sido —y era todavía— en realidad? "Ligrepo", repitió inconscientemente.

Dos

Han pasado doscientas ochenta y tres horas desde que Cástulo Batalla abrió el armario para que su mujer se fugara. Como dijo su amigo Felipe Salcedo, es probable que lo hubiera hecho con toda intención. Lee estaba sentado en posición de loto, con la espalda erguida, las manos sobre las rodillas, y los dedos índice y pulgar tocándose, en *chin mudra*, como se dice en sánscrito. Era la posición de la buena ventura, pero ni aún así ha podido conectar a la señora Edelmira. La puerta del armario está abierta, pero por ella no ha pasado nadie. Es como un pozo profundo: el negro pozo de la soledad.

El chino ha permanecido en estado meditativo toda la mañana, es casi media tarde, el plazo se ha vencido, y la señora Edelmira no apareció. Trece días es un número encantado: a partir de ese momento el daño que sufriera el alma de Edelmira podía ser irreversible. Gregorio Flores Esponda lo engañó. ¿Se habría puesto de acuerdo con Cástulo Batalla para retenerla? No lo creía factible, después de lo que el señor B. había dicho, parecía difícil que le dirigiera la palabra a su compadre. A Lee le pareció sincero cuando le hizo el recuento de sus celos, pero ya no podía estar seguro de nada. El caso era que un espíritu andaba libre. ¿Libre?, ¿era el calificativo para describir el tipo de existencia que Edelmira iba a llevar de ahí en adelante?

Trató de concentrarse en los espectros, en cualquiera de los dos, en Edelmira o en Gregorio, para saber dónde estaban, pero fue inútil, había una barrera que lo separaba de ellos. Lo único que presintió fue que cada uno andaba por su lado y no habían cruzado sus caminos. ¿Cómo podía esperar, entonces, que Gregorio cumpliera su promesa si Edelmira no estaba al tanto de nada? Era evidente que ella seguía vagando, ajena a los peligros que la rondaban, reconstruyendo los gustos que habían alimentado su vida.

¿Tenía que hacer algo —salir a buscarla, intentar alguno de los trucos telequinéticos que le enseñó su maestro que la hicieran regresar— o debía permanecer ahí, dejando que el mundo discurriera por donde le diera la gana? En ningún caso, lo sabía por experiencia, iba a tomar la decisión correcta, pero a la luz de los hechos y con la escasa información con la que contaba, quizá no tuviera otra alternativa que esperar. Si estuviera seguro de que Cástulo y Gregorio se habían puesto de acuerdo, todo sería más sencillo. No le costaría trabajo encontrarlos y deshacer sus planes. Pero de seguro no era así, y ambos estarían tratando de ajustar sus expectativas a la inesperada situación, y aún, de resolverla de la mejor manera para cada uno. Pensó en el tío Somalón, en su dislexia y la enorme dificultad para explicarse. Seguramente se comunicaba a los gestos con la gente, y, aunque dijera todo arrevesado, acababan por entenderlo. ¿Por qué había tenido necesidad de comunicarse con Edelmira y Cástulo si sabía que en su caso era tan complicado? A lo mejor quería prevenirlos de algún peligro y ninguno de los dos se dio cuenta. No era, empero, un buen ejemplo.

Lee necesitaba saber más cosas y para ello debía servirse nuevamente de la chica, *su chica*. Sólo ella podía engatusar a Felipe y sonsacarle la información que necesitaba. El desdichado estaba tan obnubilado con lo que veía, con todo lo que creía descubrir en ella, que soltaba la lengua a la primera. Sí, no quedaba otra alternativa, Felipe Salcedo sería su señuelo, y si era necesario, influiría en él para que cumpliera su misión. ¿Por qué no darle ánimos, que tuviera confianza en sí mismo para que fuera él quien lo condujera hasta Edelmira? De ahí en adelante, cada hora que pasara la encontraría menos dispuesta para volver al armario, y tal vez todo se habría echado a perder. Tenía que aceptar, sin embargo, que no podía saber qué podía pasar —con Edelmira, con Cástulo, con Gregorio o el mundo entero— si no conseguía localizarla.

Se levantó, cerró la puerta del armario, se frotó los ojos y sacó un kimono color durazno de un baúl. Lo extendió con cuidado, lo alisó con las manos, metió una percha por los hombros y lo colgó de un clavo que salía de la pared. Sacó un par de zapatos de tacón muy alto, de los llamados de estilete, y los colocó a los pies del kimono. La literatura —el anhelo de Felipe— volverían a hacer el resto. En un momento todo habría cambiado, la joven estaría ahí, y Lee podría ir a la caza de los espectros.

Tres

Phuong lo esperaba a eso de las seis. Le dijo que Lee no estaría y que cuando terminara la comida con Cástulo podrían pasar la tarde juntos. Felipe nunca supo qué pasó con la sirvienta que B. y él vieron cuando visitaron al chino por primera vez, y se acostumbró a pensar que su enamorada vivía sola con Lee. Después de que fue a exigir que le explicaran lo que les sucedió dentro del armario, había visto una sola vez a Phuong, pero su añoranza se había convertido en una droga. Extrañaba su naturaleza ambigua, la mezcla de sueño y puerilidad que emanaba de ella, esa especie de desconcertante vulgaridad que traslucía su franqueza.

La puerta se abrió por encanto y bañó a Felipe con un fulgor. Seguía pensando en Cástulo y Edelmira, en la zozobra que experimentó B. cuando se percató que su mujer podía espiarlo mientras cogía, pero la aparición de Phuong bajo la luz de las lámparas de papel hizo que olvidara todo. Lo recibió con un kimono color durazno apenas cerrado a la altura del ombligo. Una de sus piernas se asomaba entre la ropa y lucía un destello bermellón a lo largo del muslo que perfilaba una rodilla redonda y sin accidentes. En sus pies brillaban un par de zapatos de tacón por los que asomaban los dedos con las uñas pintadas de un rojo intenso. Desabrochó el kimono y lo dejó caer, tan lentamente, observó Felipe, que parecía que la seda se resistía a resbalar por los hombros. Quedó desnuda, con los zapatos puestos. Parecía que la elevación de los talones la hiciera ganar desnudez. Felipe se acordó que Nora García había dicho que sólo se puede descubrir la personalidad de las mujeres si se observa su calzado, y se preguntó qué tipo de carácter revelaban esos zapatos, pero el triángulo de luz —el ojo de Selene— que se formaba bajo el sexo de Phuong, volvió a hipnotizarlo, y sólo tuvo ojos para admirar los muslos que parecían replegarse sobre sí para crear ese espacio mágico. Era una suerte de Aleph e intuyó que cualquier cosa que ocurriera en el mundo podría ser vista a través de ese punto luminoso. Se hincó, cerró los ojos, su conciencia se diluyó en la oscuridad, y sólo quedó el punto brillando como una perla azul. Sus funciones vitales se interrumpieron como si alguien hubiera cortado la corriente que lo ligaba con la realidad. Al abrir los ojos descubrió que aunque el tamaño de aquel triángulo fuera de dos o tres centímetros, el espacio cósmico parecía surgir dentro de él. Le sorprendió que el sitio donde se revelaba el universo fuera el único lugar del cuerpo de la joven donde no estaba su cuerpo. Su Aleph era el *big bang* de su erotismo, y Felipe pudo observar una luz poniente que reflejaba el color de una rosa en Bengala, descubrió en un escaparate de Mirzapur las sandalias de Sherazada, leyó un aforismo sobre la secuencia espiritual de la vida, observó duplicada (como si estuviera frente a un espejo) la orilla izquierda del río Sena, y descubrió a Esperanza Rodríguez marcando con sus labios pintados la camisa de Cástulo. Vio el engranaje del amor y la modificación de la muerte; vio la fuente luminosa que hila la oscuridad, y la génesis lejana de los ecos mudos. Vio el Aleph, vio a Phuong, besó su sexo y lloró porque había descubierto ese objeto secreto y conjetural.

Como siempre que estaba con Phuong, no supo cómo pasó lo que pasó. La joven lo condujo al diván donde lo esperaba la pipa de opio, lo desvistió, acarició con pausas inesperadas cada una de las costillas, lubricó su miembro con sus labios, le pidió que no dejara de fumar, y se montó sobre él. Nunca se quitó los zapatos y Felipe sentía la punta de sus tacones como dos aguijones que se enterraban en sus caderas. Entre sus piernas, dentro de su cuerpo, Felipe Salcedo fue un Pegaso que no había estrenado sus alas, espoleado en el aire por los tacones lejanos de su enamorada.

—¿Qué sienten las mujeres por los zapatos que tanto las atrae? —preguntó más tarde, mientras estaban tendidos al lado del diván, sobre una alfombra azul.

—No sé decir —dijo Phuong jugando con su pelo—: vestida pero sin zapatos, sentirme desnuda; pero desvestida y con zapatos, no sentirme desnuda del todo.

—En la antigüedad, a las niñas chinas les vendaban los pies para que no les crecieran —contó Felipe al recordar la historia que había leído o había visto en una película, de un samurai que se enamoraba de mujeres de pies pequeños, a quienes, explicaba la novela o el filme, les sujetaban los pies con una venda.

—Ser barbaridad. Sensualidad femenina estar en pies. Vendar es mutilar.

Phuong le dio la espalda, se sentó sobre las piernas de Felipe y tomó su pie izquierdo. Él estaba bocabajo, sentía las nalgas de su enamorada sobre las suyas, y las ondulaciones de su sexo a pocos centímetros de su ano. Ella empezó a acariciar el talón, continuó a lo largo de la planta, y exactamente al centro de dos montículos nerviosos cercanos a los dedos de en medio, apretó corriendo sus pulgares hacia la articulación de las falanges. Felipe sintió un calor intenso, la contracción de todos los músculos, y un latigazo que recorrió la espalda y desapareció en la nuca. Parecía que una fuerza lo azotara contra el suelo como si tuviera un ataque de epilepsia.

—Ahora tú —dijo Phuong acostándose de espaldas—, y chupar donde sentir bolita.

Se hincó (parecía un rito necesario) tomó el pie izquierdo de Phuong —su largo, delicado, pie izquierdo— y lo acarició. Felipe nunca se había percatado de cuánto le gustaban los pies femeninos, era un gusto que mantenía oculto y que en ese momento apareció en su mente enfebrecida. Apretó en los nudos nerviosos de la planta de Phuong, e intuyó que el latigazo que a él lo había estremecido como un conato de epilepsia, en ella sería una fuerza telúrica. De inmediato sintió que en la base del dedo medio despertaba algo, como si tuviera una erección.

—Ahí, ahí, ahí... —acezó ella con los ojos cerrados.

Apretó los labios como si quisiera extraer un néctar escondido bajo la hinchazón, Phuong arqueó el cuerpo, trató de zafarse pero Felipe la tenía asida por el tobillo y seguía chupándola. Había descubierto una crisálida que se conectaba con su vagina, y al succionar le provocaba un frenesí que recorría zonas inimaginables de su cuerpo, salía a la superficie con un quejido, y dejaba en blanco sus melancólicos ojos almendrados como si se estuvieran borrando de ellos todas las imágenes del mundo, mientras ese algo mutable, cifrado en la crisálida, se replegaba dentro de ella y regresaba a los núcleos ocultos de su ser.

No hacía falta que le explicara qué pasó: Phuong había experimentado un placer que él nunca alcanzaría, pero que se había insinuado en su interior cuando ella acarició la planta de su pie. Era un residuo paleolítico, un eco que amenazaba con despertar: un sueño que no era un sueño.

—Tú sentir resto mujer llevar dentro —dijo Phuong—. En pies estar placer femenino, si avivarlo ayudar sensualidad. Hombres tener algo de mujer.

—¿Y las mujeres algo de hombre?

—No todo ser al revés. En oriente decir alma tener sexo.

—¿Me quieres decir que puede haber hombres con alma de mujer?

—Son los que gustar mujeres.

Según se cuenta en *El banquete*, el famoso diálogo de Platón, en la antigüedad la humanidad estaba dividida entre hombres-hombres, hombres-mujeres, y mujeres-mujeres. Era un estado ideal que los dioses, por envidia, decidieron destruir, dividiendo a los seres humanos con un cuchillo por mitad. Como resultado, el mundo quedó partido entre hombres y mujeres que van corriendo de un lado a otro buscando la parte que les quitaron. "No debe haber sido una operación tan limpia", pensó Felipe, "pues nos quedó como herencia el sexo del alma que nos permite acceder a nuestro lado cercenado". Hacía mucho tiempo, cuando B. le contó la aventura con Pelancha, le dijo que Edelmira lo había perdonado porque tenía alma de mujer. Felipe no le preguntó entonces qué significaba aquello, pero si se atenía a su recuerdo de *El banquete*, Cástulo y Edelmira debían haberse buscado tan afanosamente (y seguían buscándose) porque el sexo de su alma los hacía complementarios.

—Ustedes esconder miedo —apuntó Phuong como si siguiera la secuencia del pensamiento de Felipe—, donde nosotros sentir placer. Alma femenina o masculina activar glándulas, encender alarma de miedo pero también provocar diferentes orgasmos.

Animado por tan insólita revelación, Felipe se sentía abierto a todo tipo de asociaciones, y como resultaba embriagador dejarse llevar por ellas, recordó que en un artículo de *El Periódico* había leído que cuando los hombres se excitan —si por ejemplo ven una foto pornográfica— se les inflaman las amígdalas, un amasijo de neuronas del tamaño de una almendra que está situado entre la porción nasal de la faringe y las orejas, a las que se conoce con el nombre de amígdalas palatinas, que tienen la función de secretar una hormona que actúa sobre la estimulación del pene y provoca la erección. El artículo no hacía alusión a ninguna parte del cuerpo femenino particularmente excitable, y afirmaba que aunque ellas poseen el mismo tipo de amígdalas que los hombres, sin diferencias biológicas, no secretan ninguna sustancia cuando, colocadas en esa circunstancia, veían una imagen erótica. Por lo que experimentó con Phuong, Felipe supuso que era muy posible que las mujeres tuvieran en la base del dedo medio del pie otro amasijo de neuronas que funcionaba igual al que los hombres tienen cerca del oído, y que por ello su proceso de excitación tuviera que ver con estímulos que no son ni olfativos ni visuales, sino táctiles. Digamos que sus emociones eróticas están a nivel de piel —o de pies— y sus fantasías ocurren pegadas al suelo. No era extraña, por lo tanto, la pasión que las mujeres tenían por el calzado. Un modelo provocador era la traducción de sus deseos. Tal vez en el hombre el sexo es un artificio de la memoria que recurre al cuerpo para darle forma, mientras que en la mujer es al revés, la sensualidad está en su cuerpo, *es su cuerpo*, y sólo recurre a la mente para hacer más intenso el placer sexual.

—Ahora me explico cómo te sientes cuando estás descalza —comentó Felipe—, pero resulta curioso que a Edelmira le esté volviendo la pasión por el calzado. En una mujer lo entiendo, ¿pero en un fantasma?

—¿Qué dices? —preguntó Phuong dando un salto.

—B. me contó que van varias veces que su mujer le pide que la acompañe a ver zapaterías para que les enseñen lo que se llama el último grito de la moda. Le encanta que la vista, que la imagine, pues, con zapatos nuevos.

—Señora Edelmira buscar placer sin cuerpo —dijo Phuong echándose el kimono sobre los hombros—. Si no regresa espíritu confundir siempre.

—Y eso no es todo —dijo Felipe levantándose del suelo—. No debería decírtelo, pero Cástulo tiene dos amantes y Edelmira quiere que elija entre ellas.

—¿Que elija?, ¿qué querer decir elija?

—Que se quede con una y a la otra le diga adiós, chau, hasta la vista baby.

—Mala —agregó la joven calzándose los zapatos—. No razón para pedir elija.

—Pues si no la hay —dijo Felipe en plan de informar todo—, menos la tiene para meterse al cuarto donde Cástulo está follando con la elegida.

—Lee, tiene que saber… Cosa salirse de control…

—No es cosa, es Edelmira, su espíritu.

—Espíritu no quiere ser espíritu... Mala, mala...
Tengo que ir.

Felipe entendió que *ir* quería decir *salir* a buscar al
chino, hablar por teléfono o hacer cualquier cosa para lo-
calizarlo, pues aunque regresaran a Edelmira a su lugar de
origen, era probable que el daño que se había producido
en su sensibilidad terrena (¿de qué otra forma llamarla?)
fuera irreversible. Phuong le pidió que advirtiera a Cástulo
lo que estaba pasando. Tenía un brillo en los ojos. La crisálida había hecho que se enamorara de él. La fascinación
de esta revelación inmovilizó a Felipe. Escuchó el taconeo
que producían los zapatos de su amada en la escalera, el
eco de la sensualidad que habían convocado entre los dos,
esa sensualidad que tal vez Edelmira estuviera buscando
al ver vitrinas como si estuviera hechizada.

Se quedó en el departamento, Phuong no se dio
cuenta que lo había dejado adentro. Estaba iluminado por
la vela encendida en la charola del té. "Ahora va a llover",
pensó, pero no llovió. La sensación de que estaba seguro
aunque lo acechara algún peligro, lo envolvía. Era él mismo,
tal como siempre había deseado ser, *él mismo*, experimen-
tando plenamente las rarezas y fantasías de su imaginación,
dejándose llevar por cualquier asociación que surgiera en
su alma. No pretendía ser coherente, sólo quería seguir el
flujo apasionante de su mente. Encendió un cigarrillo y as-
piró el humo mientras el tabaco se consumía en sus labios.
Escuchando el silencio se acordó del Aleph que apareció
entre los muslos de Phuong y le invadió la intuición de
que aquella luz mínima lo había cambiado, de la misma
forma que la crisálida había hecho de ella otra mujer. Los
símbolos encontraban un orden diferente y las metáforas
revelaban significados trastocados. Más allá del límite del
mundo se encontraba un espacio donde el todo y la nada
embonaban a la perfección, cuyo reflejo era el Aleph que
se formaba entre los muslos de su amada. Empezó a recordar el diálogo que había sostenido con Phuong. "Placer

sin cuerpo... espíritu que no quiere ser espíritu... mala...", decía como si las frases volaran como pájaros dentro de su cabeza. "¿Mala o malo?", se preguntó, "¿calificaba la situación o el talante de Edelmira?". No lo había pensado, pero se dio cuenta de que era posible que Edelmira fuera la destinataria de la advertencia de Somalón, y que B., absorto en sus problemas, no se hubiera dado cuenta. Era probable, incluso, que su espíritu fuera a sufrir el daño que Phuong apenas le había dejado entrever con sus medias palabras. Pensó en el mal como algo tangible, como una enfermedad o un veneno. "Un anagrama de mala sería alma", dijo sorprendido por la lógica de sus pensamientos. Dos cigarrillos después se vistió y se fue. Había entrevisto la unidad del todo con la nada, la destrucción de la certeza en la inefable clarividencia, sin haber aquilatado la profundidad de su descubrimiento.

La geometría del azar o arbitrio de las casualidades hizo que se encontrara con Nora García en el pasillo que conducía a su departamento. No la veía desde el velorio de Edelmira y le sorprendió que lo saludara como si fueran viejos conocidos. Era una mujer con un aire de judía caucásica, que agitaba la melena y hacía ostentación de su aire distraído. Felipe recordó la ocasión en que la había acompañado con Edelmira a comprar zapatos, y sin más le preguntó por qué el calzado era tan importante para ella.

—Mire, joven —dijo Nora García como si dictara cátedra—, los tacones pueden ser a la vez una tortura y un ideal. A mí me han ocasionado enfermedades gravísimas, empezando por la formación de juanetes, pero nadie negará que son, y ésta es una paradoja, instrumentos que realzan lo que llamamos *alma femenina*. Cuando una mujer los usa en la variedad conocida como estilete, no sólo aumenta de estatura, sino que su busto se estiliza, y, según las estadísticas, el aumento medio de la protuberancia de su culo será del veinticinco por ciento. Eso sin contar que a pesar de que un par de zapatos de tacón puede deformarle la bóveda del pie o dislocar la columna vertebral, le permitirá emprender cualquier tarea que tenga en mente.

Felipe hubiera querido preguntarle si estaba enterada de que gracias a las amígdalas palatinas los hombres se excitaban, y si creía que las mujeres podrían tener unas amígdalas equivalentes en la planta del pie —amígdalas pedestres, digamos— que respondían a los estímulos que les venían del calzado. Claro que todo podía alterarse por el sexo del alma, esa *alma femenina* de la que ella hablaba. ¿Sabría Nora cuál era el sexo de su alma?, ¿habría leído *El banquete* de Platón? Quiso preguntárselo pero ella no lo dejaba hablar y seguía describiendo los múltiples efectos del calzado, la frescura inigualable de las sandalias, la mediocridad de eso que llaman tacón medio, y la necesidad de hacerse pedicura.

—Qué tiene que ver esto con su pregunta, dirá usted —agregó Nora García—, pues es muy sencillo: esta tarde fui a comprar un modelito de mi diseñador preferido, Salvatore Ferragamo, pues voy a iniciar la redacción de una novela de fantasmas, y sin ese par, que he venido enamorando durante muchos días sin atreverme a comprarlo, no me sentiría segura de llevar ni mis fantasías a buen término. Para hacer lo que queremos, las mujeres necesitamos calzar como nos venga en gana.

Con una caída de ojos dio la entrevista por terminada y besó a Felipe en la mejilla. Él vio que llevaba zapatos bajos y que de un talego que colgaba de su brazo sobresalían los tacones de estilete que le permitirían empezar su novela.

"¿Una novela de fantasmas?", se preguntó Felipe. ¿Estaría al tanto del regreso de su amiga?, ¿también ella quería escribir acerca de la experiencia de Cástulo? Quién sabe, y ya era tarde para preguntárselo, pero al menos, su explicación le hizo comprender que la inconsecuencia de B. estaba poniendo en riesgo el alma de Edelmira, y que la búsqueda infatigable de calzado que había emprendido, era un signo del destino (sobre todo en ella que no tenía cuerpo y nunca se hubiera lastimado la columna vertebral). ¿Cuál sería la tarea que quería emprender con el calzado nuevo?, ¿no se daban cuenta del daño que la empresa implicaba?, ¿necesitaría calzar a modo para que Cástulo eligiera a Carmelita? Era muy posible que, después de tanto esfuerzo por ayudar a su esposo, Edelmira se volviera una especie de Conde Drácula, condenada a permanecer en esta vida sin tener la gracia de morir alguna vez. La imaginó vagando por la laberíntica ciudad de Santomás por los siglos de los siglos amén, buscando incautos que supieran de modas para que la llevaran a ver zapatos a las vitrinas del Pasaje Güemes. ¡Qué futuro tan horrible le esperaba! Phuong tenía razón, tenía que advertirle a B. lo que pasaba.

Esa noche, Felipe Salcedo volvió a soñar. Se encontraba parado en la orilla de una alberca. Sabía que una contingencia azarosa lo había conducido ahí, pero él no tenía la menor posibilidad de descubrir por qué había ido. Vestía un traje de baño de tirantes, sostenía un garrote en la mano, y observaba incrédulo la superficie del agua. Caía entonces en la cuenta de que, en vez de gente nadando, la piscina estaba infestada de tiburones. Una voz a sus espaldas le ordenaba que se tirara de clavado y matara a los escualos. Las piernas le temblaban, sentía los músculos de la garganta formando una gran nudo que apenas lo dejaba respirar. La asfixia lo hizo consciente de que estaba combatiendo una emoción que no quería que nadie presenciara, por lo que se lanzó al agua, garrote en mano, y se dispuso a enfrentar al tiburonzazo que se acercaba mostrándole varias hileras de dientes. Levantó el arma pero en vez de asestarla sobre la nariz del animal se colocó debajo de su cuerpo y se lo folló. El tiburón se revolvía pero con un grito de placer se convertía en mujer. Envalentonado, Felipe se iba encima del siguiente animalazo, y lo mismo: se la dejaba ir entera y lo volvía una grácil doncella. Con fiereza fue atornillándose tiburón tras tiburón hasta dejar límpida la alberca. Lo que había empezado como una pesadilla terminaba en orgía. Fuera del agua, Phuong aplaudía a las mujeres recién liberadas de su condición tiburonezca. Entre ellas, Felipe distinguió a una que otra con la que hubiera querido tener algún tipo de altercado sexual. Todas nadaban con zapatos de tacón de estilete. "El azar es algo pavoroso", pensaba.

Cuatro

A partir de ese día, Felipe Salcedo empezó a buscar a Cástulo para advertirle del peligro que corría su mujer, pero no lo encontró en ningún lado. Tocaba sin fortuna su puerta, preguntaba por él en su oficina, y como decían que le daban sus recados pero que él no respondía, le dejó varios mensajes en el contestador de su teléfono. Rastreó su presencia en las calles enredadas de la ciudad, vagó por los bulevares observando a las personas que pasaban a su lado para ver si de casualidad se topaba con él, se metió a los bares que le gustaba frecuentar, y el jueves lo esperó inútilmente en *El Mirador*. Se acostumbró a esperarlo sin razón en la terraza de los cafés que encontraba en sus largas caminatas, se sentaba en un apartado y escribía en su libreta Moleskine lo que en esos días había pasado y tenía pendiente analizar, especular, o como se llame el acto de comprender, para descubrir lo que escondía *La experiencia de Cástulo*.

Sus paseos se hicieron tan frecuentes que buscando a B. empezó a reconocer colores característicos en cada zona, aromas que se escondían en los rincones y que parecían compartir una cierta manía por la confusión y el secreto. La ciudad era como un laberinto —un laberinto mágico— que no llevaba a ningún lado, en cuyas entradas y salidas Felipe se metía al azar para extraviarse en un tiempo insondable que olía tanto a sueño como a deseos hirviendo en aceite refrito. Buscar a Cástulo se había convertido en algo más importante que encontrarlo.

De esa vagancia le quedaba el brusco recuerdo de la tarde en que sus pasos lo llevaron al Pasaje Güemes. Vio tiendas alineadas sin que pudiera descubrir para qué servían los objetos que vendían, siguió a una edecán que se paseaba regalando cigarrillos, sintió lástima por un limosnero que se acurrucaba bajo el alero de una tienda, y no supo cómo responder a la mirada lasciva de una chica que no pasaba de catorce años. Lo asustó la sirena de una patrulla, y los ladridos de una jauría le hicieron pensar que estaba en otro sitio. Sorprendido por estas sensaciones, repasó el diálogo que había sostenido con el chino cuando dijo que la ciudad ayudaba a cumplir cualquier anhelo. ¿Sería el Pasaje Güemes parte del modelo para armar ilusiones al que se había referido cuando dijo que Santomás era la ciudad de los prodigios? Tuvo el deseo de adentrarse por el largo túnel para ver si la *Rive Gauche* —la auténtica *Rive Gauche*— estaba del otro lado, pero prefirió conservar sus ensueños a confrontar la realidad.

Una tarde nubosa, al iniciar su paseo cotidiano, se encontró con Maribel Solell en la puerta del Edificio Condesa. La joven miraba a todos lados y caminaba con sigilo.

—¿Te puedo ayudar? —le preguntó Felipe.

—Nomás acompáñeme porque aquí pasan cosas raras —dijo ella colgándose de su brazo.

Felipe fingió que no entendía su cautela. Qué curioso, no sabía que había sido Edelmira quien la había despojado de sus zapatos aunque era de las pocas personas que podía saberlo pues estaba al tanto de la eficacia del chino para comunicarse con los muertos. Se acordó de que fue Cástulo quien sugirió que Lee la podía ayudar a contactar a su difunto padre.

Todo había empezado el 20 de noviembre de 1985, cuando se cumplían diez años de la muerte del General

Franco, y los exilados españoles del Condesa hicieron una fiesta para celebrar el dichoso aniversario. Como B. siempre les ilustró los panfletos que repartían para que se supiera que aunque lejos de su patria rechazaban cualquier cosa que recordara al dictador, era uno de los invitados especiales. Ahí se encontró con Joaquín Solell y su hermana Maribel. Se acercó a ellos y vio que la chica lloraba a moco tendido. "¿Qué pasa, niña?", preguntó. "¡No es justo lo que pasa, don Cástulo!", contestó ella. "No será para tanto, y ya te dije, háblame de tú que me haces sentir viejo". Entonces B. acababa de cumplir sesenta y dos años y Maribel tendría treinta. "Acabamos de percatarnos", comentó la joven sin evitar un torrente de suspiros, "que nuestro desafortunado y nunca bien ponderado padre murió sin saber que Franco estaba herido de muerte. Su deceso ocurrió seis meses antes de que acaeciera el del Generalísimo". Cástulo se sorprendió de su dicción, y pensó que usaba ese lenguaje para hacerle entender la gravedad de la situación. "Hemos pensado", intervino Joaquín, "que hoy que se cumple el décimo aniversario de la muerte del tirano deberíamos buscar la forma de enterar a papá de su muerte... De la del traidor, quiero decir, pues él ya debe estar enterado de la suya propia, ¿no cree usted?". Cástulo pasó el brazo por los hombros de Maribel. Tenía que decir algo a la altura de la tristeza de los muchachos pero no se le ocurría nada. Ponerse en contacto con un muerto no era fácil, él lo había intentado una vez (con el tío Somalón, como se sabe, pero con resultados más bien magros, como también se sabe) y no podía recomendar que consultaran la güija. Se limitaba, por lo tanto, a emitir palabras sueltas, un déjenme ver, o un humm largo, hasta que dijo un disparate: "Vamos a ver al chino, quien conocía muy bien a su papacito". Joaquín salió con la mirada puesta en el techo y Maribel y él lo siguieron abrazaditos. B. los dejó en la entrada del departamento de Lee, les aseguró que el chino iba a ayudarlos, y aunque temía que había llevado a los hermanos Solell a la puerta de un fracaso, sucedió lo contrario. Su éxito fue la noticia de ese año: efectivamente, el chino contactó al difunto, quien, también efectivamente, no estaba enterado de la muerte de Franco. Joaquín y Maribel contaron en el vecindario que se habían metido en un armario, y muy apretados con Lee, convocaron a su padre hasta que su espíritu habló (se manifestó, fue la expresión que utilizaron), y pudieron enterarlo de la muerte del dictador. El viejo soltó un suspiro, y pidió que le dieran detalles de la agonía del tirano.

Aunque habían pasado casi otros diez años de aquel suceso, era una de las aventuras preferidas de los vecinos del Edificio Condesa, todos se referían a la experiencia de los Solell como a una anécdota que daba carácter a su comunidad, y a Felipe le pareció natural preguntarle a Maribel cómo se encontraba su papá.

—De lo más bien, señor —contestó ella como si también le pareciera la pregunta más normal del mundo—, cada mes está mejorcito.

Felipe resintió el injusto *señor* con que lo recibió la chica, pero se concretó a preguntar cómo podían ver a su padre cada mes.

—Bueno, no lo vemos, sólo lo escuchamos cuando lo convoca el chino —respondió Maribel apretándose a su costado como si hubiera acusado recibo de la verdadera razón del desconcierto de Felipe—. Y no se crea, tampoco lo hacemos exactamente cada mes. Lo vamos convocando ahí como se puede.

—Yo creí que sólo lo habían contactado dos o tres veces —agregó Felipe.

—Era nuestra intención —dijo ella mientras cruzaban la calle.

—¿Y qué pasó?

—Que cuando papá nos pidió que le diéramos los detalles de la muerte de Franco, mi hermano se pasó de pávido, y por no contrariarlo, dejó entrever que el tirano había fallecido ese mismo día, y que nosotros, tal como él esperaba que procediéramos, estábamos contándoselo en ese momento y hora.

Era evidente que Maribel había ido perfeccionando su discurso, al punto que cada palabra parecía contener una especie de suspenso radionovelero. ¿Quién usaba todavía el calificativo pávido para señalar a un hombre miedoso?

—Dijeron una mentira piadosa —comentó Felipe.

—Sí, muy piadosa —respondió la joven—, pero tuvimos que convocar a papá muchas otras veces para irle contando lo que había sucedido en España. Esto no importaría si no fuera por lo puntilloso que es mi acendrado progenitor, pues pasábamos horas en la hemeroteca reconstruyendo la Historia para contestar las muchas incertidumbres que él nos planteaba en cada sesión.

Felipe no supo qué le extrañaba más: si el cuento de la Historia reconstruida, el calificativo de acendrado, o que Maribel hablara de su padre en presente.

—¿Y nunca han tenido la tentación de pedirle que se aparezca? —preguntó con aparente inocencia.

—Claro que sí, hace unos meses, pero Lee dijo que era peligroso. Un día le comenté a Cástulo lo que nos había dicho el susodicho oriental... perdón que le diga así, no lo de susodicho, sino que me refiera a Cástulo de tú, pero él me lo ha pedido mil veces, yo le digo que no, que cómo cree, pero él insiste e insiste.

—No tiene importancia cómo le digas sino que me cuentes qué te aconsejó.

—Pues sólo preguntó que qué podía ser tan peligroso. Yo le dije que Lee era el que decía eso, y entonces él me contestó que si hablábamos de tanto en tanto con mi papi no veía ningún riesgo en que su espíritu pasara unas horitas entre nosotros.

El sol, que de repente aparecía entre las nubes, descubría los interiores de las grietas de la banqueta por la que caminaban. En la cabeza de Felipe empezaron a bullir distintos pensamientos, tan poco semejantes entre sí que parecía que su cerebro también se había agrietado y le costaba trabajo clasificarlos para hacer la siguiente pregunta. Supuso que B. se encontraba con Maribel aunque no le hubiera dicho nada de la relación que mantenían. Era posible incluso que le hubiera pedido a la joven que averiguara con Lee si era posible traer a los difuntos para saber si se atrevía a convocar a Edelmira.

—¿Y qué hicieron? —preguntó para controlar un incipiente ataque de celos.

—Pues le hicimos caso a Castulín y trajimos a papá.

¿Cómo era posible que B. se relacionara con alguien que le decía Castulín? Habían llegado a la glorieta de la Cibeles (donde hay una réplica del famoso monumento que los reyes españoles regalaron a Santomás cuando vinieron por primera vez), y Felipe sugirió que se sentaran en una banca para que Maribel contara la experiencia que habían tenido con la visita de su padre. Comentó que él creía que era más o menos fácil convocar un espíritu, pero que parecía increíble que se le permitiera que pasara un tiempo entre los vivos.

—Pues sí es posible, querido mío —dijo Maribel apretándose para que la abrazara—. Tan posible que no te vas a creer lo que nos pasó.

Fue ella quien dijo que quería traer a su padre —esa fue la expresión que utilizó, *traer a su padre*— y el chino la vio tan decidida que aceptó siempre y cuando el difunto se comprometiera a regresar al armario. "Hecho el trato", dijeron al unísono los hermanos Solell. Habían tomado la precaución de adelantar la Historia, y en los últimos encuentros habían resumido cinco años de noticias para que, en caso de que el viejo aceptara darse una vuelta, no le extrañara lo que pasaba en España.

—No queríamos que le diera un soponcio si leía los periódicos.

Al iniciar la sesión, Lee le dijo al viejo Solell que sus hijos querían verlo y él podía hacerlo venir, pero que, en caso de aceptar, tenía que regresar al armario. Para su sorpresa, el difunto no protestó sus condiciones, y prometió en memoria de Lluis Compayns, con quien había luchado por la liberación de su pueblo, que volvería en tres horas. Fue tan convincente que el chino dijo que abrieran la puerta, y le pidió al señor Solell que esperara afuerita. Salieron del armario y Lee ordenó té. Phuong (pues tuvo que ser ella aunque Maribel se refiriera a "una sirvienta china") sirvió un brebaje en unas tacitas muy monas. El chino dijo que en un momento aparecería el señor Joan, que fueran a pasear con él y regresaran antes de que el efecto del té finalizara.

—Se me soltaron las lágrimas —dijo Maribel después de darle a Felipe un inesperado beso en la mejilla—. Papá se hizo visible y fuimos a pasear mientras le contábamos cómo había sido nuestra vida desde su muerte.

—¿Lo pudieron ver sin más?, ¿los dos al mismo tiempo?

—Fíjate que hubo una cosa curiosa, mi hermano lo veía de una forma y yo de otra. De momento no nos dimos cuenta, pero después, cuando comentamos el encuentro, nos percatamos de que así había sido. ¿Qué raro no?

—Sí, qué raro, ¿por qué será? —dijo Felipe con cara de inocente.

—Sabrá Dios. Pero lo que más nos llamó la atención fue que la política catalana hubiera dejado de interesarle, y que papá no preguntara nada acerca del estatus actual de su país. Sólo quería saber cómo estaba Santomás, si seguía abierta la tienda de tabaco donde compraba sus habanos, o si habían demolido tal o cual edificio, en fin, asuntos que cuando estaba vivo hubiera calificado de frívolos, pero que ahora parecía que tuvieran mucha importancia.

Felipe pensó que los novelistas habían acertado al crear fantasmas quejosos: si no estaban contentos de haber vuelto era porque lo habían olvidado todo y estaban duro que dale con qué era esto y lo otro.

—Estuvimos caminando un rato —comentó Maribel con cierto aire de chisme—, paseando nomás, aclarándole a mi papi todo lo que nos preguntaba. Era como si se hubiera olvidado de todo pero tuviera la necesidad de recordarlo. Ya sé que es una barbaridad lo que voy a decir, pero me dio la impresión de que en ello le iba la vida.

—Pues sí, suena a barbaridad, pero alguna lógica tiene —comentó Felipe tomando nota de las coincidencias que había entre el regreso del viejo Solell y el de Edelmira—. ¿Y qué pasó entonces?, ¿pudo acordarse de algo?

—No lo sé, pues de repente nos pidió que lo dejáramos solo.

Los había extrañado mucho, le dijo a sus hijos, pero tenía las horas contadas y quería visitar un sitio al que no podía llevarlos. Era un asunto impostergable, agregó, pero estaría puntualmente de regreso con Lee como habían convenido.

—No llegó tan puntual —dijo Maribel con voz coqueta—, pero regresó.

—¿A dónde fue? —preguntó Felipe como si nada. Pensaba que como había pasado con Edelmira recién vuelta del más allá, al perder la memoria el viejo se había desorientado, pero en el momento en que formuló esas palabras tan simples, en el preciso instante que salieron de sus labios, sintió un vacío, y en ese vacío interior resonó el presentimiento, metálico y hueco, que lo había amedrentado durante tantos días.

—Fue al Pasaje Güemes el muy pícaro —dijo Maribel—. Todos los hombres son iguales. Seguro ahí tuvo un amor y quería verlo. De lejos pero verlo, o eso creo yo.

Felipe se quedó atónito —estupefacto sería la expresión que hubiera utilizado Maribel—. La distancia del horizonte parecía inmensa y la cercanía de las nubes insoportable. Tenía la impresión de que su reloj interior estaba descompuesto y no sabía si corría muy rápido o muy despacio, si había despertado hacía muchas horas o continuaba profundamente dormido. "A los muertos", se dijo como para despertarse, "les cuesta renunciar al placer del tabaco, de los zapatos, del amor, y prescindir del prestigio de ser violadores de mujeres". Una luz agria lo iluminaba entre un tumulto oscuro.

—Me voy, señor —dijo Maribel ante la ruin expresión de su aburrimiento.

Le dio dos besos como se acostumbra en España. Felipe observó el cabello que se agitaba sobre su espalda mientras atravesaba la Plaza de Cibeles.

Después de aquel paseo, Felipe Salcedo hizo apuntes, conjeturó posibilidades, y repasó sus notas preguntándose si Cástulo estaría enterado de la visita que hizo el viejo al Pasaje Güemes. No le habría extrañado que de los hermanos Solell hubiera sacado la idea de abrir la puerta del armario cuando convocaron a Edelmira, tampoco dudaba que por haberse enredado con Maribel ocultara que la veía con frecuencia, pero que no le hubiera sorprendido que su mujer lo llevara al mismo sitio que el anarquista quiso visitar, resultaba incomprensible. Para él, haberse enterado de esa experiencia era perturbador, y conforme transcurrían los días sentía la necesidad de ir a La Galería para descubrir los motivos de la extraña visita del difunto. Tenía la sensación de que bajo su bóveda los hilos de la realidad se movían a destiempo y entraba a un espacio pergeñado por un loco. ¿Qué podía haber buscado el viejo Solell que no les contó a sus hijos? Era sólo un conjunto de tiendas, un antiguo lugar de putas. Admiraba el majestuoso arco de medio punto de la entrada como si fuera la marquesina de una escenografía soñada. Era bello, nada en su decoración voluptuosa anunciaba su misterio, pero resultaba sobrecogedor como si tuviera un pulso que de alguna manera impensable no latiera para el resto de la ciudad. Felipe sentía que cada uno de los objetos que se exhibían en sus tiendas, la columna para pegar afiches, o incluso las latas de cerveza que encontraba tiradas, encerraban dentro de sí otros significados. Al mirar, por ejemplo, los zapatos alineados en el escaparate de una zapatería, sabía que su función era poner al cliente al tanto de la moda, y que las mujeres y hombres que los compraban lo hacían por multitud de motivos personales, pero que a la vez, cada uno de esos modelos señalaba pistas oscuras que podían dirigir al espectador para descubrir la sexualidad de quienes los adquirían. ¿Cómo se podía penetrar en el mundo misterioso de los significados alternos de cada objeto? Notaba excitado que se encontraba en el pórtico de otro universo pero no podía dar el paso definitivo para traspasarlo.

Para aclarar (o complicar) esa percepción del Pasaje Güemes, Felipe se adentraba por el túnel antes de que se torciera y su maravillosa vertical diera origen a un enjambre de caminos que conducían al otro lado. Se paraba antes de descender los tres escalones que indicaban el cambio de escenario, y repasaba las leyendas que La Galería había inspirado. Además de la de Madame Josiane, se contaba que ahí habitaba el fantasma de una artista de varieté que se arrojó sobre la cúpula atravesando los vitrales para caer muerta junto a un kiosco de revistas. No era el único espectro del lugar, pues más de una persona se había topado con unos bailarines del Abdulá Theatre (el cabaret que durante décadas estuvo en el subsuelo), que una noche se suicidaron a balazos frente al público. Felipe caminaba observando lo que lo rodeaba en La Galería, y se preguntaba qué había quedado de esas leyendas en la frenética actividad actual, quién estaba al tanto de esos relatos, o quién habría visto a las almas en pena en un rincón perdido del Pasaje.

Se sentaba en el Café de los Artistas, se fijaba en la gente que pasaba a su lado, y mientras los observaba, una muchedumbre de sombras empezó a moverse en su interior.

La expresión que brillaba en cada rostro que cruzaba su mirada parecía encerrar un signo que quería acoplar con el de la gente (si es que era gente) que comadreaba dentro de su cabeza, pero de inmediato los signos se borraban dejando detrás de sí una estela de bruma. Aunque en cierto momento se sintió capaz de establecer una semejanza entre la penumbra de su mente y los gestos que asaltaban sus ojos, no era más que una ilusión, y por más que se esforzaba no podía ver nada especial en nadie, y las siluetas mentales seguían siendo sólo eso: sombras sin cara que no lo ayudaban a esclarecer ninguno de los significados, ni los directos ni los alternos, de lo que veía en el exterior.

Empezó entonces a inventar historias acerca de cualquier persona que veía para imaginar quién podía ser o, al menos, a quién se parecía. Aunque al principio lo hizo solamente para divertirse, al poco tiempo sospechaba de todos. Le pareció irracional, pero un hombre, y después dos mujeres, lo vieron como si los hubiera descubierto. Algo se movió dentro de él que alertó las sombras. Aquel trío estaba pálido y daba la impresión de que no se parecía a las demás personas. ¿Podría ser que él, ellas, quienes fueran, hubieran convertido el Pasaje en su guarida? Quizás en esa manera de percibirlos, en sus sospechas, estaba la clave para comprender la oscura razón por la que el viejo Solell quiso pasear por La Galería. Sus pensamientos vagaban entre imágenes sueltas cuando vio a una señora que soltaba palabras al aire. Se asustó al recordar que cuando Cástulo Batalla estaba con Edelmira parecía que hablaba solo.

Salió corriendo, fue a su casa y tras correr las cortinas se tendió en la cama muerto de miedo. Era un sentimiento insoportable, pero al punto que cerró los ojos lo asaltó la sensación de que Phuong se deslizaba a su lado. Sintió la suavidad de sus senos, escuchó sus gemidos, y palpó la forma de su cuerpo. Regresaba a la penumbra resguardada por el ojo de Selene que se formaba entre los muslos de su amada para protegerse de las emociones que calaban en su alma mórbida, y las sombras que durante esos días lo habían acompañado empezaron a diluirse.

Por dos días se refugió en sus fichas. Le gustaba saborear una copa aquí, otra allá, y al abrigo de la imagen de Phuong tendida a su lado, recordaba el sueño de los tiburones. Es posible que la imagen de la alberca se remontara a un día en que siguió a una chica hasta un balneario. Le gustaba pero no se había atrevido a hablarle, y la persecución colmaba sus deseos adolescentes. Le gustaban las mujeres y no se privaba de su compañía, pero preservaba con mucha cautela su intimidad ante ellas, pues temía convertirse en presa de un elemento que percibía en cada una, un elemento sutil y extraño que le parecía, paradójicamente, tan generoso con los hombres que le huían como destructivo con los que lo tomaban. El sueño, empero, parecía desvelar un significado más profundo: deseaba a aquella muchacha porque le tenía miedo. Ese era el mensaje y todo estaba ahí —la alberca, los escualos, el garrote— para que comprendiera el significado alterno del binomio miedo-deseo. Se dio cuenta de que, independientemente de que Cástulo supiera el secreto del armario de Lee por Maribel Solell, había abierto la puerta porque el horror a la constante presencia de Edelmira lo motivó: también en su caso el miedo era la envoltura de su deseo. Sintió una punzada y un nódulo se endureció en la base del paladar. En su sueño había tenido la misma sensación cuando estaba parado en la orilla de la piscina mirando el cuerpo fusiforme de los escualos. Le sorprendió una idea que estaba detrás de su razonamiento: el temor realiza lo temido. De nuevo recordó la frase que había apuntado mientras Gregorio visitaba a B.: *Un placer que nos atemoriza esconde un deseo abominable.* Es probable que la ficha, como ya había intuido, descubriera la relación antagónica entre el placer y el peligro, aunque era mucho más exacto si lo expresaba en términos de miedo y deseo, pues en realidad era una glosa disfrazada del miedo y el deseo de su sueño, el miedo y el deseo por el que Cástulo abrió la puerta del armario para que Edelmira se fugara, el miedo y el deseo que se había convertido en la cara y el envés de su laberinto emocional. Había regresado al punto de la tragedia: él, como Cástulo Batalla, se había colocado en la intersección del paralelo *Deseo* y el meridiano *Miedo*. No había nada nuevo bajo el sol.

Anotando estas desmedidas reflexiones volvió a rodear La Galería, atisbando el momento en que su sombra lo condujera hasta la entrada. Una sospecha lo inquietaba y tenía que aclararla antes de que fuera demasiado tarde. "¿Qué habré querido decir con demasiado tarde?", se preguntó frente al arco de la entrada.

Ese mismo día, de regreso al Edificio Condesa, estuvo espiando el piso del chino, y cuando lo vio salir se precipitó a tocar el timbre. Llamó varias veces sin que nadie contestara. Estaba a punto de retirarse cuando Phuong abrió la puerta. Era sorprendente que estuviera tan arreglada. Lo abrazó, quiso que la besara e hicieran el amor. Felipe le dijo que no podía pero necesitaba su ayuda.

—No encuentro a Cástulo —agregó inquieto— y se me ocurrió que podías darme unos polvos para buscar a Edelmira.

—Polvos ser peligrosos —contestó ella.

—Sí —argumentó Felipe—, pero Edelmira se está arriesgando demasiado y no encuentro a Cástulo para que la advierta. Además, B. no es confiable.

—Tampoco saber preparar bien, pero puedo intentar.

Felipe la vio vaciar varias sustancias en un mortero, triturar hojas secas, ablandarlas con unas cuantas gotas de un líquido espeso, agregar colorante amarillo, y vaciar todo en un sobrecito de estraza. Imaginó que cuando bebiera el contenido diluido en agua tibia, se le aparecería en tropel un ejército de almas fugadas.

—Espero sirvan —dijo Phuong con esa mirada que Felipe no podía resistir.

—Servirán, cariño, de algo servirán.

No quiso demorarse y regresó a La Galería. En el Café de los Artistas bebió el té mientras observaba a una jovencita sentada en los escalones de una tienda. Con la barbilla hundida entre las rodillas, lucía una palidez de muerte. Felipe tuvo la impresión de que era como un cadáver que respiraba. La chica arqueó el cuerpo y se volvió como si se acurrucara, hizo cara de hallarse a buen resguardo y el color regresó a su cara. Sin perderla de vista, Felipe fue a un rincón a escribir —en una ficha que tituló *Camposanto*— que se encontraba en un cementerio. Quizás era eso lo que había venido a buscar el viejo Solell, otro camposanto que sólo él podía ver. Sintió que mientras escribía algo se coagulaba en extrañeza, casi en desasosiego. Cerró los ojos y volvió a ver esos seres conformados con sombras que marchaban dentro de su mente. Era una procesión de cientos de figuras informes que avanzaban a través de una luz de amanecer. Sus movimientos eran torpes, como si estuvieran atrapados en posturas que les impedían moverse con libertad. Felipe trató de oír si producían algún sonido pero sólo alcanzaba a escuchar el arañazo que hacía su lápiz sobre la libretita Moleskine. Observaba el contorno de las sombras sin ver las palabras que escribía, pero estaba cierto de que con sus frases *daba forma* a lo que creaba en su cabeza. Era como si habitara dos lugares a la vez, y que ambos existieran simultáneamente en su conciencia. Abrió los ojos, y al levantar la mirada se topó con un hombre que iba hacia el fondo del Pasaje. Era una silueta incorpórea —como una sombra fileteada con luz— en la que resaltaba el peinado de cepillo. ¿Se aconsejaría no pensar que tras esa fuga se escondía una maquinaria organizada? Guardó su libretita y lo siguió de lejos.

Lo que sucedió a continuación le pareció indefinible, literalmente fantasmal, y Felipe lo recordaba como parte del delirio en que vivía: se perdió en el laberinto de túneles mientras pensaba en el viejo Solell caminando por ahí.

La hora y el calor hacía que un sinfín de personas se amontonaran en medio del camino. El hombre al que perseguía estaba lejos, pero a pesar de su contorno difuso no lo perdía de vista. No alcanzaba a verle la cara pero estaba seguro de que era Gregorio. Recordaba el rostro alegre y el cuerpo fornido que había visto en una de las fotografías de Cástulo. De repente, Gregorio se paró frente a la vitrina de la zapatería de Manolo Blanes y él tuvo que ocultarse tras una columna. Se volvió como buscándolo y a Felipe no le cupo duda: era él. Estaba demudado e hizo un gesto que Felipe no supo interpretar. Se quedó tan quieto que parecía pedir que lo fotografiara. Una mujer se acercó para abrazarlo. Daba la impresión de que se reencontraban después de mucho tiempo. Gregorio señaló hacia el lugar donde Felipe se escondía, ella asintió, y se alejaron tomados de la mano. Él quiso seguirlos pero los perdió cuando se internaron rumbo a la *Rive Gauche*.

"Puede ser que morir sea un juego de palabras", se dijo Felipe Salcedo, "como nombrar algo con un sinónimo, decir camposanto en vez de cementerio". ¿Sería ésa la frase, la cita literaria, por la que ese encuentro ingresaría en sus *Retratos literarios*?

Cástulo no le había dicho nada del regreso del fantasma de Solell, nada de sus amores con Maribel, y menos aún de la vuelta de Gregorio. Felipe Salcedo sintió un vacío sin contornos, como si el viento soplara en su corazón. Tendría que gritar, pero su cuerpo se movía a su antojo y sólo daba pasos para atrás. Sin comprenderlo del todo, algo murió en su interior. Escuchó un ruido ahogado, como si un petardo hubiera estallado lejos. Luego quedó el silencio, nada más que el silencio del Pasaje Güemes.

El secreto

Mujer que no te atormenta, es hombre.
Un señor anónimo, en el teléfono de un aeropuerto

Uno

Cástulo se enteró desde el principio que Felipe lo estaba buscando, se lo dijeron en la agencia, pero como había pedido algunos días de permiso se hizo el tonto; escuchó los recados que dejó en su grabador telefónico, también los dejó pasar, y aún, un día de los tantos en que tocó a su puerta, estaba en su casa pero no quiso responder. ¿A poco le iba a creer que trataba de convencer a Edelmira de que volviera al armario del chino y que por eso no le abría la puerta? ¿Qué pasaría si le contara que, ahora que pasaba más tiempo con ella, iba descubriendo en su mujer algo que lo dejaba sin habla? No podía decirle la verdad, aunque verdad, lo que se dice verdad, no había. Tenía sospechas, que no es lo mismo, pero no podía compartirlas con nadie a riesgo de echarlo todo a perder. No trajo a Edelmira para eso. Todo estaba a punto de cambiar pero no tenía idea hacia dónde, y de haber respondido a las llamadas de Felipe, no habría sabido aclarar las sospechas con que el muchacho lo instigaría. Menudo error, llamar muchacho a un cincuentón, pero para B., Felipe Salcedo era eso, un muchacho de cincuenta años.

En otra ocasión, desde la ventana de un departamento, Cástulo vio que Felipe se encontraba con Maribel Solell, y salían juntos del Edificio. Tuvo el impulso de llamarlo pero se contuvo.

—Ahí va Felipe —dijo preocupado—, para enredarse con esa muchacha.

Edelmira estaba a su lado, observando a la pareja con atención distraída.

—Deberías hablar con él —sugirió.

—¿Y qué voy a decirle?

—La verdad, Cástulo. Tu verdad y la mía.

Pero si verdad, lo que se dice verdad, no había ninguna, se repitió B. Parecía que Edelmira hacía uso de una nueva técnica teatral, en que la obra estaba escrita chueca, y el único actor (en este caso, actriz) hablaba de perfil al público, dirigiéndose a un costado del escenario con la intención de producir en el espectador (él mismo) la ilusión de que se hallaba entre bambalinas, y que sin entender del todo lo que le dicen, es capaz de descubrir el tejemaneje de la trama.

—Nunca te lo he preguntado, Edelmira —dijo Cástulo con la vista puesta en el patio, pensando en cuál sería, de todas las que imaginaba, la verdad que compartía con su mujer—, ¿me estabas buscando antes de que te convocara con el chino?

—¿Antes de que me convocaras? —preguntó Edelmira extrañada.

—Muchas veces sentí tu presencia y pensé que querías algo de mí.

—No lo sé, no me acuerdo.

Cástulo la miró desconcertado, fue a la habitación y volvió con una camisa blanca marcada con un par de besos de carmín.

—Esta camisa apareció en mi perchero la mañana que te convocamos —dijo sosteniendo la camisa con una mano, que así, colgada de sus dedos, parecía el busto de un hombre sin espíritu—. Creí que tú tenías que ver con esto. Dispénsame que te lo diga, a lo mejor te parece muy fuerte, pero pensé que de esta manera me enviabas un mensaje. Sólo tú y yo sabemos lo que estos besos significan.

Edelmira pasó los dedos por el cuello de la camisa como si tratara de sentir la textura original de esos labios pintados.

—Recuerdo que algo me pasaba, de eso estoy segura. Después todo es confuso, ya estoy aquí, contigo, y salgo al patio, escucho el ladrar de los perros y pienso que estoy desorientada, que morir es como estar desorientada.

Cástulo recordó el gesto que tenía cuando regresó al apartamento, aquella mañana en que apareció por primera vez, cuando él creía que había acabado el efecto del té que le dio Lee. Su mirada mostraba el mismo desconcierto que ahora, como si no encontrara palabras para explicar lo que le pasaba. Habían transcurrido poco más de dos semanas desde esa ocasión. Ojalá desde entonces hubiera podido leer en las pupilas de Edelmira lo que le sucedía; ojalá ahora pudiera desentrañar lo que trataba de comunicarle con sus medias frases, con la cadena de sus acciones, con esa manera de sobar lentamente el cuello de su camisa.

—Tampoco es tan importante —comentó B.

Edelmira no lo escuchó y fue a una cómoda a buscar algo, B. dobló la camisa y volvió la mirada a la ventana. En la soledad de los prados simétricos del patio vio el corazón roto de suerte. Si no había sido Edelmira, ¿quién marcó su camisa con bilé encarminado? Contempló en el horizonte las nubes que venían del mar, y creyó descubrir, al fondo del bulevar que se perdía frente a su mirada, la minúscula silueta de Felipe tomando la mano de Maribel. Pensó en la infinidad de cosas que había compartido con él, la forma en que se hicieron amigos y empezó a confiarle sus aventuras. Recordó su rostro la mañana en que fue a buscarlo para que lo acompañara con el chino. ¿Qué hizo?, ¿cómo tomó sus sugerencias? No lo recuerda. Conserva un decorado sin emociones de lo que pasó esa mañana que parece tan remota. "Quizá llueva", pensó al ver el desfile de nubes negras.

—¿Te acuerdas de los días de tormenta? —le preguntó a Edelmira.

—¿Cómo podría olvidarlos? —dijo ella sacando algo de la cómoda—. El rumor del viento, el frío que se apodera de las cosas, un atisbo de peligro que se siente en el cuerpo hasta que la lluvia, que cae como una bendición, lo disipa todo.

—Hoy va a llover y Felipe no llevaba gabardina.

—Ya encontrará algún refugio.

—Dicen que a partir de mañana el tiempo volverá a cambiar.

—Tendremos suerte —dijo Edelmira.

No sólo el tiempo, pensó Cástulo, sino que todo iba a cambiar de ahí en adelante. Edelmira lo había convencido —¡al fin!— de que la relación con sus amantes empezaba a salirse de control y tenía que hacer algo. No podía esperar con los brazos cruzados a que la bomba le estallara en las manos. "Si tanto te gusta esta vida, es mejor que hagas algo para que no se acabe cuando una de tus amantes quiera formalizar sus relaciones", había dicho ella, y ese mismo día, casualmente, Liz lo invitó a una fiesta de su empresa. B. temió que su invitación encerrara un vaticinio funesto, y había decidido que era el momento de empezar a actuar. Era una metáfora vaga, *empezar a actuar*, pues nunca había atinado con la actitud correcta, pero sin duda aquella comida sería el momento oportuno para esbozar alguna estrategia. Liz pretendía presentarle a su madre, lo que le había hecho pensar que Edelmira tenía razón: la situación se le estaba escapando, y la intervención de Madame Littlewood (como su hija la llamaba) podría echar abajo su estrategia.

—Quizá le pida a Felipe que me acompañe a la comida que me invitó Liz.

—No es mala idea —respondió Edelmira distraída.

Se había sentado y revisaba un álbum de fotos que, en su día, había ordenado durante varios meses.

—¿Crees que podrá? —preguntó Cástulo observando la transformación del rostro de Edelmira mientras pasaba las páginas—. ¿No estará enojado conmigo?

—Para nada, y a Liz no le va a importar.

La vio pasar las hojas como perdida en el pasado. Llegó a la página donde deberían estar las fotos de Gregorio, las fotos que él había sacado del álbum dieciocho días antes, la madrugada que siguió al día que la convocó. Pasaba los dedos lentamente por la página, de la misma manera con la que había acariciado el cuello de la camisa manchada. En ese momento, colmado por un silencio inaudito, B. leyó en las luces y sombras de la cara de su mujer que estaba recordando la tarde en que él y su compadre se fotografiaron en el Pasaje Güemes: Gregorio extendió la mano para que Edelmira se acercara pero el fotógrafo apretó el obturador y la foto quedó así, con el deseo contenido en el ademán de una mano extendida. ¿Estaba recordando su gesto hambriento, ése que la fotografía no registró pero que quedó marcado en la memoria de Cástulo porque parecía atisbar un mundo del que él trataba de apartarla? Notó que su pecho se comprimía con una masa de aire acre. ¿Hasta dónde se puede comprender el dolor, el cariño, el desconcierto de otra persona? Si comprender consiste en ponerse en el lugar de alguien, ¿en qué momento descubrimos a dónde nos conducirán las respuestas que demos a esta pregunta? "La verdad, Cástulo. Tu verdad y la mía", le había dicho pocos minutos antes.

Dos

Nunca había salido con Phuong. Siempre se encontraban en el consultorio, fumadero de opio, centro espiritista, o lo que fuera el piso del chino. Pero muy de mañana, Felipe decidió invitarla a la comida de Liz. Cástulo le había telefoneado para pedirle que lo acompañara. Después de tantos días le sorprendió su llamada. Se lo dijo pero B. se evadió y no intentó justificar su larga ausencia. "Necesito que me acompañes. Liz quiere presentarme a su mamá, y dicen que Madame Littlewood es una lata". Felipe aceptó, qué alternativa le quedaba, pero no quería estar a solas con él (la tentación de reclamarle su prolongada ausencia sería muy grande), y fue a casa del chino. En la puerta, nervioso porque no sabía cómo iba a reaccionar, puso a Phuong al tanto de la comida, le dijo que le gustaría que fueran juntos, que perdonara que no le hubiera avisado antes pero que Cástulo lo había invitado en el último momento.

—Le dije lo nuestro —agregó Felipe—. O sea, que tú y yo ya.... ¿sabes?

—¿Qué le pareció?

—Al principio se extrañó, pero al cabo me dijo que eras muy guapa.

Escrutó la cara de Phuong, convencido de que vería un reflejo de sorpresa en su mirada, pero sólo encontró una inexpresividad alarmante.

—Señor B. muy interesante.

Parecía que la luz del día le hubiera robado color al rostro.

—Cuídate de él que es un Don Juan —dijo Felipe para consolarse.

Fue a arreglarse y a los veinte minutos regresó vestida con una minifalda de escándalo, una camiseta de tirantitos, y una orquídea detrás de la oreja.

—Llevo un poco de los polvos que me diste para ver a Edelmira —le advirtió Felipe—. En caso de emergencia podremos hablar con ella.

—¿Estará señora Edelmira?

—Eso creo. Ayer fue con Cástulo a ver unos zapatos que quiere estrenar.

—Mala, mala —dijo Phuong.

—No pude encontrar a B. para advertirle del daño que puede estar infligiéndole a su mujer. Quedé que nos veríamos en el estacionamiento para irnos juntos, pero sospecho que tendremos que apañárnosla tú y yo solitos.

Phuong lo tomó del brazo y recargó la cabeza en su hombro mientras empezaba a caminar. Había cambiado de actitud y le había vuelto el color a la cara, pero su sombra seguía igual de pálida que siempre. Parado junto al auto de Felipe, vieron a Cástulo Batalla agitando la mano en signo de saludo.

En el camino, B. les explicó que el festejo se había organizado con motivo del cumpleaños del señor Wilfredo Castro, dueño de la fábrica Hitchcock, quien creía que sus empleados se sentían realizados cuando los convidaba a su casa como si fueran de su familia. En el jardín habría las suficientes mesas para que los invitados, de diez en diez, disfrutaran de una excelente cocina, de la variedad de vinos que distinguían la cava del anfitrión, y de la música de los Once Hermanos Zavala.

—En sus tiempos —contó cuando tocaban a la puerta de la casa— el primer Zavala tendría veinte años y la más pequeña acababa de cumplir los cinco. Su show consistía en mostrar los alardes de la muchachita. Hoy, la niña tiene cincuenta y sigue haciendo las mismas gracias, uno de los hermanos cojea cuando baila, y los más tienen tan deteriorada la voz que sus escalas suenan como alud de platos rotos.

Entre burlas cruzaron el jardín y fueron a la mesa que ya ocupaba Liz, su salerosa madre, el gerente de finanzas de la empresa (un chaparrito de pelo engominado), su esposa (una gorda de tres papadas), y un par de muchachas (que a ojos vista no tenían ningún chiste). Quedaban cuatro asientos para que Cástulo, Phuong, y Felipe se los repartieran.

Después de las presentaciones, B. repitió la historia de los Zavala; la gorda infló los cachetes pero no dijo nada; Madame Littlewood en cambio —Ramona, para servirles, había dicho antes muy formalita— soltó una risotada y palmeó sus muslos; el gerente de finanzas la miraba con asombro, con un asombro que a todos les pareció inexplicable.

—Ponte entre mi hija y yo —le dijo Ramona a Cástulo entre carcajadas—. Se me hace que eres un viejo simpaticón.

B. estrenaba un blazer azul marino, pantalón gris de franela, camisa blanca con tenues rayas rojas, y un gazné magenta que sobresalía sobre el cuello. Bien mirado, era un camaleón: podía pasar por galán de la Costa Azul con sus trajes de lino, por un ejecutivo eficaz cuando lucía un saco Príncipe de Gales, por bailarín de rompe y rasga las noches que se descolgaba vestido de pachuco por un antro, o por un solterón que gastaba sus ahorros en comprar ropa para asistir a la comida de sus clientes. De más está decir que era el único que llevaba esa prenda llamada gazné o fular, y que las mujeres pensaban que se veía guapísimo.

—Me dijo Liz que eres viudo —comentó Ramona.

—Soy un hombre sin ataduras —contestó B. preparando el terreno para no sorprenderla cuando se enterara de los amores que sostenía con su hija.

—¿Sin ataduras? —repitió ella sirviéndoles a todos de una botella de vino, quitándose con un gesto sandunguero un mechón que le había caído sobre la cara—. ¿Quieres decir que una tiene que liberarse a chaleco para hacer lo que quiera?

Ramona Littlewood no era una mujer bonita pero su aire medroso resultaba atractivo. De sus gestos emanaba una personalidad esquiva —aunque personalidad al fin y al cabo— que no se debía ni a sus gestos vacilantes, ni a su fama de mujer chapada a la antigua, ni siquiera a su intenso perfume (mezcla de almizcle con pachuli), sino al fervor de su forma de hablar: vibrante y temblorosa, susurrada, complaciente.

—¡Mami! —exclamó Liz pegando su pierna a la de B. debajo del mantel.

Ni la exclamación ni la pregunta sorprendieron a Cástulo. El desparpajo que su novia mostraba mientras hacían el amor desaparecía cuando sus padres aparecían en escena. "Si no duermo en casa me matan", decía Liz si se quedaba dormida en el estudio. "Mis papis están divorciados pero no puedo transgredir sus normas". B. no había tardado mucho en descubrir que la chica era algo más que un coño rasurado (o tal vez algo menos), que estaba dominada por un tumulto de contradicciones. La veía salir del estudio antes del amanecer y se preguntaba cómo podía ser tan convencional y liberada al mismo tiempo. Cuando pintaba el mural, por ejemplo, ella comentó que las bailarinas parecían lesbianas. Él no se atrevió a preguntarle si se reconocía en una de ellas, y trató de convencerla de que querían entenderse entre sí. Liz se le echó encima diciéndole que meterla, que te la metan, o frotarte, era igual de divertido. No era muy sutil que digamos, y a Cástulo le pareció ridículo tratar de explicarle la simbología de su pintura, pero más ridículo era que, pensando lo que pensaba, después de que hicieran el amor corriera a refugiarse en brazos de su mami como si nada hubiera pasado. Quizá fue entonces que B. percibió la dimensión de sus escrúpulos, pues aunque se presentaba como una veinteañera emancipada, vivía atrapada en el sobresalto morboso a que la sorprendieran en falta.

En otra ocasión, Liz le contó que cuando su padre se fue de casa le advirtió que una cosa era que él se hubiera ido a vivir a otro lado, y otra muy distinta que la moral se relajara en aquel hogar que había levantado con tanto esfuerzo. "Me divorcié de tu madre", le dijo, "pero tengo claro que espero de ti el comportamiento de una joven formal". Ella aceptó tan sumisa que él no supo qué más decirle. "Para qué me peleo", le explicó a Cástulo, "qué me cuesta hacerle creer a papá que soy muy formalita si después me salgo con la mía. Velo así: puedo acostarme contigo pero no puedo quedarme a dormir". B. confirmó que, en efecto, algo enfermizo la dominaba (aunque sus muchas incertidumbres nunca tergiversan sus deseos), y un día cualquiera, sin que él supiera por qué, podrían dar por terminada su relación.

Lo de *formalita* incluía la obligación de que presentara a sus pretendientes con su madre (enamorados los llamaba ella) y que no se comprometiera con ninguno hasta que Madame Littlewood los aprobara. La chica no había dado el sí definitivo a nadie, pero B. sospechaba que se había acostado con bastantes. "Velo así", decía remedando el discurso de Liz: "su madre exige conocer al candidato formal, pero ello no obsta para que ella haga el amor con cuanto amigo, amiga o novio informal se ponga a tiro".

Por ello, se sorprendió tanto cuando Liz lo convidó a la comida de su jefe. "El señor Castro me pidió que le invite a la comida que da con motivo de sus sesenta años", dijo con voz de azafata. Cástulo sospechó que estaba vigilada y tenía que disimular con el usted que encerraba el *le invite*. "Será un placer", contestó. "Voy a ir con mi madre", agregó ella. "Podría decirse que el cumpleaños del señor Castro será la fiesta anual de la empresa. Aprovecharé para presentársela, y como nos vamos a sentar juntos voy a darle a mamá un anticipo de quién es usted". Cástulo se preguntó qué cambiaría después de la presentación, si sería el preámbulo a la introducción del enamorado formal que exigía la progenitora, si formaría parte del juego de apariencias en que su novia era una experta burladora, o si la inesperada invitación era la prueba contundente de que el peligro que temía estaba a punto de concretarse.

Fue también por ese temor que decidió contarle a Edelmira que Liz quería presentarlo con su madre. El comentario la tomó desprevenida, no dijo nada, pero al cabo de un minuto dijo que sería el principio. "El principio de qué", preguntó Cástulo. "De que entiendas, mi vida", contestó ella con una media sonrisa. B. supuso que, muy en su estilo, Edelmira se refería al carácter arrebatado de la madre de su novia, o a que como él temía, las posibles vacilaciones de Liz dieran al traste con su relación, pero como no estaba dispuesto a darle la razón a su mujer, nada más le dijo que no se preocupara: "Ya me las ingeniaré para lidiar con Madame Littlewood", agregó para tranquilizarla.

Esperaba encontrar a una hembra mal encarada, calculadora y suspicaz, pero lo sorprendió el tono confianzudo de Ramona Littlewood.

—¿No te parece —preguntó ella— que tu respuesta a una pregunta tan simple como si eres viudo... sin ataduras, dijiste... se presta a muchas interpretaciones?

—Yo sólo quería —respondió B. con el tono de conocedor de los secretos de la vida—, que usted supiera que...

—Nada de usted, háblame de tú, ¿a poco no tuteas a mi hija que es una chamaquita? —atacó ella antes de soltar otra carcajada—. Lo que es parejo no es chipotudo. Chipotudo, qué palabra tan chistosa, ¿verdad?

B. pensó que Liz le había dado a su madre el anticipo prometido. "No sólo le contó quién era yo" se dijo, "sino que la advirtió de nuestro romance, y por lo que se ve no le debe haber parecido mal". Temió que era el principio de un noviazgo formal, y aunque tuvo un escozor, también se sintió aliviado.

—Pues ya vas, Ramona: te digo de tú.

Se atrevió a acariciar el muslo de Liz y se dio cuenta que llevaba liguero.

—Salud —dijo Ramona levantando su vaso.

—Salud —dijeron todos.

—No está mal, ¿verdad? —comentó Liz mirando la mano de Cástulo en su pierna.

Sin que nadie se diera cuenta, Phuong y Felipe diluyeron en agua los polvos que él llevaba en el bolsillo, y bebieron turnándose el vaso. "Tener cuidado", dijo ella. Al principio no notaron ningún cambio pero al momento del brindis empezaron a distinguir difusamente el perfil de Edelmira. Estaba sentada en la silla vacía, atendiendo, diríase que con tristeza, la cháchara de su marido. Su vestido no le parecía el adecuado para una comida, y mucho menos para un festejo: llevaba un camisero ligero y un suéter echado sobre los hombros. Así era como Felipe acostumbraba verla, como la encontró tantas veces en su casa, con esa manera casi maternal de vestir. Era lo que cualquiera calificaba de mujer bonita, no guapa, ni atractiva, sino bonita. Ese adjetivo que había caído en desuso a Edelmira le iba de perlas: era deslumbrantemente bonita.

De tarde en tarde Felipe la había acompañado en su laboratorio mientras preparaba las esencias de Bach de las que se desprendía un aroma de alhucemas. Edelmira se sentaba a su mesa de trabajo y él se acurrucaba en un sillón Voltaire para leer. Se miraban de tanto en tanto pero sentían una suerte de protección que corría del uno al otro. En una de esas ocasiones, Felipe le pidió que le regalara una foto, y ella, sin despegar la mirada de sus tubos de ensayo, sacó de un cajón un retrato que le tomaron dos semanas antes de que se casara. Tenía dieciocho años entonces, y era imposible ignorar los desiertos del alma que reflejaban sus pupilas. No era frecuente que esa luz singular se manifestara en sus ojos, pues por lo general prefería mostrar un aire inocente —el aire inocente y perplejo de la niña que se sentía huérfana de padre— y esconder la perspicacia de esa mirada que parecía desnudar su intimidad. "Ahí está capturado mi espíritu", había comentado, con lo que abrió la puerta por la que se coló en el armario de la mente de Felipe. ¿No era cierto —se dijo— que a algunas personas no se las puede evocar sino como aparecen en ciertas fotografías? Edelmira estaba tan hecha por la vida que daba la sensación de que jamás hubiera muerto. Felipe entendió que Cástulo se hubiera enamorado de ella, que Gregorio la hubiera deseado desde que fueron estudiantes, que él mismo estuviera enamorado —sin deseo, platónicamente pero enamorado al fin—, y se hubiera sentido protegido por la manera con que ella lo acogía en su laboratorio. Su espíritu, ese espíritu capturado en su fotografía, en la comida mantenía vivo el brillo singular de su mirada. Felipe no sabría de qué otra manera calificarlo ni en qué lo había descubierto, pero ahí estaba, sin merma de la tristeza con que seguía la charla de su esposo. Trató de ver los zapatos que según B. habían ido a buscar, pero sólo vio un par de choclos. Como les había ocurrido a los hermanos Solell con su padre, cada uno (para usar su metáfora preferida) la vestía como le daba la gana, y su *outlook* variaba según cuál de ellos la mirara.

—¿La puedes ver? —le preguntó Felipe a Phuong.

—Casi no —dijo ella—, parecer metáfora de sí misma.

Aquella expresión extraordinaria, *metáfora de sí misma*, se engarzó con las reflexiones de Felipe, y se le vino a la mente un cuento de las *Crónicas marcianas* de Ray Bradbury, donde un marciano se presenta en la casa de unos viejos una vez que los terrícolas han conquistado el planeta rojo. Cuando los ancianos ven al marcianito, lo confunden con su hijo muerto y lo acogen con ternura. Intuían que no era posible que hubieran encontrado en Marte a un muchacho que murió en la Tierra, y que ese ser había tomado la imagen del difunto para que ellos lo aceptaran. Es tanto su entusiasmo que aceptan la nueva realidad sin repelar, la felicidad hogareña se restablece, y al poco deciden hacer una visita al pueblo. El hijo, el marciano que ven como su hijo, se niega, pero los viejos no le hacen caso y salen todos juntos. Para su desgracia, algo similar a lo que les pasó a ellos sucede con aquellos que entran en contacto con el marciano: cada uno lo confunde con alguien que ha perdido. Al final, una turba lo persigue, y él se convierte en todos sus deseos, en el sueño y los soñadores al mismo tiempo.

Felipe no recordaba el final del relato pero tenía la sensación angustiosa de ver al marciano transformándose en mil seres distintos, hasta que se volvía cera, aceite, almizcle, nada. Había tratado de que lo quisieran llenando un hueco en la nostalgia de los terrícolas, y al hacerlo les había traído una infelicidad mayor. Cada quien tenía conciencia de la fragilidad de su anhelo pero ninguno se atrevía a renunciar a lo que había deseado aunque sólo lo tuviera por un día y desapareciera al siguiente, haciendo el vacío más vacío, las noches oscuras más oscuras. Por primera vez midió la amargura del tiempo en que Cástulo había vivido: como el viejo que recupera a su hijo con el marciano mutante, B. veía en el espíritu de su mujer la fuente de su gozo, y no quería compartirlo con nadie. Esa era la razón por la que ver a un fantasma era peligroso, la misma por la que Lee sólo le dio los polvos a él: nadie más debía ver a Edelmira. Felipe tuvo, como tantas veces en esos días, la intuición de que se acercaba a una revelación. Recordó al hombre y dos mujeres que en La Galería se sintieron descubiertos por él, y le estremeció el recuerdo de su palidez. Pensó en Gregorio avanzando a tropezones por el túnel, y le pareció que, como el marciano del cuento, protegía su precaria existencia de la obstinación de sus ojos. ¿Su manera de ver a Edelmira, el modo en que la vestía, digamos, contenía una fuerza destructora?

—Apenas funcionan polvos —murmuró Phuong con ese estilo de titular de periódico con el que se comunicaba—. Señora Edelmira verse pálida.

—¿Cuánto tiempo durarán?

—No saber, pero siempre verla pálida —dijo pegándose a Felipe para que la abrazara (lo que él hizo de inmediato)—. No haber molido o faltar reposo.

Era la razón por la que Felipe había visto a Gregorio como una silueta que se alejaba hacia el fondo de La Galería: una visión que se apenumbra en el deseo.

—Es una ventaja que no se dé cuenta de que estamos al pendiente de ella —le comentó a Phuong frotándose los ojos—. ¿Te parece que está triste?

—Triste no ser palabra —contestó la chica.

Quiso decirle que triste sí era una palabra, aunque quizá no fuera lo que designara el estado de Edelmira, pero que definitivamente sí era una palabra.

—Estar llegando límite —agregó Phuong con tono melancólico—. No quiere ayudar señor B. Estar cansada de mujeres. No lo sé, ser intuición.

—Esto merece otro brindis —dijo Madame Littlewood.

Phuong y Felipe no supieron qué merecía otro brindis pero se unieron al grupo y observaron que B. también brindaba con Edelmira. Ella levantó la mano como si sostuviera una copa, movió los labios, e hizo gesto de cantar.

—Me encanta ese bolero que dice —comentó Ramona con la mano en alto y la copa rebosante de vino—: *Yo, que he luchado contra toda la maldad, tengo las manos deshechas de apretar, que ni te puedo sujetar, vete de míííí…*

¿Se estaba sirviendo de Madame Littlewood para cantar?, ¿era capaz de influir en la mente de aquella mujer que no dejaba de hablar?, ¿había un mensaje —escondido o explícito— en la letra de la canción? A lo mejor para Edelmira ellos eran marcianos, pensó Felipe, y colocaba en cada uno sus nostalgias y deseos.

—*Seré en tu vida lo mejor* —dijo Cástulo como platicando, con un estilo que podríamos llamar rapero-sentimental, observando a Liz de reojo—. *De la neblina del ayer, cuando me llegues a olvidar.*

—*Como es mejor el verso aquel que no podemos recordar* —volvió a terciar Ramona haciendo guiños a su hija.

—¿Te gustan los boleros, Liz? —preguntó Felipe.

—¡Me encantan! —dijo ella bajando los párpados como si fuera una chica modosita—. No conozco muchos, pero Cástulo los dice maravillosamente.

—¡Maravillosamente! —repitió Ramona.

Edelmira levantó la mano e hizo un gesto para que B. la siguiera.

—¿Me permiten? —dijo Cástulo cerrándole un ojo a la silla vacía—. Los dejo un momento y ahora vuelvo. ¿Saben dónde está el baño?

Liz señaló la casa y dijo que abajito. B. hizo una caravana, y sin que nadie se diera cuenta de la razón del gesto, ofreció el brazo al aire. Edelmira se colgó de él y se fueron. Tres mesas más allá se detuvieron a felicitar al señor Castro. Cástulo se veía tan contento que Felipe temió que si alguien preguntaba por qué llevaba el brazo en posición de alcayata, intentara presentar a su mujer. Le pareció que Edelmira se volvía hacia él y sonreía. El tiempo se había congelado en sus labios rojos y Felipe tuvo la visión atroz de que su sonrisa era una variación patética de una diosa que marcara el transcurso de la vida. B. la había representado en su mural como la Diosa del Viento, pero se equivocó: Edelmira era —como Proteo— una deidad que dominaba las horas y los días, y su boca encendida fundía el pasado con el presente y el futuro, apelando a metamorfosis que él apenas imaginaba. El brillo singular de su mirada, furtivo y conspirador, parecía querer decirle algo, preguntarle algo. Yo ya crucé la línea, decía, ¿por qué no la cruzas tú? Felipe sintió un golpe que le partió la conciencia y un escalofrío recorrió su espalda hasta convertirse en un hormigueo en las nalgas.

—¡Qué hombre tan correcto este Cástulo! —dijo la mujer del gerente de finanzas, que antes sólo había inflado los cachetes y todos sospechaban que era muda.

Su marido se levantó para acomodarle el peinado. Sacó del bolsillo de su chaqueta unas tijeritas, las claqueó en el aire, y cortó un cabello rebelde.

—¡Y tan guapo! —agregó Ramona sin echarle un lazo al peluquero—. Qué porte, qué soltura, que nombre tan sonoro: Cástulo... Batalla... Qué suerte tienes m'hija...

—Sí —dijo Liz—, es una verdadera suerte...

—¿Trabaja contigo? —preguntó la ex muda con un fascinante juego de carnes faciales—. ¿Bajo tus órdenes?

—Qué va —dijo la chica—. Llevo la agenda del señor Castro y coordino sus citas. Cástulo ha causado tan buena impresión que lo llamo mucho.

—No me extraña —intervino Ramona—. Debes sentirte muy halagada.

—Es un encanto —aceptó Liz.

—Tengo la impresión —intervino Felipe mirando a Ramona—, que es usted una madre muy a tono con la época.

—Una hace lo que puede —contestó ella emitiendo un ronroneo, no porque el empeño de cantar aún la animara, sino porque su generador de madre protectora todavía funcionaba—. No es nada fácil educar, sola, a una muchacha tan inquieta.

—Mis padres están divorciados —explicó Liz.

—Desde hace siete años y tres meses —completó Madame Littlewood.

Felipe creyó que iba a agregar algo como: "Todo un récord", o "Mi separación está cronometrada por segundo", pero sólo cerró los ojos para que comprendieran cuánto le pesaba aquella situación. Era divorciada pero seguía usando el apellido de su marido. Aquel lapso apenas la había cambiado.

—Desde ya le digo que la admiro. Sin éste, yo moriría —dijo la gorda señalando a su marido, quien había vuelto a sentarse y seguía con las cejas a mitad de la frente, en un ataque de asombro tan inexplicable como creciente.

—Una sólo tiene una vida y el tiempo se va como el agua —sentenció Ramona—. Le he dicho a mi hija que no podemos seguir así. Hace poco tuvimos una plática de mujer a mujer, le dije que era mayorcita, y que yo de plano no quería seguir viviendo de la manera como lo hemos hecho hasta ahora. Ella tiene derecho a su vida, y yo...a la mía... Siete años, tres meses, y dos días, para ser precisos, es mucho tiempo.

—Los hijos se van —agregó el gerente de finanzas moviéndose en su asiento—, son nuestros durante un momento que se pasa como de rayo.

—Pero la vida sigue —dijo la gorda apretando la mano de su cónyuge.

—Eso mismo le dije, de mujer a mujer, a mi querida hija cuando me invitó a esta romántica comida y me hizo su confidente —concluyó Madame Littlewood—: la vida sigue y debemos tomarla entre las manos antes de que se nos vuelva agua.

Era probable que Liz le hubiera dicho a su madre —de mujer a mujer— que las intenciones de B. eran formales, y que Madame Littlewood hubiera visto en él a un buen partido, un poco pasadón pero buen partido. Al menos, eso era lo que Felipe deducía de sus comentarios. Se volvió hacia Liz, observó su cuerpo menudo, el color fulgurante de la tez morena que tanto alababa Cástulo, sus ojazos negros, y los pechos que temblaban bajo una blusa ligeramente escotada.

—¡Mami! —gritó Liz—. No es para que cuentes nuestras intimidades.

—No las cuento, m'hija, las comparto. Quiero que comprendan que de ahora en adelante tanto tú, que ya eres mayorcita, como yo, que no soy ningún vejestorio, viviremos el momento que el destino nos ha deparado. Te lo prometí en nuestra charla íntima: haz de tu vida lo mejor, te dije. No quiero que me reproches nada en el futuro y mucho menos quiero reprochármelo yo mismita.

Liz bajó la mirada y vio de soslayo que Cástulo volvía sonriendo.

—Vivir momento pasa por sexo —intervino Phuong como dictando un telegrama—. No importar edad, importar sexo de edad.

—Dice usted bien —dijo la gorda—: el sexo es vida.

El gerente de finanzas emitió un sonido lúgubre, una especie de ladrido. Debía de ser todo lo que quedaba de la risa de su juventud.

En una improvisada pista de baile se empezaban a reunir algunas parejas y los Hermanos Zavala decían que *los marcianos llegaron ya, y llegaron bailando ricachá*. Cástulo le pidió a Ramona que le permitiera bailar con Liz, ella asintió con una sonrisa, y se volvió hacía Phuong.

—Lleva razón, señorita —dijo después de terminar de un trago su copa de vino—. Placer y aventura, ¿por qué no? Sexo de edad, ¿por qué no?

Felipe le pidió a Phuong que buscara a Edelmira. En respuesta, ella le rezongó coquetamente al oído: "Estar enamorada, cuidado". Al ver que la china se levantaba, Ramona lo sacó a bailar, y Felipe no supo de qué, o a quién, tenía que cuidar.

Bailaron con mucho golpe de caderas, manos en alto y ajigolón de hombros. Cástulo era el único que, discretamente, se apretaba contra Liz.

—Cambio de pareja —dijo Madame Littlewood.

B. la recibió como si la hubieran aventado y Liz tendió la mano a Felipe.

—Es como mi padre —dijo él.

—Y ella como mi madre —contestó Liz muy sonriente.

Los Zavala terminaron con un sonoro grito de "¡Azuuuucarrrr!", y B. preguntó si alguien quería tomar otra cosa o si iba por otra botella de vino.

—No hay que mezclar —sugirió Ramona—, sigamos entrándole al vinacho.

Al fondo del jardín se había instalado una gran carpa donde había una mesa colmada de pastelillos y licores. Felipe y Cástulo se dirigieron hacia allá con paso cansado y pidieron que les descorcharan dos botellas de vino tinto.

En el breve trayecto, B. le dio a conocer su plan:

—Liz ya le contó a Ramona de nosotros.

—¿Ya sabe que son novios? —preguntó Felipe con morbo.

—No se ha atrevido a ir tan lejos, sólo le dijo que ha salido conmigo. Cree que su mamá aceptó que puede hacer con su vida lo que quiera, y le pidió que me conociera porque le inspiraba confianza. Eso fue todo lo que dijo, que yo le inspiraba confianza.

—¿Y qué vas a hacer ahora?

—Edelmira dice que debo decirle a Ramona que estoy enamorado de Liz.

—¿Ya no está del lado de Carmelita?

—No sé. Cuando le dije que vendríamos a la comida comentó que estaba bien, que sería el principio; el principio de qué, le pregunté; de que comprendas, mi vida, contestó ella. No estoy seguro qué es lo que tengo que comprender pero supongo que por eso me aconseja que hable con Ramona. Hace días que me temo que esta santa mujer va a intervenir en los amores que tengo con su hija, y quiero evitarlo. Tengo que hablar con ella, Edelmira tiene razón, no tengo otra alternativa.

—No me puedo creer que le vayas a hacer caso. ¿No que te querías sacudir todo tipo de convencionalismo? ¿Vas a pedir la mano de Liz o qué?

—Ya te dije, creo que para conservar a Liz tendré que hablar con su mamá.

—Ya hablas como un novio formal. ¿Por qué no lo hace ella misma?

—¿Liz? No se atreve, tiene un miedo enfermizo a contradecir a sus padres. Edelmira piensa que tengo que aprovechar esta oportunidad.

—¿Y qué harás con Carmelita? —preguntó Felipe desconcertado.

—Ya me ocuparé de ella. Por ahora quedé con Liz que iré con su mamá a tomar una copa, y que ella nos alcanzará después. Ahora se lo está comentando.

Las mesas estaban sobre una pequeña loma, a unos quince metros. Liz y su madre hablaban entre sí, y la gorda, por detrás, las tomaba de los hombros como si las felicitara. La tarde iba cayendo y todo se teñía de los tonos morados y naranjas del crepúsculo. Era como un baño de luz espectral. Parecía que cualquier cosa —el orden del jardín, los invitados, la mesa salpicada de botellas— podría desaparecer al ser tocada por la luz misteriosa del ocaso.

—¿Entonces ya no te veo? —preguntó Felipe.

—Será difícil. Búscame mañana en el estudio y te cuento cómo me fue.

Felipe pensó que Ramona había estado tan simpática con B. porque quería asegurarse que las intenciones que tenía con su hija eran serias. Era posible, incluso, que Liz le hubiera pedido que se cerciorara hablando con él, pero, ¿qué tenía que ver Edelmira con todo ello?, ¿por qué le había aconsejado a su marido que hablara con Madame Littlewood? Había una sola alternativa: quería regresar con Gregorio pero antes tenía que acomodar a Cástulo con una de sus amantes, Liz o Carmelita daban igual. De tan obvia, la alternativa parecía estúpida.

—¿Cómo vestía tu mujer? —preguntó.

—Se puso un conjunto de falda y saco de lino color arena —respondió B.—. Lucía los zapatos de Armani con el talón descubierto que fuimos a buscar ayer. Eran de un rojo que no te permitía apartar los ojos de sus pies. Estaba guapísima.

Hay un momento particularmente doloroso en el cuento de Bradbury, ocurre después de que el viejo ha perdido a su hijo. Otra familia lo ha visto y el marciano ha adquirido la imagen de una chica que murió ahogada. El anciano deambula por el pueblo y se acerca a la casa donde es probable que viva el mutante. Ve a una joven y sabe que es él, su hijo transformado en la hija de otro. Sospecha que tiene un secreto y le pregunta por qué lo abandonó. Felipe recordó con un estremecimiento su respuesta, la clave secreta de su identidad: "Cuando no se puede tener la realidad basta con los sueños. No soy ni tu hijo ni la muchacha muerta, soy algo mejor: el ideal que cualquiera puede imaginar".

Tres

Se escuchaba un murmullo lejano y las voces se confundían con el rumor del chorro de agua de una fuente. Ordenaron dos *old fashion*. Cástulo le dijo al mesero cómo prepararlos, y Ramona quedó muy impresionada.

—Eres un hombre de mucho mundo, ¿verdad?

—Me gusta vivir bien —respondió B—. Creo que nada justifica que uno se niegue los pequeños placeres que se puede dar.

—No podía estar más de acuerdo contigo —dijo Ramona—. ¿Por qué no hacemos como los jóvenes?, ¿qué tienen ellos que no tengamos nosotros? Al contrario, nuestra experiencia puede ser como un faro que ilumine su camino.

—No puedo estar más de acuerdo contigo —la imitó B. de regreso.

Habían ido a La Hacienda, un bar de Tlalpan, un pueblo que hace años estaba en las afueras y que con el crecimiento de Santomás se había incorporado a la mancha urbana. Era un fenómeno corriente, lo mismo pasaba en San Isidro, Pompeya, e incluso San Ángel, que durante siglos fue el sitio donde la burguesía tenía sus quintas de fin de semana. Muchas residencias se habían transformado en bares, y la moda era visitarlas para rematar una comida o empezar una fiesta que se prolongaría hasta el amanecer.

"¿Qué tal si vamos a tomar un digestivo a La Hacienda?", había sugerido B. al final del almuerzo del señor Castro. "Yo pasé mi infancia en Tlalpan, La Hacienda era la casa más admirada por los vecinos, todos queríamos conocerla por dentro y ahora la han convertido en un suntuoso bar". "Me parece espléndido" dijo Madame Littlewood. "Yo tengo que llevar a Phuong", comentó Felipe aleccionado por Cástulo. "¿Cómo vamos entonces si venimos en tu auto y sabes que yo no manejo?", preguntó B. como si estuviera muy sorprendido. "¿Por qué no te vas con mamá?", sugirió Liz, "y yo después los alcanzo". "Encantada de la vida", dijo Ramona.

Todo iba a salir a pedir de boca, se dijo Cástulo, era cuestión de seguir las instrucciones de Edelmira para comprender lo que, según ella, tenía que comprender, y de paso, sacar su relación con Liz de la influencia de su madre. A lo mejor dejaba de ser una relación clandestina, pero era preferible a no tener ninguna relación.

No es posible saber cuál fue el influjo que tuvo el ambiente de la Hacienda de Tlalpan en el giro que tomó su conversación. Cástulo y Ramona estaban iluminados por una lamparita de mesa, bebiendo sus *old fashion*, tan cerca como lo permitían sus sillas. A lo lejos se escuchaba el rumor del viento que corría entre los árboles. No tenía mucho tiempo, pensó B., Liz llegaría en un momento. Recordó sus muslos frotándose contra los suyos, casi montada en su verga mientras bailaban. Todavía sentía su ingle abierta, todavía sentía el borde del liguero en la palma de su mano.

—No le des más vueltas —dijo Madame Littlewood—, y dime lo que estás pensando. Eres un hombre sin ataduras, Cástulo, no lo olvides.

—Qué bueno que lo comprendes, Ramona —dijo él sintiendo el sabor amargo y dulzón de su coctel—, pues estoy enamorado de tu hija.

—¿De quién?

—He perdido la cabeza por Elizabeth y puedo ser el faro que ilumine...

—¿Pero tú eres tonto, sátiro, pederasta, descastado, crápula o qué?

Ya no hubo forma de callarla. Cástulo gesticulaba con las manos, decía una que otra interjección, pero Madame Littlewood llevaba la voz cantante. Le dijo que su Liz era una niña, que dificultosamente estaba rompiendo el cascarón de la adolescencia —Sí, dificultosamente, aunque te rías— que cómo se había atrevido a acercársele so pretexto del trabajo. Era un embaucador de menores, no, algo peor, era un violador, ¡un sátiro! ¿Acaso la había tocado? No, su nena nunca se hubiera dejado mancillar, ella era una mujer divorciada pero había sabido educar a su cría en los nobles valores de la castidad. Ella, sí, ella, la había instruido para que nunca sucumbiera —¡Nunca!, ¿me oyes?— a las ofertas diabólicas que le harían los hombres.

B. quería interrumpirla pero Ramona no detuvo su andanada hasta que sonó su teléfono móvil. Era Liz.

—No vengas —dijo fuera de sí—, estoy con este libidinoso... Claro que me lo dijo... Sí, claro, te engañó con su pintita... Pero se lo vamos a decir al señor Castro y lo hundiremos... Cómo que por qué... ¡Porque te quiere coger m'hijita!... Bueno, follar, atornillar, joderte, como quiera que se diga... ¡Te la quiere meter doblada, estúpida!... ¿Tú qué sabes lo que es una traición?... Yo sé lo que hago... Es por tu bien... Claro que te entiendo... No lo volverás a ver y punto...

B. no perdía palabra de su perorata tratando de imaginar lo que Liz decía del otro lado de la línea, y de repente comprendió que a Madame Littlewood no le importaba lo que pasaba con su hija sino lo que le sucedía a ella: se había convertido en una fiera porque supuso que la había invitado a tomar una copa para seducirla, y él había salido con que deseaba a otra mujer, que *esa otra* fuera su hija era un pretexto para poder interpretar su propio melodrama.

Ramona colgó emitiendo una retahíla de calificativos y empezó a llorar.

—¿Con quién has sido más cruel? —decía—, ¿con mi hija, que no merece que la traten como una cualquiera, o conmigo, que en una tarde me hiciste concebir ilusiones con tu manera de seguirme mientras cantaba un bolero?

—No fue mi intención, Ramona —dijo Cástulo.

—Sí fue, sí fue —replicó ella—. Te haces la mosquita muerta porque eres un degenerado de closet... una vil piltrafa humana... Ya veo los titulares de mañana: *Madre e hija seducidas por anciano muy degenerado.*

Se tapó el rostro con las manos, y B. descubrió en sus muñecas una culebra de tejido fibroso que las cruzaba como si sirviera para articular la mano aunque su origen fuera el contrario: un tajo de navaja para desconectar la vida. Pensó que Ramona habría querido desenchufarse cuando su marido la dejó y la soledad de su cama se hizo insoportable. Ya no era objeto ni sujeto de la pasión de nadie, sino una serie de fragmentos sin concierto. Ahí estaba desenchufada de nuevo, las falsas ilusiones de una tarde estaban rompiéndola del todo. B. no sintió culpa sino vergüenza, por Ramona, por él mismo, por la vida, por la facilidad con que traicionamos. No podía decirle nada, le ardía su propia cicatriz bajo el ojo izquierdo. Las huellas de su rostro no eran sino gestos que la costumbre había convertido en sorpresa.

—Te confundiste, no soy ningún degenerado, y menos de closet —dijo Cástulo observando la muñeca de Ramona—. Yo quería confesarte lo de Liz, fuiste tú la que...

—Porque te diste cuenta de que no te iba a seguir el jueguito, por eso confesaste, porque me percaté de lo que te traías entre manos, ¿o crees que no sospeché nada cuando Liz me dijo que querías hablar conmigo?, ¿crees que no me di cuenta de cómo nos veías a mi nena y a mí? Acepté venir para hacerte caer, y cuando viste que yo era una fortaleza infranqueable tuviste que confesar tus bajas pasiones y tu instinto innegable de violador... Eso, te insinuaste, te rechacé, y te hice confesar... Esa es la verdad que Liz va a conocer: me quisiste besar, no te dejé, y para hacerte pasar por lo que no eres dijiste que estabas enamorado de Elizabeth... Pero no la volverás a ver, desgraciado, la pondré al tanto de que me tocaste las piernas, y de todo lo que hubiera sucedido si no detengo tu mano en mis rodillas para ponerte un hasta aquí.

Agitó la melena, acomodó el mechón que se venía sobre sus ojos, tomó su bolsa y se fue. En menos de un minuto reconstruyó su mundo de ilusiones y fue de nuevo la mujer estoica que toleró el divorcio pero creía educar con mano firme a su hija.

Cástulo pensó que jamás terminaría de entender a las mujeres. Podían pasar días en silencio, durante una comida ser un monumento a la cordura, pero en el momento menos pensado se transformaban en urracas. "¿De qué están hechas que con tal facilidad se hunden y levantan? De veras que son incomprensibles".

Cuatro

Se quedó en la Hacienda de Tlalpan bebiendo su *old fashion* (y el que Ramona dejó sin terminar). "Nadie rechaza que lo halaguen", decía entre sorbo y sorbo, "nadie acepta que lo rechacen". Eso le había enseñado Edelmira afuera del Pasaje Güemes. El miedo al rechazo y la búsqueda del halago son las fuerzas que guían la voluntad de los hombres. Era posible que, de existir el pecado original, la prevención que sentimos a ser rechazados fuera la huella con que Dios había marcado el alma humana.

En la calle no encontró taxi y vagó por las estrechas calles del pueblo. Un cielo sin estrellas se había cerrado como la tapa de un féretro, y el sonido parpadeante de las escasas farolas parecía el zumbido de una mariposa que se moría aleteando sin sentido. Se sintió perdido, no era sólo que no reconociera el rumbo sino que el sonido de las sílabas de esa palabra atrabiliaria —*nada*— le martillaba el cerebro: "Na...da, todo es na...da..., no somos na...da". Siguió caminando a la deriva, preguntándose quién era además del setentón que parecía de cincuenta. Quizá tan sólo era un degenerado de closet. Si le hubiera dado un infarto habría dejado un obituario perfecto: *Cástulo*

Batalla murió en cabal posesión de su desvergüenza, como lo que siempre había sido: un degenerado de closet. Le sobrevive el fantasma de su mujer y un amigo que fue como su hijo. Dos días antes estaba metido en un *menage a trois* y hoy se encontraba más solo que la nada, en caso de que la nada, que nadie ha visto pero de la que todo mundo habla, esté sola, solísima, como él se sentía en ese momento pensando en cómo redactar su esquela. "La vejez es una celada, en cualquier momento la edad se nos viene encima". La suciedad de los callejones, el hedor que provenía de los basureros abiertos, los baches de las calles y las subidas y bajadas de las banquetas, le hacían imaginar que no era la ciudad la que acumulaba ese deterioro, sino su alma envejecida de repente. Él, como los barrios de Santomás, era un muerto viviente, un cadáver que apenas respiraba. ¿La ruptura con una mujer era suficiente para provocar ese cúmulo de aflicciones?, ¿que Madame Littlewood se interpusiera entre Liz y él justificaba aquel alud emocional? Se dijo que no debía abandonarse, que podía, que aún más, debería reconstruirse como lo hizo ella. Él también había tenido un accidente, contaba con su suicidio involuntario. Recordó la culebra de tejido fibroso que descubrió en la muñeca de Ramona. Su imagen evocaba el aletear de una parvada de cuervos. Acarició su ceja izquierda. ¿Por qué iba a pensar que era un cadáver que respira? Recordó el sueño que tuvo cuando estuvo disgustado con Edelmira y le pareció escuchar la voz que le hablaba desde los árboles. "Va a parecer que estoy muerto a pesar de que estoy vivo", se dijo igual que entonces, antes de despertar de aquella pesadilla. Se sintió viejo y apagado, la penosa carga que crujía en sus huesos daba la impresión de empezar a librar una batalla en todos los frentes: contra la debilidad, la depresión, y aun, contra la impotencia de la que siempre se había sentido tan protegido. En todos esos frentes estaba esperando que le cayera una celada. "Me veré joven pero estoy pudriéndome". Cástulo Batalla tuvo la sensación de que caminaba sobre su angustia convertida en cemento.

Viendo las fachadas alabastradas y las calles cubiertas de adoquines, llegó a la casa de su tío Rafael, donde su mamá lo llevaba a pasar los veranos de su infancia. No había cambiado nada, tenía las mismas paredes encaladas, las ventanas ocultas tras los oscuros, el remate de techo de paloma a lo largo de la fachada. Observó a través de la reja el jardín que su tío cultivaba con pasión, se vio adentro, un niño de diez años, ayudando a cavar un hoyo para plantar un rosal. Ahí estaba todavía, con sus grandes flores blancas. Era su rosal, su tío se lo había regalado mientras lo plantaba. Su rosal. Estiró la mano pero no pudo alcanzarlo, y se vio caminar hacia la casa.

Los padres de Cástulo se habían separado cuando el divorcio estaba prohibido, y su madre, en vez de volver con su familia, se quedó prendida a la de su marido y lo despojó de su único hermano. Desde entonces, su padre fue una figura remota que aparecía el día de su cumpleaños para comer con él y regalarle un par de pantalones. Era un sastre famoso porque adivinaba a ojo la talla de sus clientes. Debía ser verdad, recordó B., pues los pantalones que cada año le llevaba le quedaban pintados.

En esas comidas de cumpleaños sus padres no se decían mucho. Su madre era económa —no economista sino la económa que administraba la despensa de una escuela— y hablaba del precio de la carne, la escasez de la leche, y lo difícil que era organizar los desayunos escolares. Su padre entendía de paños, patrones, y de la necedad de algunos clientes de vestir como maniquíes. Ambos eran expertos en lo que hacían pero como no ganaban lo suficiente para vivir con holgura, su plática giraba en torno a sus penurias. Su padre rentaba un cuarto de azotea de una vecindad del centro, y Cástulo y su madre alternaban el departamento que les ofrecía la escuela durante el curso, con el abrigo que les brindaba su tío Rafael en vacaciones. "¿Cómo está mi hermano?", preguntaba su papá. "Bien", respondía él. "¿Te gusta su casa?". B. no contestaba, esa casa se había convertido en el refugio y maldición de su niñez.

En una ocasión, pocos días después de la separación, su tío Rafael mandó llamar a su madre y se ofreció a adoptarlo. Su mujer no podía concebir, dijo, y él estaba dispuesto a quedarse con el niño. Hablaba sin tapujos, seriesote como siempre, echando los hombros hacia atrás. "Lo mejor para todos es que me lo quede", propuso. Su madre le dijo que lo pensaría y le dio las gracias por pensar en lo que era mejor para su hijo. "Eres un caballero, Rafael", dijo ella. Al cabo de varios días, llamó a B. para comunicarle su respuesta. Estaba parada a un lado de la ventana y le aseguró que se iba a sacrificar y no lo daría en adopción. Cástulo imaginó que en un rapto de amor se tiraría al vacío, que bastaba con que sacara medio cuerpo por la ventana para que el peso se la llevara en vilo. No sacó medio cuerpo ni hizo nada, lo llamó para abrazarlo y mostrarle cuánto lo quería mientras lo ensalivaba de arriba abajo con sus besos. Desde ese momento, Cástulo asumió un carácter sigiloso: temía las intenciones de sus tíos, la debilidad de su madre, y cuando iban a esa casa a pasar las vacaciones pensaba que su mamá iría a suicidarse por ahí.

No debió estar presente en aquella conversación, se dijo B., hubieran tenido que mandarlo a su cuarto, pero vio cómo su tío y su madre intercambiaban frases educadas para jugarse su futuro. Habría sido una escena cómica si no le hubiera dolido tanto, y que aún ahora, sesenta y tantos años después, todavía le producía un insoportable dolor de hombro. Quizá se lo había lastimado antes de que su madre le dijera que no lo daría en adopción y el dolor renacía con el recuerdo.

Como los grandes delincuentes, sin saber por qué, había vuelto al lugar de los hechos, y veía que su madre seguía dentro de la casa porque necesitaba platicar con su tía Rosario. Mi madre, pensó. Como si se repitiera una película de cine familiar, la vio llorar, y entre medias palabras contar algo de un pretendiente, se había acostado con él, decía. Fue débil, la carne es débil. Su tía le preguntó si había sido placentero, ella nunca sentía nada con Rafael. Su madre asintió con un sonrojo. Yo no siento placer ni puedo concebir, comentó su tía Rosario. La habitación quedó flechada con sombras movedizas y sus voces lloriqueantes perforaron los oídos de Cástulo de por vida. De su madre había heredado la cortesía, el corazón tierno y la naturaleza soñadora, pero también, la tendencia a perder la cabeza porque la *carne es débil*. Aquel día había nacido su percepción del sexo, y el dolor que sintió al saber qué pasaba con las tentaciones, se aniquilaba cada vez que se cogía a una mujer. Tampoco debió estar presente en esa ocasión, aunque (como se encontraba parado en el quicio de la puerta) ni su mamá ni su tía Rosario lo pudieron ver.

Nunca había recordado esas escenas que ocurrieron el mismo verano, y ahora las revivía tratando de alcanzar una de las flores del rosal de su jardín. Su vida había sido una perpetua fuga para no recordar ninguno de los instantes de una niñez en la que debió estar ausente. "Tal vez el universo es una maraña de recuerdos olvidados, una entelequia para olvidar el olvido", se dijo apartándose de la reja, "tal vez era lo que tenía que entender, lo que Edelmira me advirtió que entendería". Había que perdonar, perdonar a su madre, perdonarse a sí mismo y luego perdonar a los demás. ¿Acaso no sufría él las consecuencias de la debilidad de la carne tanto como la había sufrido su mamá?

Caminó quién sabe cuánto tiempo hasta que pasada la media noche llegó a la avenida 9 de julio. La ciudad se veía miserable y sucia, la soledad y la decadencia lo cubrían todo, y Cástulo se sentía una sombra sin dueño. Se detuvo frente a un bar solitario en el que dos hombres esperaban la llegada de la nada. Otra vez la nada, se dijo, de la que todo el mundo hablaba pero nadie había visto. En el extremo de la vidriera había una mosca gorda. Cástulo sintió horror ante el color cobalto de sus alas, apartó la mirada, observó su reflejo, y confundió su imagen con la del niño ensalivado que llevaba en la memoria. El universo era una maraña de recuerdos que se cuela en nuestras vidas aunque una mosca nos aterrorice. Necesitaba una esperanza, un poco de agua para limpiarse la saliva que su madre dejó impregnada en su cuerpo con sus besos. Quiso rezar pero no supo a quién dirigirse. Quizás al tío Somalón. Te cenesito, podría decirle. Te cenesito, repitió con un tono que pretendía ser irónico pero que resultó triste. A lo mejor él había sido quien marcó su camisa con el par de besos de carmín para advertirle, nuevamente, que algo lo amenazaba. Decía ligrepo en vez de peligro pero era capaz de hacer aparecer aquella huella terrorífica. Edelmira estaría al tanto pero había perdido la memoria y era imposible cuestionarla. Edelmira, pensó. Sin darse cuenta del tránsito de sus emociones sintió que todo preguntaba si iba a retomar la vida después de tanto fracaso. ¿Volvería a ver a Liz después de lo que le contara su mamá?, ¿se conformaría con sentirse dandy cuando saliera con Carmelita?, ¿tendría fuerzas para acompañar a Edelmira al armario de Lee? Edelmira, volvió a pensar, y la vio sentada al fondo del bar como si lo estuviera esperando.

—No pongas esa cara, mi amor —dijo ella cuando B. se plantó a su lado—. Te propongo algo: vamos a tomar unos mojitos, como antes, como siempre. Llévame a La Cueva de Amparo, en Pompeya, y te cuento un secreto.

Cástulo no apartaba la mirada de los zapatos rojos que habían ido a buscar el día anterior para que Edelmira los luciera en la comida del señor Castro. Quiso decirle que se sentía como muerto a pesar de que sabía que estaba vivo, pero la alarma de terror que vibró en su garganta se lo impidió.

La sentencia

Son las tradiciones las que hacen de nosotros lo que somos.

IAN MCEWAN, *Ámsterdam*

Uno

En el estudio de Cástulo había colgada una foto que era una metáfora de los amores que había sostenido con Elizabeth Littlewood: mostraba una pareja haciendo el amor, montada sobre un caballo que da un brinco de rodeo; el hombre está sentado adelante, vencido sobre el cuello del animal, y detrás de él, la mujer parece penetrarlo. Ninguno de los dos dirige la mirada a la cámara y sus rostros se ocultan al espectador; el del joven porque queda escondido tras el cuello del animal, y el de ella (del que se alcanza a ver la mandíbula de un tercio del perfil) porque está torcido violentamente hacia el otro lado de la cámara, como si necesitara del escorzo del cuello para empujar la ingle e introducir en su compañero un pene imaginario. La fuerza con que arremete contra el culo del hombre puede colegirse tanto en las costillas y el vientre contraído, como en sus tetas erectas y la corola que se hincha como si contuviera un seno pequeño. La misteriosa capacidad que tiene el claroscuro como fuente de perversión está presente en cada gesto de la pareja, y su imagen sintetiza, ante los ojos fascinados del espectador, significados contrarios: la esperanza y la desilusión, la resignación y el arrojo, la confianza y el desprecio. Podría decirse que era una foto, más que bella, perturbadora.

—No le puedes ver la cara pero la modelo es Liz —dijo B.

—¿De veras? —preguntó Felipe.

—Se la hizo un amigo a petición de ella. Quería regalármela de cumpleaños.

—¿Cuándo fue tu cumpleaños?

—No ha sido todavía, me la entregó antes de tiempo.

—Es muy hermosa.

—Es guapísima. Tiene un cuerpo pequeño pero fabuloso.

—Me refiero a la fotografía —aclaró Felipe.

Mintió. Estaba deslumbrado con la desnudez de la niña, con la textura de sus muslos, la crispación de sus pezones, y aunque estuviera en blanco y negro, con el tono de la piel que tanto le atrajo en la comida del señor Castro. Resultaba inquietante que hubiera sido ella quien ideó una foto tan provocadora.

—¿Quieres decir que pensó fotografiarse en esta postura sólo para adularte?

—Sí. Fue con un amigo de la universidad y le pidió que la ayudara. Puso de pretexto un examen. Tenía que urdir una escena mórbida, le dijo, mórbida, fíjate bien, y planear el efecto que tendría en el espectador. Entre los dos consiguieron un caballo disecado, discutieron la imagen, la ensayaron y midieron la intensidad de la luz; él aportó una cámara, le pidieron a otro amigo que posara junto a Liz, bueno, enfrente de ella como ves; se montaron en el animal, y clic, clic. La muy bárbara hizo como que se la dejaba ir al imberbe. Me dijo que pensó en mí mientras empujaba el cuerpo.

—Debe haber sido una sesión bien cachonda.

Felipe apartó la mirada dando por hecho que Liz se estaba viniendo sobre su compañero, y para borrar el efecto perturbador de su pose, observó el mural que estaba en la pared, donde dos bailarinas trataban de acoplar sus pasos en una danza. Eran un par de figuras estilizadas al estilo de Matisse, en que una joven (como la escorzada Liz de la fotografía), doblegaba el cuerpo en un paso de ballet casi imposible; la otra (que debía ser Carmelita) recibía el aire vivificador que una deidad eólica (parecida notablemente a Edelmira) soplaba desde una esquina con los cachetes inflados.

—Dime una cosa —preguntó Cástulo—, ¿por qué la frase favorita de las mujeres es: *Conmigo, todo o nada*?

A Felipe le impactaba que a B. le hubiera complacido el regalo de Elizabeth pero que no le molestara que lo hubiera suplido con un amigo. Liz se venía pensando que se la metía por el culo, mientras sus amantes bailaban con un propósito confuso, pero él no estaba presente en ninguna de las dos situaciones. No sabía a qué venía su pregunta pero era evidente que se evadía, que se fugaba de cualquier responsabilidad.

—¿Por quién lo dices? —preguntó Felipe.

—Por todas. Por Ramona, por Liz y Carmelita, porque quizá pinté este mural para que Edelmira me pusiera en paz con las mujeres, o mejor, a ellas conmigo, y no me dijeran que con ellas todo o nada. Estoy cansado de que me reclamen.

Felipe observó las bocas que B. había pintado en el cuerpo de las bailarinas —en el vientre de una y en el sexo de la otra— y se dio cuenta de que, al revés de lo que había buscado, el carmín encendido de sus labios presagiaba que una violencia, oculta en cada paso, haría su aparición en cualquier momento. Eran, en efecto, el oráculo que había imaginado la noche en que Cástulo le describió su pintura, el breve espacio por el que saldría una sentencia maléfica.

—Ya veo —dijo Felipe para contener el escalofrío que le subía por la médula espinal—: Liz y Carmelita pretenden bailar la danza universal por la concordia de su género.

El estudio estaba iluminado por lámparas ocultas en los rincones, y a pesar de que un foco ámbar tras un biombo producía un efecto incitador, todo parecía dominado por el resplandor que despedían las mujeres con las que B. se había liado. Sin saberlo, había tratado de descifrar uno de los misterios que los hombres se han planteado a lo largo de la historia: ¿por qué las mujeres quieren todo o no quieren nada? Lo que las hace felices o desgraciadas es un enigma tan antiguo como la esfinge, que a pesar de que muchos creían haber resuelto, para la mayoría seguía siendo una incógnita a pesar de que pusieran a danzar al mundo entero.

—¿Qué pasó con la señora Littlewood? —preguntó Felipe observando la boca que resaltaba entre los carrillos inflados con que B. había pintado a Edelmira.

—Nada.

—¿Cómo que nada? —volvió a preguntar sin apartar la vista del mural. Los labios enrojecidos de Edelmira no eran precisamente los que había descubierto en su rostro cuando, en la comida del señor Castro, se volvió para observarlo, pero desprendían el mismo halo que parecía afirmar y preguntar al mismo tiempo: yo ya pasé la línea, ¿por qué no la pasas tú?

—Nada de nada —repitió B.—. Ramona me mandó a freír espárragos.

Se habían despedido entre las siete o siete y media de la tarde del día anterior, el crepúsculo estaba en todo su esplendor y la fiesta había alcanzado ese estado de eufórica alegría que después degeneraría en borrachera, alguien insistiría en cantar una ranchera y más de uno iba a hacer confesiones de las que se arrepentiría al día siguiente. Ya habían consumido las botellas de vino que Felipe y Cástulo llevaron, Liz escuchaba las confesiones de Ramona, Phuong buscaba a Edelmira por la casa, y la gorda insistía en contar que en su no muy lejana juventud, para mantenerse en forma había participado en un ballet acuático, pero que la expulsaron porque desequilibraba a las otras nadadoras. "Una me acusó de que hacía corriente y por mi culpa estuvo a punto de ahogarse. Me pareció que la vida era injusta con las gorditas". Su marido la tomaba de la mano y veía temeroso hacia otro lado. "Si no estás gorda", repetía. El vinacho, como lo llamaba Madame Littlewood, había hecho un efecto devastador en cada uno. Fue cuando

Cástulo propuso que fueran a La Hacienda de Tlalpan, Phuong regresó de buscar a Edelmira y le dijo a Felipe que tuvo la impresión de haber visto su espectro recortándose contra la luz exterior de la puerta de salida. Tuvo que haber sido una estampa muy bella: la difusa luz crepuscular perfilando la silueta de un fantasma convocaba un emblema palpitante. Felipe recordó la última imagen que guardaba de Edelmira: se aferraba a los barrotes de su ventana y tenía la cabellera alborotada como si fuera una hoguera detenida, sin tiempo, sin fuego ni calor. "¿Por qué no la detuviste?", preguntó. "No pude", dijo Phuong, "pero ser posible que ella verme y alzar mano para decir adiós". "¿Cómo iba vestida?", quiso saber Felipe. "No iba vestida ni desvestida. Era espíritu que se alejaba entre luz". Las palabras de Phuong, en su ambigüedad gramatical, eran patéticamente exactas: Edelmira había sido un ser —una deidad tal vez— *entreluz*, si este neologismo significaba dejarse ver entremedias, entre uno y otro tiempo, entre una y otra realidad. Ella no la había vestido, su Edelmira no necesitaba ni camisero ni zapatos de Armani, sólo reverberaba con esa luz espectral con la que se retiró de la comida. Había transcurrido poco más de un día desde entonces y Felipe sintió que veintiséis horas podrían ser la medida de la eternidad.

—Estaba persuadido de que Ramona se había dado cuenta del coqueteo que me traía con Liz —comentó B.—. Llegamos a La Hacienda al caer la noche, y pedí una mesa donde pudiéramos hablar. Fue un desastre, la Madame enloqueció cuando le dije que amaba a su hija. Dijo que era un degenerado de closet y me amenazó con que no volvería a ver a Liz. Me pregunto si cumplirá su amenaza. He llamado a Elizabeth varias veces pero en su oficina me dijeron que hoy no fue a trabajar.

Felipe imaginó lágrimas, mocos, el lado menos romántico del amor: la sombra del desamor y del rechazo. Por alguna razón el consejo de Edelmira para que B. aclarara las cosas con Ramona había resultado, más que afortunado, perjudicial.

—¿Te conté que tu mujer decía que yo padecía de bibliomancia? —comentó Felipe sin que viniera a cuento.

—¿De qué? —preguntó Cástulo mirándolo con desconfianza.

—De bibliomancia. Según leí alguna vez en el Diccionario Espasa Calpe de Ciencias Ocultas, fue una forma de adivinación común durante el Renacimiento. El bibliomanciano abría con un cordón muy delgado varias páginas de la Biblia, tomaba al azar una frase de cada una, y leyéndolas de corrido encontraba la respuesta a un enigma. Fue un don que recibieron los primeros cabalistas, gracias al cual formulaban sentencias a partir de frases dispersas en los textos que consultaban. En el mundo islámico hubo una variante conocida como hurufismo, fundada por el profeta Fazlallah. Según su doctrina, el mundo es un lugar que hierve en secretos que sólo se hacen visibles a través de letras. Por increíble que te parezca, la especialidad de los hurufíes era encontrar la relación entre esas letras y los rostros que estudiaban, o sea, descubrir qué letras se esconden en cada arruga o gesto de una cara, para predecir la fortuna del sujeto que los consultaba. Edelmira me contó que el primer caso documentado de bibliomancia moderna que se conoce, ocurrió en la ciudad de Gotinga. La niña Christa Whoon, quien aprendió a leer poco antes de articular el lenguaje oral, tomó un libro y leyó un versículo de *El Cantar de los Cantares*. Su padre, pastor de la Iglesia Luterana, le arrebató el ejemplar pues era imposible que leyera un texto del Rey Salomón en aquellas páginas. Revisó cada párrafo sin encontrar la menor alusión al *Cantar*. Ante su insistencia, la niña señaló palabras de cada párrafo que correspondían al versículo que había leído. El padre, sorprendido, se preguntó por qué su don se había manifestado en ese momento, y volvió a leer el versículo adivinatorio. Gracias a ello supo que otra de sus hijas estaba en peligro y pudo rescatarla.

Cástulo miraba a Felipe sin comprender nada.

—¿Y duele?, digo, ¿cuando te da un ataque de bibliomancia sientes raro?

—Cómo crees. Te he contado todo esto para que veas que, como estoy bien informado, te puedo ayudar a resolver tus dudas.

—¿Por qué las mujeres quieren todo o nada, o si Ramona cumplirá sus amenazas y no volveré a ver a Liz?

—A lo mejor las dos.

—¿De veras es un don tan chido?

—Más o menos, pero tengo que advertirte que no sé cuándo y cómo se va a presentar. El otro día, por ejemplo, estaba con el chino y recordé una ficha que había copiado de no sé dónde.

—Fue sólo una asociación de ideas, no te hagas.

—En cierta manera sí, pero creo que en este caso fue algo más complicado. En ese momento no pude acordarme de qué libro la había copiado, pero se me acaba de venir a la cabeza que fue de *La montaña mágica*, la novela de Thomas Mann.

—¿Y eso qué?

—Que debe haber un mensaje cifrado en la ficha que quizás esté relacionado con el título o el autor, mensaje que debo interpretar como hizo el papá de Christa Whoon.

Esto que Felipe comentó tan fácilmente, conjuraba en él una serie de deseos desconcertantes. A veces (como hacían los hurufíes) observaba detenidamente su rostro en el espejo porque creía que iba a descubrir un secreto que alguna vez le fue revelado, y aunque en el mapa de su cara creía ver dos zetas en los párpados y una hache entre las fosas nasales, se quedaba en Babia frente a esa imagen insulsa que parecía pertenecer a otro hombre. ¿Cómo iba a interpretar el mensaje de la cita de Thomas Mann?, y sobre todo, ¿por qué se había ofrecido a ayudar a B. si lo más probable es que quedara en ridículo?

—Ya verás —dijo envalentonándose—. A veces, como te digo, no tengo que hacer nada, pero en otras tengo que provocar la respuesta. Supuestamente funciona así.

Se acercó a un librero, cerró los ojos y tomó un libro al azar.

—Se llama *Cincuenta historias en busca de final* —dijo leyendo el lomo del ejemplar elegido— de un tal Julio Denís. Ahora vuelvo a cerrar los ojos, y...

Cástulo observó la forma ritual como Felipe acariciaba el tomo, y deslizaba el dedo índice entre las hojas.

—...lo abro en la página 217, lo que, aparte de que sus números suman 1, no significa nada, pero es donde se inicia un relato cuyo título es *La sentencia*.

—Pues ya que nos metimos en esto, léelo —pidió B.—. No perdemos nada.

En un reino de Sicilia en el que impera una suerte de ley sálica, el anciano emperador sólo tiene una hija, leyó Felipe pausadamente. *Sabe que pronto tendrá que elegir un sucesor o permitir que su heredera se case. Es posible que un marido a modo salvara al reino, pero como no quiere afligir a la princesa con una decisión egoísta, emite un decreto: su hija decidirá quién será su consorte pero los pretendientes tendrán que contar con su autorización para enamorarla.*

Una noche, el soberano entra en la habitación de la princesa y la encuentra en la cama con un hombre. Tarda un instante en descubrir que el trasgresor es su favorito. No sabe qué decir, la escena le rompe el corazón. "Nunca debiste provocarme", dice el monarca con cara gacha. "Hay una explicación para esto", interviene su hija. "No quiero escucharla", responde su padre, "pero tendré misericordia". Fija la mirada en el joven y con un tono que va de la compasión al coraje, agrega: "Eres mi favorito y tendrás una oportunidad: mañana te presentarás al Foro, ahí estará todo el pueblo, mi hija me acompañará, y el destino juzgará si mereces seguir vivo. Frente a ti encontrarás dos puertas cerradas, en una estará una bella mu-

jer, y en la otra, un león hambriento. Tendrás que abrir una de ellas y meterte de inmediato; si eliges donde está la joven, le harás el amor para desposarla; si abres la del león, lucharás con él y lo más seguro es que mueras en sus garras, aunque los dioses podrían favorecerte y con su ayuda salvar el pellejo. Pase lo que pase, en ningún caso volverás a ver a mi hija". En ese momento entra la guardia real y apresa al infractor.

Ya que están todos dormidos, la princesa sale de palacio. Va disfrazada, sin sirvientes, y se introduce al Foro por una entrada secreta. Quiere la casualidad que desde su escondite observe en qué puerta encierran a una joven de figura exquisita, apenas cubierta con un vestido de gasa transparente, y sonríe aliviada.

A mediodía el Foro está atestado. El rey se encuentra en su palco acompañado por su hija. Un grito precede la aparición del joven en la arena, quien camina hacia el palco real escuchando el fragor de la gradería. Se detiene frente al monarca, lo saluda y observa las puertas que cifran su fortuna: en una está la mujer que deberá desposar haciéndole el amor, y en la otra, una fiera hambrienta que si no cuenta con el auxilio divino lo matará. Antes de tomar una decisión mira a su amada, y ella, con un guiño de los ojos, señala la puerta que queda a su derecha. No lo piensa un instante.

Felipe calló, miró a Cástulo y dijo:

—El relato termina con esta frase: *Al ver la puerta que le señala la princesa, el apuesto joven la abre y desaparece dando un portazo.*

—¿No se sabe a quién encuentra del otro lado?—gritó B. en pose de rictus—. ¡Qué fuerte! ¿Crees que la princesa lo mandó a morir con el león?

—Ni idea —contestó Felipe—. Supongo que el lector debe imaginar si muere en las fauces del león o tiene que tirarse a la joven que lo espera en la otra celda.

—¿Y qué quiere decir esta historia?, ¿qué significado tiene para nosotros?

—Tampoco sé, pero debe tener un mensaje que nos puede ayudar a comprender por qué las mujeres quieren todo o nada, o si Madame Littlewood cumplirá su amenaza.

—Si lo mandó a morir en las fauces del león, es que lo quieren todo —dijo B.—, en caso contrario, es que no quieren nada, ¿no te parece? Pero no veo en qué nos puede ayudar llegar a esa conclusión.

—Me parece que si tenemos que imaginar el final, deberíamos ser capaces de deducir sus consecuencias, o sea, qué moraleja encierra para cada quien, cualquiera de las alternativas con que se haya encontrado el muchacho.

Cástulo se preguntó si el mensaje del relato implicaba que, cuando Edelmira le aconsejó que hablara con Ramona, había señalado una de las puertas en que debía meterse. ¿Era posible, como dice el refrán, que lo hubiera mandado a la guerra sin fusil? Si fue así, no encontró a la joven (o sea a Liz, pues Carmelita quedaba desechada para ese rol) pero tampoco podía decirse que Madame Littlewood fuera un león muy fiero. ¿Qué había querido decirle entonces? Ciertamente le había sugerido que hablara con Ramona, pero eso no quería decir que lo hubiera hecho con saña. No, era mucho más probable que la revelación que el cuento le auguraba tuviera que ver con *su secreto*, con lo que Edelmira le había confesado la noche anterior, y que tal vez debería compartir con Felipe si quería sacar algo en claro.

—Pues bendito don si no sirve para conocer la verdad —dijo con cierta cautela.

—Tienes razón, este pinche don no sirve para nada.

El asunto de la bibliomancia, como ya se dijo, encerraba una complejidad de la que Felipe parecía incapaz de beneficiarse. Barruntaba, por ejemplo, que si hubiera recordado con el chino que la ficha era de Thomas Mann, en ese momento poseería capacidades que le hubieran permitido interpretar *La sentencia*, pero como no había podido hacerlo, estaba nomás haciéndose tarugo. Aunque al mismo tiempo, como en su mente había profundidades insospechadas, un remoto elemento vino a recordarle que llevaba varios días sintiendo que algo había cambiado dentro de sí. Todo había empezado antes de la visita que hicieron al chino, cuando escribió sus *Retratos literarios*, y había seguido (como se narrará más adelante), con varias crónicas que escribió a propósito de una exposición de pintura. ¿A qué podía atribuir ese cambio? Quizá lo importante de sus facultades de bibliomanciano, lo más sublime de ellas, era que actuaban por su cuenta, y el rumbo que tomaba su vida, una vez que esas facultades se hacían presentes, radicaba precisamente en la libertad que le procuraban. ¿Cómo podía explicarle a B. que sí sabía lo que, según todas las pruebas, no sabía?, ¿cómo decirle que tenía que esperar a que algo, alguien, le diera un motivo para empezar a escribir y pudiera descifrar eso que aparentemente era indescifrable? Este pensamiento lo regresó al momento en que el favorito del Rey elige la celda que le señala la princesa, e imaginó a Cástulo con el cuerpo ensangrentado porque se había metido donde estaba el león. No es la persona la que elige su destino, pensó sorpresivamente, sino el destino quien elige a la persona.

Se acercó al ventanal y vio las lucecitas que iluminaban la noche de Santomás, observó la boca del río De la Cruz, distinguió el obelisco que celebraba la fundación de la ciudad, y se preguntó si Edelmira estaría dispuesta a señalar alguna puerta, en caso de que ella fuera la princesa y Cástulo tuviera que elegir entre sus amantes. Se volvió a la pared y se topó con los mofletes de la deidad del viento que aparecía en el mural que B. había pintado para recuperara la armonía con las mujeres.

—¿Qué dijo Edelmira de tu mural? —preguntó.

—No he podido enseñárselo. He tratado de convencerla de que regrese al armario del chino, le he consentido sus caprichos, la he acompañado a donde ha querido, pero ha sido inútil. No me hace caso y sólo quiere que nos vayamos de farra.

—¿De qué?

—De parranda, de marcha, a echar relajo, o como se diga. Con cualquier pretexto quiere que la lleve a Pompeya.

—¿Se van de bullaranga a Pompeya como un par de jovencitos?

Felipe trató de ver por el ventanal dónde estaba Pompeya pero se encontraba en un sitio tan oculto a su mirada como ocultas parecían las intenciones de Edelmira. Por eso no lo había encontrado: mientras B. andaba por el sur, él lo rastreaba en el Pasaje Güemes, y sólo encontró al fantasma de Gregorio.

—¿Por qué no me lo habías dicho?

—No nos habíamos visto. No sé por qué te extraña. Tú tampoco me habías dicho que padecías de bibliomancia, ni que andabas liado con la asistente de Lee. Y por cierto, ya no te lo pregunté: ¿dejaste a la modelo que llevaste a tu departamento, o como yo, estás enredado con dos mujeres?, ¿te va a servir el relato que leímos?

Dos

El arrabal viejo de Pompeya se había convertido con los años en una suerte de Soho de Santomás. Como en Londres o Nueva York, era una zona abandonada, en la que el gobierno convirtió una fábrica obsoleta en el Centro de Cultura Contemporánea de la Ciudad (el CCCC), y a partir de ahí, de manera espontánea se empezaron a abrir galerías de arte, tiendas de moda estrafalaria, restaurantes de todo tipo, bares y antros donde se cantaban boleros, se bailaba tango, salsa o flamenco. El arrabal devino en creatividad e imaginación, y la gente iba buscando algo que parecía haber perdido.

—No me creo que a Edelmira la guste Pompeya —comentó Felipe.

—¿Qué gano con mentirte? —dijo Cástulo recuperando la sonrisa—. Para que te enteres: ayer en la noche estuve con ella en La Cueva de Amparo.

—Yo he estado ahí sólo una vez, y me pareció un antro sombrío.

—Es el mejor sitio para escuchar boleros. Fuimos para que unos cuantos mojitos nos animaran, y Edelmira pudiera contarme un secreto.

—¿Un secreto?

—Eso me dijo —agregó Cástulo tragando saliva—. Déjame contarte lo que nos pasó pues a lo mejor nos ayuda a descifrar el mensaje de *La sentencia*.

—Dale pues.

—Cuando ya habíamos hablado de todo lo hablable, y le había contado incluso lo que me sucedió con Ramona, empezó lo mero bueno: me hizo cantarle *Vete de mí*.

B. se alejó unos pasos y cantó a media voz:

—*Tú que llenas todo de alegría y juventud, y ves fantasmas en la noche de trasluz, y oyes el canto perfumado del azul... Vete de míííí...*

Felipe podía imaginar a B. en aquel escondrijo, entonando la voz tersa que más que cantar decía las frases de la canción, entregado al tremendal afectivo que revelaba cada verso. Evocó el ambiente del cabaré, el humo de los cigarrillos flotando en el aire enrarecido, y un vaso con ron y agua de limón donde sobresalían las hojas de hierbabuena que dan el sabor característico a los mojitos. "Una vez que te inicias en la versión postmoderna del erotismo", pensó atento a los gestos con que Cástulo murmuraba la canción, "sufres una aceleración sexual que desintegra hasta las más íntimas partículas del sentido común, y sólo queda lo mero bueno".

—Una frase en particular encantaba a Edelmira —agregó B. emocionado—, la había repetido toda la noche sin que yo me diera cuenta: *la razón para soñar y amar*. Yo estaba confundido pues me acordaba que había cantado con Ramona ese bolero, y me aferraba a la melodía sin transmitirle a mi mujer la angustia que me embargaba. Ella, sin hacerme caso, seguía tan campante, hasta que en un momento incierto empezó a contarme una experiencia, —*su experiencia*— y comprendí que su secreto era la razón para soñar y amar que tanto la cautivaba, y me senté a escuchar su relato.

"Nunca te enteraste de lo que era el sexo para mí", le dijo Edelmira, "pero te puedo decir que todo lo que yo había creído hasta un momento de nuestro matrimonio, cambió cuando descubrí tu miedo". No era amiga de confiarse, su vida se había nutrido de alusiones veladas que B. seguía para satisfacerla. Llevaron una relación en clave Morse. Por eso parecía tan extraño que intentara descubrir el lado oculto de su mundo. "Un día supe que cuando me eras infiel, el miedo que tenías a que te descubriera hacía que me llevaras prendida como lapa a donde fueras".

—Me conocía hasta los huesos —agregó B. cambiando subrepticiamente de tono, con voz grave, sacada del fondo del estómago—, y eso le permitió descubrir que cuando me fugaba con una mujer, la buscaba, como si quisiera hacer el amor con ella y mi amante de turno. Como si buscara a Edelmira en otro cuerpo.

—¿Y era cierto?, ¿la buscabas?

—De alguna manera, sí: buscaba en cualquier mujer, y quizá todavía siga buscando, el fantasma que ella me entregó la primera vez que la vi, aquella tarde en que me insultó porque le chiflé a Marlene. Quedé cautivado, descubrí en ella algo indescriptible que me apresó. Gregorio me había retado a conquistarla, acepté el convite pero no importaba, ya estaba perdido por Edelmira Pajares.

Cuando sentía escozor del sexo, anhelaba al fantasma, no sabía qué pretexto inventar pero tenía que salir a buscar una mujer. Felipe pensó en Liz montada en el caballo disecado, en la silueta de Carmelita recortada sobre el haz de una puerta, en Phuong perfilando la desnudez de su muslo con un rayo bermellón, en la joven Edelmira corriendo con sus libros apretados contra el pecho, imágenes del mismo mito: la bienamada que los hombres persiguen sin sosiego.

"Saber que algo había cambiado entre nosotros me envalentonó", agregó Edelmira, "y cuando supe que tenía un poder especial sobre ti, decidí explotarlo. No lo tenía planeado, te lo juro, pero un día me vi en nuestra cama follando con otro".

—Nunca me había sido infiel pero empezó a hacer el amor con otros hombres en mi cuerpo —dijo B. sin sostener la voz, temblando en las vocales, bajando el volumen al final de cada oración—. Si yo buscaba su fantasma en otras mujeres, ella encontró el fantasma de sus amantes haciendo el amor conmigo.

—Era una fantasía sexual —argumentó Felipe—. Fantasear con tu pareja, lo llaman los terapeutas. Dicen que es muy sano.

—Fue algo más. Según ella, fue la única forma de libertad que conoció.

"El compañero ideal, según muchas de mis clientas", comentó Edelmira, "era una síntesis de los hombres que le gustaban. Habían juntado en su imaginación la picha de un deportista, la inteligencia de un político, los millones de un banquero, la astucia de un genio de la física, el carisma de un actor, y cuando se acostaban con su marido imaginaban que hacían el amor con ese maniquí que mezclaba a Joe DiMaggio, John Kennedy, Jack Nicholson y André Malraux. Yo me di cuenta de que si ésa era una fantasía común en las mujeres de mi generación, yo era la excepción, pues no quería acostarme con un hombre ideal, sino follar con todos los hombres que me gustaban. Me da vergüenza decírtelo pero así fue".

Cástulo se volvió hacia Felipe con una mirada de rebote y se concentró en su desconcierto. La luz caía sobre su perfil y dejaba medio rostro en sombras.

"Pensaba que era una fantasía", concluyó Edelmira, "pero un día descubrí que cuando me hacías el amor te podía convertir en cualquiera de los hombres que anhelaba, y de ahí p'al real, mi rey: cada vez que alguien me gustó, fuera gordo, chaparro, joven o viejo, me lo tiré usando tu cuerpo. Me acosté con muchos, Cástulo. Con un número incalculable".

B. Encendió un cigarrillo y volvió a su bolero rap sin mirar a Felipe.

—*No te detengas a mirar las ramas muertas del rosal, que se marchitan sin dar flor... Mira el paisaje del amor, que es la razón para soñar y amar...*

—Perdona que lo pregunte —dijo Felipe, perturbado por la narración—, ¿no te enojaste?, ¿no sentiste nada?

—No sé qué sentí. No entendía muy bien a qué se refería, se lo dije, y para explicarse, Edelmira me recordó nuestra reconciliación, después de que ella descubriera la mancha que el carmín de los labios de Esperanza dejó en mi camisa.

—¿Qué pasó? —preguntó Felipe con una sonrisa estúpida.

—Me dijo que yo la había provocado, que por eso me quitó la camisa a manotazos y empezó a besarme el pecho como loca. Es cierto que le había preparado el coctel de vodka, jugo de naranja y pacharán; es cierto que esa noche lo había bautizado como *carmin kisses screwdriver*, y que atribuí su desinhibición a que había bebido demasiado; pero no es cierto que hubiera querido provocarla. Despacito, le dije, pero el deseo la arrebataba y arremetía contra mí con desesperación. Jadeaba como nunca lo hizo, me tiró al suelo, y tuvo un orgasmo instantáneo que se prolongó en otro y en otro. Decía cosas incomprensibles mezclando palabras soeces. Cerró las piernas como si quisiera que mi pene se le quedara dentro. Tomó mi miembro por el escroto, y sin que saliera de ella me masturbó. Estuve a punto de perder el sentido.

La voz de Cástulo se hizo llorosa, inversamente proporcional a la intensidad erótica de su discurso. Los hombres tienden a contar sus conquistas para poder creérselas del todo, pero en el relato de B. había pudor, recelo, como si siguiera inerme sobre el suelo de la sala, con el pecho pintarrajeado de bilé.

—Nunca hablamos de lo que pasó esa noche pero nuestra vida cambió a partir de entonces. Encontramos la forma de pasar por encima de sus abortos, y ella pudo justificar mis infidelidades. Tengo que aceptar, sin embargo, que nunca me percaté del deseo que sacó a relucir en La Cueva de Amparo: Edelmira no se reconcilió conmigo, sólo se arregló con su mundo. Yo estaba obnubilado con el culo chato de Esperanza y no me di cuenta de que me hizo el amor para que entrara el viento de sus ilusiones. Si ya no reprochaba mis engaños fue porque le di algo atávico: la amé con miedo, la temí amándola, una fusión aciaga cuando tiene lugar entre amantes, de la que ella se sirvió para tirarse a todos los hombres que quiso en mi cuerpo.

Nunca sabemos quién es la mujer que yace a nuestro lado por años que estemos junto a ella, pensó Felipe. Un toquecito al termostato de su pasión y estalla una personalidad desconocida, una erupción que calcina el anhelo de fidelidad y ya no sabemos con quién hemos vivido.

—En cualquier caso —agregó B.—, por algo que había sucedido el día que compró la camisa para sustituir la que Esperanza había ensuciado, la realidad se deshizo.

Todavía no habían aparecido los amantes propiamente dichos, continuó Edelmira. Durante el tiempo que estuvo peleada con Cástulo eran apenas una sensación, sombras que visitaban su cama y susurraban que podían afectar su sensualidad del modo que le conviniera. Fue cuando comprendió que los besos pintados de carmín que encerraban el ánimo de B. en la jaula de sus miedos —esas huellas que aparecerían *tangiblemente* cada vez que temiera que iba a abandonarlo— a ella le permitirían vivir un erotismo desaforado. Más que un emblema, los labios de Esperanza se habían convertido en un ensalmo.

—Escuchándola supe que tuve muchas oportunidades de darme cuenta de por qué y cómo había cambiado, pero que hice el tonto. ¿Te acuerdas que Michán dijo que Edelmira vivió con intensidad dentro de sí aunque nunca lo hubiera mostrado?

—¿Se refería a que su mundo interior estaba sobrepoblado de amantes?

—Eso, o algo todavía peor, pues mientras me contaba su secreto, me acordé de un día en que llegué temprano a la casa, y escuché desde el pasillo que hablaba con alguien. Pensé que era un cliente. Me pareció raro pues mi mujer siempre estaba sola.

Se quedó en el recibidor. Edelmira decía que él, su marido, era parte de ella. B. no podía escuchar qué contestaba su cliente o quien fuera. "Siempre está dentro de mí, nunca he sentido nada igual con nadie". Cástulo no se movía, oculto en la penumbra. "Compartimos el alma, nuestro sistema espiritual está misteriosamente conectado".

—A lo mejor dijo sistema nervioso —comentó Cástulo—, pero yo entendí espiritual, Felipe, sistema espiritual, no nervioso, y a continuación comentó que ahora podía entender todo lo que yo decía, pensaba, y aún sentía. ¿Te das cuenta? Dijo *ahora*, o sea que a partir de un momento, que yo había dejado pasar, ella sabía todo de mí.

"No es que seamos uno para el otro", aclaró Edelmira, "sino que estamos hechos el uno *por* el otro". Cástulo seguía sin saber con quién hablaba, pero de cualquier manera entró a la sala. Su mujer estaba sola, sentada junto a la mesita del teléfono, con una bola de estambre en el regazo, las agujas de tejer en una mano, y pensó que acababa de colgar el auricular.

—Comprendo que me equivoqué, y aunque no pude ver a su interlocutor, seguro estaba ahí. No sólo su mundo interior, sino el exterior estaba sobrepoblado.

—¿Estaba con alguien que tú no pudiste ver?, ¿con un fantasma?

—No sé cómo llamarlo, pero allí había alguien. Decir que tenía fantasías sexuales contradice lo que escuché aquella noche y lo que me confesó en La Cueva: su pasión consistía en un insospechado carrusel erótico con seres que sólo ella podía ver.

Una sonrisa deformó la boca de Cástulo como si de repente le hubiera sobrevenido un dolor de muelas *espiritual*. Se volvió para mirar a Felipe, y él tuvo la impresión de que un abismo se había abierto entre los dos. No sabría definir lo que sintió al verse observado de esa manera, pero comprendió que estaba viendo al auténtico Cástulo Batalla. La personalidad del ser que asociaba con su nombre —con la simple inicial de su apellido: B.— pareció perderse con un temblor. Había otro hombre sentado frente a él, con las manos sobre las rodillas, la camisa desabotonada, y el abrigo de pelo de camello tirado al lado: gestos, maneras nuevas quizá, de un segundo Cástulo, que estaba emergiendo desde zonas ignoradas de su conciencia.

—Concedo que a lo mejor no eran fantasías —observó Felipe—, pero no me queda claro lo que te dijo al principio. ¿Qué quiso decir con que el miedo fue la clave de su relación?

—A ver si puedo explicártelo —dijo el nuevo B. como si habitara desde mucho antes sus propios ojos—. Partamos de un supuesto que sin duda conoces: las hembras tienen una capacidad innata para utilizar al varón, atizando sus complejos de culpa. En casos extremos, este procedimiento arroja una maldición sobre el hombre, dejándolo impotente para siempre. Edelmira fue un poco más allá de ésta, llamémosla, arma femenina, pero en vez de atentar contra mi impotencia, me potenció como amante, si me permites el juego de palabras.

Era la segunda vez en menos de tres semanas que Cástulo usaba la palabra innato, lo que quizá no tenía ninguna importancia, pero llamó la atención de Felipe.

—¿Sabías que el alma tiene sexo —agregó— y que se dan casos, como el mío, en que un alma de sexo femenino encarna en un cuerpo de hombre?

—Algo me dijiste cuando me contaste tu noviazgo con Edelmira.

—Efectivamente, gracias al sexo de mi alma ella aceptó ser mi novia, y gracias a ese detalle, querido amigo, también pudo adueñarse de mi voluntad y de mi cuerpo.

Felipe recordó el latigazo de placer que sintió cuando Phuong le sobaba la planta del pie, pero se abstuvo de comentar que en el sitio donde surge el mayor deleite para el sexo femenino, los hombres almacenan un miedo ancestral a que ellas los dominen.

—No sé exactamente cómo lo hacía —continuó Cástulo—, y aunque lo que te voy a decir lo deduje de su relato, puedes considerar que es de mi cosecha: Edelmira me ofrecía sus gotas de Bach, de la misma manera que se las recetaba a los hombres con los que quería hacer el amor. Les coqueteaba enseñándoles los zapatos que había comprado aquel día, después les daba uno de los goteros que llevaba en su maletín, y se los echaba al plato. Las esencias florales obraban tanto en ellos como en mí, un sortilegio que a ella le permitía evocarlos cuando hacía el amor conmigo. Yo no podía saberlo, pero sus gotas la facultaban para encontrar a sus amantes en mi cuerpo.

No era posible, las Flores de Bach obraban otros efectos. Felipe las había tomado por consejo de Edelmira. Ponía debajo de su lengua nueve gotas de Lirio (Iris Germánico era el nombre técnico) para inspirarse. Surtieron efecto, pues a ello atribuyó que dejara de hacer tanta ficha inútil y empezara a escribir crónicas para *El Periódico*, pero le parecía improbable que por ese método se pudiera sujetar la sensualidad de alguien, y aún más, que otro —B. en este caso— sirviera como médium erótico. La recordó en su laboratorio mezclando sustancias en frasquitos multicolores, y se preguntó si era posible que hubiera inventado una fórmula que le permitía habitar un mundo donde nadie era quien era y en el que su marido se transformaba cada noche. ¿Fue una alquimista que en vez de metales fundía la luz?, ¿padecía *delirium tremens* erótico, o su mundo interior alteraba físicamente la realidad?

—No puede ser, B. —dijo Felipe—, nomás no puede ser.

—La primera vez que me habló del sexo de mi alma no le creí, pero con el tiempo descubrí que cuando alguna mujer notaba ese sedimento femenino que había en mí, aunque yo me sobrecogiera de miedo, ella quedaba encantada y yo aprovechaba su disposición para seducirla. Mediante un proceso idéntico, nomás que al revés, Edelmira se servía del sexo de mi alma: me recetaba las gotas que le daba a sus protoamantes con el propósito de incrementar el pavor que yo tenía a que descubriera mis infidelidades, y poder *materializar* en mi cuerpo sus amores. Supongo que el sexo del alma arrebata la energía al sexo del cuerpo, lo que ocurre sin discernimiento del sujeto que toma las gotas de Bach. La intimidad es un hueso difícil de roer, querido mío, y mi mujer me hizo masticarlo hasta el hartazgo.

¿Quién determina en qué punto se convierte la voluptuosidad en mal y el mal en voluptuosidad?, se preguntó Felipe. Edelmira se había convertido en lo contrario a lo que los japoneses llaman *espíritu vivo* (una persona que se vuelve espectro para desplazarse hasta el lecho de sus amantes), pues ella conseguía que fueran ellos los que vinieran a su lecho, y ocupando el cuerpo de su marido le hicieran el amor.

—Estuve hechizado —dijo Cástulo— y quizá siga hechizado. Temía cualquier cosa que dijera mi mujer, temía que me dejara o me rechazara. No te puedes hacer una idea, el miedo es una adicción, una enfermedad congénita.

Había muchas formas de clasificar a los seductores pero, a partir de lo que decía Cástulo, Felipe no encontró ninguna que se adecuara a las seductoras.

—No sé cuánto tiempo habremos estado contándonos lo que nunca habíamos dicho —comentó B. con la sonrisa, un tanto amarga, que le producía el dolor de muelas espiritual—, hasta que llegué a la conclusión de que mi miedo era un crisol que se había tragado mi voluntad. Nunca supe por qué hacía las cosas o me enamoraba de alguien. Hubiera podido asesinar por Edelmira o hacer lo que me pidiera.

"Si el temor realiza lo temido", pensó Felipe, "el resto paleolítico que conservamos en la planta del pie les sirve a las mujeres para dominar nuestro destino".

—Fue en ese momento que Edelmira me dijo lo más sorprendente —agregó sorpresivamente B.—: "Tienes que ayudarme a salir de eso. Te necesito".

—El karma —anotó Felipe—, como su tío Somalón, necesita que la ayudes a superar la estela que esa inaudita pasión dejó en su espíritu. Por eso volvió.

—Llámalo como quieras, karma, condena, o lo que sea, el caso es que me quedé de una pieza. No supe qué contestarle, qué otra cosa decirle, y se fue. Me quedé solo, escuchando boleros y bebiendo mojitos hasta la madrugada, pero desde entonces no pienso más que en la forma de ayudarla. Me contó su secreto para que pudiera salir de la situación en la que se encuentra. Pobrecita.

—Ahora entiendo por qué quiso que la llevaras a Pompeya: ahí se sentía en confianza.

—Al rato vamos a ir para allá —acotó Cástulo sin mirarlo—. Tengo que encontrarla y hablar con ella. Necesitamos estar juntos, necesito saber qué necesita.

Tres

La Casa Rosada es un lugar de tangos donde cantan las estrellas argentinas que pasan por Santomás. Fue un sitio que, en su juventud, Cástulo y Edelmira frecuentaban cada vez que tenían el día libre, y al que, cuando ya se habían casado, siguieron yendo cada noche de estreno. A Felipe le gustaba acompañarlos para asistir de costado a su dura felicidad, y muchas veces fue con ellos para verlos vivir mientras bailaban. El tango, más que un baile, fue para ellos un ritual. Cuando Edelmira se perdió en el desvarío de abortos sucesivos, se negó a adoptar a la niña de los ojos ausentes, y se sumió en la depresión que amenazó con destruirla, B. intentó rescatarla tomando clases para perfeccionar sus pasos. Los martes se reunían en un tradicional salón de Pompeya, se ponían bajo las órdenes de un bailarín que les enseñaba a caminar al ritmo sincopado del bandoneón, un experto que guiaba sus sentimientos para que la música se les metiera en la piel y comprendieran la poesía arrebatada de Alfredo Le Pera, Marianito Mores o Enrique Santos Discépolo. El tango fue la piedra de toque de su recuperación, y cuando peleaban y querían reconciliarse, iban a un boliche, de los tantos que hay en el sur de la ciudad, y bailaban hasta que el cansancio los hacía perder el paso. No era extraño que Cástulo pensara que iba a encontrar a Edelmira en La Casa Rosada. Esa noche Susana Rinaldi volvía a cantar en Santomás, y confiaba en que su voz cargada de ilusiones lo ayudaría, nuevamente, a acercarse al drama interior de su mujer.

—La Rinaldi no es ni con mucho la cantante de moda —comentó B. como si fuera un gran conocedor en la materia—. Adriana Varela, para citarte un ejemplo, acapara la atención de los tangueros, pero Edelmira no se perdería por nada su debut.

Llegaron antes de las doce. El viaje a Pompeya fue lento, tuvieron que recorrer en el auto de Felipe toda la ciudad rumbo al lejano sur, cruzar el puente del río De la Cruz, y atravesar calles donde según la leyenda urbana se ocultaban ladrones, proxenetas, pederastas, y traficantes de droga. La Casa Rosada estaba en una callejuela perturbada por la soledad de un único farol, en la que se alineaban bares y tiendas. Uno la hubiera supuesto una calle escandalosa, pero estaba sumida en un silencio que daba la impresión de que uno la soñaba. La fachada del cabaré, iluminada por dos grandes reflectores, parecía la escenografía de una película donde Carlos Gardel —con su aire de compadrito y la mirada perdida— diría con voz de terciopelo que veinte años no es nada. Un portero envaselinado hasta los dientes los dejó pasar.

—No ha llegado —dijo Cástulo echando un vistazo a su alrededor—. Sentémonos en una mesa del entresuelo.

Unas macizas columnas sostenían un medio mezanine, del techo colgaban lámparas que hacían juego con los arbotantes que, como ramas, salían de las columnas; en una esquina había una barra donde los meseros cargaban sus charolas, y del otro lado, una tarima donde una orquesta interpretaba *Malena canta el tango*. En la pared del fondo resaltaban los espejos de piso a techo que multiplicaban el mundo y ponían al descubierto el alma bohemia de quienes iban llegando poco a poco. Un mesero los sentó junto al barandal, pidieron vino, empanadas de choclo y ensalada de tomate. Tenían hambre, dijeron. El bandoneón marcaba cada frase con la nostalgia que un joven cantante no alcanzaba a conseguir. *Malena canta el tango como quebrada*. B. perdió la mirada en la pista de baile, donde cuatro parejas hacían figuras sin que ninguna perdiera el paso.

—Para cantar tango, te llames Malena o no —comentó—, hay que tener más de cuarenta. La garganta debe estar arruinada o es imposible transmitir la farsa de ilusiones que desvela cada melodía. A los jóvenes les faltan arrugas físicas y morales. Con los bailarines sucede tres cuartos de lo mismo.

La mejor pareja de la pista andaría por los sesenta. No eran capaces de dar esos giros pronunciados donde la mujer podía torcerse la columna vertebral, pero sabían imponer a su danza una sorprendente mesura sentimental en las corridas laterales y los ochos entreverados en los medios del salón. El silencio de sus pies resaltaba sobre el bullicio con que la juventud arremetía la melodía.

—¿Crees de veras que vendrá? —preguntó Felipe, cautivado por la gracia con que aquella mujer mayor enseñaba la pierna bajo el pijazo de su falda.

—Por nada se perdería este espectáculo, ya te dije.

—Sabes que se está engolosinando con placeres mundanos, ¿verdad?

—Ella misma me lo explicó. Algo se le ha ido de las manos, cree que está a punto de saber algo que no pudo descubrir en vida y quisiera esperarse tantito.

—Phuong dice que es peligroso. No me creas, pero si Edelmira descubre eso que presiente, será muy difícil, por no decir imposible, reencarnar.

—Qué raro que estemos hablando de esto —lo interpeló B.—, tú y yo que siempre antepusimos la razón, estamos preocupados por su posible reencarnación.

—Y Edelmira —preguntó Felipe con malicia—, que siempre ponderó los beneficios de reencarnar, ¿por qué quiere esperarse tantito si lo que quiere es que la ayudes?

—No sé qué le pasa. Me pidió que no insistiera en que fuéramos con el chino, y si te soy sincero, me pareció bien. Todavía tengo que enterarme de algo más, y ayudarla a salir de "eso".

—No sé qué decirte, B. Yo también siento que todo es confuso. Tu mujer revela un mundo alucinado de deseos, el alma tiene un sexo que nos juega malas pasadas, y para colmo, nos estamos volviendo teósofos, ocultistas, o lo que sea.

La orquesta empezó a tocar de nuevo y varias parejas saltaron a la pista. El cantante se quedó sentado y su lugar lo ocupó una joven que sería unos pocos años mayor que él. Era probable que también le faltaran arrugas en la voz, pero al contrario, su estilo era canalla, de tono sucio, y tenía una capacidad de contención que el joven no había podido capturar. Quizás había sido intérprete en otra encarnación, conservaba un residuo de viejas chispas fonéticas en el timbre de su voz, y podía reflejar penas anteriores, diferentes abandonos. *Pompeya y más allá, la inundación. Tu melena de novia en el recuerdo y tu nombre flotando en el adiós.*

—Escuchando esta canción supe que estaba enamorado de Edelmira —dijo B. con la atención puesta en la forma en que la chica se prendía al micrófono con una lujuria cansada—. Este tango es la cifra del fantasma que ella encarnaba.

Fue ahí, en Pompeya, en el sur, en un cafetín donde se empezó a cantar el tango al final de los años treinta, después de la muerte de Carlos Gardel. Cástulo se las ingenió para que alguien invitara a Edelmira y hacerla bailar hasta que le perdonara el mal gusto que tuvo al chiflarle a Marlene. Creía que la chiquilla estaba armada para el tango, se le veía en las caderas, en la aflicción con que sus ojos reflejaban los instantes de alegría. No sabía la historia de su vida, desconocía que su padre cumplía su misión en la Legión Extranjera, y que su madre la llevaba a un centro de estudios esotéricos donde lo mismo leían a Platón que a Annie Bessant. Él vio otra cosa en ella, una madera que no ensamblaba con la vida espiritual. Le dijeron que había errado del todo, que aunque Edelmira era de una timidez agresiva, se aferraba a un mundo de verdades misteriosas y alegaba con ideas estrambóticas. B. quedó fascinado y quiso rescatarla de aquel mundo como otros sacan del lupanar a sus amantes. Cuando ella llegó al antro, un perfume de yuyos y de alfalfa, como decía el tango, llenó el corazón de Cástulo. *Sur, paredón y después, sur, una luz de almacén.* Al descubrir su mirada ingenua que disimulaba cierta dureza, entendió que Edelmira era la mujer de su vida. No lo podía expresar más que de esa manera tan lugar común: la mujer de su vida.

—Edelmira es la única mujer que he amado. Con el resto sólo he puesto en escena mis pasiones. Acertó: la he amado hasta en el cuerpo de otras.

La cantante parecía escucharlo y con un golpe de melena puso en el escenario su deseo y su desdicha. *Ya nunca alumbraré con las estrellas nuestra marcha sin querellas por las noches de Pompeya.* Demasiadas rimas para tanto desamparo que de repente dejaban paso a una enumeración deslumbrante: *Las calles y la luna suburbana, y mi amor en tu ventana... todo ha muerto, ya lo sé.*

—Bailando nos quisimos, el baile fue un resguardo de nuestra precaria felicidad.

La orquesta calló y el pianista siguió tocando unas cuantas notas marcadas en el lado agudo del teclado. Felipe observó que B. escrutaba el cuerpo estilizado de la joven que en la pista agradecía los aplausos y miraba hacia el mezanine.

—¿Y si el sexo fuera una metáfora? —preguntó de improviso—, ¿si al hacer el amor sólo quisiéramos encontrar el fantasma que perseguimos porque alguna vez cruzó nuestra mirada?

—¿Qué pasaría?, ¿por qué tanta terquedad?

—Porque el sexo es un pretexto para buscar lo que nos ilusiona. Después de todo, el acto dura unos cuantos minutos pero la reverberación del orgasmo, su metáfora, ocupa toda la vida.

Era el Aleph que habitaba entre las piernas de Phuong, el único sitio de su cuerpo donde ella no estaba. ¿Y si en realidad no importara el acto?, ¿si sólo deseáramos ver el vacío deslumbrante que aparece bajo el monte de Venus?

—¿Estarías dispuesto a prescindir del sexo? —preguntó Felipe en el momento que quedaron a oscuras—, ¿serías capaz de no volver a hacer el amor?

Un aplauso prolongado y el fogonazo de un reflector puso a Susana Rinaldi en el centro del escenario como si fuera la respuesta que buscaban. El piano y el bandoneón atacaron el tango, y un violín dio entrada a la larguísima voz de la cantante. Parecía un instrumento que se sumaba a la orquesta, que la letra no importaba, podía decir que *de chiquitín te miraba de afuera* o cualquier otra cosa, pues arrastraba letras y formaba palabras que nadie entendía: una cábala de acordes que lo revelaban todo.

Una frase solitaria se clavó en el entrecejo de Felipe Salcedo: *el cigarrillo, la fe en mis sueños, y una esperanza de amor.* ¿De veras el sexo era una metáfora, el simple reflejo de la fe en los sueños y la esperanza de amor? B. recargaba la barbilla en las manos cruzadas que había puesto sobre el barandal, hechizado por la figura hierática de la Rinaldi. El hombre es un ser prendido del azar que cree encontrar la razón hilando versos, pensó Felipe sin darse cuenta que pensaba, un ser inmaterial a la caza de melodías revueltas al buen tun tun, a quien una imagen fatua como bailar le hace creer que vale la pena vivir. ¿Cómo sobreviven quienes descreen que la vida consiste en sorprenderse con la línea de un tango?, ¿cómo hacen los que no han descubierto que basta con *el cigarrillo, la fe en mis sueños, y una esperanza de amor*?, ¿se puede prescindir del acto sexual por poco que dure un orgasmo, si es la cifra de esos sueños mezclados con quimeras?

Mientras cantaba la Rinaldi nadie se atrevió a bailar. El público la miraba como en un rito religioso. Hacia el final del show, sin embargo, cuando el bandoneón lanzó al aire una frase que fue recibida con un aplauso, se encendieron unos reflectores, los espejos multiplicaron implacablemente el escenario, y dos parejas salieron a la pista. Una de ellas era la de los sexagenarios que cargaban en los hombros el desgarramiento que almacenaba la intérprete en su garganta prodigiosa. *Uno busca lleno de esperanzas el camino que los sueños prometieron a sus ansias.* Los bailarines debían ser parte del espectáculo pues la interpretación de la tanguera mayor, con cambios inesperados en la síncopa, no se prestaba para bailar, pero al verlos dar vueltas por la pista, Cástulo se levantó y se dirigió a la escalera. Felipe lo siguió con la mirada sin saber qué hacía. *Uno va arrastrándose entre espinas y en su afán de dar su amor sufre y se destroza hasta entender.* B. reapareció en la pista, abrazó al aire, tomó una imaginaria mano por lo alto, y empezó a girar sobre sus pies. *Si yo pudiera como ayer querer sin prescindir.* Su soledad daba hondura a la melodía, sus vueltas empalmaban con la desesperanza que la Rinaldi sabía imprimir a cada verso. La belleza de la voz importaba tanto como el espacio de tiempo que separaba cada paso, la intención de cada palabra estaba en sintonía con el giro de las rodillas. B. se veía más alto, su tez brillaba a la luz de los reflectores, y el público lo observaba como si, por el extraño efecto de la danza, comprendiera la alquimia de amor que se operaba al centro de la pista. ¿Quién sospechaba que en cada paso de aquel tango, Cástulo Batalla descubría lo indescifrable de la vida, que no existen ni la casualidad ni la muerte, y que en sus cruces de arriba abajo, de izquierda a derecha, los hombres se enteraban de que *uno está tan solo en su penar, uno está tan solo en su dolor*?

Por un instante Felipe creyó que el juego de luz de los espejos le permitía dilucidar el perfil de Edelmira como si fuera un destello. Tuvo un golpe de conciencia como el que sintió cuando ella se volvió para mirarlo en la comida del señor Castro, con la diferencia de que, aunque no había tomado el té de Lee, también ahora podía verla. La felicidad la había transformado de un modo atroz, y a Felipe le quedó un átimo de inteligencia para medir la devastación que su cara, arrebatada de placer, causaba en B. Se dice que bailar tango es como luchar con un ángel y encontrar el modo a la divinidad que incomprensiblemente está en la vida. La imagen que daban Cástulo y Edelmira era la de saberse aceptados en una dimensión a la que los demás eran ajenos. Si alguna vez B. quiso ganar a su mujer para la farra, ahora ella lo ganaba para su mundo.

Tras una de sus corridas laterales, Felipe vio la silueta de Gregorio al fondo del salón. Su cara permanecía oculta en las sombras pero pudo distinguir el cuerpo fornido, la espalda recargada sobre el muro, la pierna derecha firme sobre el piso, y la otra cruzada, descansando sobre la punta del zapato.

Presa en los versos de Santos Discépolo, la Rinaldi se colocó junto a B. *Si yo tuviera el corazón, el corazón que di. Si olvidara al que ayer lo destrozó y pudiera amarte, me abrazaría a tu ilusión para llorar tu amor.* Cástulo retrocedió tres pasos, detuvo un pie en el aire, un silencio efímero congeló el tiempo y lo unió para siempre a la cantante. Se abrazaron mientras el público aplaudía con un palmeo que fue creciendo hasta que dominaron los gritos de bravo, Susana, bravo.

En el camino de regreso, B. le comentó a Felipe que había bailado con Edelmira. No podía darle los detalles de la conversación que sostuvieron mientras bailaban, pero era bueno que supiera que le iba a tender una trampa.

—¿Una trampa? —preguntó Felipe, sorprendido del cambio de actitud de B. Sus ojos tenían algo de la brillante sequedad de su abrigo de pelo de camello, como si innumerables cabellos de luz resplandecieran en la superficie insolente de su mirada—. ¿Es esa la manera en que vas a ayudarla?

—Necesito averiguar si me ve mientras cojo con Carmelita. ¿Te acuerdas que me lo preguntaste cuando comimos en *El Mirador* y te dije que tenía que encontrar el momento adecuado para descubrirla? Pues ya lo encontré.

—No era para tanto, y después de lo que sabes, resulta irrelevante.

Cástulo arrugó la boca en un puchero. No lo dijo, pero la posibilidad de que Edelmira se estuviera entrometiendo en su vida sexual le había dado la coartada que necesitaba para ocultar que en su interior había nacido un sentimiento que era como un rizoma entrando en su cerebro, de manera tan profunda, que lo dejaba sordo para cualquier otra cosa que no se relacionara con sus sospechas. Expresado con estas palabras sonaba al tópico de un obsesivo, pero era más que una obsesión: Edelmira se había negado a regresar con él, y B. sentía la cercanía de la desesperanza como una masa de aire moribundo, temía que la desilusión fuera invadiéndolo, y que iría cayendo en un pozo mientras el polvo frío de la acidia se adentraba en sus pulmones. ¿Cómo podía ayudarla *a salir de eso* si se empeñaba en alejarlo?, ¿qué se escondía tras su negativa? Existen crueldades que resisten tan mal la prueba de la verdad como ciertas bondades de las que hacemos alarde, y Cástulo Batalla tenía que luchar contra su indolencia, contra las costumbres del pasado, y descubrir la verdad: sólo *su* verdad.

—Mañana es la cena que te hacen los Navarro, ¿verdad?

—Sí —contestó Felipe—. Te invitaron, ¿no es así?

—Me va a servir para ponerle la trampa a Edelmira, y de paso aprovecharé para presentarte a Carmelita.

—¿La vas a llevar?

—Sí. Leyó tus artículos de *El Periódico* y tiene ganas de conocerte.

Dejaban las calles malévolas de Pompeya y su Soho se perdía en la bruma del espejo retrovisor. *Pompeya y más allá, la inundación*, podrían haber cantado.

—No escarmientas, B. Si el sexo es una metáfora, ¿por qué insistes tanto?

—Fue una idea, a lo mejor una inspiración.

Siempre se tienen más esperanzas que posibilidades, pensó Felipe Salcedo. Era el drama de B., la condición que compartía con el favorito del rey: esperaba que un guiño de su mujer lo librara de su destino aunque no supiera si estaba condenado a vivir con otra mujer o morir en las garras de un león. Esa era la moraleja que podía derivar de *La sentencia*: Cástulo Batalla haría lo que Edelmira le ordenara, para eso, ella se había adueñado de su miedo y del sexo de su alma. Lo miró con ternura, con compasión, y notó que una mancha brillaba sobre la solapa de su saco.

—Te manchaste —le advirtió con una sonrisa.

B. pasó los dedos por la mancha húmeda y dijo que era una lágrima.

—Mientras bailábamos, una lágrima asomó en el ojo izquierdo de Edelmira. Dimos una vuelta sigilosa sin perder la instrucción del piano y recargó la frente en mi pecho. Me debe haber manchado.

Debió de ser una lágrima de felicidad, se dijo Felipe recordando la ilusión de haberla visto bebiendo el tango con la cara arrebolada entre el humo de cigarrillos. Le hubiera gustado saber cómo hacía un fantasma para llorar, pero aún más descubrir por qué había empezado a llorar por el ojo izquierdo.

—¿Qué le pasó?

—No me lo dijo —respondió B. acariciando su solapa—, no me dijo nada.

Quizás el fulgor que delineaba la silueta de Edelmira había coincidido con sus lágrimas, y por ello su cara, bajo la luz amarillenta del salón, desdecía y alteraba su efímera esperanza. Felipe supuso que después se habría reunido con Gregorio. Él la esperaba al fondo del salón para que le confiara la naturaleza de su llanto y por qué había llorado por el ojo izquierdo. ¿Si la muerte fuera otra vida en la que vamos olvidando cómo fue la muerte?, se preguntó observando el espejo retrovisor para ver si descubría los fantasmas de Gregorio y Edelmira caminando por las calles de Pompeya.

Cuatro

Por esos días (mientras Felipe buscaba a Cástulo por todo Santomás) *El Periódico* le había encargado que cubriera una exposición que estaba causando revuelo en los círculos artísticos. José Navarro —un artista de la escuela melancólica, muy amigo del Miró de la primera época— pintó una serie de cuadros sobre la ciudad, titulados *Mujeres a la luz de la luna*, en los que retrataba fragmentos de esquinas, plazas recónditas, bares taciturnos, y un parque idealizado en tonalidades blanquiazules. Felipe conocía de lejos a Navarro, era uno de los vecinos del Edificio Condesa, B. le había ponderado su arte, y fue a su exposición extrañado por el repentino éxito que había alcanzado. Recorrió el salón buscando a Cástulo pero muy pronto cayó cautivado por la parafernalia de soledades que descubría en cada pintura. De lejos, los cuadros daban la impresión de que el artista había conseguido que una simple degradación de colores captara la atención del espectador, pero si uno se acercaba podía ver la representación de una escena difuminada, como si una pintura de Edgar Hopper estuviera vista a través de la niebla espesa de la madrugada. En ningún cuadro aparecía persona alguna, pero en su desolación se adivinaban las mujeres a la luz de la luna que daban nombre a la serie. Felipe tuvo la impresión de que aquellos seres ausentes convocaban la realidad y que ésta permanecía intacta gracias a que se habían ido. El delirio que encerraba esta idea renovó su visión de la ciudad: el pintor había retratado la evanescente tranquilidad de Santomás, y sus tonalidades alucinadas desvelaban el misterio de sus calles laberínticas, el enigma de sus azarosas entradas y salidas. Felipe podía ver que la ondulación de la rama de un árbol era una metáfora del viento, o que la sombra que cambiaba en la arista de una pared probaba la vigencia del pasado. Había un cuadro del Pasaje Güemes donde un detalle —un monedero tirado en la vereda— daba a entender que la leyenda era cierta: una prostituta había escapado por La Galería. ¿Cómo había conseguido que un objeto inocuo y unas cuantas monedas regadas a su alrededor dieran sentido a todo un cuadro? En música se conoce como fuga a la composición en la que un tema es desarrollado en multitud de variaciones, hasta que al final, más que haber desaparecido, el residuo fugado tiene una presencia tan infaustamente presente que el espectador intuye que la música esconde una revelación. Navarro parecía servirse de esa técnica musical, y Felipe notó que el monedero y el dinero esparcido por el suelo eran un símbolo que había estado insinuado desde el primer cuadro, pero que parecía confundirse en la vorágine cromática en que desaparecía junto a las mujeres enlunadas.

Quedó tan seducido por la exposición que esa noche escribió cinco crónicas que se publicaron a lo largo de la semana siguiente. Fue una epifanía que le dicen, como cuando escribió sus *Retratos literarios*. Desde la primera palabra percibió que lo rodeaba un aura roja, creyó que la luminosidad giraba al son de una melodía, pero luego comprendió que el movimiento era una ilusión semejante a la que produce escuchar una fuga musical, y que, sin verlas del todo, las pinturas de Navarro revelaban sus secretos dando vueltas. Por un momento le pareció percibir el aroma del opio, a su cuerpo regresó la sensación de embaimiento que lo invadió antes de entrar al armario del chino, y sintió que sus frases se fundían en un torbellino para abrir su mente con un destello. "Esto debe ser la inspiración", se dijo, "algo, alguien, se ha colado en mi interior". Parecía que levitaba gracias a una sintaxis desconocida, y que escribir significaba embarcarse hacia una meta ignorada para lograr la fusión —debido a la alquimia cifrada en la fuga— del mundo exterior y el que subterráneamente lo habitaba.

Cuando terminaba de escribir la última de sus crónicas, recordó que Edelmira había aventurado que él era el resultado de unas cuantas frases, de las citas que inexplicablemente se le venían a la cabeza a propósito de nada. Su don particular —la bibliomancia— actuaba desde entonces fuera del ámbito de su voluntad, y a la sombra de esta evocación sacó su libretita Moleskine, revisó lo que había apuntado en su vagabundear por terrazas y cafés, y le sorprendió que todo lo que había escrito esa noche acerca de *Las mujeres a la luz de la luna* ya estaba anunciado en *La experiencia de Cástulo*. Aquellas notas desbalagadas contenían más verdades de las que estaba dispuesto a aceptar, y eran la prueba de que su *inspiración* había nacido en el mismo momento que visitó el Pasaje Güemes y un tumulto de sombras se apoderó de su alma. El universo en el que se había sentido caer no era una pesadilla sino una especie de felicidad trazada con recuerdos, imágenes y revelaciones inesperadas, como las que esa noche había vuelto a sentir —a presentir— observando las pinturas de José Navarro.

Sus crónicas recibieron tan buena acogida que le garantizaron una columna semanal en *El Periódico*. La persecución de B. y la ciudad que descubrió entonces (con las similitudes que guardaba con las pinturas de Navarro), parecía devolverle una ambigua identidad. Podría decirse que el laberinto para armar ilusiones que, según el chino Lee era Santomás, había por fin seducido a Felipe Salcedo.

La esposa del pintor, Maricarmen Navarro, estuvo tan contenta con los reportajes que le propuso hacer una cena en su honor. Felipe aceptó, y le pidió que invitara a Cástulo. Después de todo, dijo, eran vecinos. Nunca hubiera imaginado que B. iba a aprovechar esa circunstancia para ponerle una trampa a su mujer y descubrir si lo veía cogiendo con sus amantes.

De regreso de Pompeya, Felipe pensaba que las pinturas de Navarro habían quedado suspendidas en su memoria, y que no era extraño que sintiera que en esa noche de tangos había sucedido algo que podía calificar de parte complementaria de las crónicas que había escrito unas horas después de ver la exposición. Dejó a B. en la puerta del Edificio Condesa, dijo que iba a guardar el auto en la cochera, y quedó de verlo en la cena de la señora Navarro.

—Te va a sorprender mi plan con Edelmira —le dijo Cástulo, el otro Cástulo, que iba y venía en su mirada para que Felipe atestiguara su fuga y su regreso. Parecía tener como fondo, triste, solitario, y final, a *Las mujeres a la luz de la luna*.

Felipe arrancó el coche pero en vez de ir a la cochera fue al Pasaje Güemes, y se estacionó donde había estado la *maison de rendez-vous* de Madame Josiane. Lloviznaba y la luna teñía de blanco el majestuoso arco de la entrada. Sintió que los personajes que había visto buscando a B., esas personas que le sugerían historias desmesuradas, eran como las mujeres pintadas por Navarro, ausentes a la luz de la luna, fugadas a la sombra. "Como si fueran frases musicales, la alquimia de la fuga les da vida". Era posible que en el reino crepuscular de La Galería existiera un mundo paralelo del que había nutrido las notas de su libretita negra. "Uno avanza a tropezones por la vida hasta que llega un accidente, una enfermedad, un acto melancólico", se dijo hipnotizado por la luminosidad de la noche. "El tiempo se detiene y uno se precipita en un agujero. Basta un juego de palabras para emerger en otro mundo, fugado del primero, donde el tiempo se reanuda aunque no se sepa para qué se ha reanudado".

Era probable que Cástulo estuviera al tanto de lo que sucedía dentro del Pasaje, o que al menos lo hubiera sospechado por lo que el viejo Solell dejó entrever a sus hijos, lo que implicaba que el chino debía conocerlo de sobra. De alguna manera, que hasta ese momento se aclaró en su mente, supo que había sido Lee quien condujo sus pasos hasta el arco de la entrada, y que por eso, como anticipo digamos, le había dicho que estaba metido hasta el cogote en la experiencia de Cástulo. Era posible incluso que, gracias a las gotas de Bach que Edelmira le había recetado, el chino se hubiera colado a su interior para inspirarlo —para hacer renacer su *inspiración*— y que pudiera comprender las pinturas de Navarro. Era una conclusión descabezada

pero posible, que le hizo recordar la premonición que lo
había asaltado en el Café de los Artistas, sacó su libretita
y la abrió por el medio:

Ficha nueve: Camposanto:
Los veo pasar y no saben que su vida escrita empieza en este
párrafo. Aunque no sé si este juego esconde algún peligro, es-
toy seguro que no pueden evitar sentirse amedrentados con
mi mirada. Si las historias que corren acerca del Pasaje Güe-
mes fueron inspiradas por ellos, ¿quién podría negar que la
bailarina que se tiró del techo lo hizo porque ya no podía so-
portar su persecución? Aunque es posible que alguien antes
que yo los hubiera descubierto, y dejara correr esas leyendas
para distorsionar la verdad. Ese alguien, incluso, pudo haber
escrito sobre éste, su otro cielo.
Me pregunto si así como yo los distingo entre la muchedum-
bre que se apretuja frente a los aparadores, ellos pudieron ha-
berme visto mucho antes de que yo lo hiciera. Son tan pálidos
y proceden con tanta eficacia que es difícil saberlo. Me aterra
pensar que en su deseo de evitarme hay algo espantoso que los
vuelve una especie de cadáveres que respiran. ¿Será que me
confundo y no veo que su palidez es la otra cara de su felici-
dad?, ¿que estos hombres sin sus sueños no son hombres?, ¿que
parecen darse por muertos para no morir?

Sabía por qué había escrito la última frase (no era una simple ocurrencia que apuntó para que su significado no se
perdiera) pero en ese momento le provocó una ola de rencor, compuesta de malos ensueños y peores posibilidades:
Lee estaba jugando con él (era otra conclusión descabezada, pero también posible), pues la ficha entera confirmaba una conjetura que debió haber aceptado hace mucho
tiempo. Aunque, pensándolo bien, podría haberse equivocado porque cuando apuntó esas reflexiones estaba confundido a causa de la turbación que sentía en La Galería;
podría equivocarse ahora mismo por haber evocado el mis-

terio de los cuadros de Navarro; o porque después de la charla que había tenido con Cástulo, lo había visto bailar con Edelmira y no se recuperaba de la sorpresa; o aún porque la luna lo había hechizado. Bruscamente decidió que en el mundo —en *su* mundo— no había lugar para señales o significados alternos, y que sus deducciones eran producto de ese algo que se había colado a su interior y que él confundió con *inspiración*. Sí, podría haber errado en sus conclusiones, podría incluso haber estado equivocado cada día de las tres últimas semanas, pero inevitablemente sentía que tenía razón. "¿Razón de qué?", se preguntó.

Cástulo observó a Felipe sentado al volante y le dijo adiós con la mano después de advertirle que iba a sorprenderlo con la trampa que pensaba ponerle a Edelmira. Entró al patio, le pareció escuchar un cambio de velocidad y el ruido del motor que se perdía en la lejanía. "No fue a la cochera", pensó. Se sentó en la banca en que le había regresado a Maribel los zapatos que le robó Edelmira. "Nunca debí decirle que trajera a su padre". Se restregó los ojos al sentir las gotas de una incipiente llovizna. Levantó la cara y observó la luna que vagaba entre las nubes, y la lluvia que caía desde un cielo negro sobre aquel patio desierto, sobre el río, la ciudad y las montañas azules donde empezaba el mundo. Volvió a acariciar el vestigio de la lágrima que manchaba su solapa antes de que desapareciera con el agua. ¿Por qué Edelmira no quiso volver con él si se había puesto a llorar? "Puedo decirle a Felipe que regrese solo", le había dicho, "y nos vamos por ahí para ver cómo te ayudo". Ella le comentaba algo que no tenía ningún sentido. "Cuando regreses a ese día, acuérdate: te miré con todos los ojos, te acaricié con todas las manos". Cástulo sentía que aquella frágil expresión intentaba descubrir otra realidad, y que de alguna manera lo ayudaría para sacarla de *eso* que había vivido, o en lo cual, por ilógico o deschavetado que pareciera, todavía estaba viviendo. El significado de su frase parecía naufragar en las aguas negras de una profecía, aunque él no supiera a qué día se refería, ni cuál era esa fecha a la que debía regresar como si de un lugar se tratara. Se le vinieron mil ideas a la cabeza, pero estaban al final del tango y dio un giro sobre los pies, Edelmira ejecutó uno de aquellos ochos que la hacían una bailarina excepcional, Susana Rinaldi se acercaba para finalizar la canción a su lado, y no tuvo tiempo de interpelar a su mujer. Fue cuando ella empezó a llorar con una lágrima que inundó su ojo izquierdo. Después de los aplausos, B. le pidió de nuevo que se fueran juntos. Necesitaba que le explicara cuál era el día al que debía regresar. No aceptó, incomprensiblemente, pero dijo que no. Después de la pelea con Madame Littlewood, después de que no encontró a Liz en todo el día, después de que recuperó el gusto por el tango bailando con ella, lo último que Cástulo quería sentir era la infranqueable distancia que lo separaba de su esposa. "Ve a casa y mañana nos arreglamos con Carmelita", había dicho la muy canalla. ¿Para qué arreglarse con ella si Liz se había fugado?, ¿para qué, si Edelmira se sumía en la melancolía? Le pareció percibir cierta zozobra a que la vieran, como si sospechara una celada. Eso le dio la idea de ponerle una trampa. Se acordó que tenía que entender algo. "Para que entiendas, mi vida", había dicho Edelmira cuando la enteró que Liz quería presentarle a su mamá. Era probable que hubiera puesto una coma de más, la coma más traicionera del mundo.

B. apretó los labios y sintió que se le reblandecía la lengua. Le dolió la garganta, las cuerdas vocales, y un nudo de desilusión se le empezó a formar en el pecho. Él, Cástulo Batalla, había tratado de eludir su futuro de Don Juan pero ahí estaba, en el patio del Edificio Condesa, esperando que apareciera el convidado de piedra que emitiría la sentencia para que se abrieran las puertas del infierno. Perdió la vista entre los arbustos, donde los prados simétricos se confundían con las sombras, esos prados en los que hacía muy poco creyó ver el corazón roto de la suerte. "La coma más traicionera del mundo", repitió, y supo que Carmelita tendría que ayudarlo. Llega el momento en que una mujer sólo sirve de tránsito hacia otra, y él no se iba a quedar esperando a que Edelmira le señalara una de las puertas de su destino, había hecho demasiadas cosas para no tener razón. "¿Razón de qué?", se preguntó.

Cinco

No podía olvidar que lo había descubierto. A pesar de los días transcurridos seguía sintiendo su mirada como un arañazo. Había tratado de escabullirse en un tramo del Pasaje Güemes pero Felipe tuvo la habilidad de no perderlo de vista. Su mirada le dolía. Tenía que decirlo así, con esa sensación que en su caso era un eufemismo: le dolía. Había quedado de encontrarse con Edelmira frente a la zapatería donde vendían calzado de Manolo Blanes, y cuando la vio trató de advertirle que no se acercara. No lo entendió y, aún más, corrió hacia él para abrazarlo. Por fin estaban juntos, pero su mala suerte había hecho que Felipe los descubriera. "No es posible", dijo ella mientras se alejaban, "aunque no importaría pues m'hijito es de fiar". "No es cuestión de fiar", dijo Gregorio, "¿qué significa *de fiar* en nuestra circunstancia? Tenemos que ocultarnos, Edelmira, ¿no lo entiendes? Actuemos de una vez". No dijo nada más porque ella empezó a hablar: "Necesito unos días", le suplicó de la misma manera que, según le explicó mientras se alejaban, se lo había pedido a Cástulo. "Sólo unos días", repitió. "Creo que estoy a punto de comprender algo que en vida nunca comprendí". Se sentía fascinada cuando B. la encontraba en la mañana, la embelesaba que la vistiera de una forma distinta en cada ocasión. "Dondequiera que me encuentre, siento que bajo su mirada estoy a punto de ser alguien. Te lo dije alguna vez: no es que estemos hechos el uno para el otro, sino que estamos hechos el uno *por* el otro. Quizá por eso había olvidado nuestra cita. Entiéndeme por favor". Cómo iba a entenderla si no la había entendido nunca, con el agravante de que ahora se les acababa el tiempo. "Felipe nos vio", dijo Gregorio, "¿te das cuenta de lo que eso significa?". "No te preocupes", repitió ella, "el asunto de Carmelita está hecho, y Liz ya no importa". No pudo con su terquedad, tuvo que aceptar su proposición por arriesgada que fuera. "Uno o dos días más", volvió a decir Edelmira. "Le diré a Cástulo mi secreto después de una comida a la que va a ir con la jovenzuela, y todo será más fácil. Confía en mí. No va a ser fácil, lo sé, no se cómo va reaccionar cuando le cuente cómo fue que vivimos en realidad, pero le voy a pedir que me ayude a salir de eso".

Cuántos podían ser en su criterio uno o dos días más, se preguntó Gregorio, pues ése era precisamente el tiempo que había transcurrido desde aquella plática. Estaba de nuevo en su banca —podía decir con certeza que era *su* banca— del patio del Edificio Condesa. ¿En qué momento había hablado con Cástulo, si es que ya había hablado con él?, ¿habría aprovechado que mientras bailaban, B. no tenía ojos más que para ella? Sí, era probable que entonces lo hubiera hecho. Según pudo percibir se dijeron algo. Hubiera podido acercarse para dar el asunto por concluido, pero prefirió quedarse atrás de la columna, en la misma postura que hacía años, el día en que su compadre se enamoró de ella, los había observado bailar. El recuerdo lo ofuscó y vio que Edelmira se quedaba sola en el centro de la pista. B. regresó con Felipe y ella se alejó restregándose los ojos. La perdió a la salida de La Casa Rosada, o más bien, no quiso seguirla. Ya se encontrarían más tarde en el patio del Edificio Condesa.

Cástulo y Felipe llegaron antes que ella, Gregorio los escuchó decir algo de un plan, pero no pudo entender a qué se referían. Su compadre entró como despistado y Felipe arrancó su coche. No se necesitaba ser muy ducho para saber a dónde iba. Soplaba el viento y una lluvia, como el rocío, caía sobre los prados simétricos del patio. B. se sentó en una banca que quedaba a veinte metros de la suya. Miraba, sumido en sus pensamientos, hacia las sombras como si supiera que Gregorio estaba ahí. Él se quedó quieto como si tuviera el pálpito de que algo, efectivamente, le había dicho Edelmira. ¿Hasta cuándo iba a resistir? Recordó la camisa pintada con los besos de carmín, Cástulo la había guardado y a lo largo de esas tres semanas no la había sacado. ¿Así funcionaban los ensalmos?

Cuando llegó Edelmira, B. se había retirado y Felipe no regresaba todavía. "Ha sido horrible", dijo ella cubriéndose la cara. Conforme pasaba el tiempo empezaba a sentir aquellos sentimientos confusos que vulneraban su vida. "Casi no vuelvo, sentía que estaba a punto de caer en una trampa. Paseaba por la boca del río y de pronto creí que me perdía y no volvería a verlos, ni a ti ni a Cástulo. No sé cómo explicarlo. Estaba tan contenta después de haber bailado. Le dije a Cástulo que teníamos que regresar a aquel día, aunque creo que él no me entendió. Debí explicárselo pero algo me perturbó y no pude continuar. ¿Qué me pasó?". "Alguien te vio", le advirtió Gregorio, "tengo cierta experiencia, Edelmira, si no hay nadie que te cuide, lo más probable es que una mirada te lastime y sientas deseos de transformarte al son de los deseos de quien te observa". Pensó en una forma, sólo una forma, que corría, un ser a punto de desintegrarse, un rostro de plata que resplandecía a la luz de la luna reflejada en el río, una figura que dejaba de ser lo que siempre había sido para convertirse en todas las identidades, todas las personas, todos los nombres. "No es posible", dijo ella. ¿Qué criatura es ésta, se preguntó Gregorio, tan necesitada de cariño? "No te entiendo", le dijo, "si tanto me deseas a tu lado, ¿para qué te expones de esa manera?". Edelmira retrocedió dos pasos y Gregorio dejó de verla. La lluvia arreciaba, la luna seguía brillando tras las nubes, el agua había adquirido una tonalidad azulina, y se presentía tormenta. "Está bien", dijo Edelmira. Gregorio tuvo la impresión de que ya no estaba, que se había convertido en una voz. "No tienes mucho tiempo", le advirtió, "me pareció escuchar que Cástulo ha hecho un plan". "Pobrecito", comentó la voz. "Tengo que hacerle el guiño definitivo. Es la única esperanza que nos queda, ¿verdad?".

Un rayo estalló en el cielo y abrió en dos la oscuridad.

La fuga

La sensación de que todo es sueño,
como cosa real por dentro.

ÁLVARO DE CAMPOS, *Tabaquería*

Uno

—Tuve que venir con las dos —dijo Cástulo al oído de Felipe.

Llegaron casi al mismo tiempo, les abrió una mucama, y entraron juntos al vestíbulo de los Navarro. B. lucía grandes ojeras colgadas en círculos concéntricos alrededor de los ojos. Parecía retrato de Giacometti. Presentó a Carmelita con Felipe mientras la ayudaba a quitarse el tapado que llevaba sobre los hombros.

—Mucho gusto —dijo ella tendiendo el brazo con una sonrisa.

Seguramente esperaba que Felipe le besara la mano pero él sólo se la estrechó sin apartar los ojos del escote en V donde se apretaban sus grandes tetas.

—¿Dónde está Liz? —le preguntó a Cástulo sin despegar los labios.

—La otra es Edelmira —contestó él con un susurro—. Estoy atosigado. Atosigado es poco, estoy acalambrado. Esa es la expresión, acalambrado.

Le había pedido a Carmelita que lo acompañara con la doble intención de corresponder a la comida que lo convidó con los Rotarios, y después invitarla para que pasaran la noche juntos. Le parecía el pretexto ideal para que Edelmira se delatara.

—Es lo que tú hiciste con la modelo, ¿no? Invitarla a mi casa para después llevártela a coger a tu departamento. Pues te copié. No estoy seguro de que Carmelita acepte pues no quiere dar motivo para que la gente piense mal de ella, pero si de casualidad se atreve, tomaré los polvos del chino para averiguar si Edelmira tiene la delicadeza de retirarse antes de que nos vaya-mos a la cama.

A la hora de ocultar sus propósitos, Cástulo se creía mejor que cualquiera, y se guardó que esa invitación en-cubría, no la intención de desenmascarar a su mujer, sino saber por qué se había negado a acompañarlo de regreso de Pompeya. Había estado reflexionando toda la noche en la actitud de Edelmira, y había llegado a la conclusión de que algo le sucedió antes de la comida de Liz. Entonces no lo percibió con claridad, pero cuando recordó la forma en que con tanto cuidado revisaba su álbum de fotos, tuvo una sospecha que había ido creciendo paulatinamente. Era evi-dente que desde ese momento, Edelmira había empezado a conducirse de manera extraña, y su intuición le decía que Gregorio tenía que ver con su cambio de actitud. Nunca tocaba el tema de su compadre con ella, sentía asco ante la posibilidad de descubrir que algo inconveniente había sucedido entre ellos (enterarse de su secreto ya había sido suficiente), y decidió que era mejor sorprender a su mujer con las manos en la masa. Por ello pensó en tenderle una trampa que por un lado la despistara, y por otro le evitara la vergüenza de confesarle a Felipe sus temores.

—Si la quieres sorprender, ¿para qué trajiste a Edel-mira? —preguntó Felipe.

—Mi mujer se me adelantó —dijo Cástulo fingiendo enfado— y cuando fui por la mensa de Carmelita, ya es-taba ahí, vestida muy a tono con su amiga.

Subieron al auto (Edelmira se sentó atrás) y Carme-lita comentó que estaba feliz de conocer a sus amigos. "Es hora de que sepan que te puedo hacer tan feliz como tu es-posa". B. observó por el espejo retrovisor el júbilo con que Edelmira recibía esa declaración. "Es lo que le gustaría a ella", agregó Carmelita para sorpresa de Cástulo. "¿A Edel-mira?", preguntó él. "Sí, esté donde esté, creo que aprueba nuestra relación. Aún más, tengo el presentimiento de que haría lo posible para unirnos".

Felipe atribuyó a esa circunstancia la palidez cetrina que descubrió en B. cuando llegaron: no sabía cómo interpretar los embates de casamentera que habían renovado el entusiasmo de la pérfida Edelmira, aunque, en realidad, su preocupación se debía a que la inesperada presencia de su mujer le hizo temer que su comportamiento no tuviera nada que ver con Gregorio. Si de verdad sólo quería ayudar a Carmelita, ¿qué iba a hacer si era ella quien salía airosa de la trampa y él quedaba en ridículo?

—Ya averigüé quién la viste —masculló para avispar su entendimiento.

—¿Quién viste a quién? —susurró Felipe.

—A Edelmira, tarugo, ¿a quién si no? Su vestido lo escogió Carmelita.

—¿Y cómo hace Carmelita para vestirla si nunca le has dado a tomar los polvos del chino, y por ende, no la ve? —preguntó Felipe con una lógica aplastante.

—Sospecho que Edelmira se las ingenia para que, aún sin verla, piense en ella. No sé cómo le hace, pero esta mensa trae una nostalgia bárbara por mi esposa.

Como nadie venía a su encuentro entraron al recibidor y vieron tres pinturas recargadas sobre una pared. Seguramente José Navarro las acababa de pintar y quería que las vieran. En cada una, envuelta en una sinfonía de grises, había una barca en medio de una playa desierta. El mar se adivinaba al fondo, oculto por una espesa niebla. Era imposible saber si alguien había desembarcado o estaba a punto de zarpar, si el sol iba a despuntar o acababa de ocultarse. Lo único patente era la desolación, la melancolía cromática. Cada una de aquellas pequeñas lanchas le daban el pretexto para señalar que nada era seguro, que la incertidumbre era lo único cierto, lo único que interesaba al pintor, lo único en que el espectador habría de naufragar.

Cástulo miraba los cuadros tomando la mano a Carmelita, parecía que iba a decirle algo, pero se volvió hacia el lado contrario y preguntó al aire:

—¿Que si recuerdo Calella de Palafrugell?

Ni Carmelita ni Felipe contestaron, solamente lo observaban.

—Claro que la recuerdo —agregó B. acariciándose la cara con la mano que le quedaba libre—. Así era la soledad que sentimos aquella tarde. Igual de gris, tan melancólica como esta pintura. Es posible que esta barca sea la misma que vimos allí.

Carmelita se inclinó hacia adelante, trató de ver si alguien había entrado sin que lo hubiera notado, pero al comprobar que seguían solos reprimió una sonrisa en la que Felipe distinguió una mueca que se atrevió a calificar de macabra.

—Estoy de acuerdo —continuó Cástulo, como si respondiera a un diálogo—, es el símbolo de una emoción muy íntima, y claro, tienes razón... Ahora me doy cuenta de que con las pinturas, puestas una al lado de la otra, se nos quiere mostrar tres instantes efímeros de la misma nostalgia... ¿No es nostalgia?...

—¿Con quién hablas, cariño? —lo interrumpió Carmelita, muy discreta, muy dueña de sí misma, lo que sea de cada quien.

Cástulo se volvió y fijó su mirada en las cejas levantadas de Felipe.

—Con ustedes, mi vida —dijo con una sonrisa hipócrita.

—Nosotros estamos de este lado —intervino Felipe—, no de aquél.

B. soltó una carcajada fingida, iba a contestar cualquier cosa, pero lo salvó la llegada de Maricarmen Navarro. Le gustaba que le dijeran así, Maricarmen Navarro, completito, cada vez que se referían a ella.

—¡Pásenle! —dijo abriendo los brazos para cobijar a sus invitados en un abrazo múltiple—. Tú debes ser Carmen Zamacona, ¿verdad?

Las solitarias barcas de los cuadros quedaron a sus espaldas, sumidas en la atmósfera gris en la que naufragaban o de la que quizás acababan de salir airosas, ¿quién podía decirlo?, ¿quién sería capaz de descifrar el enigma de su desolación? Posiblemente Edelmira había tenido otra opinión, tal vez fue capaz de darle otro sentido a la melancolía de cada cuadro. Es posible que así se lo hubiera dicho a Cástulo en el breve diálogo del que Carmelita y Felipe sólo escucharon la mitad que dijo él.

—Yo también me moría porque nos presentaran —contestó Carmelita zafándose de la mano con que Cástulo quería retenerla a su lado.

Hasta ese momento B. entendió que se había percatado de que había hablado con alguien que ella no podía ver. Edelmira empezaba a ganarle la partida y él cedía irremediablemente a sus deseos. Ojalá y cuando menos hubiera podido comprender a qué se refería cuando habló de la soledad del amor, y por qué, aunque parezcamos satisfechos, siempre buscamos quien nos ayude a realizar ese amor que sentimos sin saber que lo sentimos. Para qué decir que el asunto rebasaba con mucho el tema de las pinturas, y que él se había dejado envolver por sus comentarios.

Felipe observaba maravillado las continuas distracciones de B. Parecía el momento adecuado para saber si aparecería ese nuevo Cástulo que lo había sorprendido la noche anterior, pero no sacó nada en claro de la forma en que lo miraba para luego luego sumirse en sus cavilaciones. "Lástima que no haya traído los polvos de Phuong", pensó, "así podría ver lo que hace Edelmira, aunque nunca hubiera imaginado que este tarambana, el nuevo o el viejo Cástulo, iba a traer a su mujer".

—¿Les gustaron los cuadros de José? —preguntó Maricarmen Navarro.

—Cástulo decía algo muy embrollado —comentó Carmelita con una sonrisa irónica—, de un lugar llamado Palafrutantos.

—Palafrugell, querida, Calella de Palafrugell —dijo Maricarmen Navarro para, sin saberlo, sacar del atolladero a Cástulo—. Somos catalanes, ¿sabes?, y José vio las barcas en ese puerto. Se encuentra cerca de Barcelona y ahí veraneaba en su infancia. Te lo ha contado muchas veces, ¿no es así, Cástulo?

—Sí, sí —contestó B. tomando al vuelo la oportunidad que de momento lo dejaba a salvo—. Trataba de decirles que yo también había visto esas barcas y recordaba que José las había descubierto ahí, en Calella de Palafrugell.

—Pero hablaste en plural, Cástulo —reatacó Carmelita—. Dijiste algo así como, "así era la soledad que sentimos aquella tarde". ¿Quiénes *sentimos*, querido?

—Los dos *sentimos*, mi amor —contestó Cástulo sin titubeos—, José por su parte, y yo por la mía. Nuestra vida podría ser la de dos almas gemelas.

Bastaba un gesto, una palabra de B., para que Felipe cayera rendido por su ingenio. Avanzó para abrazarlo pero su inconsecuencia verbal se lo impidió.

—¡Cómo crees que voy a contar eso! —gritó Cástulo mirando al vacío.

Carmelita se volvió hacia él con un salto.

—¡Uy uyui uyui! —dijo Maricarmen Navarro como si ella fuera la destinataria de la exclamación—, eso no va a ser problema, a José le encanta contar su vida, y si ustedes dos son almas gemelas, con más razón. De chiquito mi marido fue un paria al que, según me dijo cuando nos conocimos, sus padres abandonaron en un orfelinato y tuvieron que fingir que estaban muertos para que lo aceptaran.

—La muerte, qué problema, ¿no? —comentó Felipe codeando a B.

—Sobre todo cuando es fingida —agregó Maricarmen Navarro con tono trágico—, cuando ves a tus padres a escondidas porque se cree que han muerto.

—¡Qué horror! —exclamó Carmelita premonitoriamente—. Habrá sido como ver a un muerto caminar por la calle.

—Haga usted de cuenta —comentó la anfitriona—. Esa experiencia dejó una huella bárbara en mi marido. Cástulo le dijo una vez que no dudaba que fuera la causa de que en sus pinturas no hubiera seres humanos.

—Bueno —intervino B., que había aprovechado la conversación para tomar de nuevo la mano de Carmelita y borrar a Edelmira de su mente—, me pareció que era una explicación plausible de la desolación que se respira en sus cuadros.

Habían llegado al living. Ahí se encontraba el ya aludido José Navarro (quien, por la risa, parecía no tener huella ni de la tristeza ni la desolación de su pintura), el chino Lee (con su enigmático disfraz de doctor Fu Manchú), y Phuong (con la minifalda escalofriante que dejaba a la vista de todos sus largas y torneadas piernas).

—Tenemos una sorpresita —dijo Navarro señalando a Lee y Phuong mientras se adelantaba para saludar a Carmelita—. Tú eres la novia del pillo de Cástulo, ¿verdad?

—No sé si novia es el término adecuado —contestó ella sonrojándose.

—Así se dice ahora —comentó Maricarmen Navarro—. Los jóvenes *salen* y las personas de nuestra edad *se hacen novios*.

Se equivocaba, pensó Felipe, Liz era más joven que ellos y noviaba con B.

—En ese caso —aceptó Carmelita moviendo afirmativamente la cabeza—, que Cástulo diga si somos, o no, novios.

—Sí hombre —dijo él como si alguien lo estuviera obligando a hablar—, tengo que dejarlos terminar, ¿no te parece?

Seguía hablando con Edelmira pero nadie podía ver a la aludida, y tuvieron la impresión de que le había enojado lo que dijo su novia, o lo que fuera Carmelita.

—Óyeme Cástulo, no te estoy obligando a nada, ¿eh? —reclamó la infortunada viuda con virulencia contenida— No tienes por qué referirte a mí de esa forma...

—Perdón mi amor —se disculpó B.—, no me refería a ti...

—¿Entonces a quién? —dijo la ofendida—. ¿A los señores Navarro que sólo quieren saber cuál es tu relación conmigo para tratarme adecuadamente?

—Señor B. ponerse nervioso —intervino Lee para desviar la atención.

—Nuestro famoso chino quiso venir a ver mis cuadros —dijo Navarro—, leyó los artículos de don Felipe Salcedo y lo invité con su bella asistente.

A Felipe lo asaltó la sensación de que había algo nuevo en Phuong, y que sus ojos rasgados se podían deber a cierta ascendencia indígena. Quizás antes no se había dado cuenta porque la veía en la penumbra de su casa, y en la fiesta de Liz había estado tan atento a Edelmira que no se fijó bien. Tenía, como siempre, una flor en el pelo, y dos aretes con un calabazo de perla colgaban de sus orejas. Lucía una media sonrisa que, al dejar entreabiertos los labios, contrastaba con la sumisión que alimentaba su mirada. ¿Y si fuera la sirvienta que vio la primera ocasión que visitó a Lee? A lo mejor no había surgido de la novela de Graham Greene sino que el chino se servía de su mucama para modelarla. Oriental o no, indígena o no, sirvienta o no, estaba para comérsela. Felipe se acercó, le susurró al oído que Edelmira estaba ahí, y para distraer a los presentes le dio un beso comelón que ella aceptó sin reparos.

—Miren nada más —dijo Carmelita—, y nosotros hablando de novios.

—Seguramente están saliendo —dijo Maricarmen Navarro, quien había vuelto de la cocina con una charola con copas largas en las que rebosaba el espumante licor que los catalanes llaman Cava—. Brindemos, muchachos.

Nadie preguntó por qué brindaban pero se abalanzaron sobre la charola.

—Chiers —dijo Carmelita.

—Por los novios —agregó José—. Los de aquí, los de allá y los de más allá.

B. estuvo a punto de atragantarse cuando escuchó lo del más allá.

—Oye, querido Cástulo, cuéntanos lo que estabas diciendo de las barcas de José —pidió Maricarmen Navarro limpiándose los labios con una servilleta.

—Le estaba explicando a Carmelita —comentó B. dirigiéndose a Navarro—, que tus barcas son un símbolo de la desolación.

—Es verdad, es verdad —aceptó el pintor entrecerrando los ojos.

—Pero en eso tuve un presentimiento, una iluminación si tú quieres, de que no es así —agregó B. moviendo las manos como si fuera un hipnotista.

—Como si alguien te hubiera dicho algo al oído —dijo Felipe—, alguien que te descubrió el secreto, el símbolo íntimo de las barcas solitarias...

—Eso, eso —aceptó Cástulo—, como si hubiera recibido un mensaje que me ha hecho comprender que las barcas revelan tu soledad, al tiempo que insinúan algo íntimo y secreto. Esas pinturas te desnudan, Navarro, pero tú nos haces creer que somos nosotros los que nos encueramos al observarlas.

Se hizo un silencio y Cástulo buscó con la mirada a su alrededor como si esperara la aprobación de alguien.

—Tu pintura muestra la soledad de la sensualidad —continuó—. Es una conclusión atrabiliaria, pero si nos atenemos a tus cuadros, el verdadero amor ocurre en solitario.

B. sentía que estaba a punto de comprender algo crucial, que uno de los recuerdos olvidados que lo obsesionaban iba a hacerse presente, pero como ni él sabía de qué se trataba, se concretaba a repetir las palabras que le había dicho Edelmira.

—Ciertísimo —aceptó Navarro —, no sé cómo te diste cuenta. Me extraña porque le estaba diciendo al buen Lee que esas barcas simbolizan mi vida erótica.

—¡Qué interesante! —comentó Carmelita—. ¡Su vida erótica! ¡En solitario!

—No comprendemos el amor —siguió diciendo Cástulo como si hablara solo—. El amor nos saca de quicio, nos engulle sin nunca masticarnos, y, como en tus cuadros, somos incapaces de compartir lo que ganamos al enamorarnos.

—No vaya usted a creer que soy onanista, mi querida Carmela —respondió el pintor como si no estuviera dispuesto a dejar que B. lo culpara de algo horrible.

—Yo tampoco quise insinuar eso —se disculpó la interpelada.

—Verá usted, señora mía —se arrancó Navarro—. En mi lejana adolescencia, yo era muy pobre, y en las calas de Palafrugell veía a mis amigos, que eran ricos, riquísimos, ligar como bárbaros. Yo me escondía detrás de esas barcas y observaba cómo se llevaban a las muchachas a la playa y se liaban a besos con ellas. No soy ningún adonis, como usted podrá comprobar, aunque tenía, y quizá todavía tenga, un cierto encanto, pero era muy tímido, muy tímido... Un día, sin embargo, llevé a una chica a esa playa, la besé, y detrás de una de esas barcas mágicas perdí la inocencia...

Extendió los brazos como si enseñara la barca mágica, y agregó:

—Sacábamos arena de un lado para otro pero no me importaba con quién estaba. Como dice B., era como si estuviera solo y solo conociera el amor... Como si, a pesar de la furia del sexo me hubiera convertido en un fantasma... Como...

—Déjalo que termine, Edelmira, no me dejas escuchar —interrumpió Cástulo, ahora sí, dando el nombre fatal de su interlocutora.

—¿Edelmira? —preguntó Carmelita—, ¿dijiste Edelmira?

—Quise decir Maricarmen Navarro. Le vi cara de querer interrumpir.

—¿A mí? Para nada —dijo Maricarmen Navarro—. Conozco esta historia al derecho y al revés, es más, un día fui a follar tras la barca para ver qué se sentía.

—Dijiste Edelmira, Cástulo —afirmó Carmelita—, y no es la primera vez.

—Señora de B. tomar confianza como si tuviera cuerpo —le susurró Phuong a Felipe—. Al rato querer corregir problemas karma.

—Seguramente quiere intervenir en la conversación y es evidente que está provocando a B. para que nos diga lo que piensa.

Edelmira creía que todo era una patraña, pensó Felipe, que José Navarro estaba mintiendo y ella tenía que revelar la verdad. Es posible que le hubiera picado las costillas a su marido para que hablara por ella. ¿Cómo arreglaría sus problemas karmáticos con esa actitud?, ¿por qué pedía el auxilio de su marido de esa manera?

—Querida señora Edelmira, nosotros hablar —dijo Lee ignorándolos a todos, mirando hacia un sillón vacío—. Estar en grave riesgo, usted saberlo.

—Ya se lo dije —agregó B. muy apenado, aceptando tácitamente que en el sillón se encontraba alguien—, he tratado de convencerla pero nomás no quiere entender.

—No irse, por favor —dijo el chino avanzando un paso—, esperar un poco.

—No te vayas, Edelmirita, por lo que más quieras —rogó Cástulo—, cuando menos escucha lo que el doctor Lee tiene que decirte.

En un rincón había una lámpara formada por un largo tubo del que salían los reflectores que apuntaban a cuadros colgados en las paredes. Encima del sillón, donde supuestamente estaba sentada Edelmira, había una pintura de Antonio Saura. Por la vestimenta representaba a un personaje del siglo XVII español, podía ser Quevedo, Lope, o incluso Don Juan Tenorio, pues su cara era un garabato cruzado de negros y ocres, en el que apenas podían distinguirse los rasgos de su rostro. La luz lo hacía destacarse sobre las tonalidades pastel de la pared, y resultaba conmovedor ver a Lee y a Cástulo dirigirse al esperpento. Parecía que habían perdido el juicio y le pedían a ese monstruo hecho de manchones de tinta, con un rostro en fuga, que no se fuera.

—¿A quién le hablan, muchachos, si se puede saber? —preguntó Navarro, quien había tomado una loncha de jamón de una charola que estaba sobre la mesa de centro, y la extendía sobre una rebanada de pan con tomate.

—A señora Edelmira —dijo Lee, muy posesionado de su papel.

—¡Ay, Jesús, María y José! —gritó Carmelita santiguándose.

—Espérate tantito —le dijo Cástulo—, no es lo que estás pensando.

—¿Qué está pensando? —intervino Maricarmen Navarro muy sorprendida.

—Ya no sé si pienso —respondió la aludida—. Desde hace días extraño a Edelmira, me siento culpable, y hasta me pongo la ropa pensando en lo que le gustaba usar a la infeliz. Salgo a comprarme zapatos que a mí ni me gustan pero con los que ella estaría encantada, y todo para que resulte que está aquí...

—A lo mejor quiere que te vistas como le agrada a su marido —volvió a intervenir Maricarmen Navarro—. Es un buen augurio, ¿no te parece?

A Felipe le pareció intolerable la manera como la señora Navarro se refería a Edelmira, su confianza era, por decirlo así, desnaturalizada. A lo mejor Maribel Solell le contó los detalles del regreso de su padre y se tomaba de lo más bien que hubiera una romería de difuntos en el Edificio Condesa.

—Ser asunto serio, señores —dijo Lee para imponer cierta cordura—. Prometer volver armario y no cumplir. Ahora tener que ir sin réplica.

¿Cuándo había prometido volver al armario? Era una promesa del viejo Solell, no de Edelmira. ¿Por qué Lee exigía algo que ella no había prometido cuando la convocaron?, ¿o lo habría hecho en otra ocasión?, ¿Cástulo estaba enterado? Felipe se volvió hacia él, pero B. sólo atendía el disgusto de Carmelita.

—Tiene razón Maricarmen Navarro —decía—. Edel quiere ayudarte.

—¿Ayudarme con qué? —preguntó Carmelita medio repuesta.

—Van a aclararme lo que está pasando —dijo el pintor metiéndose a la boca un nuevo bocadillo de jamón—, porque con tanto jaleo me está dando hambre.

Cástulo y Lee señalaban el sillón vacío con la mano extendida. En la sombra que proyectaba el reflector sobre la pared parecía que se daban la mano. Atrasito estaba Carmelita con un puño en la boca. Maricarmen Navarro se había colocado a su lado ofreciéndole otra copa de Cava. Phuong y Felipe los observaban desconcertados.

—Edelmira ha vuelto —dijo Cástulo apuntando hacia Felipe—. El otro día, éste y yo fuimos a ver al chino y convocamos el espíritu de mi difunta esposa.

—Todo hubiera ido bien —replicó Felipe—, si no hubieras abierto la puerta del armario. El fantasma de Edelmira se escapó por tu culpa...

—No pude evitarlo —aceptó Cástulo con tristeza—. La extrañaba mucho.

—No culpar nadie —intervino conciliador el chino—. Arreglar merequetengue.

—¡Dios de mi vida! A mí me va a dar un soponcio —dijo Carmelita.

Se dejó caer sobre una silla sin apartar el puño de la boca, juntó las rodillas pero los talones quedaron separados. Parecía una muñeca de trapo.

—¿Por qué me hiciste creer que me querías? —preguntaba sin cesar—, ¿por qué me hiciste concebir la ilusión de que iríamos a Alaska para ser felices?

—Que extrañara a mi mujer no tiene que ver con nosotros —decía B.—. ¿Por qué lo enredas todo? Aunque Edelmira no hubiera regresado la habría querido, e igual habríamos sido muy felices en Alaska. Y te repito, está de tu lado, ¿verdad, Edel?

Se volvió hacia el sillón vacío, volvió a tender la mano, movió los dedos hacia sí, e hizo un gesto con las cejas como si invitara a Edelmira para que lo ayudara a convencer a Carmelita. En ese momento, a un lado del cuadro de Antonio Saura, B. descubrió otro espectro. Estaba recargado sobre la pared, con las manos en los bolsillos, la pierna izquierda firmemente apoyada en el suelo y la derecha recogida, descansando indiferente sobre la punta del zapato. Le pareció que tenía que alzar el hombro para alcanzar sus bolsillos, lo que no impedía que lo mirara fijamente. B. tuvo un sobresalto que reprimió agitando la mano extendida. ¿Era posible que Gregorio estuviera parado tras su mujer? Creía haberlo visto en el salón de baile, en esa misma postura, parado atrás de una columna, pero creyó que era uno de los tantos parroquianos que habían ido a escuchar a Susana Rinaldi. Era inconcebible que se hubiera equivocado si lucía la sonrisa arrogante que tenía cuando lo visitó en sueños. Gregorio, a su vez, le extendió la mano en signo conciliador, pero Cástulo dio un paso atrás. ¿Pretendía hacer las paces después de tantos años?, ¿hacerle comprender que al fin estaba con Edelmira? Tenía que salvarla, fue lo único que pensó, liberarla del acoso de su compadre. ¿Cómo era posible que no hubiera comprendido que era *eso* lo que ella había estado suplicándole aún antes de que la hubiera convocado? Lo había sabido siempre, y como siempre, se había hecho tonto para no perder los estribos frente a Gregorio. En ese momento los reflectores de la lámpara empezaron a apagarse y prenderse, iluminando por turno la pintura a la que estaban dirigidos, como dando vida a un aquelarre. Cuando volvió la normalidad todos hablaron al unísono.

—Ya lo ves, Carmela. ¡Edelmira está de tu lado! —gritó Cástulo confundido, tratando de descubrir a dónde se había ido el espectro de Gregorio—. Como me dijiste cuando veníamos, está dispuesta a todo con tal de que estemos juntos.

—¿Cómo hizo este prodigio? —exclamó Maricarmen Navarro.

—¡Qué espectáculo! ¡Qué cuadros tengo! —gritó José Navarro.

—Perdóname, Edelmira —gimió Carmelita—, perdóname por favor. No me castigues por haberle traído ganas a tu marido... Ponte en mi lugar...

—Callarse —dijo Lee—, estar perdiendo tiempo precioso.

Hubo un apagón y una ráfaga de luz de los reflectores los iluminó como si la lámpara de pie diera vueltas sobre sí misma.

—Este truco lo está haciendo Edelmira para que veas que te quiere —clamó B. Si no podía ver a Gregorio, al menos tenía que contentar a Carmelita—. Se lo copió a su difunto tío Somalón, quien de esta manera mandaba sus mensajes.

—¿Cuál de mis pinturas le gustó más a tu esposa? —preguntó extasiado José Navarro—. A mí, este retrato de Antonio Saura me parece una maravilla. Debería hacer un espectáculo de luz y sonido con mi colección.

—Esto merece otro brindis —dijo Maricarmen Navarro.

—Cástulo, Cástulo... —seguía gimiendo Carmelita—. ¿Cómo podré confiar en ti?... No se puede querer a dos personas al mismo tiempo...

—Sí se puede, y Edel está muerta. ¿Verdad mi vida que estás muerta? —preguntó buscando a Edelmira inútilmente entre los fogonazos de luz.

—Aunque muerta esté allá, viva está aquí —respondió Carmelita con un atisbo de trabalenguas—. ¿Qué va a ser de nosotros?, ¿a cuál de las dos eliges?

La luz se fue de nuevo y quedaron completamente a oscuras.

—Te lo dije Cástulo —sentenció una voz—. No te vas a liberar.

En un reloj sonaron las campanadas contadas de las diez de la noche.

Dos

—Es la única esperanza que me queda, Felipe.

Sabía que sus amantes quedarían en su esqueleto como un eco. Sentía su recóndita ilusión pero Edelmira hechizaba sus anhelos. Una mezcla de exasperación y angustia jugaba con su conciencia como si esa esperanza que le quedaba le atravesara el corazón con un pinchazo. "Cuando regreses a ese día, acuérdate: te miré con todos los ojos, te acaricié con todas las manos", le había dicho ella. Recordó la sombra de su mano extendida, un momento antes de descubrir el mismo ademán en el fantasma de Gregorio. El día al que debía regresar estaba atrapado en el retrato que su mujer había buscado meticulosamente en su álbum de fotos. El tiempo —comprendió— se había detenido en el instante en que se fotografió con su compadre en el Pasaje Güemes frente a la mirada hambrienta de Edelmira. "Aquel día", dijo: "la eternidad y un día". Era posible que para salvar a Edelmira, para sacarla de "eso" en lo que estaba metida, él tuviera que aceptar a Carmelita y consagrarse a ella. Cosas de su karma, tal vez, pues no encontraba otra explicación para su comportamiento.

Habían ido a sentarse a una banca del bulevar de los Niños Héroes. Felipe observaba a B. de reojo, mientras él, con la mirada perdida en la bruma, soportaba la llovizna que no dejaba de caer sobre Santomás. A sus espaldas quedaba el cine Bella Época, cuya marquesina iluminaba la calle con una intensidad difuminada. Ni Felipe ni Cástulo miraban al pequeño grupo que hacía cola frente a la taquilla, concentrados uno en el otro, como si la vida se hubiera reducido a hacerse compañía. B. extendió la mano, abrió y cerró el puño en un gesto tan natural de desolación, que Felipe se sintió tocado en los cimientos de su existencia. Sin ningún motivo, Cástulo empezó a contar la conversación que tuvo con Ramona en La Hacienda. Le dio detalles de su deambular por Tlalpan, del carácter hosco de su tío Rafael, y la absurda proposición que le hizo a su madre para adoptarlo.

—Hubiera sido mejor que mamá se fugara con su amante y yo me quedara a vivir con mis tíos. ¡Me habría evitado tantas cosas!

—¿A qué viene esta historia? —preguntó Felipe.

—A que Edelmira me dijo que debía entender lo que pasaba, pero la vida se me había venido encima y no supe qué quería decirme. Llevaba un año sintiendo que el viagra hacía milagros y podía hacer el amor con quien se pusiera a tiro, en cambio, veme ahora, he acabado más solo que la nada, comprendiendo que soy un hombre de carne débil. Debí colaborar con mi mujer en vez de negarme todo el rato. Hasta me hizo decir que el amor nos saca de quicio, que nos engulle sin nunca masticarnos. Tengo que aceptarlo, Edelmira quiere algo de mí y no me puedo hacer el remolón. Voy a hacer lo que me pide, aunque me parezca incomprensible.

Hacía más de una hora que habían dejado el departamento de los Navarro y Felipe no podía explicarse qué había pasado en realidad. Cuando regresó la luz, Phuong dijo que había sentido al fantasma de Edelmira como un viento que pasaba a su lado. La voz de su espectro —si es que había sido la voz del espectro de Edelmira— lanzó su siniestra advertencia: "Te lo dije, Cástulo. No te vas a liberar". Había dicho lo mismo afuera del Pasaje Güemes, cuando comentó que nadie rechaza que lo halaguen, de la misma manera que es imposible aceptar que nos rechacen. Nadie supo qué hacer, nadie se movió, hasta que Lee tomó a Phuong de la mano y dijo que se iban. Los demás los vieron salir sin replicar. Carmelita se levantó y con tono descompuesto le dijo a Cástulo que la había destrozado. "Soy una viuda que se entregó sin más. Te he dicho cosas que nunca me había atrevido a expresar y tú... y tú...". Los Navarro estaban al lado de B., esperando que alegara cualquier cosa en su favor. "Estás haciendo una tormenta en un vaso de agua", respondió él agarrándose la cabeza. "¿Cómo puedes sentir celos de Edelmira?". "Siento rabia e indignación de que hayas consultado a ese chino mandarín", gritó ella. "Eres tan perverso que seguro querías que Edelmira nos acompañara al crucero por Alaska para que juntos se burlaran de mí". "Óyeme", replicó él, "van a creer que soy un degenerado". "Eso es lo que eres, un degenerado". Dos de dos, pensó Cástulo, Carmelita y Ramona habían llegado a la misma conclusión. "Pues no, señora, no soy ningún degenerado", gritó. Ya estaba en la entrada y Maricarmen Navarro le entregaba a Carmelita su tapado. Los ahora contrincantes pero antes felices enamorados y casi novios habían alcanzado el rellano. Ella extendía la mano para que B. le diera las llaves de su coche, y él se hurgaba los bolsillos. Era extraño que tuviera las llaves, pues desde su accidente no manejaba. "No te será fácil encontentarme", concluyó Carmelita espaciando cada palabra, cada sílaba de su amenaza: *en-con-ten-tar-me*. "No soy un pañuelo que se levanta para después tirarlo. Has lastimado mi endeble corazón, pero te daré chance: te espero mañana, si Edelmira está de mi lado, sabrán cómo demostrármelo". Cástulo chasqueó la lengua, dijo que estaba bien, la miró de arriba abajo e iluminó con un foco incierto el espejo estropeado de su vanidad. Ella ocultó la cara y bajó las escaleras. Su melena flotaba con el viento mientras se alejaba. "Hay una cosa que todas las mujeres quieren", pensó Felipe: "tener cerca un hombre a quien echarle la culpa". Había un aforismo muy popular en Santomás: *El sexo débil ni tan débil, y el sexo fuerte ni tan sexo*. Ahí estaban Cástulo y Carmelita para demostrar que era verdad. "¿Se fijaron?, tiene celos de un espíritu", dijo Navarro y los invitó a pasar. Cástulo pidió que lo disculparan pero prefería irse. Felipe también se despidió y fue detrás de él. Nadie comentó nada, pero cada uno se preguntaba cómo se podía demostrar que la difunta estaba del lado de Carmelita.

—¿Sabías que Edelmira le había prometido al chino que iba a regresar al armario? —preguntó Felipe mientras bajaban las escaleras.

—Fuimos nosotros quienes prometimos traerla de vuelta —replicó B.—, ¿no te acuerdas? Lee, Phuong, tú y yo, éramos los responsables de lograrlo.

—Pero el chino dijo que Edelmira lo prometió. Lo escuché clarito.

—Se confundió —concluyó Cástulo en la puerta del Edificio Condesa.

No sabía cómo explicarle que había visto a Gregorio a un lado del monigote pintado por Antonio Saura, y que el chino, quien seguramente también lo vio, no se había inmutado. Es más, fue cuando habló de la promesa y dijo *señores*, o sea que se refirió a los dos, a Edelmira y a su compadre.

Fueron a sentarse al bulevar, B. se preguntó si todo aquel barullo se resolvería dejando en paz a Liz y comprometiéndose con Carmelita, y, para tratar de aclarárselo, empezó a contar su viaje por Tlalpan, y todas las historias que recordó de su mamá, su tío Rafael y su tía Rosario. Felipe pensó que tenía razón: como su madre, Cástulo estaba hecho con carne trémula.

—Somos tan poquita cosa cuando nos confiamos al amor —comentó B.—. He buscado sin fortuna a Liz, creí que las cosas iban a ir mejor con Carmelita, Edelmira prometió que me ayudaría, y ya ves lo que pasó. Nunca debí pedirle que confirmara que estaba muerta. Me da que se puso fúrica y por eso me amenazó.

Vio la sombra de los árboles y la luna que brillaba a mitad del firmamento. Por todas partes se difundía esa claridad que ninguna otra luz tiene. Acababa de cumplir setenta y un años, y si hasta entonces había sido degenerado de closet, era el momento de convertirse en un degenerado en regla. "Le voy a demostrar al malandrín de Gregorio de lo que soy capaz". Tomó la mano de Felipe y le apretó los dedos. Pensó en el tiempo que no habría de volver, en el río De la Cruz que no tenía más que una orilla. Pensó en las nubes negras que anunciaban lluvia, en los rayos de sol después de la tormenta. Pensó en la felicidad inmensa de bailar tango.

—Para qué me hago tonto, lo que tengo que hacer es ir a buscar a mi mujer —comentó como regañándose—. Necesito que me explique qué va a pasar de ahora en adelante. ¿Por qué no vas con el chino, le preguntas si Edelmira prometió alguna vez que volvería al armario o lo que quieras, y nos vemos al rato?

Felipe lo vio irse con las manos en los bolsillos.

—¿Y qué harás si la encuentras? —preguntó recordando las puertas del destino, el guiño inescrutable de los ojos, al león y a la doncella.

—Todavía no sé. Nunca supe penetrar en el mundo de Edelmira y ahora sé que me está esperando para que la ayude a liberarse. Tengo un presentimiento que tengo que aclarar. Es ahora o nunca.

—¿A dónde la vas a buscar?

Cástulo lo miró como si le extrañara que no supiera la respuesta.

Phuong abrió la puerta. Lee estaba, como si fuera un buda, sentado en posición de loto al centro de la sala. La luz de luna que se filtraba por una ventana dejaba sobre la pared un rastro pálido de su silueta, y la piel amarilla pegada a los huesos planos de su cara le daba la apariencia de un tísico.

—Cástulo fue por Edelmira —dijo Felipe—. Supongo que la traerá a eso de las dos de la madrugada.

El chino lo observaba, pero ni se levantó ni contestó. Phuong, en cambio, dijo que no podía explicarlo, pero por la forma en que sintió a Edelmira cuando regresó la luz en casa de los señores Navarro, sospechaba que no volvería nunca.

—Ser extraño —agregó—, creí que en comida de Liz haberse despedido.

Se había convertido en un destello y se fugó *entreluz*, recordó Felipe.

Aunque Lee no se había sorprendido de que hubieran visto a Edelmira, Felipe confesó que Phuong había preparado unos polvos, un simulacro de polvos más bien, con los que la pudieron ver en la comida a la que Elizabeth los había convidado.

—Teníamos que hacer algo para que volviera, doctor Lee —agregó disculpándose.

—Cosas haber llegado demasiado lejos —advirtió el chino.

—¿Lejos? —preguntó Felipe—, ¿qué quiere decir lejos en esta circunstancia?

—Phuong contarme comida. Por eso, hoy ir casa señores Navarro, por eso buscar señora Edelmira. Todo lejos, peligroso. Ver fantasma peligroso.

Contó que la noche anterior había salido a buscar a Edelmira en las calles aledañas al Edificio Condesa. Durante más de dos horas rastreó su presencia hasta que tuvo una premonición y se encaminó a Pompeya. Ahí la vio entrar a un sitio de baile. Se movía entre las mesas sin dificultad y su actitud le causó un violento dolor en el pecho, como el que produce una bolsa de aire sobre el corazón. Sabía que algo turbio estaba detrás de su ausencia pero le pareció que la familiaridad con que se encontraba en el cabaré era peligrosa. La perdió de vista, el ambiente lo amedrentaba, no estaba acostumbrado. Al rato reapareció bailando con B. y comprendió que todo estaba perdido. ¿Cómo desengañar a quien cree que ha conseguido esperanza?

—Es posible, como decir Phuong, que señora Edelmira ya no venir...

—Pero vino hoy —lo cuestionó Felipe—, estuvo con nosotros. Usted la vio.

—Última despedida —dijo la joven—. Necesitar todavía algo.

Lee veía a Felipe como si adivinara las preguntas que no había hecho. No se le notaba resentido, ni arrepentido ni nada: el violento dolor en el pecho que en el cabaré le dejó Edelmira había desaparecido. Debía pensar que el orden de la vida era ése, con sus yerros y torpezas, siguiendo la incomprensible geometría de las casualidades. Hubiera sido el momento de que Felipe preguntara cuándo prometió Edelmira que iba a volver al armario. Se dio cuenta de que gracias a eso el chino había aceptado tan fácilmente que la convocaran: por algún medio ella había pedido que la trajeran, y de la misma manera misteriosa prometió que iba a regresar. Era también posible que pensara que Edelmira se había arrepentido de volver cuando B. la increpó, quizás habían acordado que tenía que confirmar su promesa en presencia de su marido, pero como él se adelantó y abrió la puerta del armario, ya no hubo remedio.

—Yo advertir peligro —dijo Lee—. Almas ser rejegas.

Felipe no dijo nada más, y prefirió pensar que, si quería salir de ese enredo, debería pedirle al chino que sacara un objeto mágico, un espejo de cuerpo entero, por ejemplo. "Podría convertirnos en un reflejo para que nadie pueda encontrarnos". A lo lejos se escucharía la música de un circo, Lee diría un conjuro, y acabaría la pesadilla. Sólo él, que los había metido en este lío, podría sacarlos indemnes. Tenía que buscar a Cástulo para proponérselo.

—¿A quién te referías cuando dijiste que tuviera cuidado porque se estaba enamorando? —le preguntó a Phuong antes de salir, sin ocultar su desamparo.

—A mí —contestó ella.

La besó en la boca, escuchó la lluvia batiendo en las ventanas, se despidió de mano de Lee, y fue a esperar a Cástulo.

—Cuando B. regrese con Edelmira, vengo con ellos.

Estuvo merodeando la entrada del piso de B. más de una hora, a veces sentado en el alféizar del rellano, a veces recargado en una pared. Seguía sin comprender lo que había sucedido, pero cada vez estaba más seguro de que Edelmira se había fugado con Gregorio, y que Cástulo no iba a encontrarla jamás.

Cuando B. apareció entre la bruma del amanecer, Felipe pensó que el velo de la lluvia lo dotaba de un aire fantasmal. Algo en su rostro daba la impresión de que tenía ganas de llorar pero no podía. No, no quería llorar sino que contenía la risa, o se estaba riendo de las maldades de esa noche. No era posible, se dijo Felipe Salcedo, nadie se detiene en una madrugada lluviosa para reír, para llorar a lo mejor sí, pero para reír no. A espaldas de Cástulo se levantaba una jacaranda que ocultaba parcialmente la marquesina del cine Bella Época. Soplaba un viento suave, y la luz de la luna confería al paisaje una tonalidad equívoca. Se acordó de un fragmento del Diario de John Cheever, no podía citarlo textualmente pero decía que la autodestrucción empezaba como una jaqueca o un moretón en el dedo del pie. Cuando despertamos parece una dolencia menor, pero en la noche no soportamos el dolor, le hacemos una proposición obscena a la mujer de un amigo, y nuestro mundo se viene abajo. La autodestrucción ya es una gangrena incurable. La figura que usaba Cheever, insinuarse sexualmente a la mujer de un amigo, le pareció una metáfora genial: hablaba de la ambigüedad masculina, de su pasión, culpa y locura de deslealtad. Eso le había pasado a Gregorio, enloqueció y se insinuó a la esposa de su compadre. Hubiera podido trasladarse a ese instante para localizar el origen del llanto o la risa que creía distinguir en su padre putativo. El pasado se le propuso cambiado, como si fuera producto de un sueño maligno. Estaba atrapado en el mundo de los significados alternos y nadie, ni el chino Lee, podría liberarlo. El delirio en el que Cástulo había vivido las últimas semanas surgió muchos años antes con una nalga inocentemente acariciada, una nalga que fue el primer síntoma de la gangrena que habría de atormentarlo esa madrugada, cuando aceptara que Edelmira no había aparecido, ni iba a aparecer por ningún lado.

Fue al encuentro de B. pero no lo encontró. Ahí estaba hacía un instante, sólo lo dejó de ver mientras bajaba las escaleras. ¿Cuánto tiempo podría haber pasado? No mucho, pero el suficiente para que hubiera ido a su casa. Deberían haberse topado en el camino, aunque Cástulo podría haber subido por otra escalera para no encontrarlo.

Tres

¿Qué tienen los seres humanos que durante el sueño parecen vagar por otro mundo? Le pareció que Felipe se encontraba cerca de la verdad pero no podía comprenderla, y su sueño revelaba facetas de la existencia que era incapaz de descifrar. "La vida que se va es la vida que se queda, muchacho", murmuró Gregorio. Felipe se revolvió en la cama como si lo escuchara. Para él, como para los espíritus que vuelven del más allá, la vida era un cuento narrado por un idiota. Desde el principio debió prever que B. lo haría su confidente. Era bibliomanciano, como Edelmira había dicho, y la maraña de sus recuerdos confundidos entre sus lecturas iba a guiarlo hasta su verdad. Si costó tanto trabajo lidiar con Cástulo, fue una indolencia permitir que Felipe se entrometiera.

Había dejado que las cosas llegaran demasiado lejos. Cuando el chino vio a Edelmira en casa de los Navarro, tuvo que aparecer. La desamparada mujer había empezado a enloquecer, no sabía qué le pasaba, no tenía idea de lo que el chino le reclamaba. Gregorio había olvidado la promesa que había hecho en su nombre, y la mirada penetrante del oriental amenazaba con destrozarla. Se dio cuenta de que Lee la había visto en La Casa Rosada, y que por eso ella sintió aquel mareo cuando fue a pasear junto al río. Tenía que hacer algo y sólo se le ocurrió tender la mano hacia Cástulo. Él era el único que podía ayudarlos. Tendría que haber entendido el muy idiota, pero seguía preocupado por Carmelita, y hasta le pidió a Edelmira que confirmara que estaba muerta. Nunca creyó que fuera tan insensato. El truco de prender y apagar luces les sirvió para sacar a Edelmira. Sólo quedaba esperar que B. hubiera comprendido lo que su mujer, totalmente fuera de sí, le gritó antes de salir.

No importaba, en pocas horas todo habría concluido, y sólo necesitaba que Felipe dejara de entrometerse. Si confirmaba sus sospechas, era probable que permitiera que la vida siguiera su curso. "¿La vida?", se preguntó Gregorio. "Ya no sé ni lo que digo". B. todavía iba a oponer resistencia pero estaba muy debilitado, aunque con él, como lo había probado la noche que se le apareció, nunca se sabía cómo iba a reaccionar. "Algo tendré que hacer, para algo debí morir, ¿no es cierto?". ¿Podría resistir la mirada de Felipe cuando despertara?, ¿sus deseos, sus expectativas, sus deseos, iban a transformarlo y acabaría vuelto un ectoplasma despojado de su fuerza: un charco parecido a la cera fundida?, ¿o era mejor huir, ser siempre él mismo: el que se oculta, el que sueña, el que se hace siempre a un lado para que los demás pasen?

Cuatro

¿Por qué no fue a pedirle a Phuong que durmiera con él? No sabía, estaba mareado, como la noche en que Cástulo lo emborrachó a base de martinis. No le quedaba ningún asidero y sentía que iba a sucumbir en un vórtice de soledades. Phuong lo podía rescatar pero no sabía cómo pedírselo. Se fue a la cama y dejó una pierna tocando el suelo para sentir que el mundo no daba vueltas.

Al rato despertó y lo vio en el fondo de su habitación, disfrazado de caballero español. Se levantó y se echó sobre los hombros la bata que estaba a los pies de la cama. Gregorio lo observaba con el rostro oculto bajo un sombrero de ala ancha, como los que usaban los espadachines en la España de los Siglos de Oro. Nada en su cara recordaba el gesto alegre de la fotografía que le enseñó Cástulo. "No sé a qué viene esta vestimenta", le dijo enfadado. B. tenía razón: igual que Edelmira, su compadre respondía a lo que Felipe estaba pensando. Se acordó que en casa de los Navarro había visto el cuadro de un esperpento que daba la impresión de ser Quevedo, Lope de Vega, o, incluso, el mismo Don Juan Tenorio. "Discúlpeme", respondió Felipe, "no lo hice adrede". Notó que estaba nervioso, no sabía por qué había ido a su habitación pero era palpable que quería irse rápido, así que se atrevió a detenerlo con una pregunta. "¿Cuando se le apareció a B. ya estaba aquí o su compadre sólo lo soñó? Quiero decir, ya había vuelto del más allá, o como se llame". Gregorio ajustó el jubón negro sobre su pecho de atleta. "Edelmira tiene razón", dijo. "No han entendido nada". "¿Estaba o no estaba aquí?", preguntó Felipe. Como siempre, algo oculto, ignorado dentro de él, se adelantaba a destapar la realidad. "Fue usted quien prometió que Edelmira regresaría al armario, ¿verdad? ¿Era por usted por quien quería volver?". Gregorio parecía estar ahí para que lo cuestionara. "¿Por qué pregunta lo que ya sabe? Dígame una cosa, ¿de verdad no sabe qué tiene que hacer?".

En ese instante el misterio quedó revelado. Gregorio no se despidió ni dijo adónde iba, pero Felipe comprendió que iría a buscar a su compadre del alma para preguntarle si no sabía lo que tenía que hacer. No habían avanzado mucho desde la madrugada en que B. le describió el regreso de Edelmira y él entresacó una frase de Macbeth entre sus palabras: la vida era un cuento narrado por un idiota.

Fue a la sala a tropezones. La certidumbre lo abrumaba, era demasiado dolorosa para tener conciencia de ella. Sentía que la cabeza le estallaba y se tendió en el suelo. Nada tenía sentido —ni el amor, ni la amistad, ni el sexo, ni nada—, sólo despedirse. Tenía el corazón en epílogo. Ni un solo recuerdo, ni una emoción servían de consuelo. Sintió ganas de llorar e imaginó el ojo izquierdo de Edelmira anegado por una lágrima. Es probable que, con aquel llanto, Cástulo hubiera empezado a descubrir sus intenciones. Su mujer le entregó, con el estilo sinuoso con que siempre se condujo, el mensaje que él se había negado a entender. Era el guiño que esperaba ver en sus ojos: tenía que entrar a la celda donde estaba ella porque era el único que pertenecía, por derecho propio, a su mundo alucinado. La suya era otra historia más en busca de final. Recordó el rostro moribundo de Edelmira, la voz con que se manifestó cuando Lee la convocó; evocó los besos de carmín, la huella lujuriosa que había marcado la memoria de Cástulo; pensó en los pleitos que lo separaron de Liz y Carmelita.

—Un placer que nos atemoriza esconde un deseo abominable —dijo en voz baja, como si necesitara escuchar la frase para esclarecer su significado.

La verdad había estado desde el principio al alcance de su mano, eso que Edelmira llamaba bibliomancia se la entregó en el momento en que había tomado una ficha para apuntar una frase que le pareció inasible. No importaba que Cástulo estuviera hechizado por el miedo, sino la naturaleza abominable del deseo de Edelmira, el mismo deseo abominable que guió a la princesa para saber dónde escondían a la joven destinada a salvar a su amante y poder convertirse en la hacedora del destino: hiciera lo que hiciera, ella sería dueña de la voluntad de su amante. Era el mismo deseo que hizo que Edelmira salvara a Cástulo del accidente de auto: lo abominable no era la acidia de B. sino la pasión de Edelmira. Como los puzles que armaba en su infancia, las piezas empezaron a caer en su lugar una tras otra. Había recordado la cita de Thomas Mann porque el chino quería mostrarle una verdad que él no quería ver: Santomás era la ciudad de los prodigios porque ahí la muerte, entendida como fuerza espiritual independiente, era enteramente depravada. No era importante ni el autor ni la novela de la que había sacado la cita, sino que, con la silenciosa precisión de la palabra perfecta, comprendiera que la perversa seducción que obran los muertos es sinónimo del más espantoso extravío del espíritu.

Era imposible atrapar la multitud de ideas que flotaban en su cabeza y su cuerpo caía en un pozo negro sin que tuviera la menor posibilidad de salir a la superficie. Era como si Gregorio le hubiera dado la clave de su verdad para restarle fuerza a su voluntad. El silencio quedó flotando mientras él caía en un sueño aciago donde las brujas de Macbeth confirmaban que la vida era un cuento narrado por un idiota. Él se rebelaba ante la profecía y huía por un bosque en movimiento. "El sonido y la furia de la vida que se va", contestaba Felipe observando que los árboles se desplazaban en sentido contrario, "son un símbolo de esperanza". Había algo bello en su sentencia, doloroso, bello y trágico a un tiempo.

Por una ventana vio el cielo, serían las nueve o diez de la
mañana. La lluvia había amainado y la forma de las nubes
era distinta: era un día sin la calma del día. ¿Podía comprender que el tiempo en sí mismo, por sí mismo y como
tal, se manifestaba a través de esa claridad? Sintió, como
alguna vez había sentido en el Pasaje Güemes, que algo se
coagulaba en extrañeza, y aunque no era más dueño de las
reglas que dictaba su escepticismo, salió con la respiración
dándole arañazos en el pecho. Fue al piso de B., encontró
la puerta abierta y se metió sin más. Sobre uno de los bancos de la barra estaba colgada una camisa con un par de
besos de carmín pintados en el cuello. Parecía un cuerpo
al que le habían robado el alma, como si hubiera recibido
un balazo de amor. Sobre la barra vio una copa solitaria
con un martini a medio terminar. Había llegado tarde, un
minuto, diez, una hora. Tarde. Imaginó reclamos, el eco
que dejaban las acusaciones de toda la vida. ¿De quién de
los dos era el derecho a estar con Edelmira, de Cástulo o
de Gregorio? El rumor de la discusión lo hizo salir corriendo. La bata dejaba al descubierto las piernas velludas
del hombre con el que había soñado.

Se subió a su coche pensando que B. estaría sentado
en el Café de los Artistas. Si Gregorio lo había ido a buscar, si bebió martinis mientras discutían y Cástulo sacó
la camisa manchada con los besos de carmín que descubrió la mañana que convocaron a Edelmira, era lógico que
ahora estuvieran mirando hacia el fondo del túnel. Felipe
también había visto aquel ojo negro como lo estarían haciendo ellos, pero no podría precisar en qué momento supo
que aquel hueco profundo había dejado de ser el término
del deseo para convertirse en principio del anhelo. ¿Si no
discutieron?, ¿si fue Gregorio quien pidió ver la camisa
manchada para explicarle su origen?, ¿qué dijo B. al comprender su error?, ¿habría recordado el mensaje de Somalón? "Ligrepo", pensó.

—Te dijo que necesitan que los cuides, ¿verdad?

Lo pedían a gritos sordos que sonaban como el estallido que Cástulo escuchó mientras se volcaba, y ahora, en recuerdo de aquel ruideral, se atenía a la esperanza que reconoció en el momento en que se levantó del techo del auto y descubrió que no había perdido el ojo izquierdo, esa esperanza inútil que Felipe había visto en la mirada de los habitantes del Pasaje Güemes como si fuera la de un perro sarnoso.

Se bajó del auto y cruzó el arco de la entrada. Ya no estaba en el Café. ¿Cómo podía ser ese el final de aquellas semanas delirantes? Siguió de frente, mirando a uno y otro lado. No le importó que se viera tan ridículo vistiendo de bata.

—Te diste cuenta de que son muy pálidos —dijo observando a la gente que lo rodeaba—. Que proceden con mucha eficacia pero que están tristes, tan tristes como estarás tú. Tan pronto como te hayan contagiado, B., lucirás como ellos.

Las tiendas estaban abriendo, unas cuantas personas se desperezaban en algún rincón. Parecían despedirse como si hubieran pasado la noche en un bar del entresuelo. La vidriera de una zapatería sorprendió su mirada, sintió que se encontraba en ese instante de duermevela en que se comprende el sueño y el deseo, la cifra y la historia, ese breve lapso en que la realidad se funde con la claridad del ensueño y se presiente una revelación. No podía equivocarse: Cástulo tenía el brazo de su compadre sobre los hombros y lo miraba con una expresión alunada que se fundía con la luz. Gregorio sonreía a su lado y tendía una mano al frente. ¿Percibía el paralelismo entre su destino y la fotografía que evocaban? Estaban descubriendo el sabor de otra vida entre las ruinas del Pasaje Güemes, donde vagan los signos que nadie ha leído y resuenan los acordes que nadie ha escuchado jamás. Allí habitarían entreluces, saboreando las penas y placeres que llamamos experiencia, y que supuestamente culminan con la muerte. A Cástulo le quedaba apetito para seguir buscando la secuencia espiritual de su vida.

Felipe creyó que su cuerpo se distanciaba del suelo aunque parecía que nunca había sido más dueño de sus emociones. Ya no tuvo la menor duda: Edelmira proyectaba su sombra entre Cástulo y Gregorio. Ahí estaba su alma en estado puro, esa alma que podía ser un anagrama de mala. Cástulo la estaba ayudando, de una vez y para siempre, a salir de *eso* que le había pedido. Después de todo, había tenido razón cuando en el velorio dijo que nunca podría haberla conocido. El mismo Gregorio debía ignorar quién era Edelmira. ¿Cuál de los dos se acercó a su esencia, el marido o el amante?, ¿tuvieron una concepción diametralmente opuesta de ella, o ambas visiones estaban unidas en lo sustancial y sólo diferían en los detalles?, ¿moldeó Edelmira su personalidad a partir de la percepción de los dos, de su marido y su amante, para dar vida a una tercera persona que no se parecía en nada a la que ellos amaban? Quizá nunca se había acostado con tantos hombres como contó en la Cueva de Amparo, sino que había simplemente invocado al fantasma de Gregorio en su marido, y hoy, ahí, en el mismo sitio donde muchos años antes se habían fotografiado juntos, estaba con los hombres de su vida. En cada instante de aquellos días de delirio, la vida había oscilado entre la ilusión, la fidelidad, y la traición. Sí: el miedo realiza lo temido.

—¿Les pedirás que vuelvan, Cástulo? ¿Les dirás que no pueden andar vagando por ahí y que lo mejor es que vengan con nosotros a lo de Lee?

Nadie lo escuchaba.

No se sabe todo, nunca se sabrá todo, pero hay horas en que somos capaces de creer que sí, tal vez porque en ese momento nada más nos podría caber en el alma, en la conciencia, en la mente, como quiera que se llame eso que nos va haciendo más o menos humanos.

JOSÉ SARAMAGO, *Las pequeñas memorias*

Besos pintados de carmín se terminó
de imprimir en febrero de 2008, en
Corporativo Monteros, S.A. de C.V., Villa
Consistorios núm. 2 Col. Desarrollo
Urbano Quetzalcóatl, Del. Iztapalapa, C.P.
09700. Composición tipográfica: Fernando
Ruiz. Cuidado de la edición: Ramón
Córdoba. Corrección: Marina Santillán.